KB053928

최서해 단편선

# 탈출기

책임 편집 · 곽근

성균관대학교 국어국문학과 졸업, 건국대학교 대학원(석사)과 성균관대학교
대학원(박사) 졸업. 현재 동국대학교 인문대학 국어국문학과 교수.
저서로는『일제 하의 한국문학 연구』『최서해 전집』(상·하)『호외시대』(최서해 저, 곽근
정리)『최서해 작품 자료집』『한국현대문학의 어제와 오늘』『탄생 100주년 문인
재조명』(공저) 등이 있음.

한국문학전집 02

탈출기

최서해 단편선

초판  1쇄 발행  2004년 12월  3일
초판 13쇄 발행  2021년 11월 30일

지 은 이   최서해
책임 편집   곽근
펴 낸 이   이광호
펴 낸 곳   ㈜문학과지성사
등록번호   제1993-000098호
주    소   04034 서울 마포구 잔다리로7길 18(서교동 377-20)
전    화   02)338-7224
팩    스   02)323-4180(편집) 02)338-7221(영업)
전자우편   moonji@moonji.com
홈페이지   www.moonji.com

ⓒ ㈜문학과지성사, 2004. Printed in Seoul, Korea

ISBN  89-320-1554-6 04810
ISBN  89-320-1552-X(세트)

최서해 단편선
# 탈출기

곽근 책임 편집

문학과지성사 한국문학전집 02

# | 차례 |

# | 일러두기 |

1. 이 책에 수록된 작품은 최서해가 1924년부터 1929년까지 발표한 소설들 중에서 선정한 13편의 단편이다. 각 작품의 정확한 출처는 주에 명기되어 있다.
2. 이 책의 맞춤법은 1988년 1월 19일 문교부 교시 '한글 맞춤법'에 따르는 것을 원칙으로 하였다. 단 작품의 분위기에 영향을 준다고 판단되는 방언이나 구어체 표현, 의성어·의태어 등은 그대로 두었다.

       예) 숙부님께서나 <u>가슈</u>.

           이분이 김선생 조카 되시는 <u>분이구랴</u>.
3. 원본의 한자는 가급적 한글로 바꾸었으며, 작품 이해에 도움이 될 만한 한자는 그대로 두고 괄호 안에 넣었다(예 ①). 반복적으로 등장하는 한자어는 최초에만 괄호 안에 한자를 병기하고 후에는 한글로만 표기하였다. 또 책임 편집자가 독자들의 이해를 위해 필요하다고 판단되어 부가적으로 병기한 한자는 중괄호(〔 〕)를 사용하여 표기하였다(예 ②).

       예) ① 花郎의 後裔→화랑의 후예(後裔)

           ② 차마→차마〔車馬〕
4. 대화를 표시하는 『 』 혹은 「 」은 모두 " "로 바꾸었고, 대화가 아닌 강조의 경우에는 ' '로 바꾸었다. 또 책 제목은 『 』로, 영화·단편소설 등의 제목은 「 」로 표시했다. 말줄임표 '‥‥' '‥‥' ' ‥‥‥' 등은 모두 '……'로 통일시켰다.
5. 외래어 표기는 1986년 1월 7일 문교부 교시 '외래어 표기법'에 따라 바꾸었다(예 ①). 단 작품의 제목이나 중요한 어휘로 등장하는 경우에는 원본을 그대로 살렸다(예 ②).

       예) ① 쩌어날리스트→저널리스트

           ② 조선의 심볼(현 외래어 표기법으로는 '심벌')
6. 과도하게 사용된 생략 부호나 이음 부호는 읽기에 편하도록 조절하였다.
7. 책임 편집자가 부가적인 설명이나 단어 풀이가 필요하다고 판단한 경우에는 본문에 중괄호(〔 〕)로 표시해놓거나 책의 뒤쪽에 미주로 설명을 붙여놓았다.
8. 당시에 검열에 의해 삭제된 것으로 짐작되는 부분은 원문대로 'ㅇ' '×' '△' 등의 표시를 그대로 두었다.
9. 작품 끝에 표시된 작품의 집필 연월일은 그대로 두었다.

# 고국 故國

큰 뜻을 품고 고국을 떠나던 운심의 그림자가 다시 조선 땅에 나타난 것은 계해년 삼월 중순이었다. 첨으로 회령에 왔다. 헌 미투리에 초라한 검정 주의,[1] 때 아닌 복면모를 푹 눌러쓴 아래에 힘없이 끔벅이는 눈하며, 턱과 코 밑에 거칠거칠한 수염하며, 그가 오 년 전 예리예리하던 운심이라고는 친한 사람도 몰랐다.

간도에서 조선을 향할 때의 운심의 가슴은 고생에 몰리고 몰리면서도 무슨 기대와 희망에 찼다. 그가 두만강 건너편에서 고국 산천을 볼 때 어찌 기쁜지 뛰고 싶었다. 그러나 노수(路需)[2]가 없어서 노동으로 걸식하면서 온 그는 첫째 경제 문제를 생각지 않을 수 없었다. 다음 그의 가슴을 찌르는 것은 패자(敗者)라는 부끄러운 느낌이었다.

'아, 나는 패자다. 나날이 진보하는 도회에서 활동하는 모든 사람은 다 그새에 훌륭한 인물이 되었을 것이다. 나는 확실히 패자

로구나……'

생각할 때 그는 그만 발 옮길 용기가 나지 않았다. 고국의 사람은 물론이요 돌이며 나무며 심지어 땅에 기어 다니는 이름모를 벌레까지도 자기를 모욕하며 비웃으며 배척할 것같이 생각난다. 그러나 이미 편 춤이니 건너갈 수밖에 없다 하였다. 그는 사동탄(寺洞灘)에서 강을 건넜다. 수직[3]이 순사는 어디 거진가 하여 그를 눈도 거들떠보지 않았다. 그러나 그에게는 다행이었다. 운심은 신회령역을 지나 이제야 푸른빛을 띤 물버들이 드문드문한 조그마한 내를 건넜다. 진달래 봉오리 방긋방긋하는 오산을 바른편에 끼고 중국 사람 채마밭을 지나 동문 고개에 올라섰다. 그의 눈에는 넓은 회령 시가가 보였다. 고기비늘 같은 잇댄 기와지붕이며 사이사이 우뚝우뚝 솟은 양옥이며 거미줄같이 늘어진 전봇줄이며 푸푸 푸푸 하는 자동차, 뚜뚜 하는 기차 소리며, 이전에 듣고 본 것이건만 그의 이목을 새롭게 하였다.

운심은 여관을 찾을 생각도 없이 비스듬한 큰길로 터벅터벅 걸었다. 어느새 해가 졌다. 전기가 켜졌다. 아직 그리 어둡지 않은 거리에 드문드문 달린 전등, 이집 저집 유리창으로 흘러나오는 붉은 불빛, 황혼 공기에 음파를 전하여 오는 바이올린 소리, 길에 다니는 말쑥한 사람들은 운심에게 딴 세상의 느낌을 주었다. 그의 몸은 솜같이 휘주근하고[4] 등에 붙은 점심 못 먹은 배는 꼴꼴 운다.

"객줏집을 찾기는 찾아야 할 터인데 돈이 있어야지……"

그는 홀로 중얼거리면서 길 한편에 발을 멈추고 섰다.

밤은 점점 어두워간다. 전등빛은 한층 더 밝다. 짐을 잔뜩 실은 우차가 삐걱삐걱 소리를 내면서 그의 앞을 지나갔다. 그의 머리 위 넓고 푸른 하늘에 무수히 가물거리는 별들은 기구한 제 신세를 엿보는 듯이 그는 생각났다. 어디에선지 흘러오는 누릿한 음식 냄새는 그의 비위를 퍽 상하였다.

운심은 본정통에 나섰다. 손 위로 현등⁵ 아래 '회령 여관'이라는 간판이 걸렸다. 그는 그 문 앞에 갔다. 전등 아래의 그의 낯빛은 창백하였다.

'들어갈까? 어쩌면 좋을까?'

하고 그는 망설였다. 이때에 안경 쓴 젊은 사람이 정거장에 통한 길로 회령 여관 문을 향하여 들어온다. 그 뒤에 갓 쓴 이며 어린애 업은 여자며 보통이 지고 바가지 든 사람들이 따라 들어온다.

"어서 들어가십시오. 여관을 찾습니까?"

그 안경 쓴 자가 조그마한 보따리를 걸머지고 주저거리는 운심이를 보면서 말을 붙인다. 그러나 운심은 대답이 없었다.

"자 갑시다. 방도 덥구 밥값도 싸지요."

운심은 아무 소리 없이 방에 들어갔다. 방은 아래위 양간이었다. 그리 크지는 않으나 그리 더럽지도 않았다. 양방에 다 천장 가운데 전등이 달렸다. 벽에는 산수화가 붙이었다.⁶ 안경 쓴 자와 함께 오던 사람들도 운심이와 한방에 있게 되었다.

저녁상을 받은 운심은 밥을 먹기는 먹으면서도 밥값 치러줄 걱정에 가슴이 답답하였다. 이를 어쩌누! 밥값을 못 주면 이런 꼴이 어디 있나! 어서 내일부터 날삯이라도 해야지…… 하는 생각에

밥맛도 몰랐다.

*

바로 삼일운동(三一運動)이 일어나던 해 봄이었다. 그는 서간
도로 갔다. 처음 그는 백두산 뒤 흑룡강가 청시허라는 그리 크지
않은 동리에 있었다. 생전에 보지 못하던 험한 산과 울창한 삼림
과 듣지도 못하던 홍우적(마적) 홍우적 하는 소리에 간담이 써늘
하였다.

그러나 하루 지나고 이틀 지나 차차 몇 달 되니 고향 생각도 덜
나고 무서운 마음도 덜하였다. 이리하여 이곳서 지내는 때에 그
는 산에나 물에나 들에나 먹을 것에나 입을 것에나 조금의 부자
유가 없었다. 그러한 부자유는 없었으되 그의 심정에 닥치는 고
민은 나날이 깊었다. 벽장골<sup>7</sup> 같은 이곳에 온 후로 친한 벗의 낯은
고사하고 편지 한 장 신문 한 장도 못 보았다. 이곳 사람들은 그
의 벗이 되지 못하였다. 토민들은 운심이가 머리도 깎고 일본말
도 할 줄 아니 탐정꾼이라고 처음에는 퍽 수군덕수군덕 하였다.
산에 돌아다니면서 사냥을 일삼는 옛날 의병 찌터러기<sup>8</sup>들도 부러
운심이 보러 온 일까지 있었다. 이곳에 사는 사람은 함경도 · 평
안도 · 황해도 사람이 많다. 거기 생활 곤란으로 와 있고 혹은 남
의 돈 지고 도망한 자, 남의 계집 빼가지고 온 자, 순사 다니다가
횡령한 자, 노름질하다가 쫓긴 자, 살인한 자, 의병 다니던 자, 별
별 흉한 것들이 모여서 군데군데 부락을 이루고 사냥도 하며 목

축도 하며 농사도 하며 불한당질⁹도 한다. 그런 까닭에 윤리도 도
덕도 교육도 없다. 힘센 자가 으뜸이요 장수며 패왕이다. 중국 관
청이 있으나 소위 경찰부장이 아편을 먹으면서 아편 장수를 잡아
다 때린다.

운심은 동리 어린아이들을 모아놓고 이야기도 하고 글도 가르
쳤다. 그러나 그네들은 운심의 가르침을 이해치 못하였다. 운심
이는 늘 슬펐다. 유위¹⁰의 청춘이 속절없이 스러져가는 신세 되는
것이 그에게는 큰 고통이었다.

운심은 그 고통을 잊기 위하여 양양한¹¹ 강풍을 쐬면서 고기도
낚고 그림 같은 단풍 그늘에서 명상도 하며 높은 봉에 올라 소리
도 쳤으나 속 깊이 잠긴 그 비애는 떠나지 않았다. 산골에 방향을
주는 냇소리와 푸른 그늘에서 흘러나오는 유량¹²한 새의 노래로는
그 마음의 불만을 채우지 못하였다. 도리어 수심을 더하였다. 그
는 항상 알지 못할 딴 세상을 동경하였다.

산은 단풍에 붉고, 들은 황곡에 누른 그해 가을에 운심이는 청
시허를 떠났다. 땀냄새가 물씬물씬한 여름옷을 그저 입은 그는
여름 삿갓을 쓴 채 조그마한 보따리를 짊어지고 지팡이 하나를
벗하여 떠났다. 그가 떠날 때에 그곳 사람들은 별로 섭섭하다는
표정이 없었다. 모두 문 안에 서서,

"잘 가슈."

할 뿐이었다. 다만 조석으로 글 가르쳐준 열세 살 난 어린것 하
나가,

"선생님, 짐을 벗소. 내 들고 가겠소."

하면서 '청시허'서 십 리 되는 '다사허' 고개까지 와서 "선생님 평안히 가오. 그리고 빨리 오오" 하면서 운다. 운심이도 울었다. 애끊게 울었다. 어찌하여 울게 되었는지 운심이 자신도 의식치 못하였다. 한참 울다가 주먹으로 눈물을 씻고 돌아서 보니 그 아이는 그저 운다. 운심이는 그 아이의 노루 꼬리만 한 머리를 쓰다듬으면서,

"어서 가거라, 내가 빨리 당겨오마."

말을 마치지 못하여 그는 또 울었다. 온 세계의 고독의 비애는 자기 홀로 가진 듯하였다. 운심이는 눈을 문지르는 어린애 손을 꼭 쥐면서,

"박돌아! 어서 가거라, 내달이면 내가 온다."

"나는 아버지가 내 말만 들었으면 선생님과 가겠는데……"
하면서 또 운다. 운심이도 또 울었다. 이 두 청춘의 눈물은 영별[13]의 눈물이었다.

물을 건너고 산을 넘어 허덕허덕 홀로 갈 때에 돌에 부딪히며 길에 끌리는 지팡이 소리만 고요한 나무 속의 평온한 공기를 울렸다. 그의 발길은 정처가 없었다. 해 지면 자고 해 뜨면 걷고 집이 있으면 얻어먹고 없으면 굶으면서 방랑하였다. 물론 이슬에도 잠잤으며 풀뿌리도 먹었다.

이때는 한창 남북 만주에 독립단이 처처에 벌떼같이 일어나서 그 경계선을 앞뒤에 늘인 때였다. 청백한 사람으로서 정탐꾼이라고 독립군 총에 죽은 사람도 많았거니와 진정 정탐꾼도 죽은 사람이 많았다. 운심이도 그네들 손에 잡힌 바 되어 독립당 감옥에

사흘을 갇혔다가 어떤 아는 독립군의 보증으로 놓였다. 그러나 피 끓는 청춘인 운심이는 그저 있지 않았다. 독립군에 뛰어들었다. 배낭을 지고 총을 멨다. 일시는 엉벙벙한[14] 것이 기뻤다. 그러나 날이 가고 달이 갈수록 그 군인 생활이 염증이 났다.

그리고 그는 늘 고원을 바라보고 울었다. 이상을 품고 울었다. 그 이듬해 간도 소요를 겪은 후로 독립당의 명맥이 일시 기운을 펴지 못하게 됨에 군대도 해산되다시피 사방에 흩어졌다. 운심이 있던 군대도 해산되었다. 배낭을 벗고 총을 집어던진 운심이는 여전히 표랑[15]하였다. 머리는 귀밑을 가리고 검은 낯에 수염이 거칠었다. 두 눈에는 항상 붉은 핏발이 섰다. 어떤 때에 그는 아편에 취하여 중국 사람 골방에 자빠진 적도 있었으며, 비바람을 무릅쓰고 사냥도 하였다. 그러나 이방의 괴로운 생활에 시화(詩化)되려던 그의 가슴은 가을바람에 머리 숙인 버들가지가 되고 하늘이라도 뚫으려던 그 뜻은 이제 점점 어둑한 천인갱참[16]에 떨어져 들어가는 줄 모르게 떨어져 들어감을 그는 깨달았다. 그는 신세를 생각하고 울었다. 공연히 소리를 지르면서 뛰어도 다녔다.

이 모양으로 향방 없이 표랑하다가 지금 본국으로 돌아오기는 왔다. 내가 찾아갈 곳도 없고 나를 기다려주는 이도 없건만 나도 고국으로 돌아왔다. 알 수 없는 무엇이 나를 이리로 이끈 것이었다. 그러나 이로부터 어디로 가랴.

*

    운심이가 회령 오던 사흘째 되는 날이다. 회령 여관에는 도배장이 나운심〔塗褙匠 羅雲深〕이라는 문패가 걸렸다.

# 탈출기 脫出記

## 1

김군! 수삼 차 편지는 반갑게 받았다. 그러나 나는 한 번도 화답치 못하였다. 물론 군의 충정에는 나도 감사를 드리지만 그 충정을 나는 받을 수 없다.

──박군! 나는 군의 탈가(脫家)¹를 찬성할 수 없다. 음험한 이역에 늙은 어머니와 어린 처자를 버리고 나선 군의 행동을 나는 찬성할 수 없다. 박군! 돌아가라. 어서 집으로 돌아가라. 군의 부모와 처자가 이역 노두²에서 방황하는 것을 나는 눈앞에 보는 듯싶다. 그네들의 의지할 곳은 오직 군의 품밖에 없다. 군은 그네들을 구하여야 할 것이다.

군은 군의 가정에서 동량³이다. 동량이 없는 집이 어디 있으랴? 조그마한 고통으로 집을 버리고 나선다는 것이 의지가 굳다는 박군으로서는 너무도 박약한 소위이다.

군은 ××단에 몸을 던져서 ×선에 섰다는 말을 일전 황군에게서 듣기는 하였으나 그렇다 하여도 나는 그것을 시인할 수 없다. 가족을 못 살리는 힘으로 어찌 사회를 건지랴.

박군! 나는 군이 돌아가기를 충정으로 바란다. 군의 가족이 사람들 발 아래서 짓밟히는 것을 생각할 때 군의 가슴인들 어찌 편하랴.

김군! 군은 이러한 말을 편지마다 썼지? 나는 군의 뜻을 잘 알았다. 내 사랑하는 나의 가족을 위하여 동정하여주는 군에게 내 어찌 감사치 않으랴? 정다운 벗의 충고에 나는 늘 울었다. 그러나 그 충고를 들을 수 없다. 듣지 않는 것이 군에게는 고통이 되는지 분노가 되는지? 나에게 있어서는 행복일는지도 알 수 없는 까닭이다.

김군! 나도 사람이다. 정애(情愛)가 있는 사람이다. 나의 목숨 같은 내 가족이 유린받는 것을 내 어찌 생각지 않으랴? 나의 고통을 제삼자로서는 만분의 일이라도 느낄 수 없을 것이다.

나는 이제 나의 탈가한 이유를 군에게 말하고자 한다. 여기 대하여 동정(同情)과 비난(非難)은 군의 자유이다. 나는 다만 이러하다는 것을 군에게 알릴 뿐이다. 나는 이것을 군이 아니면 다른 사람에게라도 알리지 않고는 견딜 수 없는 충동을 받는 까닭이다.

그러나 나는 단언한다. 군도 사람이거니 나의 말하는 것을 부인치는 못하리라.

# 2

김군! 내가 고향을 떠난 것은 오 년 전이다. 이것은 군도 아는 사실이다. 나는 그때에 어머니와 아내를 데리고 떠났다. 내가 고향을 떠나 간도로 간 것은 너무도 절박한 생활에 시든 몸이 새 힘을 얻을까 하여 새 희망을 품고 새 세계를 동경하여 떠난 것도 군이 아는 사실이다.

—간도는 천부금탕⁴이다. 기름진 땅이 흔하여 어디를 가든지 농사를 지을 수 있고 농사를 잘 지으면 쌀도 흔할 것이다. 삼림이 많으니 나무 걱정도 될 것이 없다.

농사를 지어서 배불리 먹고 뜨뜻이 지내자. 그리고 깨끗한 초가나 지어놓고 글도 읽고 무지한 농민들을 가르쳐서 이상촌을 건설하리라. 이렇게 하면 간도의 황무지를 개척할 수도 있다.

이것이 간도 갈 때의 내 머릿속에 그렸던 이상이었다. 이때에 나는 얼마나 기뻤으랴! 두만강을 건너고 오랑캐령을 넘어서 망망한 평야와 산천을 바라볼 때 청춘의 내 가슴은 이상의 불길에 탔다. 구수한 내 소리와 헌헌⁵한 내 행동에 어머니와 아내도 기뻐하였다.

오랑캐령에 올라서니 서북으로 쏠려오는 봄 세찬 바람이 어떻게 뺨을 갈기는지.

"에그 칩구나! 여기는 아직도 겨울이로구나."

어머니는 수레 위에서 이불을 뒤집어썼다.

"무얼요, 이 바람을 많이 맞아야 성공이 올 것입니다."

나는 가장 씩씩하게 말하였다. 이처럼 나는 기쁘고 활기로웠다.


# 3


김군! 그러나 나의 이상은 물거품에 돌아갔다. 간도 들어서서 한 달이 못 되어서부터 거친 물결은 우리 세 생령(生靈)의 앞에 기탄없이 몰려왔다.

나는 농사를 지으려고 밭을 구하였다. 빈 땅은 없었다. 돈을 주고 사기 전에는 한 평의 땅이나마 손에 넣을 수 없었다. 그렇지 않으면 지나인(支那人)의 밭을 도조⁶나 타조⁷로 얻어야 된다. 일년 내 중국 사람에게서 양식을 꾸어 먹고 도조나 타조를 지으면 가을 추수는 빚으로 다 들어가고 또 처음 꼴이 된다. 그러나 농사라고 못 지어본 내가 도조나 타조를 얻는대야 일 년 양식 빚도 못될 것이고 또 나 같은 시로도⁸에게는 밭을 주지 않았다.

생소한 산천이요, 생소한 사람들이니, 어디 가 어쩌면 좋을는지? 의논할 사람도 없었다. H라는 촌 거리에 셋방을 얻어가지고 어름어름하는 새에 보름이 지나고 한 달이 넘었다. 그새에 몇 푼 남았던 돈은 다 부러먹고⁹ 밭은 고사하고 일자리도 못 얻었다.

나는 팔을 걷고 나섰다. 이리저리 돌아다니면서 구들도 고쳐주고 가마도 붙여주었다. 이리하여 호구하게 되었다. 이때 H장에서는 나를 온돌쟁(구들 고치는 사람)이라고 불렀다. 갈아입을 의복

18

이 없는 나는 늘 숯검정이 꺼멓게 묻은 의복을 벗을 새가 없었다.

H장은 좁은 곳이다. 구들 고치는 일도 늘 있지 않았다. 그것으로 밥 먹기는 어려웠다. 나는 여름 불볕에 삯김도 매고 꼴도 베어 팔았다. 그리고 어머니와 아내는 삯방아 찧고 강가에 나가서 부스러진 나뭇개비를 주워서 겨우 연명하였다.

김군! 나는 이때부터 비로소 무서운 인간고(人間苦)를 느꼈다. 아아, 인생이란 과연 이렇게도 괴로운 것인가? 하는 것을 나는 생각하게 되었다. 나는 나에게 닥치는 풍파 때문에 눈물 흘린 일은 이때까지 없었다. 그러나 어머니가 나무를 줍고 젊은 아내가 삯방아를 찧을 때! 나의 피는 끓었으며 나의 눈은 눈물에 흐려졌다.

"에구, 차라리 내가 드러누워 앓고 있지, 네 괴로워하는 꼴은 차마 못 보겠다."

이것은 언제 내가 병들어 신음할 때에 어머니가 울면서 하신 말씀이다. 이것을 무심히 들었던 나는 이때에야 이 말의 참뜻을 느꼈다.

"아아, 차라리 나의 고기가 찢어지고 뼈가 부서지는 것은 참을 수 있으나, 내 눈앞에서 사랑하는 늙은 어머니나 아내가 배를 주리고 남의 멸시를 받는 것은 참으로 견디기 어렵구나!"

나는 이렇게 여러 번 가슴을 쳤다. 나는 밤이나 낮이나, 비 오나 바람이 치나 헤아리지 않고 삯김, 삯심부름, 삯나무, 무엇이든지 가리지 않았다.

"오늘도 배고프겠구나. 아침도 변변히 못 먹고. 나는 너 배 주리잖는 것을 보았으면 죽어도 눈을 감겠다."

내가 삯일을 하다가 늦게 돌아오면 어머니는 우실 듯하게 말씀
하셨다. 그러나 나는 흔연하게,

"배는 무슨 배가 고파요."

대답하였다.

내 아내는 늘 별말이 없었다. 무슨 일이든지 시키는 대로 소곳
하고 아무 소리 없이 순종하였다. 나는 그것이 더욱 불쌍하게 생
각되었다. 나는 어머니보다도 아내 보기가 퍽 부끄러웠다.

"경제의 자립도 못 되는 내가 왜 장가를 들었누?"

이것이 부모의 한 일이건만 나는 이렇게도 탄식하였다. 그럴수
록 아내에게 대하여 황공하였고 존경하였다.

어떻게 하면 살 수 있을까?…… 이러한 생각은 이때 내 머리를
몹시 때렸다. 이때 나에게는 부지런한 자에게 복이 온다 하는 말
이 거짓말로 생각되었다. 그 말을 지상의 격언으로 굳게 믿어온
나는 그 말에 도리어 일종의 의심을 품게 되었고 나중은 부인까
지 하게 되었다.

부지런하다면 이때 우리처럼 부지런함이 어디 있으며 정직하다
면 이때 우리 식구같이 정직함이 어디 있으랴? 그러나 빈곤은 날
로 심하였다. 이틀 사흘 굶은 적도 한두 번이 아니었다. 한 번은
이틀이나 굶고 일자리를 찾다가 집으로 들어가니 부엌 앞에 앉았
던 아내가 (아내는 이때에 아이를 배서 배가 남산만 하였다) 무엇을
먹다가 깜짝 놀란다. 그리고 손에 쥐었던 것을 얼른 아궁이에 집
어넣는다. 이때 불쾌한 감정이 내 가슴에 떠올랐다.

"무얼 먹을까? 어디서 무엇을 얻었을까? 무엇이길래 어머니와

나 몰래 먹누? 아! 예편네란 그런 것이로구나! 아니 그러나 설마…… 그래도 무엇을 먹던데……"

나는 이렇게 아내를 의심도 하고 원망도 하고 밉게도 생각하였다. 아내는 아무 말 없이 어색하게 머리를 숙이고 앉아서 씩씩 하다가 밖으로 나간다. 그 얼굴은 좀 붉었다.

아내가 나간 뒤에 나는 아내가 먹다가 던진 것을 찾으려고 아궁이를 뒤졌다. 싸늘하게 식은 재를 막대기로 뒤져내니 벌건 것이 눈에 띄었다. 나는 그것을 집었다. 그것은 귤껍질[橘皮]이다. 거기는 베먹은 잇자국이 났다. 귤껍질을 쥔 나의 손은 떨리고 잇자국을 보는 내 눈에는 눈물이 괴었다.

김군! 이때 나의 감정을 어떻게 표현하면 적당할까?

'오죽 먹고 싶었으면 오죽 배고팠으면, 길바닥에 내던진 귤껍질을 주워 먹을까! 더욱 몸 비잖은[10] 그가! 아아, 나는 사람이 아니다. 그러한 아내를 나는 의심하였구나! 이놈이 어찌하여 그러한 아내에게 불평을 품었는가? 나 같은 간악한 놈이 어디 있으랴. 내가 양심이 부끄러워서 무슨 면목으로 아내를 볼까?'

이렇게 생각하면서 나는 느껴가며 눈물을 흘렸다. 귤껍질을 쥔 채로 이를 악물고 울었다.

"야, 어째 우느냐? 일어나거라. 우리도 살 때 있겠지, 늘 이렇겠느냐."

하면서 누가 어깨를 친다. 나는 그것이 어머니인 것을 알았다. 나는,

"아이구 어머니, 나는 불효외다."

하면서 어머니의 발을 안고 자꾸자꾸 울고 싶었다. 그러나 나는
아무 소리 없이 가슴을 부둥켜안고 밖으로 나왔다.

"내가 왜 우누? 울기만 하면 무엇 하나? 살자! 살자! 어떻게든
지 살아보자! 내 어머니와 내 아내도 살아야 하겠다. 이 목숨이
있는 때까지는 벌어보자!"

나는 이를 갈고 주먹을 쥐었다. 그러나 눈물은 여전히 흘렀다.
아내는 말없이 울고 서 있는 내 곁에 와서 손으로 치마끈을 만지
작거리며 눈물을 떨어뜨린다. 농삿집에서 길러난 아내는 지금도
어찌 수줍은지 내가 울면 같이 울기는 하여도 어떻게 말로 위로
할 줄은 모른다.


4


김군! 세월은 우리를 위하여 여름을 항상 주지 않았다.

서풍이 불고 서리가 내리기 시작하였다. 찬 기운은 헐벗은 우리
를 위협하였다. 가을부터 나는 대구어(大口魚) 장사를 하였다. 삼
원을 주고 대구 열 마리를 사서 등에 지고 산골로 다니면서 콩〔大
豆〕과 바꾸었다. 그러나 대구 열 마리는 등에 질 수 있었으나 대
구 열 마리를 주고받은 콩 열 말은 질 수 없었다. 나는 하는 수 없
이 삼사십 리나 되는 곳에서 두 말씩 두 말씩 사흘 동안이나 져
〔負〕왔다. 우리는 열 말 되는 콩을 자본(資本) 삼아 두부(豆腐) 장
사를 시작하였다.

아내와 나는 진종일 맷돌질을 하였다. 무거운 맷돌을 돌리고 나면 팔이 뚝 떨어지는 듯하였다. 내가 이렇게 괴로울 적에 해산(解産)한 지 며칠 안 되는 아내의 괴로움이야 어떠하였으랴? 그는 늘 낯이 부석부석하였다. 그래도 나는 무슨 불평이 있는 때면 아내를 욕하였다. 그러나 욕한 뒤에는 곧 후회하였다.

콧구멍만 한 부엌방에 가마를 걸고 맷돌을 놓고 나무를 들이고 의복가지를 걸고 하면 사람은 겨우 비비고 들어앉게 된다. 뜬 김에 문창은 떨어지고 벽은 눅눅하다. 모든 것이 후줄근하여 의복을 입은 채 미지근한 물속에 들어앉은 듯하였다. 어떤 때는 애써 갈아놓은 비지가 이 뜬 김 속에서 쉬어버린다. 두부물이 가마에서 몹시 끓어 번질 때에 우윳(牛乳)빛 같은 두부물 위에 빠다빛 같은 노란 기름이 엉기면(그것은 두부가 잘 될 징조다) 우리는 안심한다. 그러나 두부물이 회멀끔해지고 기름기가 돌지 않으면 거기만 시선(視線)을 쏘고 있는 아내의 낯빛부터 글러가기 시작한다. 초를 쳐보아서 두부발이 서지 않고 매캐지근하게[11] 풀려질 때에는 우리의 가슴은 덜컥 한다.

"또 쉰 게로구나! 저를 어찌누?"

젖을 달라고 빽빽 우는 어린아이를 안고 서서 두부물만 들여다보시던 어머니는 목멘 말씀을 하시면서 우신다. 이렇게 되면 온 집안은 신산[12]하여 말할 수 없는 음울, 비통, 처참, 소조[13]한 분위기에 싸인다.

"너 고생한 게 애닲구나! 팔이 부러지게 갈아서…… 그거(두부) 팔아서 장을 보려고 태산같이 바랐더니……"

어머니는 그저 가슴을 뜯으면서 운다. 아내도 울듯울듯이 머리를 숙인다. 그 두부를 판대야 큰 돈은 못 된다. 기껏 남는대야 이십 전이나 삼십 전이다. 그것으로 우리는 호구를 한다. 이십 전이나 삼십 전에 어머니는 운다. 아내도 기운이 준다. 나까지 가슴이 바짝바짝 조인다.

그날은 하는 수 없이 쉰 두부물로 때를 에우고[14] 지낸다. 아이는 젖을 달라고 밤새껏 빽빽거린다. 우리의 살림에는 어린것도 귀찮았다.

<br>

## 5

<br>

울면서 겨자 먹기로 괴로운 대로 또 두부를 하지 않으면 안 된다. 그러나 이번에는 땔나무가 없다. 나는 낫[鎌]을 들고 떠난다. 내가 낫을 들고 떠나면 산후여독(産後餘毒)으로 신음하는 아내도 낫을 들고 말없이 나를 따라 나선다. 어머니와 나는 굳이 만류하나 아내는 듣지 않는다.

내 손으로 하는 나무이건만 마음 놓고는 못 한다. 산 임자에게 들키면 여간한 경을 치지 않는다. 그러므로 우리는 황혼이면 산에 가서 도적나무를 하여 지고 밤이 깊어서 돌아온다. 아내는 이고 나는 지고 캄캄한 밤에 산비탈로 내려오다가 발이 미끄러지거나 돌에 차이면 나는 곤두박질을 하여 나뭇짐 속에 든다. 아내는 소리없이 이었던 나무를 내려놓고 나뭇짐에 눌려서 버둥거리는 나를 겨우 끄집어 일으킨다. 그러나 내가 나뭇짐을 지고 일어나면 아내는 혼자 나뭇단을 이지 못한다. 또 내가 나뭇짐을 벗고 아내에게 이어주면 나는 추어주는 이 없이는 나뭇짐을 질 수 없다. 하는 수 없이 나는 어떤 높은 바위 위에 벗어놓고 (후에 지기 편하도록) 아내에게 이어준다. 이리하여 산비탈을 내려오면, 언제 왔는지 어머니는 애를 업고 우들우들 떨면서 산 아래서 기다리시다가도,

"인제 오니? 나는 너 또 붙들리지나 않는가 하여 혼이 났다."
하신다. 이때마다 내 가슴은 저렸다. 나는 이렇게 나무 도적질을 하다가 중국 경찰서에까지 잡혀가서 여러 번 맞았다.

이때 이웃에서는 우리를 조소하고 경찰서에서는 우리를 의심하였다.

"흥, 신수가 멀쩡한 연놈들이 그 꼴이야, 어디 가 일자리도 구하지 않구. 그 눈이 누래서 두부 장사 하는 꼬락서니는 참 더러워서 못 보겠네. 불알을 달고 나서 그렇게야 살리?"

이것은 이웃 남녀가 비웃는 소리였다. 그리고 어떤 산 임자가 나무 잃은 고발을 하면 경찰서에서는 불문곡직하고 우리 집부터 수색하고 질문하면서 나를 때린다. 그러나 나는 호소할 것이 없었다.


6


김군! 이러구러 겨울은 점점 깊어가고 기한(飢寒)은 점점 박두

하였다. 일자리는 없고…… 그렇다고 손을 털고 앉았을 수는 없었다. 모든 식구가 퍼러퍼래서[15] 굶고 앉은 꼴을 나는 그저 볼 수 없었다. 시퍼런 칼이라도 들고 하루라도 괴로운 생을 모면하도록 그네들을 쿡쿡 찔러 없애고 나까지 없어지든지, 그렇지 않으면 칼을 들고 나서서 강도질이라도 하여서 기한을 면하든지 하는 수밖에는 더 도리가 없게 절박하였다. 나는 일이 없으면 없느니만치, 고통이 닥치면 닥치느니만치 내 번민은 컸다. 나는 어떤 날은 거의 얼빠진 사람처럼 눈을 감고 깊은 생각에 잠긴 일도 있었다.

이때 내 머릿속에서는 머리를 움실움실 드는 사상이 있었다(오늘날에 생각하면 그것은 나의 전 운명을 결정할 사상이었다).

그 생각은 누구의 가르침에 일어난 것도 아니거니와 일부러 일으키려고 애써서 일어난 것도 아니다. 봄 풀싹같이 내 머릿속에서 점점 머리를 들었다.

──나는 여태까지 세상에 대하여 충실하였다. 어디까지든지 충실하려고 하였다. 내 어머니, 내 아내까지도…… 뼈가 부서지고 고기가 찢기더라도 충실한 노력으로 살려고 하였다. 그러나 세상은 우리를 속였다. 우리의 충실을 받지 않았다. 도리어 충실한 우리를 모욕하고 멸시하고 학대하였다.

우리는 여태까지 속아 살았다. 포악하고 허위스럽고 요사한 무리를 용납하고 옹호하는 세상인 것을 참으로 몰랐다. 우리뿐 아니라 세상의 모든 사람들도 그것을 의식치 못하였을 것이다. 그네들은 그러한 세상의 분위기에 취하였다. 나도 이때까지 취하였다. 우리는 우리로서 살아온 것이 아니라 어떤 험악한 제도의 희생자로서 살아왔다.

김군! 나는 사람들을 원망치 않는다. 그러나 마주(魔酒)에 취하여 자기의 피를 짜 바치면서도 깨지 못하는 사람을 그저 볼 수 없다. 허위와 요사와 표독과 게으른 자를 옹호하고 용납하는 이 제도는 더욱 그저 둘 수 없다.

——이 분위기 속에서는 아무리 노력하여도 충실하여도 우리는 우리의 생(生)의 만족을 느낄 날이 없을 것이다. 어찌하여 겨우 연명을 한다 하더라도 죽지 못하는 삶이 될 것이요, 그 영향은 자식에게까지 미칠 것이다. 나는 어미 품속에서 빽빽 하는 어린것의 장래를 생각할 때면 애잡짤한[16] 감정과 분함을 금할 수 없다. 내가 늘 이 상태면(그것은 거의 정한 이치다) 그에게는 상당한 교양은 고사하고, 다리 밑이나 남의 집 문간에 버리게 될 터이니, 아! 삶을 받은 한 생령을 죄없이 찌그러지게 하는 것이 어찌 애달프지 않으며 분치 않으랴? 그렇다 하면 그것을 나의 죄라 할까?

김군! 나는 더 참을 수 없었다. 나는 나부터 살리려고 한다. 이때까지는 최면술에 걸린 송장이었다. 제가 죽은 송장으로 남(식구들)을 어찌 살리랴? 그러려면 나는 나에게 최면술을 걸려는 무리를, 험악한 이 공기의 원류를 처부수려고 하는 것이다.

나는 이것을 인간의 생의 충동(衝動)이며 확충(擴充)이라고 본다. 나는 여기서 무상의 법열(法悅)을 느끼려고 한다. 아니 벌써부터 느껴진다. 이 사상이 드디어 나로 하여금 집을 탈출케 하였으며, ××단에 가입케 하였으며, 비바람 밤낮을 헤아리지 않고 벼랑 끝보다 더 험한 ×선에 서게 한 것이다.

김군! 거듭 말한다. 나도 사람이다. 양심을 가진 사람이다. 애정을 가진 사람이다. 내가 떠나는 날부터 식구들은 더욱 곤경에 들 줄도 나는 알았다. 자칫하면 눈 속이나 어느 구렁에서 죽는 줄도 모르게 굶어 죽을 줄도 나는 잘 안다. 그러므로 나는 이곳에서도 남의 집 행랑어멈이나 아범이며, 노두에 방황하는 거지를 무심히 보지 않는다. 아! 나의 식구도 그럴 것을 생각할 때면 자연히 흐르는 눈물과 뿌직뿌직 찢기는 가슴을 덮쳐잡는다.

그러나 나는 이를 갈고 주먹을 쥔다. 눈물을 아니 흘리려고 하며 비애에 상하지 않으려고 한다. 울기에는 너무도 때가 늦었으며 비애에 상하는 것은 우리의 박약을 너무도 표시하는 듯싶다. 어떠한 고통이든지 참고 분투하려고 한다.

김군! 이것이 나의 탈가한 이유를 대략 적은 것이다. 나는 나의 목적을 이루기 전에는 내 식구에게 편지도 하지 않으려고 한다. 그네가 죽어도, 내가 또 죽어도……

나는 이러다가 성공 없이 죽는다 하더라도 원한이 없겠다. 이 시대, 이 민중의 의무를 이행한 까닭이다.

아아, 김군아! 말은 다하였으나 정은 그저 가슴에 넘치누나!

1925. 정월 作

# 박돌<sub>朴乭</sub>의 죽음

1

　밤은 자정이 훨씬 넘었다.

　이웃의 닭소리는 검푸른 새벽빛 속에 맑게 흐른다. 높고 푸른 하늘에 야광주¹를 뿌려놓은 듯이 반짝이는 별들은 고요한 대지를 향하여 무슨 묵시를 주고 있다. 나뭇잎에서는 이슬 듣는 소리가 고요하다. 여름밤이건만 새벽녘이 되니 부드럽고도 쌀쌀한 기운이 추근하게² 만상(萬象)을 소리 없이 싸고돈다.

　남자인지, 여자인지, 어둠 속에 잘 분간할 수 없는 히슥한³ 그림자가 동계사무소(洞契事務所) 앞 좁은 골목으로 허둥허둥 뛰어나온다.

　고요한 새벽 이슬기에 추근한 땅을 울리면서 나오는 발자취는 퍽 산란하다. 쿵쿵 하는 음향(音響)은 여러 집 울타리를 넘고 지붕을 건너서 어둠 속으로 어둠 속으로 규칙 없이 퍼져나간다.

어느 집 개가 몹시 짖는다. 또 다른 집 개도 컹컹 짖는다. 캥캥한 발바리 소리도 난다.

뛰어나오는 그림자는 정직상점(正直商店) 뒷골목으로 획 돌아서 내려간다. 쿵쿵쿵……

서너 집 내려와서 어둠 속에 잿빛같이 보이는 커다란 대문 앞에 딱 섰다. 헐떡이는 숨소리는 고요한 공기를 미미히 울린다. 그 그림자는 대문에 탁 실린다. 빗장과 대문이 맞찍겨서[4] 삐걱 하고는 열리지 않았다.

"문으 좀 벗겨주오!"

무엇에 쫓긴 듯이 황겁한[5] 소리는 대문 안 마당의 어둠을 뚫고 저편, 푸른 하늘 아래 용마루선(線)이 죽 그인 기와집에 부딪혔다.

"문으 좀 열어주오!"

이번에는 대문을 두드리고 밀면서 고함을 친다. 소리는 퍽 황겁하나 가늘고 챙챙한[6] 것이 여자다 하는 것을 직각케 한다.

"에구 어찌겠는구? 이 집에서 자음메? 문으 빨리 벗겨주오!"

절망한 듯이 애처로운 소리를 치면서 문을 쿵쿵 치다가는 삐걱삐걱 밀기도 하고, 땅에다가 배를 붙이고 대문 밑으로 기어들어 가려고도 애를 쓴다. 대문 울리는 소리는 주위의 공기를 흔들었다.

이웃집 개들은 그저 몹시 짖는다.

닭은 홰를 치고 꼬꾀요 한다.

"그게 뉘기요?"

안에서 선잠 깬 여편네 소리가 들린다.

"에구 깼구먼!"

엎드려서 배밀이하던 여인은 벌떡 일어나면서,

"내요, 문으 좀 벗겨주오!"

한다. 그 소리는 아까보단 좀 나직하다.

"내라는 게 뉘기오? 어째 왔소?"

안에서는 문을 벌컥 열었다. 열린 문이 벽에 부닥치는 소리가 탁 하고 울타리에 반향하였다.

"초시(初試) 있소? 급한 병이 있어서 그럼메!"

컴컴하던 집 안에 성냥불 빛이 거물거물하다가 힘없이 스러지는 것이 대문 틈으로 보였다. 다시 성냥불 빛이 번득하더니 당그렁 잘랑 하는 램프 유리의 부닥치는 소리와 같이 환한 불빛이 문으로 흘러나와 검은 땅을 스쳐 대문에 비쳤다. "에헴" 하는 사내의 기침 소리가 들렸다. 칙칙거리는 어린애 울음소리가 난다. 불빛이 언뜻하면서 문으로 여인이 선잠 깬 하품 소리를 "으앙" 하며 맨발로 저벅저벅 나와서 대문 빗장을 뽑았다.

"뉘기오?"

들어오는 사람을 기웃이 본다.

"내요."

밖에 섰던 여인은 대문 안에 들어섰다.

"나는 또 뉘기라구? 어째서 남 자는 밤에 이 야단이오?"

안에서 나온 여인은 입을 씰룩하였다.

"에구 박돌(朴乭)이 앓아서 그럼메! 초시 있소?"

밖에서 들어온 여인은 떨리는 목소리로 아첨 비슷하게, 불빛에 오른쪽 볼이 붉은 주인 여편네를 건너다본다.

"있기는 있소!"

주인 여편네는 휙 돌아서서 안으로 들어가더니,

"저두에 파충댁이로구마! 의원이구 약국이구 걷어치우오! 잠두 못 자게 하구!"

소리를 지른다. 캥캥한 소리는 몹시 쌀쌀하였다. 지금 온 여인은 툇마루 아래에 서서 머리를 숙였다 들면서 한숨을 휴 쉬었다.

정주(鼎廚)에서 한참 동안이나 부스럭부스럭 하는 소리가 나더니 사잇문 소리가 덜컥 하면서 툇마루 놓인 방문 창에 불빛이 그득 찼다.

"에헴, 들오!"

다 쉬어빠진 호박통을 두드리는 듯한 사내의 소리가 들린다. 밖에 섰던 여인은 툇마루에 올라섰다. 문을 열었다. 방에서 흘러나오는 불빛은 마루에 떨어졌다. 약 냄새는 코를 쿡 찌른다.


2


"하, 그거 안됐군. 그러나 나는 갈 수 없는데……"

몸집이 뚱뚱하고 얼굴에 기름이 번질번질한 의사(김초시)는 창문 정면에 놓인 약장에 기대앉았다.

"에구 초시사, 그래 쓰겠소? 어서 가 봐주오."

문 앞에 황공스럽게 쫑그리고[7] 앉은 여인의 사들사들[8]한 낯에는 어색한 웃음이 떠올랐다.

　"글쎄 웬만하문사 그럴 리 있겠소마는, 어제부터 아파서 출입이라구 못하고 있소. 에헴, 에헴, 악."

　의사는 입에 물었던 담뱃대를 뽑아들더니 안 나오는 기침을 억지로 끄집어내어 가래를 타구에 받는다.

　"그게(박돌) 애비 없이 불쌍히 자란 게 죽어서 쓰겠소? 거저 초시께 목숨이 달렸으니 살려주오."

　의사는 땟국이 꾀죄한 여인을 힐끗 보더니,

　"별말을 다 하오. 내 염라대왕이니 목숨을 쥐고 있겠소? 글쎄 하늘이 무너진대도 못 가겠소."

하며 담배 연기를 획 내뿜고 이마를 찡기면서 천장을 쳐다본다. 흰 연기는 구름발같이 휘휘 돌아서 꺼멓게 그은 약봉지를 대롱대롱 달아놓은 천장으로 기어올라서는 다시 죽 퍼져서 방 안에 찼다. 오줌 냄새, 약 냄새에 여지없는 방 안의 공기는 캐한 연기와 어울려서 코가 저리도록 불쾌하였다.

　"제발 살려줍시요. 네? 그 은혜는 뼈를 갈아서라도 갚아드리오리! 네 어서 가 봐주오."

　"글쎄 못 가겠는 거 어찌겠소? 이제 바람을 쏘이고 걷고 나면 죽게 않겠으니…… 남을 살리자다가 제 죽겠소."

　"가기는 어듸로 간단 말이오? 어제헤르, 그레, 또 밤새끈 앓구서리."

　의사의 말 뒤를 이어 정주에서 주인 여편네가 캥캥거린다.

여인은 머리를 푹 숙이고 앉았더니,

"그러문 약이라도 멧 첩 지어주오."

한다.

"약종⁹이 부족해서 약을 못 짓는데."

의사는 몸을 비틀면서 유들유들한 목을 천천히 돌려서 약장을 슬근히¹⁰ 돌아본다.

"약값 염례는 조곰도 말고 좀 지어주오!"

"아, 글쎄 약종이 없는 것을 어떻게 짓는단 말이오? 자, 이거 보오!"

하더니 빈 약 서랍 하나를 뽑아서 방바닥에 덜컥 놓는다.

"집에 돼지 새끼 하나 있으니 그거 모레 장에 팔아드릴께 좀 지어주오."

"하, 이 앞집 김주사도 어제 약 지러 왔다가 못 지어 갔소."

의사는 어이없다는 듯이 입을 벌린다.

"그래 못 져주겠소?"

푹 꺼진 여인의 눈은 이상스럽게 의사의 낯을 쏘았다. 의사는,

"글쎄 어떻게 짓겠소?"

하면서 여인이 보내는 시선을 피하려는 듯이 미닫이 두껍집에 붙인 산수화(山水畵)를 본다.

"에구, 내 박돌이는 죽는구나! 한심한 세상두 있는게?"

여인의 소리는 애참하게¹¹ 울음에 젖었다. 때가 지덕지덕¹²한 뺨을 스쳐 흐르는 눈물은 누더기 같은 치마에 떨어졌다.

"에, 곤하군. 아함! 어서 가보오."

의사는 하품과 기지개를 치면서 일어섰다. 여인은 눈물을 쓱쓱 씻더니 벌컥 일어섰다.

"너무 한심하구면! 돈이 없다구 너무 업시비 보지 마오. 죽는 사람을 살려주문 어떠오? 혼자 잘사오."

여인의 눈에는 이상한 불빛이 섬뜩하였다. 그 목소리는 싹 에는[13] 듯이 아즈럽게[14] 들렸다. 의사는 가슴이 꿈틀하였다.


## 3


여인은 갔다.

한 집 건너 두 집 건너 닭 우는 소리가 요란하다. 이웃에서 개 짖는 소리도 들렸다.

포플러 잎에서는 이슬 듣는 소리가 은은하다.

"별게 다 와서 성화를 시키네!"

여인이 간 뒤에 의사는 대문을 채우고 안으로 들어오면서 중얼거렸다.

"그까짓 거렁뱅들께 약을 주구 언저게 돈을 받겠소? 아예 주지 마오."

주인 여편네는 뾰로통해서 양양거린다.

"흥, 그리게 뉘기 주나?"

의사는 방문을 닫으면서 승리나 한 듯이 콧소리를 친다.

"약만 주어 보오? 그놈의 약장, 도끼로 마사놓게."

의사의 내외는 다시 불을 끄고 자리에 누웠으나 두루 뒤숭숭하여 졸음이 오지 않았다.


4


"에구, 제마(어머니)! 에구 배야!"

박돌이는 이를 갈고 두 손으로 배를 웅크려 잡으면서 몸을 비비틀기도 하고 벌떡 일어나 앉았다는 다시 눕고, 누웠다가는 엎드리고 하여 몸 지접[15]할 곳을 모른다.

"에구, 내 죽겠소! 왝, 왝."

시리하고 넌들넌들[16]한 검푸른 액(液)을 코와 입으로 토한다. 토할 때마다 그는 소름을 치고 가슴을 뜯는다. 뱃속에서는 꾸르르꿀 꾸르르꿀 하는 물소리가 쉴 새 없다. 물소리가 몹시 나다가 좀 멎는다 할 때면 쏴 뿌드득 뿌드득 쏴 하고 설사를 한다. 마대 조각으로 되는 대로 기워서 입은 누덕바지는 벌써 똥물에 죽이 되었다.

"에구, 어찌겠니? 이원(醫院) 놈도 안 봐주니…… 글쎄 이게 무슨 갑작병인구?"

어머니는 토하는 박돌의 이마를 잡고 등을 친다.

"에구, 이거 어찌겠는구? 배 아프냐?"

어머니는 핏발이 울울한[17] 박돌의 눈을 들여다보았다. 눈이 휘둥그레서 급한 호흡을 치는 박돌이는 턱 드러누우면서 머리만 끄

덕인다. 어머니는 박돌의 배를 이리저리 누르면서,

"여기냐? 어듸 여기는 아니 아프냐? 응, 여기두 아프냐?"

두서없이 거듭거듭 묻는다.

"골은 아니 아프냐? 골두 아프지?"

그는 빤한[18] 기름불 속에 열이 끓어서 검붉게 보이는 박돌의 이마를 짚었다. 박돌이는 으흐 으흐 하면서 머리를 꼬드기려다가[19] 또 왝 하면서 모로 누웠다. 입과 코에서는 넌들넌들한 건물[20]이 울컥 주르륵 흘렀다.

"에구! 제마! 에구 내 죽겠소! 헤구!"

박돌이는 또 쏜다. 그의 바지는 벗겼다.[21] 꺼끌꺼끌한 거적자리 위에 누운 그의 배는 등에 착 달라붙었다. 그는 가슴을 치고 쥐어뜯고, 목을 늘였다 쪼그리면서 신음한다.

"늬 죽겠구나! 응 박돌아, 박돌아! 야, 정신을 차려라. 에구, 약 한 첩 못 써보고 마는구나! 침(鍼)이래도 맞혀봤으면 좋겠구나!"

박돌이는 낯빛이 검푸르면서 도끼눈을 떴다. 목에서는 담 끓는 소리가 퍽 괴롭게 들렸다.

"에구, 뒷집 생원(서방님)은 어째 아니 오는지, 박돌아!"

박돌이는 눈을 떴다. 호흡은 급하고 높았다.

"제마! 주[橘]²²를 먹었으믄!"

"줄[橘]으? 에구, 줄이 어듸 있니?"

어머니는 한숨을 쉬면서 등불을 쳐다본다. 그 눈에는 눈물이 고였다.

"그러문 냉수(冷水)를 좀 주오!"

"에구, 찬물을 자꾸 먹구 어찌겠니?"

"애고고고."

박돌이는 외마디소리를 치더니 도끼눈을 뜨면서 이를 빡 간다.

뒷집에 있는 젊은 주인이 나왔다. 어둑충충한[23] 등불 속에서 무겁게 흐르던 께저분한[24] 공기는 새로 들어온 사람에게 몰려들었다. 젊은 주인은 부엌에 선 대로 구들을 올려다보면서 이마를 찡그렸다.

찢기고 뚫어지고 흙투성이 된 거적자리 위에서 신음하는 박돌모자의 그림자는 혼탁(混濁)한 공기와 빤한 불빛 속에 유령(幽靈)같이 보였다.

"어째 이원(醫員)은 아니 보임메?"

젊은 주인은 책망 비슷하게 내뿜었다.

"김초시더러 봐달라니 안 옵데. 돈 없는 사람이라구 봐주겠소? 약두 아니 져주던데!"

박돌 어미의 소리는 소박을 맞아가는 젊은 여자의 한탄같이 무엇을 저주하는 듯 떨렸다.

"뜸이나 떠보지비?"

"그래 볼까? 어디를 어떻게 뜨믄 좋은지? 생원이 좀 떠주겠소? 떠주오. 내 쑥은 얻어올께."

"아, 그것두 뜰 줄 모릅네? 숫구녕[25]에 쑥을 비벼 놓고 불을 달믄 되지! 그런 것두 모르구 어떻게 사오?"

"떠봤을세 알지, 내 어떻게 알겠소!"

박돌 어미는 어색한 웃음을 지으면서 젊은 주인을 쳐다보았다.

"체하자 났소?"[26]

"글쎄 어쨌는둥?"

박돌 어미는 박돌이를 본다.

"어젯밤에 무스거 먹었소?"

"갱게(감자)를 삶아 먹구…… 그리구 너무도 먹구 싶어하기에 뒷집에서 버린 고등어 대가리를 삶아 먹구서는 먹은 게 없는데!"

"응, 그게로군! 문(傷)[27] 고등에 대가리를 먹으문 죽는대두! 그 거는 무에라구 축축스럽게[28] 줏어먹소?"

젊은 주인은 입을 씰룩하였다.

"에구, 그게(고등어) 그런가? 나는 몰랐지! 에구, 너무두 먹구 싶어서 먹었더니 그렇구마. 그래서 나도 골과 배가 아프던 게로 군! 그러나 나는 이내 겨워(토하여)버렸더니 일 없구면."

박돌 어미는 매를 든 노한 상전 앞에 선 어린 종같이 젊은 주인 을 쳐다본다.

"우리 집에 쑥이 있으니 갖다 뜸이나 떠주오. 에익, 축축하게 썩은 고기 대가리를 먹다니?"

젊은 주인은 뒤도 안 돌아보고 나가버린다.

"에구, 한심한 세상도 있는게! 이원만 그런 줄 알았더니 모두 그렇구나!"

박돌 어미의 눈에는 또 눈물이 고였다. 가슴은 빠지지하다. 어 쩌면 좋을지 앞뒤가 캄캄할 뿐이다. 온 세상의 불행은 혼자 안고 옴짝달싹할 수 없이 밑도 끝도 없는 어득한 함정으로 점점 밀려 들어가는 듯하였다.

쭝그리고 무릎 위에 손을 꽂고 불을 판히[29] 쳐다보는 그의 눈은 유리를 박은 듯이 까딱하지 않는다. 때가 꺼먼 코 아래 파랗게 질린 입술은 뜨거운 불기운을 받은 가지[茄子]처럼 초들초들하다.[30] 그의 눈에는 등불이 큰 물 항아리같이 보였다가는 작은 술잔같이도 보이고 두셋이나 되었다가는 햇발같이 아래위 좌우로 실룩실룩 퍼지기도 한다.

"웅, 내 이게 잊었구나!…… 쑥을 가져와야지."

박돌의 괴로운 고함 소리에 비로소 자기를 의식한 박돌 어미는 번쩍 일어섰다.


5


이웃집 닭은 세 홰나 운 지 이슥하다. 먼지와 그을음에 거뭇한 창문은 푸름하더니 훤하여졌다. 벽에 걸어놓은 등불빛은 있는가 없는가 하리만치 희미하여지고 새벽빛이, 어둑하던 방 안을 점점 점령한다.

박돌의 호흡은 점점 미미하여진다. 느른하던 수족은 점점 꼿꼿하며 차다. 피부를 들먹거리던 맥박은 식어가는 열과 같이 점점 사라져버렸다. 이제는 구토도 멎고 설사도 멎었다. 몹시 붉던 낯은 창백하여졌다.

"으응 끽."

숯구멍에 놓은 뜸쑥이 타들어서 머리카락과 살타는 소리가 뿌지직뿌지직 할 때마다 꼼짝 않고 늘어졌던 박돌이는 힘없이 감았던 눈을 떠서 애원스럽게 어머니를 쳐다보면서 괴로운 신음 소리를 친다. 그때마다 목에서 몹시 끓던 담소리는 잠깐 끊쳤다가[31] 다시 그르렁그르렁 한다.

박돌의 호흡은 각일각 미미하다. 따라서 목에서 끓는 담소리도 점점 가늘어진다.

"껵."

박돌이는 폐기[32] 한 번을 하였다. 따라서 목에서 뚝 하는 소리가 났다. 박돌이는 소리 없이 눈을 휙 휩떴다. 두 눈의 검은자위는 곤줄을 서고[33] 흰자위만 보였다. 그의 낯빛은 핼끔하고 푸르다.

"바 바…… 박돌아! 야 박돌아! 에구, 박돌아!"

어머니는 박돌의 낯을 들여다보면서 싸늘한 박돌의 가슴을 흔들었다.

"야 박돌아, 박돌아, 박돌아! 이게 어쩐 일이냐? 으응 흑흑, 껵 껵."

박돌 어미는 울면서 박돌의 가슴에 쓰러졌다.

밖에서 가고 오는 사람의 자취가 들렌다.[34] 개 짖는 소리, 닭 우는 소리, 새의 지절거리는 소리가 요란하다.


6


붉은 아침볕은 뚫어지고 찢기고 그을은 창문에 따뜻이 비쳤다.

서까래가 보이는 천장에는 까맣게 그을은 거미줄이 얼키설키 서리고 넌들넌들 달렸다. 떨어지고, 오리고, 손가락 자리, 빈대피에 장식된 벽에는 누더기가 힘없이 축 걸렸다. 앵앵 하는 파리떼는 그 누더기에 몰려들어서 무엇을 부지런히 빨고 있다. 문으로 들어서서 바로 보이는 벽에는 노끈으로 얽어 달아매놓은 시렁이 있다. 시렁 위에는 금간 사기 사발과 이 빠진 질대접 몇 개가 놓였다. 거기도 파리떼가 웅성거린다. 부엌에는 마른 쇠똥, 짚 부스러기, 흙구덩이에서 주워온 듯한 나뭇개비가 지저분하다.

뚜껑 없는 솥에는 국인지 죽인지 글어서[35] 누릿한 위에 파리떼가 어찌 욱실거리는지 물 담아놓은 파리통 같다.

먼지가 풀썩풀썩 이는 구들, 거적자리 위에 박돌이는 고요히 누웠다. 쥐마당같이 때가 지덕지덕한 그 낯은 무쇠빛같이 검푸르다. 감은 두 눈은 푹 꺼졌다. 삐쭉하게 벌어진 입술 속에 꼭 아문 누릿한 이빨이 보인다. 그의 몸에는 누더기가 걸치었다. 곁에 앉은 그 어머니는 가슴을 치면서 큰소리 없이 꺽꺽 흑흑 느껴 울다가도 박돌의 낯에 뺨을 대고는 울고, 가슴에 손을 넣어보곤 한다. 그러나 박돌이는 고요히 누웠다.

"흑흑 바…… 바…… 박돌아! 에고 내 박돌아! 너는 죽었구나! 약 한 첩 침 한 대 못 맞아보고 너는 죽었구나! 에구 하느님도 무정하지. 원통해서…… 꺽꺽 흑흑…… 글쎄 무슨 명이 그리두 짜르냐? 에구!"

그는 박돌의 가슴에 푹 엎드렸다. 박돌의 몸과 그의 머리에 모여 앉았던 파리떼는 우아 하고 날아가다가 다시 모여 앉는다.

"애비 없이 온갖 설음을 다 맡아가지고 자라다가 열두 살이나 먹구서…… 에구!"

머리를 들고 박돌의 푸른 낯을 들여다보며,

"박돌아, 야 박돌아!"

부르다가 다시 쓰러지면서,

"먹고 싶은 것도 못 먹고 입고 싶은 것도 못 입고 항상 배를 곯다가…… 좋은 세상 못 보고 죽다니? 휴! 제마! 제마! 나도 핵교(學校)를 갔으문 하는 것도 이놈의 입이 윈쉬 돼서 못 보내고! 흑흑."

그는 벌떡 일어앉았다.

"에구 하느님도 무정하지. 내 박돌이를, 내 외독자를 왜 벌써 잡아갔누? 나는 남에게 못할 짓 한 일도 없건마는."

그는 또 박돌이를 본다.

"박돌아! 에구 줄을 먹었으면 하는 것도 못 멕였구나. 이렇게 될 줄 알았드면 돼지 새끼 하나 있는 거라도 주고 먹고 싶다는 거나 갖다줄걸? 공연히 부들부들 떨었구나! 애비 어미를 잘못 만나서 그렇게 됐구나!"

어제까지 눈앞에 서물거리던[36] 아들이 죽다니? 거짓말 같기도 하고 꿈속 같기도 하다. "제마" 부르면서 툭툭 털고 일어나는 듯하다. 그는 기다리던 사람의 발자취를 들은 듯이 머리를 번쩍 들었다. 그러나 그 눈앞에는 아무도 없고 다만 액색[37]히 죽어 누운 박돌이가 보일 뿐이다.

"박돌아!"

그는 자는 애를 부르듯이 소리쳤다. 박돌이는 고요하다. 아아 참말이다. 죽었다. 저것을 흙 속에 넣어? 이렇게 다시 생각할 때 또 눈물이 쏟아지고 천지가 아득하였다. 자기가 발붙이고 잡았던 모든 희망의 줄은 툭 끊어졌다. 더 바랄 것 없다 하였다.

그는 박돌의 뺨에 뺨을 비비면서 박돌의 가슴을 안고 쓰러졌다. 그의 가슴에는 엉클엉클한[38] 연덩어리[39]가 꾹꾹 쑤심질하는 듯하고 목구멍에서는 겻불내[40]가 팽팽 돈다. 소리를 버럭버럭 가슴이 툭 터지도록 지르면서 물이든지 불이든지 헤아리지 않고 엄벙덤벙 날뛰었으면 속이 시원할 것 같다. 목구멍을 먼지가 풀썩풀썩 하는 흙덩어리로 콱콱 틀어막아서 숨쉴 틈 없는 통 속에다가 온몸을 집어넣고 꽉 누르는 듯이 안타깝고 갑갑하여 울려야 소리가 나지 않는다.

가슴이 뭉클하고 뿌지지하더니 목구멍에서 비린 냄새가 왈칵 코를 찌를 때, 그는 왝 하면서 어깨를 으쓱하였다. 그의 입에서는 검붉은 선지피가 울컥 나왔다. 그는 쇠말뚝을 꽉 겯는[41] 듯한 가슴을 부둥키고 까무러쳤다.

문구멍으로 흘러드는 붉은 볕은 두 사람의 몸 위에 똥그란 인을 쳤다.[42] 뿌연 먼지가 누런 햇발 속에 서리서리 떠오른다. 파리떼는 더욱 웅성거린다.

7

"제마! 애고! 아야! 내 제마!"

하는 소리에 박돌 어미는 머리를 번쩍 들었다. 문을 내다보는 그의 두 눈은 유난히 번득였다.

이때 그의 눈 속에는 보이는 것이 있었다.

낮인가? 밤인가? 밤 같기는 한데 어둡지 않고 낮 같기는 한데 볕이 없는 음침한 곳이다. 바람은 분다 하나 나뭇가지는 떨리지 않고 비는 온다 하나 빗소리는커녕 빗발도 보이지 않는 흐리마리한 빗속이다. 살이 피둥피둥하고 얼굴이 검붉은 자가 박돌의 목을 매어 끌고 험한 가시밭 속으로 달아난다.

"애고! 애고곡! 제…… 제마! 제마!"

박돌의 몸은 돌에 부닥치고 가시에 찢겨서 온몸이 피투성이 되었다. 피투성이 속으로 울려나오는 박돌의 신음 소리는 쩌릿쩌릿하게 들렸다.

"으응."

박돌 어미는 몸을 부르르 떨었다. 그는 머리를 번쩍 들었다. 모듭뜬[43] 두 눈에서는 이상스러운 빛이 창문을 냅다 쏜다. 그는 돼지를 보고 으르는 개처럼 이를 악물고 번쩍 일어서더니 창문을 냅다 차고 밖으로 뛰어나갔다.

먼지가 뿌연 그의 머리카락은 터부룩하여 머리를 흔드는 대로 산산이 흩날린다. 입과 코에는 피 흘린 흔적이 임리하고[44] 저고리와 치마 앞은 피투성이 되었다.

"야 이놈아, 내 박돌이를 내놔라! 에구 박돌아! 박돌아! 야 이놈으 새끼야, 우리 박돌이를 내놔라!"

그는 무엇을 뚫어지도록 눈이 퀭해 보면서 허둥지둥 뛰어간다.

"야 이놈아! 저놈이 저기를 가는구나!"

그는 동계사무소 앞 골목으로 내뛰더니 바른편으로 휙 돌아 정직상점 뒷골목으로 내리뛰면서 손뼉을 짝짝 친다. 산산한[45] 머리카락은 휘휘 날린다.

"에구 저게 웬일이냐?"

"박돌 어미가 미쳤네!"

"저게 웬 에미넨(여편네)구!"

길에 있던 사람들은 눈이 둥그레 피하면서 한 마디씩 뇐다. 웬 개 한 마리는 짖으면서 박돌 어미 뒤를 쫓아간다.

"이놈아! 저놈이 내 박돌이를 끌고 어듸를 가늬? 응, 이놈아!"

뛰어가는 박돌 어미는 소리를 치면서 이를 간다. 도끼눈을 뜨는 두 눈에는 이상스런 빛이 허공을 쏘았다. 그 모양을 보는 사람은 누구나 소름을 치고 물러선다.

"이놈아! 이놈아! 거기 놔라. 저놈이 내 박돌이를 불 속에 집어넣네…… 에구구…… 끔찍도 해라…… 에구 박돌아!"

"응 박돌아 그 돌[石]을 쮀라! 꼭 붙들어라!"

박돌 어미는 이를 빡빡 갈면서 서너 집 지나 내려오다가 커다란 대문 단 기와집으로 쑥 들이뛴다. 그 대문에는 김병원 진찰소(金丙元診察所)라는 팔분(八分)으로 쓴 간판이 붙었다.

"저놈이…… 저 방으로 들어가지? 이놈! 네 죽어봐라, 가문 어디로 가겠늬! 이놈아, 내 박돌이를 어쨌늬? 내놔라! 내 박돌이를 내놔라! 글쎄 내 박돌이를 어쨌늬?"

두 눈에 불이 횡한 박돌 어미는 툇마루 놓인 방 미닫이를 차고 뛰어 들어가서 그 집 주인 김초시의 멱살을 잡았다.

멱살을 잡힌 김초시는 눈이 둥그레서,

"이…… 이…… 이게…… 무슨 일이야?"

하며 황겁⁴⁶하여 윗방으로 들이뛰려고 한다.

"이놈아! 네가 시방 우리 박돌이를 끌어다가 불 속에 넣었지?
박돌이를 내놔라! 박돌아!"

날카롭고 처량한 그 소리에 주위의 공기는 싹싹 에어지는 듯하
였다.

"아…… 아…… 박돌이를 내 가졌느냐? 웬일이냐?"

박돌이란 소리에 김초시 가슴은 뜨끔하였다. 김초시는 벌벌 떨
면서 박돌 어미 손에서 몸을 빼려고 애를 쓴다. 두 몸은 이리 밀
리며 저리 쓰러져서 서투른 씨름꾼의 씨름 같다.

약장은 넘어지고 요강은 엎질러졌다. 우시시⁴⁷한 초약과 넌들넌
들한 가래며 오줌이 한데 범벅이 되어서 돗자리에 흩어졌다.

"야 이년아! 이 더러운 년아! 남의 집에 왜 와서 이 야단이냐?"

얼굴에 독살이 잔뜩 나서 박돌 어미에게로 달려들던 주인 여편
네는 피흔적이 임리한 박돌 어미의 입과 퀭한 그 눈을 보더니,

"에구, 저 에미네 미쳤는가!"

하면서 뒤로 주춤한다.

김초시의 멱살을 잔뜩 부여잡은 박돌 어미는 이를 야금야금하
면서 주인 여편네를 노려본다.

주인 여편네는 뛰어다니면서 구원을 청하였다.

김초시 집 마당에는 어린애 어른 할 것 없이 모여들었다. 그러

나 모두 박돌 어미의 꼴을 보고는 얼른 대들지 못한다.

"응 이놈아!"

박돌 어미는 김초시의 상투를 휘어잡으며 그의 낯에 입을 대었다.

"에구! 사람이 죽소!"

방바닥에 덜컥 자빠지면서 부르짖는 김초시의 소리는 처량히 울렸다.

사내 몇 사람은 방으로 뛰어 들어간다.

"이놈아! 내 박돌이를 불에 넣었으니 네 고기를 내가 씹겠다."

박돌 어미는 김초시의 가슴을 타고 앉아서 그의 낯을 물어뜯는다. 코, 입, 귀…… 검붉은 피는 두 사람의 온몸에 발렸다.[48]

"어째 저럼메?"

"모르겠소!"

밖에 선 사람들은 서로 의아해서 묻는다. 모든 사람은 일종 엷은 공포에 떨었다.

"그까짓 놈(김초시), 죽어도 싸지! 못할 짓도 하더니……"

이렇게 혼잣말처럼 뇌는 사람도 있다.

1925. 3月 下旬作

# 기아飢餓와 살육殺戮

## 1

경수는 묶은 나뭇짐을 짊어졌다.

힘에야 부치거나 말거나 가다가 거꾸러지더라도 일기가 사납지 않으면 좀 더하려고 하였으나 속이 비고 등이 시려서 견딜 수 없었다.

키 넘는 나뭇짐을 가까스로 진 경수는 끙끙거리면서 험한 비탈길로 엉금엉금 걸었다. 짐바가 두 어깨를 꼭 조여서 가슴은 뻐그러지는 듯하고 다리는 부들부들 떨려서 까딱하면 뒤로 자빠지거나 앞으로 곤두박질할 것 같다. 짐에 괴로운 그는,

"이놈 남의 나무를 왜 도적질해 가늬?"

하고 산 임자가 뒷덜미를 집는 것 같아서 마음까지 괴로웠다. 벗어버리고 싶은 마음이 여러 번 나다가도 식구의 덜덜 떠는 꼴을

생각할 때면 다시 이를 갈고 기운을 가다듬었다.

서북으로 쏠려오는 차디찬 바람은 그의 가슴을 창살같이 쏜다. 하늘은 담뿍 흐려서 사면은 어둑충충하다.

오 리가 가까운 집까지 왔을 때, 경수의 전신은 땀에 후줄근하였다. 몸을 움직일 때마다 의복 속으로 퀴지근한 땀 냄새가 물씬물씬 난다. 그는 부엌방 문 앞에 이르러서 나뭇짐을 진 채로 펑덩 주저앉았다.

'인제는 다 왔구나.'

하고 생각할 때, 긴장되었던 그의 신경은 줄 끊어진 활등같이 흐뭇하여져서² 손가락 하나 꼼짝할 용기도 나지 않았다.

"해해 아빠 왔다. 아빠! 해해."

뚫어진 문구멍으로 경수를 내다보면서 문을 탁탁 치는 것은 금년에 세 살 나는 학실이었다. 꿈같은 피곤에 쌓였던 경수는 문구멍으로 내다보는 그 딸의 방긋 웃는 머루알 같은 눈을 보고 연한 소리를 들을 제 극히 정결하고 순화하고 부드럽고 따뜻한, 무어라 형용키 어려운 감정이 그 가슴에 넘쳤다. 그는 문이라도 부수고 들어가서 학실이를 꼭 껴안고 그 연한 입술을 쪽쪽 빨고 싶었다.

"응, 학실이냐?"

그는 빙그레 웃으면서 바와 낫을 뽑아들었다. 이때 부엌문이 덜컥 열렸다.

"이제 오늬? 네 오늘 칩었겠구나! 배두 고프겠는데 어찌겠는구?"

하면서 내다보는 늙은 부인은 억색³해한다.

"어머니는 별 걱정을 다 함메! 일 없소."

여러 해 동안 겪은 풍상고초⁴를 상징하는 그 어머니의 주름잡힌 낯을 볼 때마다 경수의 가슴은 전기를 받은 듯이 찌르르하였다.


## 2


경수는 부엌에 들어섰다(북도는 부엌과 구들이, 사이에 벽없이 한데 이어 있다).⁵

벽에는 서리가 드리돋고⁶ 구들에는 먼지가 풀썩풀썩 일어나는 이 어둑한 실내를 볼 때, 그는 새삼스럽게 서양 소설에 나타나는 비밀 지하실을 상상하였다. 경수는,

"아빠 아빠."

하고 달룽달룽 쫓아와서 오금에 매달리는 학실이를 안고 문 앞에 앉아서 부뚜막을 또 물끄러미 보았다. 산후풍(産後風)이 다시 일어서 벌써 열흘 넘어 신음하는 경수의 아내는 때가 지덕지덕⁷한 포대기와 의복에 싸여서 부뚜막에 고요히 누워 있다. 힘없이 감은 두 눈은 쑥 들어가고 그리 풍부치 못하던 살은 쪽 빠져서 관골⁸이 툭 나왔다.

"내 간 연에 더하지는 않았소?"

"더하지는 않았다마는 사람은 점점 그른다."

창문을 멍하니 보던 그 어머니는 머리를 돌려서 곁에 누운 며느

리를 힘없이 본다.

문구멍으로 흘러드는 바람은 몹시 쌀쌀하다. 여러 날 불 끊은 구들은 얼음장같이 뼈가 저릿저릿하다.

누덕치마 하나도 못 얻어 입고 입술이 파래서 겨울을 지내는 학실이는 방긋방긋 웃으면서 경수의 무릎에 올라앉았다가는 내려서 등에 가 업히고, 업혔다가는 무릎에 와 안기면서 알아 못 들을 어눌한 소리로 무어라고 지껄이기도 한다.

"안채에서는 아까두 또 나와서 야단을 치구……"

그 어머니는 차마 못할 소리를 하듯이 뒤끝을 흐리마리해버린다.

"미친놈들 같으니라구, 누가 집세를 떼먹나! 또 좀 떼우면 어때?"

경수는 억결[9]에 내쏘았다.

"야 듣겠다. 안 그러겠늬? 받을 거 워쩌(어째) 안 받자구 하겠늬? 안 주는 우리 글치……"

하는 어머니의 소리는 처참한 처지를 다시금 저주하는 듯하다.

"글키는? 우리가 두고 안 준답디까? 에그, 그 게트림하는 꼴들을 보지 말고 살았으면……"

경수는 홧김에 이렇게 쏘았으나 그 가슴에는 천사만념[10]이 우물거렸다.

어머니의 시대에는 남부럽잖게 지내다가 어머니가 늙은 오늘날, 즉 자기가 주인이 된 이때에 와서 어머니와 처와 자식을 뼈저린 냉방에서 주리게 하는 것을 생각하는 때면 자기가 이십여 년

간 밟아온 모든 것이 한푼 가치가 없는 것 같고, 차마 내가 주인이라고 식구들 앞에 낯을 드러내놓기가 부끄러웠다.

'학교? 홍 그까짓 중학은 다녔대 무얼 한 게 있누? 학비 때문에 오막살이까지 팔아가면서 중학을 마쳤으나 무엇이 한 것이 있나? 공연히 식구만 못살게 굴었지!'

그는 이렇게 하루도 몇 번씩 자기의 소행을 후회하고 저주하였다. 그러다가도,

'아니다, 아니다.'

머리를 흔들면서,

'내가 그른가? 공부도 있는 놈만 해야 하나! 식구가 빌어먹게 집까지 팔면서 공부하게 한 죄가 뉘게 있늬? 내게 있을까? 과연 내게 있을까? 아아, 세상은 그렇게 알 터이지. 홍! 공부를 하고도 먹을 수 없어서 더 궁항[11]에 들게 되니, 이것도 내 허물인가? 일을 하잖는다구? 일! 무슨 일? 농촌으로 돌아든대야 내게 밭이 있나? 도회로 나간대야 내게 자본이 있나? 교사 노릇이나 사무원 노릇을 한대야 좀 뾰로통한 말을 하면 단박 집어세이고[12]…… 그러면 나는 죽어야 옳은가? 왜 죽어? 시퍼렇게 산 놈이 왜 그저 죽어? 살 구멍을 뚫다가 죽어두 죽지! 왜 거저 죽어? 세상에 먹을 것이 없나? 입을 것이 없나? 입을 것 먹을 것이 수두룩하지! 몇 놈이 혼자 가졌으니 그렇지! 있는 놈은 너무 있어서 걱정하는데 한편에서는 없어서 죽으니 이놈의 세상을 그저 두나?'

경수는 이렇게 도쳐[13] 생각할 때면 전신의 피가 막 끓어올라서 소리를 지르고 뛰어나가면서 지구 덩어리까지라도 부숴놓고 싶었

다. 그러나 미약한 자기의 힘을 돌아보고 자기 한 몸이 없어진 뒤의 식구(자기에게 목숨을 의탁한)의 정상이 눈앞에 선히 보이는 듯할 때면 '더 참자!' 하는 의지가 끓는 감정을 눌렀다.

그는 어디서든지 처지가 절박한 사람을 보면 가슴이 찌르르하면서도, 그 무리를 짓밟는 흉악한 그림자가 눈앞에 뵈는 듯해서 퍽 불쾌하였다.

'아아, 내가 왜 주저를 하나? 모두 다 집어치워라. 어머니, 처, 자식─그 조그마한 데 끌릴 것 없다. 내 식구만 불쌍하냐? 세상에는 내 식구보담도 백배나 주리는 사람이 있다. 이것저것 다 돌볼 것 없이 모든 인류가 다 같이 살아갈 운동에 몸을 바치자!'

그는 속으로 이렇게 결심도 하고 분개도 하였으나 아직 그렇게 나서기에는 용기가 부족하였다. 아니 용기가 부족이라는 것보담 식구에게 대한 애착이 너무 컸다.

지금도 어수선한 광경에 자극을 받은 경수는 무릎을 끌어안은 두 손 엄지가락을 맞이어 배배 돌리면서 소리 없는 아내의 꼴을 골똘히 보고 있다.

철없는 학실이는 그저 몸에 와서 지근지근 한다. 아까는 귀엽던 학실이도 이제는 귀찮았다. 그는 학실이를 보고,

"내는 자겠다. 할머니 있는 데로 가거라."

하면서 부엌에서 불을 때는 어머니를 가리켰다. 그리고 그는 그냥 드러누웠다. 그는 이 생각 저 생각 끝에, 모두 죽어라! 하고 온 식구를 저주했다. 모두 다 죽어주었으면 큰 짐이나 벗어놓은 듯이 시원할 것 같다.

'아니다. 그네도 사람이다. 산 사람이다. 내가 내 삶을 아낀다 하면 그네도 그네의 삶을 아낄 것이다. 왜 죽으라고 해! 그네들을 이 땅에 묻어? 내가 데리고 이 북만주에 와서 그네들은 여기다 묻어놓고 내 혼자 잘 살아가? 아아, 만일 그렇다 해보자! 무덤을 등지고 나가는 내 자국자국에 붉은 피가! 저주의 피가 콸작콸작 괴일 테니 낸들 무엇이 바로 되랴? 응! 내가 왜 죽으라고 했을까? 살자! 뼈가 부서져도 같이 살자! 죽으면 같이 죽고!'

그는 무서운 꿈이나 본 듯이 눈을 번쩍 떴다가 다시 감으면서 돌아누웠다.


## 3


경수는 돌아누운 대로 꼼짝하지 않고 또 깊은 생각에 잠겼다.

"여보!"

잠잠하던 아내는 경수를 부른다. 그 소리는 가까스로 입 밖에 흘러나오는 듯이 미미하다.

"또 어째 그러오?"

경수는 낯을 찡그리고 획 일어나면서 역증 나게 대답했다. 그러나 그것은 아내의 부르는 것이 역증 나거나 귀찮아서 그런 것이 아니었다. 가슴에 알지 못할 불쾌한 감정이 울근불근할 제 제 분에 못 겨워서 그렇게 대답한 것이다.

그 아내는 벌떡 일어나는 경수를 보더니 아무 소리 없이 눈을 스르르 감는다. 감은 그 두 눈으로부터 굵은 눈물이 뚤뚤 흘러 해쓱한 뺨을 스치고 거적자리에 떨어진다. 그것을 볼 때 경수의 가슴은 몹시 쓰렸다. 일없이 퉁명스럽게 대답한 것이 후회스러웠다. 자기를 따라 수천 리 타국에 와서 주리고 헐벗다가 병나 드러누운 아내에게 의약을 못 써주는 자기가 말로라도 왜 다정히 못해주었을까? 하는 생각이 치밀 때, 그는 죄송스럽고 애절하고 통탄스러웠다. 이때 그 아내가 일어나서 도끼로 경수의 목을 자른다 하더라도 그는 순종하였을 것이다. 그는 아내를 얼싸안고 자기의 잘못을 백 번 사례하고 싶었다.

"여보! 어듸 몹시 아프우?"

경수는 다정스럽게 물으면서 곁으로 갔다.

"야 이거 또 풍(風)¹⁴ 이는 게다."

불을 때고 올라와서 학실이를 재우던 어머니는 며느리의 낯을 보더니 겁난 목소리로 부르짖는다.

이를 꼭 악문 병인의 이마에는 진땀이 좁쌀같이 빠직빠직 돋았다. 사들사들한 두 입술은 시우쇠¹⁵빛같이 파랗다. 콧등에도 땀방울이 뽀직뽀직 흐른다. 그의 호흡은 몹시 급하다. 여러 날 경험에 병세를 짐작하는 경수의 모자는 포대기를 들고 병인의 팔과 다리를 보았다. 열 발가락, 열 손가락은 꼭꼭 곱아들었고 팔다리의 관절관절은 말끔 줄어붙어서 소디손¹⁶ 나무통에다가 집어넣은 사람같이 되었다.

어머니와 경수는 이전처럼 그 팔다리를 주물러 펴려고 애썼으나 점점 줄어붙어서 쇳덩어리같이 굳어만 지고 병인은 더욱 괴로

56

위한다.

"여보, 속은 어떠오?"

경수는 물 퍼붓듯 하는 아내의 이마의 땀을 씻으면서 물었다. 아내는 무슨 말을 하려고 입술을 너분적거리나[17] 혀가 굳어서 하지 못하고 눈만 번쩍 떠서 경수를 보더니 다시 감는다. 그 두 눈에는 핏발이 새빨갛게 섰다. 경수는 가슴이 쯔르르하고 머리가 띵할 뿐이었다.

"야, 학실 어멈아! 늬 이게 오늘은 웬일이냐? 말두 못하니? 에구! 워쩐 땀을 저리두 흘리늬?"

어머니는 부들부들 떨면서 병인의 팔다리를 주무른다. 병인은 호흡이 점점 높아가고 전신에서 흐르는 땀은 의복 거죽까지 내배어서 포대기를 들썩거릴 때마다 김이 물씬물씬 오른다.

"에구 네가 죽는구나! 에구 어찌겠는구! 너를 뜻뜻한 죽 한술 못 멕이고 쥑이는구나! 하, 야 학실 아비야! 가봐라! 응 또 가봐라, 가서 사정해라! 의원(醫員)두 목석이 아니문 이번에야 오겠지! 좀 가봐라. 침이라두 맞혀보고 쥑여야 원통찮지!"

경수는 벌떡 일어섰다. 무슨 결심이나 한 듯이 그의 눈에는 엄연한[18] 빛이 돈다.


4


네 번이나 사절하고 응하지 않던 최의사는 어찌 생각하였는지 오늘은 경수를 따라왔다.

맥을 짚어본 의사는 병을 고칠 테니 의채 오십 원을 주겠다는 계약을 쓰라 한다.

경수 모자는 한참 묵묵하였다.

병인의 고통은 점점 심해간다.

경수는 몸이 부르르 떨렸다. 최의사를 단박 때려서 죽여 버리고 싶었다. 그러나 일각이 시급한 아내를 살려야 하겠다 생각하면 그의 머리는 숙여지지 않을 수 없었다. 그러나 이를 어찌하랴? 그러라 하면 오십 원을 내놓아야 하겠으니 오십 원은커녕 오 전이나 있나? 못하겠소 하면 아내는 죽는다.

'아아, 그래 나의 아내는 죽이는가?'

생각할 때 그의 오장은 칼에 푹푹 찢기는 듯하였다.

"시방 돈이 없드래도 일없소! 연기를 했다가 일후에 주어도 좋지! 계약서만 써놓으면……"

의사는 벌써 눈치 챘다는 수작이다.

경수는 벼루를 집어다가 계약서를 써주었다. 그 계약서는 이렇게 썼다.

──의채 일금 오십 원을 한 달 안으로 보급하되 만일 위약하는 때면 경수가 최의사 집에 가서 머슴 일 년 동안 살 일.

의사는 경수 아내의 팔다리를 동침으로 쓱쓱 지르고 나서 약화제[19] 한 장을 써주면서,

"이것을 가지고 박주사 약국에 가보오. 내 약국에는 인삼이 없어서 못 짓겠으니."

하고는 돌아다도 보지 않고 가버렸다.

병인의 사지는 점점 풀리면서 호흡이 순해진다.

경수는 차마 발길이 떨어지지 않았다. 그 약국 문 앞에 이르러서 퍽 주저거리다가 할 수 없이 방에 들어섰다.

약 냄새는 코를 툭 찌른다. 그는 주저거리다가 겨우 입을 열었다.

"약을 좀 지어주시오."

약국 주인은 아무 말 없이 화제[20]를 집어서 보다가 수판을 자각자각 놓더니,

"돈 가지고 왔소?"

하면서 경수를 본다. 경수의 낯은 화끈하였다.

"돈은 낼 드릴 테니 좀 지어주시오."

경수의 목소리는 간수 앞에서 면회를 청하는 죄수의 소리 같다.

약국 주인은 아무 말도 없이 이마를 찡기면서 저편 방으로 들어간다. 경수는 모든 설움이 복받쳐서 눈물에 앞이 캄캄하였다. 일종의 분노도 없지 않았다. 세상은 너무도 자기를 학대하는 것 같았다. 그것이 새삼스럽게 슬프고 쓰리고 원통하였다. 방 안에 걸어놓은 약봉지까지 자기를 비웃고 가라고 쫓는 것 같았다. 그는 소리 없는 눈물을 주먹으로 씻으면서 약국 문을 나섰다. 약국을 나선 경수는 감옥에서나 벗어난 듯이 시원하지만 빈손으로 집에 들어갈 일을 생각하면 또 부끄럽고 구슬펐다.

# 5

경수는 집으로 돌아왔다.

집 안은 황혼빛에 어둑하여 모두 희미하게 보인다. 그는 아내의 곁에 가 앉았다.

"좀 어떻소? 어머니는 어디루 갔소?"

"어머님은 그집(당신)에서 나간 담에 이내 나가서 시방 안 들어왔소. 약으 져 왔소?"

아내의 소리는 퍽 부드러웠다. 경수는 무어라 대답하면 좋을지 몰랐다. 어서 괴로운 병을 벗어나서, 한 찰나라도 건신한 생을 얻으려는 그 아내에게, 그가 먹어야만 될 약을 못 지어왔소 하기는 남편 되는 자기의 입으로는 차마 말할 수 없었다.

"지금 지어요. 나는 당신이 더치 않은가 해서 또 왔소. 이제 또 가지러 가겠소."

경수는 아무쪼록 아내의 마음을 위로하려고 이렇게 말하였다. 그러나 그것이 경수에게는 더욱 고통이 되었다. 내가 왜 진실히 말 안 했누? 생각할 때, 그 순박한 아내를 속인 것이 무어라 할 수 없이 가슴이 아팠다. 아내는 그 약을 기다릴 것이다. 그 약에 의하여 괴로운 순간을 벗으려고 애써 기다릴 것이다. 이렇게 생각하면서도 그것이 거짓말이라고 고백할 수도 없었다.

"돈 없다구 약국쟁이가 무시기라구 안 합데?"

"흥!"

경수는 그 소리에 가슴이 꽉 막혔다. 그 무슨 의미로 흥! 했는
지 자기도 몰랐다. 그는 아무 소리 없이 손가락만 비비고 앉았다.
어머니가 얼른 오시잖는 것이 퍽 조마조마하였다. 그는 불만 멍
하니 쳐다보았다. 빤한[21] 기름불은 실룩실룩하여 무슨 괴화같이
보이더니 인제는 윤곽만 희미하여 무리를 하는 햇빛 같다. 모든
빛은 흐리멍덩하다. 자기 몸은 꺼먼 구름에 싸여서 밑없고 끝없
는 나라로 흥덩거려[22] 들어가는 것 같다.

꺼지고 거무레한 그의 눈 가장자리가 실룩실룩하더니 누른빛을
띤 흰자위에 꾹 박힌 두 검은자위가 점점 한곳으로 모여서 모들
떴다.[23] 그의 낯빛은 점점 검푸르러가며 두 뺨과 입술은 경련적으
로 떨린다.

그는 그 모들뜬 눈을 점점 똑바로 떠서 부뚜막을 노려보고 있
다. 그의 눈에는 새로 보이는 괴물이 있다. 그 괴물들은 탐욕(貪
慾)의 붉은빛이 어리어리한 눈을 날카롭게 번쩍거리면서 철관(鐵
管)으로 경수 아내의 심장을 꾹 질러놓고는 검붉은 피를 쭉쭉 빨
아먹는다. 병인은 낯이 새까맣게 질려서 버둥거리며 신음한다.
그렇게 괴로워할 때마다 두 남녀는 피에 물든 새빨간 혀를 내두
르면서 "하하하" 웃고 손뼉을 친다.

경수는 주먹을 부르쥐면서 소름을 쳤다. 그는 뼈가 쩌릿쩌릿하
고 염통이 쏙쏙 찔렸다. 그는 자기 옆에도 무엇이 있는 것을 보았
다. 눈깔이 벌건 자들이 검붉은 손으로 자기의 팔다리를 꼭 잡고
철관으로 자기의 염통 피를 빨면서 홍소(哄笑)[24]를 친다. 수염이
많이 나고 낯이 시뻘건 자는 학실이를 집어서 바작바작 깨물어

먹는다. 경수는 악 소리를 치면서 벌떡 일어섰다. 그것은 한 환상이었다. 그는 무서운 사실을 금방 겪은 듯이 눈을 비비면서 다시 방 안을 돌아보았다. 불빛이 어스름한 방 안은 여전하다.

그의 어머니는 그저 오지 않았다. 오늘은 어머니가 어떻게 기다려지는지 마음이 퍽 졸였다. 너무도 괴로워서 뉘 집 우물에 가서 빠져죽은 것 같기도 하고 어느 나뭇가지에 가서 목이라도 맨 것 같이도 생각났다. 그럴 때면 기구한 어머니의 시체가 눈에 보이는 듯하였다. 그는 뒷간에도 가보고 슬그머니 앞집 우물에도 가보았다. 그 어머니는 없었다. 그럴 리가 없겠지? 하고 자기의 무서운 상상을 부인할 때마다 그러한 생각을 하는 자기가 고약스럽고 악착스러웠다.

이렇게 마음을 졸이는 경수는 잠든 아내의 곁에 앉았다. 학실이도 그저 깨지 않고 잘 잔다. 뼈저리게 차던 구들이 뜨뜻하니 수마(睡魔)가 모든 사람을 침범한 것이다. 경수도 몸이 노곤하면서 졸음이 왔다.

"경수 있나?"

밖에서 부르는 소리에 경수는 깜짝 놀라 일어섰다. 이때 그의 심령은 그에게 무슨 불길(不吉)을 가르치는 듯하였다.

경수는 문 밖에 나섰다.

쌀쌀한 어둠 속에서 사람들이 수수거린다.[25] 그는 공연히 가슴이 덜컥하고 두근두근하였다. 그는 앞뒤를 얼결에 돌아보았다. 누군가 히슥[26]한 것을 등에 업고 경수의 앞에 나타났다.

"아이구 어머니!"

그 사람의 등에 업힌 것을 들여다보던 경수는 이렇게 소리를 지르면서 축 늘어져서 정신없는 어머니에게 매달렸다.


# 6


경수의 어머니를 방에 들여다 눕혔다. 다리와 팔에서는 검붉은 피가 그저 줄줄 흘러서 걸레 같은 치마저고리에 피 흔적이 임리하다.[27] 낯에 고기도 척척 떨어졌다.[28] 그는 정신없이 척 늘어졌다. 사지는 냉랭하고 가슴만 팔딱팔딱한다.

경수는 갑갑하여 울음도 나지 않고 말도 나오지 않았다.

"이게 어쩐 일이오?"

죽, 모여 선 사람 가운데서 누가 묻는다. 입을 쩍쩍 다시고 앉았던 김참봉은 말을 냈다.

"하, 내가 지금 최도감하고 물남에 갔다 오는데 요 물 건네 되놈〔支那人〕의 집 있는 데루 가까이 오니 그늠으 집 개가 어떻게 짖는지! 워낙 그늠의 개가 사나운 개니까 미리 알아채리느라구 돌째기(돌멩이)를 찾느라고 엎대서 끙끙 하는데 '사람 살리오!' 하는 소리가 개 소리 가운데 모기 소리만큼 들린단 말이야! 그래 최도감하구 둘이 달려가보니까 웬 사람을 그늠으 개들이 물어뜯겠지! 그래 소리를 쳐서 주인을 부른다, 개를 쫓는다 하구 보니아 이 늙은이겠지."

하며 김참봉은 경수 어머니를 가리킨다.

"에구 그놈의 개가 상년[29]에두 사람을 물어쥑였지."

누가 말한다.

"그래 임자는 가만히 있나?"

또 누가 묻는다.

"그 되놈덜! 개를 클아배(할아버지)보다 더 모시는데! 사람을 문다구 누군지 그 개를 때렸다가 혼이 났는데두!"

"이놈(支那人)의 땅에 사는 우리 불쌍하지!"

이 사람 저 사람의 소리에 말을 끊었던 김참봉은 또 입을 열었다.

"그래 몸을 잡아 일으키니 벌써 정신을 잃었겠지요! 그런데두 무시긴지 저거는 옆구리에 꼭 껴안고 있어."

하면서 방바닥에 놓은 조그마한 보퉁이를 가리킨다.

"그게 무시기요?"

하면서 누가 그것을 풀었다. 거기서는 한 되도 못 되는 누런 좁쌀이 우시시[30] 나타났다. 경수 어머니는 앓는 며느리를 먹이려고 자기 머리의 다리[月子][31]를 풀어가지고 물남에 쌀 팔러 갔던 것이다.

자던 학실이는 언제 깼는지 터벅터벅 기어와서 할머니를 쥐어 흔든다.

"할머니, 일어나라, 이차! 이차!"

학실이는 항상 하는 것같이 잠든 할머니를 깨우는 모양으로 할머니의 머리를 들어 일으키려고 한다. 경수의 아내는 흑흑 운다. 너무도 무서운 광경에 놀랐는지 그는 또 풍증이 일어났다. 철없는 학실이는 할머니가 일어나지 않고 대답도 없으니 어미 있는 데 가서 젖을 달라고 가슴에 매달린다. 괴로워하는 그 어미의 호흡은 점점 커졌다.

모였던 사람은 하나 둘씩 흩어진다. 누가 뜨뜻한 물 한 술 갖다주는 이가 없다.

경수는 머리가 띵하였다. 그는 사지가 경련되는 것을 느꼈다. 그의 가슴에서는 연덩어리[32]가 쑤심질하는 듯도 하고 캐한 연기가 팽팽 도는 듯도 하고 오장을 바늘로 쏙쏙 찌르는 듯도 해서 무어라 형언할 수 없었다. 갑자기 하늘은 시커멓게 흐리고 땅은 쿵쿵 꺼져 들어간다. 어둑한 구석구석으로서는 몸서리치도록 무서운 악마들이 뛰어나와서 세상을 깡그리 태워버리려는 듯이 뻘건 불길을 활활 내뿜는다. 그 불은 집을 불사르고 어머니를, 아내를, 학실이를, 자기까지 태워버리려고 확확 몰려온다.

뻘건 불 속으로는 시퍼런 칼 든 악마들이 불끈불끈 나타나서 온 식구를 쿡쿡 찌른다. 피를 흘리면서 혀를 가로 물고 쓰러져 가는 식구들의 괴로운 신음 소리는 차마 들을 수 없이 뼈까지 저리다. 그 괴로워하는 삶(生)을 어서 면케 하고 싶었다. 이러한 환상이 그의 눈앞에 활동사진같이 나타날 때,

"아아, 부숴라! 모두 부숴라!"

소리를 지르면서 그는 벌떡 일어섰다. 그의 손에는 식칼이 쥐었다. 그는 으악—— 소리를 치면서 칼을 들어서 내리찍었다. 아내, 학실이, 어머니 할 것 없이 내리찍었다. 칼에 찍힌 세 생령은 부르르 떨며, 방 안에는 피비린내가 탁 터졌다.

"모두 죽여라! 이놈의 세상을 부수자! 복마전[33] 같은 이놈의 세상을 부수자! 모두 죽여라!"

밖으로 뛰어나오면서 외치는 그 소리는 침침한 어둠 속에 쌀쌀한 바람과 같이 처량히 울렸다. 그는 쓸쓸한 거리에 나섰다. 좌우에 고요히 늘어 있는 몇 개의 상점은 빈지[34]를 반은 닫고 반은 열어놓았다.

경수의 눈앞에는 아무 거리낄 것, 아무 주저할 것이 없었다. 그는 허둥지둥 올라가면서 다 닥치는 대로 부순다. 상점이 보이면 상점을 짓모으고[35] 사람이 보이면 사람을 찔렀다.

"홍으적(도적놈)이야!"

"저 미친놈 봐라!"

고요하던 거리에는 사람의 소리가 요란하다.

"내가 미쳐? 내가 도적놈이야? 이 악마 같은 놈덜 다 죽인다!"

경수는 어느새 웃장거리 중국 경찰서 앞까지 이르렀다. 그는 경찰서 앞에서 파수 보는 순사를 콱 찔러 누이고 안으로 뛰어 들어갔다. 창문을 부순다. 보이는 사람대로 찌른다.

"꽝…… 꽝…… 꽝꽝."

경찰서 안에서는 총소리가 연방 났다. 벽력같이 울리는 총소리는 쌀쌀한 바람과 함께 쓸쓸한 거리에 처량히 울렸다.

모든 누리는 공포의 침묵에 잠겼다.

1925. 5. 17日 作

# 큰물 진 뒤

1

닭은 두 홰째 울었다. 모진 비바람 속에 울려오는 그 소리는 별다른 세상의 소리 같았다.

비는 그저 몹시 퍼붓는다. 급하여 가는 빗소리와 같이 천장에서 새어 내리는 빗방울은 뚝뚝 뚝뚝 먼지 구덩이 된 자리 위에 떨어진다. 그을음과 빈대 피에 얼룩덜룩한 벽은 새어 내리는 비에 젖어서 어스름한 하늘에 피어오르는 구름발 같다. 우우하고 불어오는 바람에 몰리는 빗발은 간간이 쏴 하고 서창을 들이쳤다.

"아이구 배야! 익힝 응 아구 나 죽겠소!"

윤호의 아내는 몸부림을 치면서 이를 빡빡 갈았다. 닭 울 때부터 신음하는 그의 고통은 점점 심하여졌다. 두 손으로 아랫배를 누르고 비비다가도 그만 엎드려서 깔아놓은 짚과 삿자리[1]를 박박 긁고 뜯는다. 그의 손가락 끝은 터져서 새빨간 피가 삿자리에 수를 놓았다.

"애고고! 내 엄마! 응으, 하이구 여보!"

그는 몸을 발깍 일어서 윤호의 허리를 껴안았다. 윤호는 두 무릎으로 아내의 가슴을 받치고 두 팔에 힘을 주어서 아내의 겨드랑이를 추켜 안았다. 윤호에게는 이것이 첫 경험이었다. 어머니며 늙은 부인들께 말로는 들은 법하나 처음으로 당하는 윤호의 가슴은 알 수 없는 두려움이 두근두근하였다. 그에게는 과거도, 미래도 없었다. 침통과 우울과, 참담과, 공포가 있을 뿐이었다. 미구에 새 생명을 얻으리라는 기쁨은 이 찰나에 싹도 볼 수 없었다.

"여보! 내가 가서 귀둥녀 할미를 데려오리다, 응."

"아니 여보! 아이구!"

아내는 윤호의 허리가 끊어지도록 안았다. 그의 낯은 새파랗게 질렸다. 아내의 괴로움만큼 윤호도 괴로웠다. 아내가 악을 쓸 때면 윤호도 따라 힘을 썼다. 아내가 몸부림을 하고 자기의 허리를 꽉 껴안을 때면 윤호도 꽉 껴안았다.

윤호는 누울 때 지나서부터 몹시 괴로워하는 아내를 보고 옛적 산파로 경험이 많은 귀둥녀 할미를 불러오려고 하였다. 그러나 아내의 고통은 각일각 괴로워 가는데 보아줄 사람은 하나도 없고, 게다가 비바람이 어떻게 뿌리는지 촌보를 나아갈 수 없어서 주저거렸다. 윤호는 아내의 생명이 끊기고야 말 것같이 생각되었다. 어수선한 짚자리 위에서 뻐둑뻐둑하다[2]가 어린 목숨을 낳다 말고 두 어미 새끼가 돼지는 환상이 보였다. 따라서 해산으로 죽은 여러 사람의 기억이 떠올랐다. 그는 몸을 부르르 떨면서 아내를 더욱 꽉 껴안았다. 마음대로 하는 수 있다면 아내의 고통을 나누고 싶었다. 괴로운 신음 소리와 같이 몸부림을 탕탕 하는 것은 자기의 뼈와 고기를 싹싹 에어내는 듯해서 차마 볼 수 없었다.

"끽! 응! 으응! 윽! 아이구! 억억."

아내는 더 소리를 못 지른다. 모들뜬³ 두 눈은 무엇을 노려보는 듯이 똥그랗게 되었다. 숨도 못 내쉬고 이를 꼭 깨물고 힘을 썼다.

"으아!"

퀴지근한 비린 냄새가 흐르는 누런 불빛 속에 울리는 새 생명의 소리! 어둔 밤 비바람 소리 속의 그 소리! 윤호는 뵈지 않는 큰 물결에 싸이는 듯하였다.

"무에요?"

신음 소리를 그치고 짚자리 위에 누웠던 아내는 머리를 갸우드름하여⁴ 사내를 치어다보았다. 새빨간 핏방울을 번질번질 쏟친⁵ 볏짚 위에 떨어진 어린 생명은 꼼지락꼼지락하면서 빽빽 소리를 질렀다. 윤호는 전에 들어두었던 기억대로 푸른 헝겊으로 탯줄을 싸서 물어 끊었다.

"응! 자지가 있네! 히히히."

윤호는 때 오른 적삼에 어린것을 싸면서 웃었다.

"흥, 호호!"

아내는 웃으면서 허리를 구부정하여 어린것을 보았다. 이 찰나,

침통과 우울과 공포가 흐르는 이 방 안에는 평화와 침묵이 흘렀다. 윤호는 무엇을 끓이려고 부엌으로 내려갔다.

우우 쏴— 빗발은 서창을 쳤다. 젖은 벽에서는 흙점이 철썩철썩 떨어졌다. 어디서 급한 물소리와 같이 수수거리는[6] 소리가 들렸다. 그 소리는 봄비 속에 개구리 소리같이 점점 높이 들렸다. 윤호는 눈을 둥그렇게 뜨면서 귀를 귀울였다.

"윤호! 윤호! 방강〔堤防〕이 터지니 어서 나오!"

그 소리는 윤호에게 청천의 벽력이었다. 그는 튀어나갔다. 이 순간 그의 눈앞에는 퍼런 논판이 떠올랐다. 그 밖에 아무것도 생각나지 않았다. 그는 마당 앞으로 몰려 지나가는 무리에 뛰어들었다. 어디가 하늘! 어디가 땅! 창살같이 들이는 비! 몰려오는 바람! 발을 잠그는 진창! 그 속에서 고함을 치고 어물거리는 으슥한 그림자는 수천만의 도깨비가 횡행하는 것 같다.

2

모든 사람들은 침침 어두운 빗속을 헤저어서 마을 뒤 방축으로 나아갔다. 더듬더듬 방축으로 기어올랐다. 물은 보이지 않았다. 손과 발로 물 형세를 짐작할 뿐이었다. 꽐꽐 철썩 출렁, 꽐꽐 하는 물소리는 태산을 삼키고 대지를 깨칠 듯하다.

"이거 큰일 났구나!"

"암만 해두 넘겠는데!"

이입 저입으로 흘러나왔다. 그 소리는 위대한 자연의 힘 앞에 인력의 박약을 탄식하는 듯하였다.

"자! 이러구만 있겠소? 그 버들을 찍어라! 찍어서 여기다가 눕히자!"

우렁찬 소리가 들렸다.

"가만 있자! 한 짝에는 섬〔叺〕에다가 돌을 넣어다가 여기다가 막읍시다."

"떠들지 말구 빨리 합시다."

탁, 탁 나무 찍는 도끼 소리가 났다. 한편에서는 섬을 메어 올렸다. 윤호는 찍은 나무를 끌어다가 가장 위태로운 곳에 뉘었다.

빗소리, 물소리, 바람 소리, 어둠 속에서 흥분된 모든 사람들은 죽기로써 힘을 썼다.

이 방축에 이 마을 운명이 달렸다. 이 방축 안에 있는 논과 밭으로 이백이 넘는 이 마을 집이 견디어간다. 그런 까닭에 해마다 가을봄으로 이 마을 사람들은 이 방축에 품을 들여서 천만 년 가도 허물어지지 않게 애를 써왔다. 그뿐만 아니라 이리로 바로 쏠리던 물길을 방축 건너편 산 아래로 돌리기까지 하였다.

이렇게 쌓은 공이 하루아침에 무너졌다. 작년 봄에 이 마을 밖으로 철도가 났다. 철도는 이 마을 뒷내를 건너게 되어서 그 내에 철교를 놓았다. 그 때문에 저편 산 아래로 돌려놓은 물은 철교를 지나서 이 마을 뒤 방축을 향하고 바로 흐르게 되었다. 이 때문에 촌민들은 군청, 도청, 철도국에 방축을 더 굳게 쌓아주든지, 철교를 좀 비스듬히 놓아서 물길이 돌게 하여 달라고 진정서를 여러 번이나 들였으나 조금의 효과도 얻지 못하였다. 작년 여름 물에 이 방축이 좀 터졌으나 호소할 곳이 없었다. 그 뒤로 비만 내리면 촌민들은 잠을 못 자고 방축을 지켰다.

"이, 이 이게 어찐 일이냐? 응!"

"터지는구나! 이키 여기는 벌써 터졌네!"

"힘을 써라! 힘을 써라! 이게 터지면 우리는 죽는다. 못 산다!"

초초분분 불어 가는 물은 콸콸 소리를 치면서 방축을 넘었다. 바람이 우우 몰려왔다. 비는 여러 사람의 낯을 쳤다. 모두 흑흑 느끼면서 낯을 가리고 물을 뿜었다.

쏴—— 콸콸콸.

"여기도 또 터졌구나!"

모두 그리로 몰렸다. 아래를 막으면 위가 터지고 위를 막으면 아래가 터진다. 터지는 것보다 넘치는 물이 더 무서웠다.

"이키 여기 벌써 물이 길[丈]이나 섰구나."

거무칙칙하여 보이지 않는 논판에서 누가 부르짖었다.

이제는 누구나 물을 막으려는 사람이 없다. 어둠 속에 히슥한[8] 그림자들은 창살 같은 빗발을 받고 가만히 서 있다. 모진 바람이 한바탕 지나갔다. 모든 사람들은 굳센 물결이 무릎을 잠그고 궁둥이를 잠글 때 부르르 떨었다.

윤호도 방축을 넘는 물속에 박은 듯이 서 있었다. 꺼먼 그의 눈 앞에는 물속에 들어가는 논이 보였다. 떠내려가는 집들이 보였다. 아우성치는 사람이 보였다. 이 환상을 볼 때 그는 으응 부르짖으면서 방축에서 내려뛰었다. 방축 아래 내려서니 살같이 흐르는 물이 겨드랑이를 잠근다. 그는 돌인지 물인지 길인지 밭인지 빠지고 거꾸러지면서 집 마을을 향하고 뛰었다. 이 모퉁이 저 모퉁이에서 물을 헤저어 나가는 아우성 소리가 빗소리와 같이 요란하건만 그에게는 들리지 않았다. 그의 눈앞에는 물 한 모금 못 먹고 짚자리 위에 쓰러진 두 생령의 환상이 보일 뿐이다. 그는 환상을 보고 떨 뿐이다. 그 환상은 누런 진흙물 속에 쓰러진 집에 치어서 킥킥 버둥질치는 형상으로도 나타났다. 그는 주먹을 부르쥐고 이를 악물었다. 윤호는 자기 집 마당에 다다랐다.

불빛이 희미한 창 속에서 어린애 울음이 들렸다. 창에 비친 불빛에 누릿한 물은 흙마루를 지나 문턱을 넘었다.

윤호는 방으로 뛰어 들어갔다. 방에는 물이 흥건히 들었다. 아내는 물속에서 애를 안고 어쩔 줄을 몰라 한다. 물은 방 안에 점점 들어온다. 어디서 쏴— 소리가 들렸다. 돌아보니 뒷벽이 뚫어져서 물이 디미는⁹ 소리였다. 윤호는 아내를 둘러업고 아기를 안았다. 이때 초인간적(超人間的) 굳센 힘이 그를 지배하였다. 그는 문을 차고 밖으로 뛰어나왔다. 어느새 물은 허리에 잠겼다. 물살이 어떻게 센지 소 같은 장사라도 견디기 어려울 지경이다. 그는 쓰러졌다는 일어서고 일어섰다는 쓰러지면서 물속을 헤저어 나갔다. 팔에 안은 것이 무엇이며 등에 업은 것이 누구라는 것까지 이 찰나에 의식치 못하였다. 의식적으로 업고 안은 것이 이제는 기계적으로 놓지 않게 되었다.

## 3

동이 텄다. 사방은 차츰 훤하여졌다. 거무칙칙하던 구름이 풀리면서 퍼붓는 듯하던 비가 실비로 변하더니 이제는 안개비가 되었다. 바람도 잤다.

마을 사람들은 거지반 마을 앞 조그마한 산에 몰렸다. 밝아가는 새벽빛 속에 최최해서[10] 어물거리는 사람들은 갈 바를 몰라 한다. 누구를 부르는 소리! 울음소리! 신음하는 소리에 수라장[11]을 이루었다. 윤호는 후줄근한 풀 위에 아내를 뉘었다. 어린것도 내려놓았다. 참담한 속에서 고고성[12]을 지른 붉은 생령은 참담한 속에서 소리 없이 목숨이 끊겼다. 찬비와 억센 물에 쥐어짠 듯이 된 윤호 아내는 싸늘한 어린것을 안고 흑흑 느낀다. 윤호는 아무 소리 없이 붙안고 우는 어미 새끼를 물끄러미 보았다. 그의 가슴은 저리다 못하여 무엇이 뭉킷[13] 누르는 듯하고, 머리는 띵한 것이 눈물도 나지 않고 말도 나오지 않았다.

날은 다 밝았다. 눈앞에 뵈는 것은 우뚝우뚝한 산을 남겨 놓고는 망망한 물판이다. 어디가 논? 어디가 밭? 어디가 집? 어디가 내! 누런 물이 세력을 자랑하는 듯이 좔— 좔— 흐른다. 널쪽, 궤짝, 짚가리, 나뭇단, 널따란 초가지붕— 온갖 것이 둥둥 물결을 따라 흘러내린다. 저편 버드나무 속으로 흘러나오는 집 위에는 계집 같기도 하고 사내 같기도 한 사람 서넛이 이편을 보고 고함을 치는지? 손을 내두르고 발을 구른다. 갠지 돼지인지 자맥질

쳐서 이리로 나온다. 사람 실은 지붕은 슬슬 내리다가 물 위에 머리만 봉긋이 내놓은 버드나무에 닿자마자 그만 물속에 쑥 들어가더니 다시 떠오를 때에는 여러 조각이 났다. 그 위의 사람의 그림자는 다시 볼 수 없었다. 그 저편에도 두엇이나 탄 지붕인지 짚가리인지 흘러간다. 그러나 누구 하나 그것을 건지려는 사람은 없다. 윤호의 곁에 있는 한 오십 되어 뵈는 늙은 부인은,

"에구 끔찍해라! 에구 내 돌쇠야! 흑흑."

하면서 가슴을 치고 땅을 친다. 어떤 젊은 부인은 어린것을 업고 흑흑 울기만 한다. 사내들도 통곡하는 사람이 있다. 밥 달라고 우는 어린것들도 있다. 어떤 사람은 멍하니 서서 질펀한 물판을 얼없이[14] 보기도 하고, 어떤 사람은 지르르한 풀판에 앉아서 담배만 풀썩풀썩 피우기도 한다. 풀렸다가는 엉키고 엉켰다가는 풀리는 구름 사이로 푸른 하늘이 보이면서 둔탁한 굵은 볕발이 누른[15] 무지개 모양으로 비쳤다. 안개비도 갰다.

"여보! 울면 뭘 하우, 그까짓 죽은 것 생각할 게 있소? 자, 울지 마오, 산 사람은 살아야 안 쓰겠소?"

이렇게 아내를 위로하나 그도 슬펐다. 물 한 모금 못 먹인 아내를 생각하든지 제 명에 못 죽은 아들! 현재도 현재려니와 이제 어디를 가랴? 일 년 내 피와 땀을 짜 받아서 지은 밭이 하룻밤 물에 형적조차 남기지 않았으니 이 앞일을 어찌하랴? 그는 생각하면 생각할수록 슬펐다. 슬픔에 슬픔을 쌓은 그 슬픔은 겉으로 눈물을 보내지 않고 속으로 피를 짰다. 그는 어린 주검을 소나무 아래 갖다 놓고 솔잎으로 덮어놓았다. 그 주검을 뒤에 두고 나오니 알

수 없이 발이 무거웠다.

　이른 아침때나 되어서부터 윤호의 아내는,

　"아이구 배야! 배야!"

하고 구른다. 어물어물하는 사람은 많건만 모두 제 설움에 겨워서 남의 괴로움을 돌볼 새가 없다.

　"허허, 이것 안 되었군! 산후에 찬물을 건네구 사람이 살 수 있겠소! 별수 없으니 어서 업구서 넘엇 마을로 가 보!"

　웬 늙은이가 곁에 와서 구르는 아내를 붙잡아주면서 걱정한다.

　윤호는 아내를 업었다. 새벽에는 아내를 업고 애를 안고 그 모진 물속을 헤저어 나왔건만, 인제는 일 마장도 갈 것 같지 못하다. 더구나,

　"아이구 배야!"

하면서 두 어깨를 꽉 끌어당기면서 몸을 비비 틀면 허리가 휘친휘친[16]하고 다리가 휘우뚱거려서 어쩔 수 없다. 그는 땀을 흘리면서 조그마한 고개를 넘어왔다. 거기는 십여 호나 되는 조그마한 동리가 있다. 벌써 물에 쫓긴 사람들은 집집이 몰려들었다. 윤호는 어느 집 방을 겨우 얻어서 아내를 뉘어놓았다. 누가 미음을 쑤어다주는 것을 먹였으나 아내는 한 모금 못 먹고 그저 신음한다. 의원을 데려다가 침, 뜸, 약— 힘자라는 데까지 손을 써 보았으나 소용이 없었다. 낮부터 비는 또 쏴르륵 내렸다.

괴로운 사흘은 지나갔다.

집을 잃고 밭을 잃고 부모를 잃고 처자를 잃은 무리들은 거기서 삼십 리 되는 읍으로 나갔다. 윤호도 그중의 한 사람이었다. 그네들은 읍에 나가서 정거장의 노동자, 물지게꾼, 흙질꾼, 구들 고치는 사람— 이렇게 그날그날을 보냈다. 어떤 자는 이집 저집으로 돌아다니면서 밥을 빌어먹었다. 윤호는 집짓는 데 돌아다니면서 흙을 져 날랐다. 그의 아내의 병은 나날이 심하였다. 바싹 말랐던 사람이 통통 부어서 멀겋게 되었다. 그런 우중 눅눅한 풀막 속에서 변변히 먹지도 못하고 간병하는 손도 없으니 그 병의 회복을 어찌 속히 바라랴!

윤호가 하루는 아내의 병구완으로 한잠도 못 자고 밤새껏 애쓰다가 아침을 굶고 일터로 나갔다. 하루 오십 전을 받는 일이건만 해뜨기 전에 나와서 어두워야 돌아간다. 그날 아침에는 흙을 파서 담는데 지겟다리가 부러져서 그 때문에 한 시간 동안이나 흙을 못 날랐다. 그새에 다른 사람은 세 짐이나 더 졌다.

"이놈은 눈깔이 판득판득"해서 꾀만 부리는구나!"

양복 입은 감독은 늦게 온 윤호를 보고 눈을 굴렸다. 윤호는 아무 대답 없이 흙을 부어 놓고 돌아서 나왔다. 나오려고 하는데 감독이 쫓아오더니 앞을 딱 막아서면서,

"왜 늦게 댕겨!"

꺼드럭꺼드럭하는 서울말로 툭 쏘았다.

"네, 지겟다리가 부러져서 그거 고치느라구 늦었습니다."

"뭘 어쩌구 어째? 남은 세 지게나 졌는데 어디 가 낮잠을 잤어?…… 그놈 핑계는 바루!"

"정말이외다. 다른 날 언제 늦게 옵데까? 늘 남 먼저 오잖았소……"

"이놈아, 대답은 웬 말대답이냐? 응 다른 날은 다른 날이고 오늘은 오늘이지! 돈이 흔해서 너 같은 놈을 주는 줄 아니?"
하더니 윤호의 여윈 뺨을 갈겼다. 윤호는 뺨을 붙잡고 가만히 서 있었다.

"이놈아, 너 같은 놈은 일없다. 가거라!"
하더니 주먹으로 윤호의 미간을 박으면서 발을 들어 배를 찼다.

"아이구! 으응응 흑흑."

윤호는 울면서 지게진 채 땅에 거꾸러졌다. 그의 코에서는 시뻘건 선지피가 콸콸 흘렀다. 일꾼들은 모두 이편을 보았다. 같은 지게꾼들은 모두 이편을 보았다. 같은 지게꾼들은 무슨 승수[18]나 난 듯이 더 분주하게 져 나른다.

"이놈아, 가! 가거라!"

감독은 독살이 잔뜩 엉긴 눈으로 윤호를 보더니 사방을 돌아보면서,

"뭘 봐? 어서 일들 해! 도오모 죠센징와 다메다! 쯔루꾸데 다메다!"[19]
하는 바람에 일꾼들은 조심조심히 일에 손을 댔다.

늙늙한 검은 땅을 붉고 뜨거운 코피로 물들인 윤호는 일어섰다. 코에서는 걸디건 피가 그저 뚝뚝 흘렀다. 그의 흙투성 된 옷섶은 피투성이 되었다. 그는 머리를 숙이고 한참이나 서서 무엇을 생각하더니 빈 지게를 지고 어청어청 아내가 누웠는 풀막으로 돌아갔다.

윤호는 지게를 벗어서 팔매를 치고[20] 막 안으로 들어갔다. 어둑한 막 안에서 신음하던 아내는 눈을 비죽이 떠서 윤호를 보더니 목구멍을 겨우,

"여보, 어째 그러오? 그게 어쩐 피요?"

묻는다. 윤호는 아무 대답 없이 아내의 곁에 드러누웠다. 모두 귀찮았다. 세상만사가 다 귀찮았다. 세상 밖에 나와서 비로소 가장 사랑하던 아내까지도 귀찮았다. 죽는다 해도 꿈만 하였다.[21]

"네? 어째 그러오?"

그러나 재차 묻는 부드러운 아내의 소리에 대답 안 할 수가 없었다.

"응, 넘어져서 피가 터졌소!"

윤호의 소리가 그치자 아내는 훌쩍훌쩍 운다. 윤호의 가슴은 칼로다 빡빡 찢는 듯하였다. 그는 알 수 없는 커다란 것에 눌리는 듯하였다. 무엇이 코와 입을 꽉 막는 듯이 호흡조차 가빴다. 그는 온몸에 급히 힘을 주면서 눈을 번쩍 떴다. 아무것도 없었다. 그저 으스름한 속에 넌들넌들[22] 드리운 풀포기가 있을 뿐이다. 그는 눈을 다시 감았다. 모든 지나온 일이 눈앞과 머릿속에 방울이 져서 떠올라서는 툭 터져버리고 터져버리곤 한다. 자기는 이때까지 남

에게 애틋한 일, 포악한 일을 한 적이 없었다. 싸움이면 남에게 졌고 일이면 남보다 더 많이 하였다. 자기가 어려서 아버지 돌아갈 때 밭뙈기나 있는 것을 삼촌더러 잘 관리하였다가 자기가 크거든 주라고 한 것을 삼촌은 그대로 빼앗고 말았다. 그러나 자기는 가만히 있었다. 동리 심부름이라는 심부름은 자기와 아내가 도맡아 하여 왔다. 그래도 잘못한 일이 있으면 자기와 아내가 홀로 책망과 욕을 들었다. 선한 일을 하면 복을 받는다, 부지런하면 부자가 된다, 남이 욕하든지 때리든지 가만히 있어라—— 이러한 것을 자기는 조금도 어기지 않고 지켜왔다. 그러나 오늘날 이때까지 자기에게 남은 것은 풀막——그것도 제 손으로 지은 것—— 병, 굶음, 모욕밖에 남은 것이 없다. 집을 바치고 밭을 바치고 힘을 바치고 귀중한 피까지 바치면서도 가만히 순종하였건만 누구 하나 이렇다 하는 이가 없었다. 오히려 이때까지 자기가 본 경험으로 말하면 욕심 많고 우락부락하고 못된 짓 잘하는 무리들은 잘 입고, 잘 먹고, 잘 쓴다. 자기에게 남은 것은 이제 실낱같은 목숨뿐이다. 아내뿐이다. 그러나 그것도 이렇게 되고서는 몇 달을 보증하랴! 까딱하면 목숨까지 버릴 것이다. 목숨까지 바쳐? 이 목숨—— 여기까지 생각하고 그는 몸을 부르르 떨면서 주먹을 쥐었다.

"응! 그는 못 해!"

그는 혼잣소리같이 뇌면서 머리를 흔들었다. 사실이다. 목숨까지 바치기는 너무도 억울하다. 자기가 왜 고생을 했나? 목숨이다! 이 목숨을 아껴서 무슨 고생이든지 하였다. 목숨을 바치면 죽는 것이다. 죽고도 무엇을 구할까? 그러나 그저 이대로 있어서는 살 수 없다. 병으로 살 수 없고 배고파 살 수 없고—— 결국 목숨을 바치게 된다. 이때 그의 머리에는 떠오른 것이 있었다. 눈앞에 보이는 환상이 있었다. 그의 해쓱한 낯에는 엄연한[23] 빛이 어리고 다정스럽던 두 눈에는 독기가 돌았다. 그는 다시 입술을 깨물고 주먹을 쥐었다.

## 5

초승달이 재를 넘은 지 벌써 오래되었다. 훤히 갠 하늘에 별빛은 푸근히 보였다. 사면은 고요하다. 이슬에 눅눅한 대지 위에 우뚝이 솟은 건물들은 잠잠한 물 위에 뜬 듯이 고요하다. 멀리 뭉긋이 보이는 산날[24]은 하늘 아래 굵은 곡선을 그었다.

세상이 모두 잠자는 이때 집마을에서 좀 떠나 으슥한 수수밭 머리에 풀포기를 모아 얽어놓은 조그만 막 속에서 나오는 그림자가 있다. 그 그림자는 막 앞에 나서서 한참 주저거리더니 수수밭 머리에 훤히 누워 있는 큰길을 건너서 조와 콩이 우거진 밭 속으로 몸을 감추었다.

사면은 다시 쥐 하나 어른거리지 않았다. 스르륵스르륵 서로 부닥치는 좃대소리[25]는 귀담아듣는 이나 들을 것이다. 먼 데서 울려오는 개 짖는 소리는 딴 세상의 소리 같다.

한참 만에 집마을 가까운 조밭 속으로 아까 숨던 그림자가 다시

나타났다. 그 그림자는 으슥한 집집 울타리 그림자 속으로 살근
살근— 그러나 민활하게 이집 저집, 이 골목 저 골목으로 지나
나간다. 가다가는 한참이나 서서 주저거리다가도 또 간다. 기단
골목의 여러 집을 지나서 나오는 그림자는 현등²⁶이 드문드문 걸
린 거리에 이르더니 썩 나서지 못하고 어떤 집 옆에 서서 앞뒤를
보고 아래위를 본다. 거리는 고요하다. 집집이 문을 채웠다.

저 아래편에 아득히 보이는 파출소까지 잠잠하였다. 한참 주저
거리던 그림자는 얼른얼른 거리를 뛰어 건너서 맞은편 어둑한 골
목으로 들어섰다. 그를 본 사람은 하나도 없었다. 그러나 거리의
말없는 현등만은 그가 누군 것을 알았다. 그는 윤호였다.

윤호는 몇 걸음 걷다가는 헝겊에 뚤뚤 감아서 허리끈에 지른 것
을 만져 보았다. 만질 때마다 반짝 서릿발 같은 그 빛을 생각하고
몸을 떨면서 발을 멈추었다. 뒤따라 새빨간 피, 째각째각 칼 소리
를 치고 모여드는 붉은 눈! 잔뜩 얽히는 자기 몸을 생각지 않을
수 없었다. 그보다도 칼 밑에 구슬피 부르짖고 쓰러지는 생령을
생각하면 가슴이 뭉킷하고 온 신경이 찌릿찌릿하였다.

"아, 못 할 일이다! 참말 못 할 일이다! 내가 살자고 남을 죽
여!"

그는 입 안으로 중얼거리면서 발끝을 돌렸다. 그러다가도 자기
의 절박한 처지라거나 자기가 목표삼고 나가는 대상들의 하는 짓
들을 생각할 때면 그 생각이 뒤집혔다.

'아니다. 남을 안 죽이면 나는 죽는다. 아내는 죽는다. 응, 소용
없다. 선한 일! 죽어서 천당보다 악한 짓이라도 해야! 살아서 잘

먹지! 그놈들도 다 못된 짓하고 모은 것이다. 예까지 왔다가 가다니?'

이렇게 생각하면 풀렸던 사지가 다시 긴장되었다. 그는 다시 앞으로 걸었다. 집에서 떠나면서부터 이리하여 주저한 것이 오륙 차나 되었다.

윤호는 커다란 솟을대문 앞에 다다랐다. 그는 급한 숨을 죽여 가면서 대문을 뒤두고[27] 저편 높다란 싸리 울타리 밑으로 갔다. 그의 가슴은 두근두근하고 사지는 떨렸다. 귀밑 맥이 툭탁툭탁하면서 이가 덜덜 쫓긴다.[28]

"에라 그만둬라. 사람으로서 차마!"

그는 가슴을 누르고 한참 앉았다. 한참 만에 그는 우뚝 일어섰다. 두 팔을 쭉 폈다. 몸을 부쩍 솟는 때에 싸리가 부서지는 소리, 우쩍 하자 그의 몸은 울타리 위에 올라갔다.

마루 아래서 으응 하고 으르대던 개가 울타리 안에 그림자가 얼른하는[29] 것을 보더니 으르르 엉웡웡 하면서 내닫는다.

"으흥! 이 개!"

방에서 우렁찬 사내 소리가 들렸다. 윤호는 얼른 고기를 꿰어 가지고 온 낚시를 집어던졌다. 개는 집어먹었다. 낚시에 걸린 개는 낚싯줄을 잡아당기는 대로 꼼짝 소리를 못 지르고 느른히 쫓아다닌다. 낚싯줄을 울타리 말뚝에 잡아맨 윤호는 살근살근 마루로 갔다. 그리 몹시 두근거리던 그의 가슴은 끓고 난 뒤 물같이 잠잠하였다. 두 눈에서 흐르는 이상한 빛은 어둠 속에서 번쩍하였다. 그는 마루 아래 앉더니 허리끈에 지른 것을 빼어서 슬근슬

근 풀었다. 널찍한 헝겊이 다 풀리자 환한 별빛 아래 번쩍하는 것
이 그의 무릎에 놓였다. 그는 그 헝겊으로 눈만 내놓고는 머리,
이마, 귀, 입, 코 할 것 없이 싸고 무릎에 놓인 것을 잡더니 마루
위에 살짝 올라섰다. 이때 방 안에서,

"무어는 무어야? 개가 그러는 게지."

사내의 소리가 나더니 삭스르륵 성냥 긋는 소리가 들렸다. 윤호
는 주춤하다가 다시 빳빳이 섰다.


# 6


낮이면 돈을 만지고 밤이면 계집을 어르는 것으로 한없는 쾌락
을 삼는 이주사는 어쩐지 오늘밤 따라 마음이 뒤숭숭하여 졸음이
오지 않았다. 끼고 누웠던 진주집을 깨워서 술을 데워 서너 잔이
나 마셨으나 역시 잠들 수 없었다. 눈을 감으면 무엇이 와 덮치는
것 같기도 하고 눈을 뜨면 마루에서 무슨 소리가 들리는 듯도 하
였다. 머리맡에 켜놓은 촛불의 거물거물하는 것까지 무슨 시뻘건
눈깔이 노려보는 듯해서 꺼버렸다.

"여보, 잡시다. 왜 잠 못 드우?"

"글쎄, 졸음이 안 오는구려."

이주사는 진주집 말에 대답은 하였으나 자기 입으로 자기 넋으
로 나오는 소리 같지 않았다. 그는 눈 감았다 뜰 때에 벽에 해쓱
한 그림자가 서 있는 것을 보고 여러 번 가슴이 꿈틀꿈틀하였다.

그러다가도 그 그림자가 의복이라고 생각하면 좀 맘이 폈다. 그렇게 생각하고 그 그림자에 여러 번 속았다. 그는 여러 번 베개 너머로 손을 자리 밑에 넣었다. 큼직한 것이 손에 만져지면 그는 큰 숨을 화— 쉬었다. 그는 이렇게 애쓰다가 삼경이 지나서 겨우 잠이 스르르 들자마자 무슨 소리에 놀라 깨었다. 진주집도 이주사가 와뜰 놀라는 바람에 깨었다. 그 소리는 마루 아래 개가 으르르웡! 짖는 소리였다. 이주사는 가슴에서 널장[30]이 뚝 떨어졌다.

"으흥! 이 개!"

그는 겁결에 소리를 쳤으나 뛰노는 가슴을 진정할 수 없었다. 더욱 왈칵 내닫는 개가 깜짝 소리 없는 것이 의심스러웠다. 그러자 마루가 우쩍 하는 것이 무에 단박 들이미는 것 같았다.

"마루에서 무엔구!"

진주집은 초에다가 불을 켰다.

"무에는 무에야 개가 그리는 게지."

이주사의 소리는 떨렸다. 그는 얼른 자리 밑에 넣었던 뭉치를 끄집어내어서 꼭 쥐었다.

"어디 내가 내다보구!"

진주집은 미닫이를 열더니 덧문을 덜컥 벗겨서 열었다.

문 열던 진주집! 뒤에서 내다보던 이주사! 벌거벗은 두 남녀는 "으악" 들이긋는 소리와 같이 그만 푹 주저앉았다. 열린 문으로는 낯을 가린 뻣뻣한 장정이 서리 같은 칼을 들고 나타났다. 장정은 미닫이를 천천히 닫더니,

"목숨을 아끼거든 꼼짝 마라!"

명령을 내렸다. 그 소리는 그리 높지 않으나 시멘트판에 쇳덩어리를 굴리는 듯하였다. 벌거벗은 남녀는 거들거리는 촛불 속에 수굿이³¹ 앉았다. 두 사람의 낯은 새파랗게 질렸으나 아름다운 살빛! 이쁜 곡선은 여윈 사람에게서는 도저히 볼 수 없는 것이었다.

"이근춘이, 네 들어라. 얼마든지 있는 대로 내놔야 하지 그렇잖으면 네 혼백은 이 칼끝에 달아날 것이다."

장정은 칼끝으로 이주사를 겨주면서 노려보았다. 평화와 안락과 춘정이 무르녹았던 방엔 긴장한 공포의 침묵이 흘렀다.

"왜 말이 없니?"

"네, 모다 저금하고 집에는 한푼도 어 없습니다. 일후에 오시면……"

이주사는 꿇어앉아서 부들부들 떤다.

장정은 이주사를 한참 노려보더니 허허허 웃으면서,

"이놈이 무에 어쩌구 어째? 일후에 오라구? 고사를 지내 봐라! 일후에 오나? 어서 내라…… 이놈이 칼맛을 보아야 하겠군!"

하더니 유들유들한 이주사의 목을 잡아끌었다. 이주사는 끌리면서도 꼭 모은 두 다리는 펴지 않았다.

"이놈아, 그래 못 줄 테냐?"

서리 같은 칼끝은 이주사의 목에 닿았다.

"끽끽! 칙칙!"

여자는 낯을 가리고 부들부들 떨면서 속으로 운다.

"아…… 아 안 그리…… 제발 살려줍시오."

이주사는 두 다리 새에 끼었던 커다란 뭉치를 끄집어내면서,

"모두 여기 있습니다. 제발 살려줍쇼!"

하고 말도 바로 못 한다.

장정은 이주사의 목을 놓고 그 뭉치를 받더니 싼 것을 벗기고 속을 보았다.

"인제는 갈 테니 네 손으로 대문 벗겨라!"

장정은 명령을 내렸다. 이주사는 부들부들 떨면서 대문을 벗겼다. 대문 밖에 나선 장정은 휙 돌아서서 이주사를 보더니,

"흥, 낸들 이 노릇이 좋아서 하는 줄 아니? 나도 양심(良心)이 있다. 양심이 아픈 줄 알면서도 이 짓을 한다. 이래야 주니까 말이다. 잘 있거라!"

하고 장정은 어둠 속에 그림자를 감추었다. 대문턱에 벌거벗고 선 이주사는 오지도 가지도 않고 멀거니 섰다가 몸을 부르르 떨면서 눅눅한 땅에 거꾸러졌다.

사면은 고요하였다. 높고 넓은 하늘에 총총한 별만이 하계의 모든 것을 때룩때룩[32] 엿보았다.

# 백금 白琴

## 1

늘 허허춘풍(春風)으로 웃고 지내는 내 가슴에도 슬픔이 있다. 나는 흐르고 흐르는 눈물에 잠긴 슬픔보다도 허허 하는 웃음 속에 스민 설움이 더 크지나 않을까 생각한다.

사람의 형모와 표정이 그 사람의 내면 생활을 어느 정도까지 표현한다 하면 나를 보는 사람들 가운데서 생각하는 이는 생각할 것이다. 나는 지금 꽃으로 치더라도 훨훨 피어나갈 청춘인데 벌써 이마에 주름이 잡혔다. 그나 그뿐인가? 두 뺨은 김빠진 고무볼같이 쑥 오글고[1] 눈 가장자리가 푹 파였으니 남다르게 악착한 운명을 지고 험한 길을 밟은 것은 더 말하지 않아도 알 것이다.

나는 이렇게 악착한 운명의 지배로 이 가슴에 겹겹이 쌓인 설움의 한 부분을 여기에 쏟으려고 한다.

고요히 앉았으나 누웠으면 가슴을 지그시 누르면서 눈앞에 나타나는 그림자가 있다. 겉은 늙었다 할 만치 되었더라도, 속은 아직 어린애인 내가 이런 말 하기는 거북스럽다는 것보다도 얄궂고 주제넘지만 진정 그 그림자가 내 눈앞에 선히 떠오를 때면 오장이 끊기는 듯하다.

진종일 물인지 불인지 모르고 첨벙첨벙 싸다니다가도 이렇게 전등을 끄고 누웠으면 이 생각 저 생각 떠오르는 가운데 그 그림자도 떠오른다. 눈앞에 흐르는 꺼뭇한──구름도 아니요, 안개도 아닌──기운 속으로 지새는 안개 속에 뵈는 먼 산같이 나타나는 것은 반짝하는 눈, 좀 넓적한 콧마루 아래 장미술같이 터진 입, 고무볼같이 봉긋한 두 뺨, 몽툭한 키──그것은 내가 집 떠날 때 본 백금(白琴)이다. 백금이는,

"아부지!"

방긋 웃으면서 두 손을 내민다.

나는 더 참을 수 없다. 그저 가만히 보고만 있을 수 없다. 나는 나로도 알 수 없는 힘에 지배되어 팔을 벌리고 눈을 뜨면서 벌떡 일어난다. 결국 굳센 내 두 팔에 잔뜩 안긴 것은 나를 덮었던 이불이다. 내 눈앞에는 으스름한 창문이 보일 뿐이다. 나는 한숨을 휴 쉬었다. 지금 그것이 허깨비인 줄 모르는 것이 아니로되, 그래도 무엇이 보일 듯하고, 무엇이 들릴 듯이 마음에 켕긴다.

"백금아! 백금아! 백금아……"

나는 나로도 알 수 없이 구석을 노려보면서 나직이 불렀다. 보

이기는 무엇이 보이며, 들리기는 무엇이 들려? 으슥한 구석에 걸린 의복이 점점 환하게 보이고 창을 스치는 쌀쌀한 바람 소리만 그윽할 뿐이다.

"홍! 내가 미쳤나?"

내 몸은 힘없이 자리에 다시 쓰러졌다. 머리는 띵하고 가슴은 쩌릿하다. 슬그니 덮은 두 눈딱지까지 천 근 쇳덩어리같이 눈알을 누른다. 또 온갖 사념이 머리를 뒤흔들고 번열이 나서 잠을 못 이루게 한다.

백금이 간 지가 벌써 몇 달이냐? 그가 갔다는 이선생의 손으로 쓰신 어머니의 엽서를 받던 때는 청량리 버드나무 잎이 바야흐로 우거지던 때더니 벌써 그것이 이울고, 삼각산에 흰눈이 내렸다. 성진(城津) 동해안(東海岸) 공동묘지에 묻힌 그의 어린 뼈와 고기는 벌써 진토로 돌아갔을 것이다. 그의 영혼이 있다고 하면 마천령(魔天嶺)으로 내리쏠리는 쓸쓸한 바람 속에 누워서 이 밤 저 달 아래 빛나는 바다 소리에 얼마나 목멘 울음을 울까?

# 2

백금이는 내가 스물한 살 때, 즉 신유년 7월 22일에 서간도(西間島)서 낳은 딸년이다.

"손자가 나면 백웅(白雄)이라고 하겠더니 손녀니까 백금(白琴)이라 하지! 백두산 아래 와서 얻은 거문고라고 허허."

이렇게 아버지께서 그 이름을 지으셨다. 백금이는 거친 만주 산골에서 낳기는 하였으나 어머니(아내)나 아버지(나)보다도, 할아버지(아버지)와 할머니(어머니)의 사랑 속에서 곱게 곱게 컸다.

그러나 악착한 운명은 우리에게 평화로운 날을 늘 주지 않았다. 백금이 두 살 되던 해 가을이었다. 어머니, 아내, 백금, 나──이네 식구는 아버지와 갈리게 되었다. 소슬한 가을바람에 낙엽이 흩날리는 삼인방(三人坊) 고개에서 아버지와 작별할 때 점점 멀어지는 할아버지를 부르면서 섧게 섧게 우는 백금의 울음에 우리는 모두 한숨을 짓고 눈물을 뿌렸다. 아버지는 우리가 산모퉁이를 돌아갈 때까지 그 고개 마루턱에 지팡이를 짚고 서서 계셨다.

태산준령을 넘어서 북간도 얼따오꺼우〔二道溝〕에 나온 우리는 이듬해 즉 백금이 세 살 나던 해 봄에 두만강을 건너서 회령(會寧)으로 나왔다. 이때부터 백금이는 어정어정 이웃집으로도 걸어나가고 쉬운 말도 하고 어른들이 가리키는 것을 집어오기도 하였다. 온 집안의 정성과 사랑은 더욱더욱 그에게 몰렸다. 어머니께서는 맛나는 것만 얻으셔도 백금이 백금이, 이쁜 것만 보셔도 백금이 백금이 하여 쥐면 꺼질까 불면 날듯이 귀여워하셨다. 심지어 그때 우리 노동조 회계인 T의 내외분까지 백금 백금 하여 자기 자식같이 받들었다. 내가 노동판에서 늦어 들어가서 기침을 컹 짓고 문을 열면 어미 무릎에서 젖 먹던 백금이는 뚝뚝 뛰어나오면서,

"해해 아부지! 아부지! 해해."

하고 내 품에 안겼다. 그때에 나는 들고 들어간 과자나 과일 봉을

주면 그는 옴팍한 작은 손으로 부둥켜안고는,

"한머니, 해해."

방긋방긋 웃으면서 어머니께 갖다드렸다.

"에그, 좋아서 하하."

어머니는 과자 봉지 백금이 할 것 없이 얼싸 안으시고는 백금의 낯에 뺨을 비비셨다.

"호호."

"허허."

아내와 나도 웃었다.

"이제는 낮이면 아버지 있는 데로 가자는 성화에 못 견디겠다."

어머니께서는 볼이 미어지도록 밥을 퍼먹는 나를 보시고는 방긋이 웃는 백금이를 보신다. 그러면 나는 밥을 씹는 채 백금이를 보면서 정답게 물었다.

"백금아 아버지 보고 싶디? 응?"

그러면 어머니께서는 백금이 앉은 무릎을 들썩하시면서,

"백금아 가르쳐라. 어── 고은아 잘 가르치는 거!² 아버지 어느 눈으로 보구 싶디?"

하시면 백금이는 방긋 웃고 할머니를 치어다보면서 백어³ 같은 손가락으로 바른편 눈을 가리켰다.

"또 할머니는?"

이번에는 어머니 곁에 앉았던 아내가 묻는다. 그러면 백금이는 머리를 갸웃하여 할머니를 보면서 왼편 눈을 가리켰다. 나는 먹던 밥을 잊은 듯이 그것만 빙긋이 보다가 또 물었다.

"백금아! 또 엄마는?"

이번에는 좀 머뭇머뭇하다가 코를 가리켰다. 웃음이 터졌다.

"하하!"

"호호!"

"허허!"

이렇게 세 식구는 백금이의 연극에 취하여 밖에 흐르는 눈보라
는 꿈에도 생각지 않았다. 그때도 아침저녁 벌어먹었건만 우리
집에는 늘 웃음이었다. 날이 갈수록 백금에게 대한 나의 사랑은
더욱 깊었다. 나는 한번 어떤 친구와 이렇게 말하고 웃은 일이 있
었다.

"여편네는 남의 것이 이쁘고, 자식은 제 것이 이쁘다는 말이 일
리는 있어! 허허허."

"엑, 미친 녀석 미친 수작 다하네, 하하하."

그러나 진실히 말하면 '저것은 내 자식이다. 내 혈육이다' 하는
생각도 다소간 있겠지만 그보다도 순진한 어린 맛에 내 마음은
더 끌렸던 것이다. 나날이 토실토실하게 자라는 누에〔蠶〕 모양으
로 연년이 내 눈앞에서 셈이 들고,[4] 커 가고, 말을 번지는 양은 사
랑하지 않으려야 사랑하지 않을 수 없었다. 더구나 그가 걸음발
을 자유롭게 떼면서부터는 내 손을 꼭 잡고 따라다녔다. 어떤 때
는 일판에까지 쫓아 나온 때가 있었다. 작년 여름이었다. R형이
나를 찾아서 회령 가셨다가 우리가 목간하러 가는데 백금이가 수
건과 비눗갑을 들고 앞서서 족돌족돌[5] 목간집을 찾아가는 것을 보
더니,

"하하 세월이 빠르구나! 야, 네 자식이 벌써 저렇게 되다니 기가 막혀서, 하하하."

크게 웃었다.


# 3


그러나 나는 무어라 형용할 수 없는 느낌으로 간간이 암담한 오리무중에서 검은 숨을 쉬었다. 흐르는 세월과 같이 시시각각으로 변하는 운명은 또 한 번 뒤집혔다. 이것은 한 단체적 운명인데, 계해년 흉년으로 말미암아 회령역을 경유하여 일본으로 수출되는 간도(間島)의 대두(大豆)가 끊어졌다. 그 때문에 겨울 한철에 대두 목을 보던 회령 나따세⁶ 노동자들은 출출히 마르게 되었다. 그 속에 든, 내 앞에도 그 슬픈 운명은 닥쳤다. 그렇지 않아도 늘,

'네가 과연 이 생활에 만족할 테냐?'

하고 내 스스로 내 생활과 내 태도를 분개하던 판이라, 불평은 한껏 커졌다. 그런 우중에 회사 측에서는 밤낮 노동 임금을 내려서 하루——아침 여섯시부터 밤 열시——번다는 것은 몇십 전, 기껏 되야 일 원이 되니 그것으로는 도저히 먹을 수가 없었다. 무어라고 회사 측에 대하여 불편을 말하면 쫓겨나기가 예사이다. 그저 목구멍이 포도청이 되어서 지긋지긋 견디지만 나날이 높아가는 것은 불평이었다. 홧김에 주기 싫어하는 외상술을 먹고는 서로 싸움과 욕으로 화풀이들을 하게 되었다.

나는 이때에 이르러서 더욱더욱 느끼는 바가 있었다. 참담한
생활을 생각하는 때마다 알 수 없는 굵은 줄이 내 몸, 내 식구의
몸, 나와 같이 일하는 이의 몸을 휘휘친친 얽는 듯한 그림자가 머
릿속에 떠오를 듯 떠오를 듯하다가는 갈앉고 갈앉고 하던 것이
이때에 와서는 뚜렷이 마르크스의 『자본론』보담도 더 밝게 떠올
랐다.

　첫여름 뜨거운 어떤 날이었다. 나는 R형과 함께 남문 밖 시냇가
로 나가면서 이런 말을 끄집어냈다.

　"R형! 나는 이 생활에 만족해야 옳을까?"

　R형은 나를 보면서 은근스럽게 말하였다.

　"그래, 그렇잖으면 어쩌겠나?"

　"형까지 그렇게 생각하시우?"

　"그러면 어떻게 생각하라나?"

　나는 갑갑하였다. 눈앞에 반짝반짝 흐르는 시내에 텀부덩 뛰어
들고 싶었다.

　'R형도 그렇구나? 일본까지 가서 사회학을 연구하셨다는 이
까지 저러니?'

　나는 이렇게 속으로 R형을 원망하였다.

　잠깐 사이 두 사람은 잠잠하였다. 눈이 부시는 볕 아래 자글자
글 빛나는 시냇물은 찰찰 소리를 친다. 저편에 수차(水車)가 번쩍
번쩍 돌아간다. 그 우편으로 빨래하는 부인들이 죽 늘어앉았다.
정거장에서는 푸푸 기차의 김 뽑는 소리가 들리고 영림창'에서는
쿵덩쿵덩 기계 돌아가는 소리가 울려온다. 간간이 불어오는 바람

은 숨이 턱턱 막히게 뜨뜻하다.

중도역 쪽에서 뿡 하는 기적 소리가 나더니 어느새 낮차가 푸푸 우르르 하고 회령역으로 쏜살같이 들이 달렸다.

"그래, 어찌케 작정인가?"

R형은 침묵을 깨쳤다. 나는 비위가 꼬였다.

"그맙둡시다. 그까짓 말은 해서 뭘 하오?"

"흥! 왜 뿔었니? 응 말해라! 무슨 말이든지 말해라! 내가 네 고통을 모르는 줄 아니?"

하고 고삐를 늦추는 바람에 나는 좀 풀렸다.

"나는 암만 해도 집에 있을 수는 없소!"

"왜?"

"글쎄, 보는 형편에 한평생 이러구서야 무슨 사는 보람이 있어요?"

"가면 뭘 하겠나?"

"똥짐이라도 져서 더 배워야 하겠소!"

"식구들은?"

"내가 아우?"

"내 알다니? 그 무슨 소린가?"

R형은 말과는 딴판으로 빙그레 웃는다. 나는 그것이 미웠다. 그러나 한 찰나였다.

"붙잡고 있으면 소용이 있소? 아무리 붙잡아도 이 상태로는 기아(飢餓)를 면할 수 없어요! 더구나 딸년 하나 있는 것이 오래지 않아서 학교에 넣게 되겠으니 이렇게 쪼들리고 빨리구서야 학비가 다 뭐예요? 어디 가서 애나 보고 구박의 쌀을 먹겠으니……"

이때 내 눈앞에 찢어진 치마저고리를 걸치고 어떤 집 부엌에서 오드드 떠는 백금의 모양이 언뜻 지내었다. 나는 다시 말을 이었다.

"그럴 바하고는 지금 나서는 것이 차라리 낫잖겠소."

나는 입술을 물었다.

"글쎄 나도 네 일을 생각하고 있다. 네가 이러구 있어 되겠니? 하지만 정작 목전에 보니 어머니가 딱하구나! 더구나 백금이까지 있으니 말이다."

4

그 뒤 보름이 넘어서 R형과 나는 회령을 떠났다.

새벽차로 떠나는데 백금이는 그때까지 잠이 깨지 않았다. 나는 그가 방긋방긋 웃고, 깡충깡충 뛰면서 아부지 아부지 부르는 것이 보고 싶었으나 자는 것을 깨우면 밥 짓는 데 귀찮게 굴겠고 또 나를 따라 정거장으로 나간다고 트집을 부리겠기에 그냥 버려두고 그 뺨에 은근히 내 뺨을 비볐다. 그 식은식은[8]한 숨결이 내 입술을 스칠 때에 나는 애틋한 정과 아울러 부드러운 느낌을 받았다.

R형은 내 하는 양을 보고 빙그레 웃으면서 일본말로 끄집어 냈다.

"네 이제 그런 것 저런 것 다 생각나서 첨에는 못 견디리라."

"이제 백금이는 오빠 오실 때까지 아부지만 찾겠지? 호호!"

이때에는 웅기 있던 내 누이동생이 집에 와 있었다.

차시간이 가까웠다. 나는 한 일주일 후에 돌아온다고 거짓 소리를 하고 떠났다. 발이 묵직한 것이 집이 다시금 돌려다보였다.

나는 고향 나와서 이삼 주간 묵은 뒤 H군께 노비를 얻어가지고 여정에 올랐다. R형은 뒤에 떠나기로 하고. 혈혈단신이 장안 큰 길에 나타나게 된 때는 작년 팔월 그믐날이었다. 적수공권<sup>9</sup>이 마침 좋은 친구들 도움으로 간동 어떤 학생 여관에서 유숙하게 되었다.

서울에 들어서던 날부터 내 눈에 비친 서울은 내가 동경하던 서울이 아니었다. 나는 진고개도 보고, 신마찌<sup>10</sup>도 보았으며, 종로도 보고, 광화문 밖도 보았으며, 새문 밖도 보고, 구리개<sup>11</sup>도 보았다. "나리 돈 한푼 줍쇼!" 하고 뒤를 쫓아오는 부대투성이도 서울에 와서 보았고, 거적을 쓰고 차디찬 길 위에서 잠자는 무리도 서울서 보았다. 날이 갈수록 간판과 전등으로 화려하게 꾸민 서울의 내막이 어둡고 틉틉하게<sup>12</sup> 보였다. 나는 이 모든 것을 볼 때마다 내 두 팔에 힘 약한 것을 한탄하였고 나의 담(膽)이 좀더 커지기를 원했다. 콸콸 흐르는 뜨거운 피로 썩어진 도시(都市)를 밀어버리고 싶었다.

거물거물하는 사이에 한 달 두 달 갔다.

나는 몹시 추운 어떤 날 밤에 R형의 편지를 받았다. 그 편지 가운데는 이러한 구절이 있었다.

──아우야! 마천령(摩天嶺)에는 눈이 허옇게 쌓였다. 이제부터는 서울도 삼각산 바람이 쏠쏠 귀밑을 에일 때다. 무엇을 먹으며 무엇을 입니? 〔중략〕아우야! 백금 어미는 갔다. 네 아내는 갔다! 어디를 갔는지 갔구나! 〔중략〕 아우야! 씩씩히 나아가거라. 너는 맑스주의의 생(生)의 긍정(肯定)자가 되어라. 〔하략〕

나는 편지를 읽고 나서 멍하니 어떠한 감상을 붙잡을 수 없었다. 슬픈지? 괴로운지? 뜻하지 않은 곳에서 사나운 짐승을 만난 사람같이 한참 편지를 쥔 채 묵묵하였다. 하다가 시간이 흘러서 온몸을 싸고 엉킨 그 무슨 기운이 차츰 풀릴 때에 천사만념[13]이 머리와 가슴에 끓기 시작하였다. 나는 얼음장 같은 방 안에 무릎을 안고 드러누워서 밤새껏 눈을 못 붙였다. 이튿날 아침을 먹고 그 안날 일기에 이렇게 썼다.

아내는 갔구나! 그는 어머니와 백금이를 두고 갔구나! 그는 어디로 갔나! 춥고 배고파서 갔나? 그는 나와 오륙 년이나 고락을 같이한 사람이다. 나는 그의 마음을 안다.

아내여! 나는 당신을 조금도 원망치 않는다. 나는 나의 붉은 정성을 다하여 당신의 행복을 빌고 바란다. 당신은 나를 용서하라.

어머니의 한숨! 백금의 엄마! 소리를 뒤두고[14] 가는 아내의 가슴이 어떠하였을까? 그는 나를 얼마나 원망하였으랴? 나는 그것이 들리는 듯하다.

어머니 용서하소서! 이 자식이 성공하는 날까지 어머니 꼭 살아 계시소서! 백금아! 울지 마라 잉! 아버지 돌아가는 날 이쁜 모자와 맛난 과자를 많이많이 사다줄게, 할머니 모시고 울지 마라 잉!

여기까지 쓰다가 나는 그만 일기책에 머리를 박고 울었다. 문을 꼭 걸고 가슴을 치고 데굴데굴 구르면서 소리 없는 뜨거운 눈물을 기껏 뽑았다. 이렇게 소리 없는 울음을 기껏 울다가 오정이 넘어서 밖에 나서니 천지가 누런 것이 진흙물을 흘린 듯하다. 나는 미친놈처럼 이 골목 저 골목 방향도 없이 허둥지둥 쏘다니다가 해 진 뒤 하숙으로 돌아와서 어머니와 R형에게 이러한 뜻으로 편지를 썼다.

—이제부터는 절대 내게 집 소식을 알리지 마세요. 나도 내가 죽든지 살든지 성공하기 전에는 편지를 드리지 않겠습니다.

그 뒤로 내 생활은 그저 번민과 고통의 생활이었다. 아무 신통한 것이 없었다. 그새에 내 일기를 펴보면 이런 것이 있다.

갑자(甲子) 시월 삼십일. 청(晴). 소한(小寒).

나는 중이 됐다.

장삼을 입고, 가사를 매고, 목탁을 드니 훌륭한 중일세!

세상은 나더러 세상이 귀찮아서 산문에 들었거니 믿는다. 하하

하. 내가 참말 중인가? 하하하.


갑자 십일월 십오일. 소설(小雪). 난(暖).

오늘은 갑자 십일월 십오일이다. 육십 년 전 이날 축시(丑時)에 우리 어머니는 이 세상에 나오셨다.

아아 어머니!

우리 어머니는 백금이를 업고 지금 어디 계시나? 어머니 또한 내 있는 곳을 모르실 것이다. 이 무슨 인연이던가?

새벽 목탁, 저녁 종에 장삼 입고, 가사 매고, 합장하고, 부처님 앞에 꿇앉을 때마다 어머님과 백금이 생각이 가슴에 간절해서!

나는 내 평생에 잊지 못할 이날을 기념하기 위하여 소설 「살려는 사람들」을 쓰려고 붓을 잡았다.

뮤즈여! 당신도 이 소설을 그렇게 읽어지이다. 아아 어머니는 백금이를 업고 어디서 배를 주리시나?


갑자 십이월 삼일. 청(晴). 난(暖).

꿈에 백금이를 보았다. 어머니 무릎에 앉았다가 방긋 웃고 내 품에 와서 안기는 백금이를 보았다.

꿈을 깨어서 나는 법당 뜰에 내려가 허성허성하였다. 가슴이 뻐 긋하다. 눈에 덮인 소나무 사이에 흘러내리는 달빛은 퍽 아름답다.


갑자 십이월 십팔일. 대설(大雪). 풍(風).

나는 참 무능력한 위인이다. 푯대가 없는 무골충이다. 이게 뭐냐? 이런 생활을 하려고 집을 떠났나? 새빨가벗고 저 눈보라 속에서도 시원치 못할 놈이 뜨뜻한 데가 다 뭐냐?

오오 무서운 눈보라!


을축(乙丑) 이월 삼일. 청(晴). 소한(小寒).

나는 ××잡지사에 들어갔다. 부처님을 배척하고 나왔으나 역시 종이 되었다.

나는 뜨뜻한 자리에 들고, 김 나는 음식을 대할 때마다 어머니와 백금이 생각난다.

오늘 아침 동대문을 지나다가 어린애 업은 늙은 할머니가 우두두 떨고 섰는 것을 보았다. 나는 가슴이 저렸다. 내 눈앞에는 그것이 남같이 보이지 않았다.


을축 이월 이십일. 한(寒). 설(雪).

아침에 포슬포슬 내리던 눈은 갰으나 하늘은 그저 찌뿌퉁하다.[15]

오후에 야주개[16] 골목에서 B를 만났다. 나는 늘 그를 생각지 않으려고 애쓰나 생각게 되고, 그에게 끌리지 않으려고 하나 끌린다. 그의 다정한 웃음과 부드러운 목소리는 생각할 적마다 내 가슴에 불을 지른다.

단념! 단념할란다. 나는 절대 B를 생각지 않으련다. 죄 없는 인간들을 처참한 구렁에 빠쳐 놓고 나 혼자 사랑의 품에 안겨? 거기 잘못 빠지면 나는 헤엄을 못 칠 것이다. 그렇게 되면 나의 이상은 다 헛갑[17]이다.

내게는 어머니가 있고 딸년이 있다. 나를 사랑하시는 어머니! 내가 사랑하는 딸!


을축 이월 이십팔일. 한(寒). 설(雪).

밤 열시가 넘어서 나는 P군과 같이 준장[18]을 거두어 가지고 인쇄소 문을 나섰다. 윤전기 소리가 은은한 공장 유리창으로 흘러나오는 불빛 속에 펄펄 날리는 눈발은 부드러운 설움을 내 가슴에 흘린다. 우리는 종로 네거리에서 동대문 가는 전차를 기다렸다. 집집의 전등은 꿈속 같다. 눈 깔린 길 위에 가고 오는 사람들의 모자와 어깨에는 눈이 허옇다. 모두들 무엇 하려고 저렇게 어물거리누? 나는 무엇 하려 서울 왔누? 준[19]은 무엇 하는 것인구? 여기는 무엇 하려고 서 있누? 어디를 가려고? 가면! 내게 아내가 있나? 가정이 있나! 나를, 추워한다고 누가 밥을 데우며, 찌개를 데우랴?

"가면 뭘 하누?"

나는 나도 모르게 입 밖에 내었다. 곁에 섰던 P군은 나를 돌아보면서,

"왜요, 집으로 안 가세요?"

"응, 왜 안 가긴?"

"그런데 왜 그러세요?"

"응, 아니야 허허."

"하하."

P군도 나와 같이 웃었다. 그러니 그는 무슨 의미로 웃는가? 두 청춘의 이 웃음은 피차 영원히 풀지 못할 수수께끼일 것이다.

오오! 이 인생인가?


을축 삼월 일일. 청(晴). 난(暖).

공중으로 솟는 내 영혼은 땅에 잡힌 내 육체를 끌어올리려고 하고, 땅에 자빠진 내 육체는 공중으로 올으는[20] 내 영혼을 끄집어내리려고 한다. 그러나 두 사이는 점점 벌어질 뿐이다. 거기에 차는 것은 고통, 번민, 우울, 비애, 침체, 분노뿐이다.

나는 주먹을 부르쥐고 이를 악문다.

그 모든 것을 쳐부수자!

그 모든 것에 이기자!


# 5


금년 늦은 봄 몹시 덥던 어떤 날이었다.

오월호에 실을 원고(原稿) 얻으러 돌아다니다가 석양에 재동으로 R형을 찾아갔다.

"요사이 집 소식을 듣나?"

R형의 소리는 아무 풀기 없이 들렸다. 어디가 편치 않은지 그 낯에는 어둑한 빛이 흘렀다.

"집 소식이라니요? 벌써 편지 끊은 지 언젠데?"

나는 남의 소리같이 말하면서 담배를 피웠다.

"백금이는 잘 있는지? 흥!"

그 소리에 나는 떠오르는 생각이 있었다.

"글쎄? 이런 소리를 들으려고 그랬는지? 꿈에 백금이를 보았지? 허허."

"그래 어쩌던가?"

"아, 꿈에 백금이가 시집을 간다고 하는데, 어느새 컸는지 커단 색시겠지! 호호. 그런데 꿈에는 그게 백금이 같지 않기도 하고 백금이 같기도 해요! 하하하."

나는 얼프름한[2] 간밤 꿈을 눈앞에 보는 듯이 눈을 실룩거렸다.

"하하하, 그래 사위는 못 봤나?"

R형도 웃었다. 나는 또 벙긋하고 탄식하는 듯한 음조로,

"글쎄, 그게 천만 유감이오. 꿈만 아니라면 사위 하나는 꼭 생기는데…… 호호호. 어엉!"

경쾌한 기분으로 웃었다. 벽에 비스듬히 기대앉았던 R형은 빙그레 하면서,

"네게 할 말이 있으니 지금 바로 사(社)로 가거라."

한다. 나는 그 말의 뜻을 알 수 없었다.

"할 말이 있으면 이렇게 대해서 해야지 사에 가면 어떻게 말해요?"

"글쎄 꼭 할 말이다. 어서 가거라. 전화로 말할게!"

"이건 또 무슨 소문잔지 내 모르겠소? 하하하."

웃기는 하였으나 내 마음은 검웃한 구름에 싸이는 듯하였다. R형은 실없는 말이 없는 사람이다. 나는 내가 무슨 허물된 일이나 없었는가 하고 생각도 해보았다.

"무슨 일이우?"

나는 호기와 의심이 잔뜩 고인 눈으로 R형을 보았다. R형은 무엇을 생각하는지 나를 멀거니 보다가,

"네게 돈 좀 있니?"

나의 묻는 말과는 딴전을 친다.

"돈? 여기 한 이삼십 전 되는지?"

나는 지갑을 꺼낼 양으로 호주머니에 손을 넣었다. 그리고,

"글쎄 전화로 한다는 것은 무슨 말이오?"

채를 쳤다.[22]

"그건 천천히 말하겠지만 술이 삼십 전어치면 얼마나 되니?"

또 딴전을 부친다.

"다찌노미[23]면 여섯 잔은 되지요!"

"흐흥 너는 해정[24]도 못 하겠구나!"

"그런데 별안간 술 말은 왜 하우?"

"취토록 먹자면 얼마나 될까?"

R형은 두 손으로 머리 뒤에 깍지를 끼면서 혼잣말처럼 뇌었다. 나는 서슴지 않고,

"그야 짐작이 있소!"

맞장구를 쳤으나 무슨 수수께끼인지 알 수 없었다. R형은 술이라면 금주회원 이상의 반대자다. 내가 술 먹는 것은 더 몹시 금하던 사람인데 나더러 술 살 돈이 있느냐고 묻는 것은 참 뜻밖이다. 무슨 수작인가? 전화로 할 말이 있다더니 그 말은 끊어버리고 술말을 끄집어내니 아까 전화의 의심은 좀 풀리는 것 같기도 하나,

내가 술을 먹는다고 비꼬지나 않나? 하는 의심도 없지 않았다. 그러나 평시보단 같았고 화색이 스러진 그 낯빛을 보면 무슨 불평이 있는 듯이도 생각되었다.

"돈은 없지만 술이야 없겠소? 갑시다. H군한테 가서 등을 칩시다. 그 주인집에 술이 있으니!"

실상 말하자면 나는 목도 말랐고 또 R형의 술 먹는 것이 보고도 싶었다.

두 사람은 집을 나섰다. 어느새 거리에는 전등이 켜졌다. 광화문통을 지나다가 나는 또 물었다.

"전화로 한다는 말은 무어요?"

"잔소리 픽 한다. 차츰 말 안 하리!"

핀잔주는 바람에 나는 그만 기가 죽었다.

H군은 있었다. 우리의 목적은 아무 거침없이 이루었다.

나는 낯이 벌개서 씨근씨근하면서도 술잔을 주는 대로 받아 마셨다. 내 신경은 무엇이 무엇인지를 분간할 수 없이 흐리멍덩하게 마취되었다.

"이제 정 취했구나!"

R형은 나를 보고 빙긋하더니,

"자! 전화로 하자던 말은 이것이다."

하면서 엽서 한 장을 끄집어 내준다.

——백금이는 사월 열나흗날 병으로 죽었다. 너는 잘 아는 터이니 동정을 보아서, 백금 아버지에게 이 말을 전해도 좋고 전하지 않더라도 괜찮다. 하여튼 백금 아버지의 감정을 상하게 말아라.

나는 술기운이 몽롱한 눈으로 읽었다. R형은 전등을 쳐다보는 나를 한참 보더니,

"내가 떠날 때 어머니가 성진 나오셨는데 그때는 그년(백금)이 무탈하더니²⁵ 죽었구나! 에헴! 내가 회령 갔을 때 목간집을 찾아 가던 것이 어제 같은데!"

하고 가벼운 한숨을 쉰다. 그의 눈은 움직이지 않는 것이 옛 기억을 쫓는 듯하였다. 술에 마취된 나는 얼떨떨한 것이 그저 가슴만 뭉깃할 뿐이었다. 나는 홍! 빙긋 웃으면서 그 엽서를 쪽쪽 찢어 버리고 그 자리에 쓰러졌다.

왁자지껄하는 소리에 눈을 뜨니 창에는 햇발이 벌겋고 밖에서는 사람의 들레는 소리가 요란하다. 나는 오장을 뺀 듯이 속이 쓰리고 머리가 띵한 것이 지금 저녁 편인지 아침인지 분간치 못하다가 정신이 차차 맑아서 내가 누운 곳이 H군 방이라는 것을 깨달으니 어제 저녁 기억이 점점 분명하게 떠올랐다. 모든 것이 한바탕 꿈속 같다.

"백금이 죽어?"

나는 나도 알 수 없이 혼자 뇌면서 눈을 감았다. 미닫이 열리는 소리가 드윽 나더니,

"이 사람 어서 일어나게나!"

H군이 소리를 치면서 내가 덮은 담요를 벗긴다. 나는 벌떡 일어났다. 그는 어느새 낯을 씻고 수건질 하면서,

"자네 웬 술을 그리 먹나? 그 큰일 났네! 허허."

H군은 한바탕 웃었다.

"흥! 술 먹는 자는 행복이니라! 고통을 모르니 행복이니라! 허허."

"미친 녀석! 저 한길가에 나서서 외쳐라!"

"응! 내가 예수였더면 무리들아 미치라! 아니거든 술을 마시라…… 아멘! 했을 테다. 하하하……"

나는 H군과 같이 크게 웃었으나, 가슴에는 연덩어리[26]가 박힌 듯이 꺼림하였다.


# 6


날이 가고 달이 갈수록 내 가슴에 박힌 검은 못[釘]은 더 커지고 더 굳어진다. 하기 방학에 고향 갔다 온 생질녀가 전하는 말을 듣고는 더욱 질렸다.

"백금이는 죽을 때에 약을 안 먹으려고 떼를 쓰다가, 백금아 이 약을 먹고 아버지 있는 데로 가자! 하니까 벌컥 일어나서 꿀꺽꿀꺽 마시더래요! 그리고 그전에도 할머니가 새 옷만 입으시면 할머니! 아버지 있는 데 가니? 응 할머니! 아버지 어디 갔니? 하고서는 울더래요!"

말을 마치지 못하여 생질녀는 눈물을 씻었다.

나는 온몸이 꽉꽉 얼고 오장에 얼음 덩어리가 묵직이 차는 듯하더니 가슴에서 연기가 팽팽 돌면서 간장이 쪽쪽 찢기는 듯했다.

나는 이를 빡 갈았다. 가슴을 힘껏 쳤다. 소리를 어앙어앙 지르고 뛰어다니면서 다 닥치는 대로 짓모았으면[27] 가슴이 풀릴 것 같았다. 눈물이 나고 소리가 난다는 것도 어느 정도지, 이렇게 되고 보니 속으로 은근히 피만 터진다. 나는 한참 만에 한숨을 휴— 쉬었다. 화— 오장을 우려[28]나오는 그 숨은 숨이 아니라 피비린 내 엉킨 검은 연기였다.

작년 내가 떠날 때에 그는 네 살이었으니 지금은 다섯 살이다. 그 어린 가슴에 아버지 생각는 정이 얼마나 애틋하고 아쉬웠으면 그처럼 하였으랴? 그가 제 가슴을 헤칠 만한 말을 할 줄 알았다면 그 말은 말이 아니라 피였을 것이다.

"에구 아저씨 왜 낯빛이 저래요? 제가 공연한 말씀을 여쭈어서……"

생질녀는 눈이 동그래졌다.

"아니다."

나는 이렇게 뇌었으나 그 때문에 괴롬이 조금도 덜리지는 않았다.

집 떠난 지 이태에 한 일이 무엇이냐? 나는 이렇게 생각하는 때면 큰 죄를 짊어진 사람같이 양심의 가책을 몹시 받는다. 온 식구가 내 몸에 칼을 박는다 하여도 대답할 말이 없다.

지금까지 이웃집 어린애 소리만 나도 가슴이 떨리고 오장이 찢기는 듯하다. 이 현상은 내 기억이 스러지기 전에는, 이 눈구녕에 흙 들기 전에는 늘 있을 것이다. 그리고 간간히 백금의 수척한 꼴, 아내의 흘긴 눈, 가슴을 치는 어머니의 모양이 내 눈앞을 언뜻언뜻 지나간다.

나는 그때마다 주먹을 부르쥐고 몸을 부르르 떨면서 세상을 노려본다.

오오 백금아!
너는 내 맘속에 늘 있어라!
너는 영원히 나의 딸이요, 나의 힘이다.

을축 12월 2일 자시(子時)

# 해돋이

1

끝없는 바다 낮에 지척을 모르게 흐르던 안개는 다섯 점이 넘어서 걷히기 시작하였다.

뿌연 찬 김이 꽉 찬 방 안같이 몽롱하던 하늘부터 멀겋게 개더니 육지의 푸른 산봉우리가 안개 바다 위에 뜬 듯이 우뚝우뚝 나타났다. 이윽하여 하늘에 누릇한 빛이 비치는 듯 마는 듯할 때에는 바다 낮에 남았던 안개도 어디라 없이 스러져버렸다.

한강환(漢江丸)은 여섯시가 넘어서 알섬〔卵島〕을 왼편으로 끼고 유진(楡津) 끝을 지났다. 여느 때 같으면 벌써 항구에 들어왔을 것이나 오늘 아침은 밤사이 안개에 배질하기가 곤란하였으므로 정한 시간보다 세 시간가량이나 늦었다.

안개가 훨씬 걷힌 만경창파는 한없는 새벽하늘 아래서 검푸른 빛으로 굼실굼실 뛰논다. 누른[1] 돛, 흰 돛 들은 벌써 여기저기 떴다. 그 커다란 돛에 바람을 잔뜩 싣고 늠실늠실하는 물결을 좇아 둥실둥실 동쪽으로 나아가는 모양은 바야흐로 솟아오르는 적오(赤烏)나 맞으러 가는 듯이 장쾌하였다. 여러 날 여로에 지친 손님들은 이 새벽 바다를 무심히 보지 않았다.

먼 동편 하늘과 바다가 어우른 곳에 한 일자로 거뭇한 구름 장막이 아른아른한 자줏빛으로 물들었다. 그것도 한순간 다시 변하는 줄 모르게 연분홍빛으로 물들었다. 그 분홍 구름이 다시 사르르 걷히고 서너 조각 남은 거무레한 구름가가 장밋빛으로 타들더니 양양한[2] 벽파 위에 태양이 솟는다. 태연자약하여 늠실늠실 오르는 그 모양은 어지러운 세상의 괴로운 인간에게 깊은 암시를 주는 듯하였다.

아직 엷은 안개가 흐르는 마천령(摩天嶺) 푸른 봉우리에 불그레한 첫 빛이 타오를 때 검푸른 바다 전면에는 금빛이 반득반득하여 눈이 부실 지경이다. 침묵과 혼탁이 오래 흐르던 세계는 장엄한 활동이 시작되는 세계로 한 걸음 한 걸음 가까워졌다.

배는 해평(海坪) 앞바다를 지났다. 추진기 소리는 한풀 죽었다. 쿵덩쿵덩 하고 온 배를 울리던 소리가 퍽 가늘어져서 밤사이 풍랑에 지친 피곤을 상징하는 듯하였다.

한풀 싱싱하여서는 남들이 수질[3]하는 것을 코웃음 치던 김소사(金召史)도 이번에는 욕을 단단히 보았다. 어제 석양 청진(淸津)서 떠날 때부터 사납던 풍랑은 밤이 깊어갈수록 더 심하였다. 오전 세시쯤 하여 명천무수끝[明天舞水端]을 지날 때는 뱃머리를

쿵쿵 치는 노한 물소리가 세차게 오르내리는 추진기 소리 속에
더욱 처량하였다. 닥쳐오는 물결에 배가 우쩍뚝 하고 소리를 내
면서 번쩍 들릴 때면 몸을 무엇으로 번쩍 치받아주는 듯하였다가
도 배가 앞으로 숙어지면서⁴ 쑥 가라앉을 때면 몸을 치받아주던
그 무엇을 쑥 잡아 뽑고 깊고 깊은 함정에 휘휘 둘러 넣는 듯이
정신이 아찔하고 오장이 울컥 뒤집혔다. 메슥메슥한 뻥끼 냄새와
퀴지근한⁵ 인염(人炎)에 후끈한 선실에는 신음하는 소리와 도르
는⁶ 소리와 어린애의 울음소리가 서로 어우러져서 수라장을 이루
었다. 사람사람의 낯은 희미한 전등빛에 창백하였다. 보이들은
손님들 출입을 주의시킨다. 괴롬과 두려움의 빛이 무르녹은 이
속에서도 술이 얼근하여 장타령 하는 사람도 있다.

　김소사는 그렇게 도르지는 않았으나 꼼짝할 수 없이 괴로웠다.
그렇게 괴로운 중에도 손녀의 보호에 조금도 태만치 않았다. 손
녀 몽주가 괴로워서 킥킥 울 때마다 늙은 김소사의 가슴은 칼로
빡빡 찢는 듯하였다. 그것은 수질에 괴로워하는 것이 가엾다는
것보다,

　"엄마 젖으…… 엄마 젖으……"

하고 어디 가 있는지도 모르는 어미를 찾는 때면 얼마나 안타까
운지 알 수 없었다.

　"쉬, 울지 말아라! 몽주야 울지 마라. 울면 에비 온다. 엄마는
죽었다. 자, 내 젖으 먹어라."

하고 시들시들한 자기 젖을 몽주의 입에 물려주었다. 몽주는 그
것을 우물우물 빨다가도 젖이 나지 않으면 또 운다. 젖 못 먹는

그 울음소리는 애틋하였다. 이렇게 애를 쓰다가 먼동이 트기 시작하여서 물결이 자는지 배가 덜 뛰놀게 되니 몽주는 잠이 들었다. 그 바람에 김소사도 잠이 들었다.

죽어서 진토가 되어도 잊지 못할 원한을 품은 김소사에게는 잠도 위안을 못 주었다. 잠만 들면 뒤숭숭한 꿈자리가 그를 보챘다. 무슨 꿈인지 깨면 기억도 잘 안 나는 꿈이건마는 머리는 귀신의 방망이에 맞은 것처럼 늘 휭하였다. 깨면 끝없는 걱정, 잠들면 흉한 꿈, 이러한 것이 늙은 그를 더욱 쪼그라지게 하였다. 그는 늙은 자기를 생각할 때마다 의지 없는 손녀를 생각지 않을 수 없었다.

"뚜——"

맹렬하게 울리는 기적 소리에 김소사는 산란한 꿈을 깼다. 그는 푹 꺼진 흐릿한 눈을 뜨는 대로 품에 안은 손녀를 보았다. 낯이 감실감실하게 탄 몽주는 쌕쌕 자고 있다. 그 불그레한 입술을 스쳐 나드는 부드러운 숨결을 들을 때에 김소사의 가슴에는 귀엽고 아쉬운 감정이 물밀듯이 일렁일렁하였다. 그는 부지불식간에 손녀를 꼭 안으면서 따뜻한 뺨에 입 맞추었다. 그는 거의 열광적이었다. 그의 눈에는 웃음이 그득하였다. 웃음이 흐르던 눈에는 다시 소리 없는 눈물이 괴었다. 그는 코를 훌쩍 들이마시면서 머리를 들어 선실을 돌아보았다. 똥그란 선창으로 아침볕이 흘러들었다. 붉고 따뜻한 그 빛은 퍽 반가웠다. 어떤 사람은 꼼짝 않고 누워 있고 어떤 사람은 짐을 꾸리고 어떤 사람은 갑판으로 나가느라고 분주 잡답하였다. 김소사는 손녀에게 베였던 팔을 슬그머니

빼고 대신 보꾸러미[7]를 베어주면서 일어섰다. 일어앉은 그는 휑한 머리를 이윽히[8] 잡았다.

"어—ㅁ마— 어ㅁ마— 히 히 애……"

몽주는 몽톡한 주먹으로 눈, 코, 입 할 것 없이 비비고 몸을 틀면서 울었다.

"응 어째 우니? 야! 몽주야 할머니 여기 있다. 우지 마라. 일어나서 사탕 먹어라. 위—차."

김소사는 웃으면서 손녀를 가볍게 번쩍 일으켜 앉혔다.

"으응, 애…… 애……"

몽주는 몸을 틀고 발버둥을 치면서 손가락을 입에 물고 비죽비죽 울었다. 따뜻한 어미의 품을 그려서 우는 그 꼴을 볼 때 김소사의 늙은 눈은 또 젖었다.

"야! 어째 이러니? 쉬, 울지 마라. 울면 저 일본 영감상이 잡아간다."

김소사는 몽주를 안으면서 저편에 앉아서 이편을 보는 일본 사람을 가리켰다. 몽주는 눈물이 글썽글썽한 눈으로 그 일본 사람을 돌아다보더니 울음을 뚝 그치고 흑흑 느꼈다. 일본 사람은 빙그레 웃으면서 과자를 집어서 주었다.

"영감상, 고맙소."

김소사는 과자를 받아서는 몽주를 주었다. 몽주는 받으면서 거의 거의 울려는 소리로,

"한마니! 쉬 하겠다."

하면서 일어서려고 하였다.

"응 오줌을 누겠니? 어, 내 새끼 기특두 한지고."

김소사는 몽주를 안아서 저편에 집어 내놓았다.

김소사는 몽주를 뒤집어 업고 커다란 보퉁이를 끌면서 번쩍 일어섰다. 일어서는 바람에 위층 천반[9]에 정수리를 딱 부딪쳤다. 두 눈에서 불이 번쩍하면서 정신이 아찔하여 그 자리에 거꾸러졌다. 철창을 머릿속에 꽉 결은[10] 듯이 전후가 캄캄하여 거꾸러진 그 찰나! 그에게는 아무런 감각도 없었다. 등에서 괴롭게 버둥거리면서,

"엄마…… 애……"

부르짖는 손녀의 울음소리도 못 들었다.

## 2

얼마 동안이나 되었는지 귓가에 어렴풋이 들리는 울음소리와 누가 몸을 흔드는 바람에 김소사는 정신을 차렸다. 누군지 몸을 잡아 일으켜주었다. 김소사는 독한 술에 질렸다 깬 듯이 어질어질하면서 보퉁이를 끌고 승강구(昇降口) 층층다리 곁으로 왔다. 홑몸으로도 어질어질한 터인데 손녀를 업고 보퉁이를 끌고 층층다리로 올라가기는 어려웠다. 여러 사람들이 쿵쿵 뛰어 올라가는 것을 볼 때마다 혹 보퉁이를 들어 올려줄까 하여 그네들을 애원하듯이 쳐다보았다. 그러나 모두 알은척하지 않았다. 김소사는

소리 없는 한숨을 쉬었다. 그 여러 사람더러,

"이것 좀 들어다주시오!"

하기는 자기의 지위가 너무도 미천하였다.

이전에는 어디를 가면 그의 아들 만수(萬洙)가 따라다니면서 배에서든지 차에서든지 "어머니 어머니" 하면서 봉양이 지극하였다. 그가 수질을 몹시 하지 않아도 뒷간으로 간다든지 갑판으로 바람 쐬러 나가면 만수가 업고 다녔다. 바람이 자고 물결이나 고요한 때면 만수는 어머니가 적적해하신다고 이야기도 하고 소설도 읽어드렸다. 그러던 아들 만수는 지금 곁에 없다. 김소사는 이전 같으면 만수에게 의지하고도 휘우뚱거릴 층층다리를 그때보다 더 늙은 오늘날 아무 의지 없이 애까지 업고 보퉁이를 끼고 올라가려는 고독하고도 처량한 자기 신세를 생각하고 멀리 철창에서 고생하는 아들을 생각할 때 온 세상의 슬픈 운명은 혼자 맡은 듯하며 알지 못할 악이 목구멍까지 바싹 치밀었다.

"에! 내 신세가 이리 될 줄을 어찌 알았을꾸? 망한 놈의 세상두!"

그는 멀거니 서서 입 밖에 흐르도록 중얼거렸다.

김소사는 간신히 끌고 나온 보퉁이를 갑판 한 귀퉁이에 놓았다.

"한마니 집에 가자! 응."

등에 업힌 몽주는 또 집으로 가자고 조른다. 간도(間島)서 떠난 지 벌써 닷새째 난다. 몽주는 차에서와 배에서와 여관에서 늘,

"엄마와 아부지 있는 집으로 가자!"

하고 할머니를 졸랐다. 어린 혼에도 옛집이 그리운지?

"오오 집으로 간다. 가만 있거라 울지 말고."

김소사는 뱃전을 잡고 섰다. 갑판에는 승객이 주글주글하여[11] 연극장 앞 같았다. 몹쓸 풍랑에 지친 그네들은 맑은 아침 기운에 새 즐거움을 찾은 듯하였다. 서로 손을 들어 바다와 육지를 가리키면서 속삭이고 웃는다.

해는 아침때가 되었다.

배는 항구에 닿았다. 닻을 주었다.

"성진(城津)도 꽤 좋아! 이게 성진이지?"

"암, 그래도 령북[12]에 들어서 개항장(開港場)으로 맨 먼첨 된 곳인데……"

젊은 사람들이 아침 연기가 떠오르는 성진 시가를 들여다보면서 빙글빙글 웃었다.

'성진!' 그 소리를 들을 때 김소사의 가슴은 새삼스럽게 뿌지지하였다. 가슴에 만감이 소용돌이를 치는 그는 장승처럼 멍하니 서서 휘돌아보았다. 육 년이라면 짧고도 긴 세월이다. 그사이 밤이나 낮이나 일각이 삼추 같이 그리던 고향을 지금 본다. 그는 참으로 고향이 그리웠다. 가을봄이 바뀔 때마다 이마에 주름이 늘어갈수록 고향이 그리웠다. 물 설고 산 선 타국에서 생활난에 몰려 남에게 천대를 받을 때면 고향이 그리웠다. 더욱 천금같이 기르고 태산같이 믿던 아들이 감옥으로 들어가고 하나 있던 며느리조차 서방을 얻어 간 후로 개밥에 도토리처럼 남아서 철없는 몽주를 안고 이집 저집으로 돌아다니면서 밥술이나 얻어먹게 되면서부터는 고향이 더욱 그리웠다. 그는 그처럼 천애[13]만리에서 생각을 달리던 고향으로 지금 왔다. 눈에 비치는 것이 어느 것이나 예 보던 것이 아니랴? '쌍포령'과 '솟방울' 사이에 기와집, 초가집, 양철집이 잇닿아서 오 리는 됨직하게 늘어진 성진 시가며 그 새에 우뚝우뚝 솟은 아침빛이 어우러진 포플러 숲들이며 멀리 보이는 '어살동' 골짜기니 파란 마천령, 예나 조금도 틀림이 없다. 이따금 이따금 흰 연기를 토하면서 성진굽〔城㟶〕 밑으로 달아나는 기차만 이전에 못 보던 것이었다. 공동묘지 앞 바닷가 백사장이며 쌍포의 쌍암이며 남벌의 송림이며 의구한 강산은 의구한 정취를 머금었건마는 변하는 인생에 참예한 김소사는 예전 김소사가 아니었다. 고향 떠날 때는 그래도 검던 머리가 지금은 파뿌리가 되었다. 그것은 그렇다 하더라도 고향서는 남부럽잖게 살던 세간을 탕진하고 떠나서 거지가 되어서 돌아오게 되었다. 그도 그렇다 하더라도 그의 가슴을 몹시 찌르는 것은 아들을 못 데리고 오는 것이었다.

'아! 내가 무엇하려고 고향으로 왔누? 이 꼴로 오면 누가 반갑게 맞아주리라고 왔누?'

배가 부두에 점점 가까워올수록 그의 가슴은 더욱 묵직하였다. 전후가 망망하였다. 될 수만 있으면 뱃머리를 돌려서 다시 오던 길로…… 아니 어디라 할 것 없이 가고 싶었다. 그렇게 그립던 고향을 목전에 대하니 내리고 싶지 않았다. 그렇다고 영영 내리고 싶지 않은 것은 아니었다. 고향은 그저 사랑스러웠다. 산천을 보는 것도 얼마간 위로가 된다. 그러나 첫째 사랑하던 자식이 저벅저벅 밟던 땅을 혼자 밟기는 너무도 아쉬웠다. 더구나 몸차림까지 이 모양을 하여가지고 면목이 많은 고향 거리를 지나기는 너무도 용기가 부족되었다. 만일 그가 자식을 데리고 금의환향이라면 어서 바삐 내리려고 애썼을 것이다.

'그래도 영 소득이 없는 것은 아니다. 갈 때에 없던 몽주가 있으니…… 또 내 아들이 도적질이나 강간을 하다가 그렇게 안 된 담에야.'

그는 이렇게 억지 위로에 만족하려고 하면서 머리를 돌려서 등에서 쌕쌕 자는 몽주를 보았다. 다보록한 몽주의 머리에 뜨거운 볕이 내리쏜다. 그는 몽주를 돌려다가 앞으로 안았다. 어린것은 눈을 비주그레[14] 떴다가 감았다. 그 가무레하고 여윈 몽주의 낯을 볼 때 김소사의 가슴은 또 쓰렸다.

"뚜―"

기적은 울렸다. 바로 정면에 보이는 망양정(望洋亭)은 으르렁 반향을 주었다. 뒤미처 우루룩 씩씩 울컥울컥 닻 주는 소리가 요란스러웠다. 아침빛이 몹시 밝게 비치는 부두에는 사람의 내왕이 빈번하다.

조그마한 경용 발동기선이 폴딱폴딱하고 먼저 들어왔다. 정복 순사 셋이 앞서고 하오리[15] 입고 게다 신은 일본 사람 하나와 두루마기 입은 사람 하나가 뒤따라 올랐다. 배에 올라온 그네들은 승강제[16] 어귀에 서서 삼빤[17]으로 내려가는 손님들 행동거지와 외모를 조금도 놓지 않고 주의하여 본다. 순사를 본 김소사의 가슴은 또 울렁거렸다. 그는 순사를 보는 때마다 작년 겨울 일을 회상하는 까닭이었다.

출찰구에 차표 사러 들어가듯이 열을 지어서 한 사람씩 층층다리를 내려가는 사이에 흰 양복을 입고 트렁크를 든 청년 하나가 끼였다.

"어데 있어?"

순사와 같이 섰던 두루마기 입은 사람은 지금 내리려는 그 청년더러 물었다.

"간도……"

그 청년은 우뚝 섰다. 안경을 스쳐 보이는 그 청년의 눈은 어글어글하고도 엄숙하였다.

"성명은?"

윗수염을 배배 틀어휜 두루마기 입은 자는 그 청년을 노려보았다.

"김군현이……"

엄숙한 청년의 눈에는 노한 빛이 보였다. 길게 기른 머리가 귀밑까지 덮은 그 청년을 보니 김소사는 아들 생각이 났다. 김소사의 아들 만수도 그 청년처럼 머리를 터부룩이 길렀다. 김소사의 가슴은 공연히 두근두근하였다. 순사와 형사가 황천 사자같이 무서우면서도 한편으로는 밉살스러웠다. 또 그 청년이 가엾기도 하였다. 그러나 뻣뻣한 양을 하는 것이 민망스럽기도 하였다. 왜 저러누? 그저 네네 할 일이지! 괜히 저렇게 뻣뻣한 양을 하다가 붙잡혀서 고생할 게 있나…… 지금 애들은 건방지더라…… 이렇게 생각하면 그 청년이 밉기도 하였다. 그러다가도 아들 생각을 하면 그 청년을 어서 보내주었으면 하는 생각에 애가 탔다. 김소사는 속으로 '왜 저리도 심한구?' 하고 순사를 원망하며 '저 사람도 부모가 있으면 여북 기다리랴' 하고 청년의 신세도 생각하였다.

"당신은 천천히 내려요."

형사는 저리 가 서라 하는 듯이 저편을 가리키면서 그 청년을 보았다. 그 소리는 그리 높지 않으나 뱃속으로 울려나오듯이 힘 있었다. 청년은 아무 대답도 없이 군중을 돌아보고 조소 비슷하게 빙그레하면서 가리키는 데로 가 섰다.

김소사는 두근두근하는 가슴을 진정하면서 보퉁이를 끌고 승강제 어귀에 이르렀다. 그는 무슨 큰 죄나 지은 듯이 애써 순사의 시선을 피하려고 하였다.

"아, 만수 어머니 아니오?"

하는 소리에 김소사는 가슴이 덜컥하고 전신에 소름이 쭉 끼쳤다. 김소사는 무의식중에 쳐다보았다. 그것은 돌쇠였다. 돌쇠는 지금 어떤 청년을 힐난하는 사람이었다. 그는 몇 해 전 만수에게서 일본말을 배우던 사람이었다.

"오! 이게 뉘긴가? 흐흐."

김소사는 비로소 안심한 듯이 웃었다. 그 웃음은 안심한 웃음이라는 것보다 넋이 없는 웃음이었다. 침침한 어둔 밤에 마굴을 슬그머니 지나던 사람이 무슨 소리에 등에 찬땀이 끼치도록 놀라고 나서 그것이 자기의 발자취나 바람 소리에 나뭇가지 꺾이는 소리였던 것을 비로소 깨달을 때 두근거리는 가슴을 만지면서 "흐흐흐흐" 하는 그러한 웃음이었다. 저편에 섰던 일본 사람은 만수 어머니를 보더니 그 돌쇠더러 무어라고 하였다. 돌쇠는 무어라고

대답하였다. 일본 사람들은 모두 "아, 소오까"[18] 하면서 김소사를
한 번씩 보았다. 김소사는 더 말하지 않고 내렸다.

선객을 잔뜩 실은 삼빤은 아침 물결이 고요한 부두에 닿았다.


# 3


김소사가 아들 만수를 따라서 고향을 떠난 것은 경신년 늦은 봄
이었다.

삼일운동이 일어나던 해였다. 만수도 그 운동에 한 사람으로 활
동한 까닭에 함흥감옥에서 일 개년 동안이나 지냈다. 감옥 생활
은 그에게 큰 고초를 주었다. 일 개년이 지나서 신유년 봄에 출옥
이 되어 집으로 돌아온 만수는 눈이 푹 꺼지고 뼈만 남은 얼굴에
수심이 그득한 것이 무서운 아귀 같았다. 그를 본 고향 사람들은
누구나 할 것 없이 놀라지 않을 수 없었다. 그의 어머니와 누이는
말은 못하고 눈물만 쫙쫙 흘렸다.

만수가 돌아와서 며칠은 출옥 인사 오는 사람이 문밖에 끊이지
않았다. 젊은 패들은 밤이 이슥하도록 만수의 옥중 생활을 재미
있게 들었다. 그러나 형사가 매일 문간에 드나들어서 자유로운
입을 못 벌렸다. 누가 무심하게 저촉될 만한 말을 하게 되면 서로
옆구리를 찔러가면서 경계하였다.

처음에는 막연하게 나라, 나라 하였으나 점점 개성이 눈뜨고 또
감옥 생활에서 문명한 법의 내막을 철저히 체험하고 불합리한 사

회 역경에 든 사람들의 고통을 뼈가 저리도록 목격함으로부터는 그의 온 피는 의분에 끓었다. 그 의식이 깊어질수록 무형한 그물에 걸린 고통은 나날이 심하였다. 그 고통이 심할수록 그는 자유로운 천지를 동경하였다. 뜨거운 정열을 자유로 펼 수 있을 천지를 동경하는 마음은 감옥에서 나온 후로 더 깊었다. 그는 그때 강개한 선비들과 의기로운 사람들이 동지를 규합하고 단체를 조직하여 천하를 가르보고[19] 시기를 기다리는 무대라고 명성이 뜨르르하던 상해, 시베리아와 북만주를 동경하였다. 남으로 양자강 연안과 북으로 시베리아 눈보라 속에서 많은 쾌한[20]들과 손을 엇걸어가지고 천하의 풍운을 지정하려 하였다.

"건져라. 뼈가 부서져도 이 백성을 건져라. 그것이 나의 양심의 요구요 동시에 나의 의무다."

그는 이렇게 부르짖으면서 주먹을 쥔 때가 한두 번이 아니었다. 이때 빈곤의 물결은 그에게 점점 굳세게 닥쳐왔다. 이전같이 교사 노릇이나 할까 했으나 전과자(前科者)라는 패가 붙어서 그것을 허락지 않았다. 그의 어머니도 늙어서 잘 벌지 못하였다. "바쁘면 똥통이라두 메지." 그는 어느 때 한 소리지만 고향 거리에서 똥짐을 지고 나서기는 용기가 좀 부족하였다.

만수는 드디어 북간도로 가려고 하였다. 만수가 간도로 가겠다는 말을 들은 김소사는 천지가 아득하였다. 김소사는 일찍 과부가 되고 운경이와 만수 오누이를 곱게 기르다가 운경이 시집간 후 태산같이 믿던 만수가 만세를 부르고 감옥에 들어가서 일 년이나 있는 사이에 김소사는 울지 않은 날이 없었다. 그러다가 일

년 만에 낯을 보게 되어 겨우 안심이 될락말락하여서 '홍우적[紅馬賊]'이 우글우글한다는 되땅[胡地]으로 돌아올 기약도 없이 가겠다는 만수의 소리를 들은 김소사의 마음이 어찌 순평하랴. 김소사는 천사만탁[21]으로 만류하였으나 만수는 듣지 않았다. 만수는 어머니의 정경을 잘 이해하였다. 자기 하나를 위하여 남에게 된 소리 안 된 소리 듣고 진일 마른일을 가리지 않고 고생한 어머니를 버리고 천애타국으로 갈 일을 생각할 때면 그 가슴이 쓰렸다.

"부모의 은혜를 배반하는 자여! 벌을 받으라."

하는 듯한 소리가 귓가에 쟁쟁 울리는 듯하였다.

"성인의 말씀에 충신은 효자의 문에서 구하라!"

고 하였다. 부모에게 불효가 되는 것이 어찌 나라에 충신이 되랴? 아니다! 아니다. 온 인류가 태평해야 부모도 있고 나도 있다. 부모도 있고 나도 있어야 효도도 이루어지는 것이다. 아! 만수여! '나'여! 주저치 말아라. 떠나거라. 어머니께 효자가 되려거든 인류를 위하라. 이때 그의 일기에는 이러한 구절이 많았다. 그는 이렇게 자기의 뜻을 실행하는 데 어머니께 대한 은혜도 갚을 수 있다고 생각하였다. 만수는 어머니의 큰 은혜를 생각하는 일면, 어머니 때문에 자기의 꽃다운 청춘을 그르친 것도 생각지 않을 수 없었다. 김소사는 만수가 소학교를 마친 후 서울로 보내지 않고 글방에 보내서 통감을 읽혔다. 김소사는 학교 공부보다 글방 공부가 나은 줄로 믿었다. 그것은 김소사가 신시대를 반대하는 늙은이들 말을 믿었음이다. 그뿐 아니라 만수를 외로이 서울로 보내기는 아까웠다. 어린것이 객지에서 배를 주리거나 추워서 떨

것을 걱정하는 것보다도 태산같이 믿고 금옥같이 사랑하는 만수와 잠깐 사이라도 이별하기는 죽기보다 더할 것 같았다. 앞일을 모르는 김소사는 천년이고 만년이고 귀여운 아들을 곁에 두고 보고 잘 먹이고 잘 입히고 글방에 보내고 장가들이면 부모의 직책은 다할 줄만 믿었다. 그러므로 만수는 유학을 못 갔다. 어린 만수의 가슴에는 이것이 적원[22]이 되었다. 신문 잡지를 통하여 나날이 보도되는 새 소식을 듣고 소학에서 같이 공부하던 친구들이 서울 가서 공부하는 것을 보거나 들을 때에 동경의 정열에 울렁거리는 만수의 마음은 남의 발 아래로 점점 떨어지는 듯한 기운 없고 구슬픈 자기 그림자를 그려보고 부끄럽고 슬픔을 느꼈다. 밖에 대한 동경과 번뇌가 큰 그는 안으로 연애에도 번민하였다. 개성이 눈뜨고 신사상에 침염될수록 어려서 장가든 처와 정분이 없어졌다. 공부 못 한 것이라든지 사랑 없는 장가든 것이 모두 어머니의 허물(그는 어떤 때면 이렇게 생각하였다)이거니 생각하면 어머니가 밉고 어머니를 영영 버리고 싶었다. 그러나,

'아니다. 그것은 어머니의 그릇이 아니다. 재래의 인습과 제도가 우리 어머니를 그렇게 가르쳤다. 그 인습에 물젖은 우리 어머니는 나를 사랑하여서 잘되라고 그렇게 하신 것이다.'

그는 이렇게 돌쳐[23] 생각할 때면 어머니께 대한 실쭉한 마음은 불현듯 스르르 풀리고 눈물이 옷깃을 적셨다. 이렇게 눈물에 가슴이 끓을 때면 어머니를 저항하고 싶지 않았다. 그래도 어머니의 명령 아래서 수굿이 일생을 보내고 싶었다. 그러나 그것은 한순간의 생각이었다. 자기의 힘을 생각하고 세상을 바라보는 그로

서는 어머니의 은혜에 자기의 전 인격을 희생할 수는 없었다. 은혜는 은혜이다. 은혜로 말미암아 나의 전 인격을 희생할 수는 없다 하는 생각이 서로 싸울 때면 그의 고민은 격심하였다. 그는 어쩌면 좋을지 몰랐다. 그러던 끝에 그는,

"나는 모든 불합리한 인습에 반항하려고 한다. 그러니까 하는 수 없이 어머니 사상에 반항한다. 그러나 어머니를 반항하는 것은 아니다."

그는 이렇게 부르짖었다.

만수는 열여덟 살 되는 해에 이혼을 하였다. 인습의 공기에 취한 주위에서는 조소와 모욕과 비방으로 만수의 모자를 접대하였다. 만수의 어머니는 며느리 보내기가 부끄럽고 원통하였다. 그러나 아들의 말을 아니 들을 수 없었다. 그것은 전후 지낸 일이 그릇되다는 것을 깨달은 것이 아니라 천금 같은 자식이 그때에 심한 심려로 낯빛이 해쓱하여가는 것을 볼 때마다 자기의 고기를 찢더라도 자식의 마음을 거스르지 않으리라 하였다. 김소사는 이렇게 생각은 하면서도 일일이 실행은 못하였다. 이혼한 처를 친정으로 보낼 때 만수의 가슴도 쓸쓸하였다. 죄 없는 꽃다운 청춘을 소박주어 보내거니 생각할 때 그의 불안은 컸다. 그러나 불안은 인류가 인류에 대한 사랑에서 노출하는 불안이었다. 이성에 대한 연애에서 우러나오는 것은 아니었다. 그러므로 그렇게 동정하면서도 다시 끌어다가 품에 안기는 몸서리를 칠 지경 싫었다.

이혼만으로는 만수의 고민을 고칠 수 없었다. 만수는 어찌하든지 고민을 이기고 사람답게 살려고 애썼다. 이때 그의 머리에는

희미하나마 자기의 전 인격을 인류를 위하여 바치려는 정신이 일
종의 호기심과 아울러 떠올랐다. 공부에 뒤진 고민과 연애에 대
한 번민은 인류를 건지려는 열심으로 점점 경향을 옮겼다. 그 사
상은 마침내 무르녹아 그로 하여금 감옥 생활을 하게 하고 만주
로 향하게 하였다. 김소사는 만수를 따라가려고 하였다.

"나도 갈 테다. 어데든지 갈 테다. 나는 이제 너를 보내고는 못
살겠다. 어데를 가든지 나는 나로 벌어먹을 테니 네 낯만 보여다
고…… 네 낯만 보면 굶어도 살 것 같다."

김소사의 말에 만수는 묵묵하였다. 아! 어머니는 또 내 일에 방
해를 노시나? 하고 생각할 때 칼이라도 있으면 그 앞에서 어머니
를 찌르고 자기까지 죽고 싶었다. 만수의 가슴에는 연기가 팽팽
도는 듯하였다. 그러나 "네 낯만 보면 굶어도 살 것 같다!" 한 어
머니의 말을 생각할 때 가슴이 찌르르하였다.

'아아 자식이 오죽 그립고 사랑스러우면 그렇게 말씀을 하시
랴? 아! 배암의 새끼 같은 나는 소위 자식은 그런 부모를 버리고
가려고 해…… 아니 칼로…… 응 윽.'

그는 몸을 부르르 떨었다. 이때 '어서 올려라' 하고 무서운 악마
들이 자기를 교수대로 끌어올리는 듯하였다. 자기를 위하여 목숨
이라도 아끼지 않으려는 그 어머니를 버리고 가면 그 앙화에 될
일도 안 될 듯싶었다.

만수는 드디어 어머니를 모시고 가기를 결심하였다.

# 4

'선두청' 시계가 아홉 점을 친 지가 오래였다.

북국 오월의 바닷밤은 좀 찼다. 꺼먼 바다를 스쳐오는 비릿한 바람은 의복에 푸근히 스며든다. 비가 오려나? 하늘은 별 하나 보이지 않고 물결은 그리 사납지 않으나 은은한 바다 소리는 기운차게 들린다.

간간이 '망양정' 끝이 번득할 때면 벌건 불빛이 금포(金布)처럼 일자로 바다를 건너서 '유진' 머리까지 비춘다.

여덟시 반에 입항한다는 '금평환'은 아직 불빛도 보이지 않았다. 부두머리 파란 가스불 아래 모여든 배 탈 손님들의 낯에는 초조한 빛이 돈다. 선부들도 벌써 나오고 노동자들도 짐실이 배에 모여 앉아서 지껄인다.

만수도 어머니와 같이 이삿짐을 지어가지고 부두로 나왔다. 김소사의 친구, 만수의 친구 하여 전송객이 이십여 인이나 되었다. 술병, 과자갑, 담배 상자가 여기저기서 들어온 것이 한 짐 잔뜩 되었다. 김소사를 위하여 나온 편은 거개 늙은이들이었다. 저편 창고 앞에서 담배를 피우면서,

"참 섭섭하오."

"간도가 좋으면 편지하오."

"우리도 명년에는 간도로 가겠소."

"우리 큰집에서 간도로 갔는데 만나거든 안부를 전해주오."

"간도는 곡식이 흔타는데."

하는 서두와 조리 없는 말을 서로 주고받으면서 간간이 쓸쓸한 웃음을 웃는다.

만수의 편은 싱싱하였다. 거개 이십 전후의 청년들이었다. 선물로 가져온 술병을 벌써 터뜨려서 나발을 불고 눈에 술기운이 몽롱하여 천지는 자기의 천지라는 듯이 떠드는 판이 말이 이별하니 섭섭이지 마치 기꺼운 잔치 끝 같았다. 만수도 많이 못하는 솜씨에 한잔 얼근하여 기쁜 듯이 빙글빙글하였다.

"만수야, 잘해라. 어, 나만 오나라.²⁴ 나만 와 으후……"

제일 잘 떠드는 운철이가 비칠거리면서 기염을 토한다.

"아, 김군이 취했다. 하하하."

만수는 쾌활하게 웃었다.

"자식이 술이라면 수족을 못 쓰는 '게굴둥'이 세 병이나 나발 불었으니 흥 저 꼴 봐라."

만수 곁에 선, 눈이 어글어글한 순석이는 비틀거리는 운철이를 조롱하였다.

"이놈아 내가 세 병을 먹고…… 흥…… 세 병 또땃또땃²⁵하고 그럴 내가 아니야…… 흥…… 그렇지? 만수! 그적 나만 와!"²⁶

술이 흐르는 듯한 벌건 눈으로 만수를 본다. 저편 창고머리에 빙글빙글하고 섰던 기춘이는 급하게 오더니 운철의 옆구리를 찌르면서,

"이 사람 정신 차려! 무어 나오나라 말아라 하나? 저기 칼치〔巡査〕가 있네."

"그까짓 갈빗대 찬 것들이 있으면 어때?"

운철이는 바로 잘난 듯이 그러나 나직하게 중얼거리면서 무서 운지 저편으로 비칠비칠 간다.

"그렇게 도망가는 장력에 웨 떠드나? 흐흐흐."

"그래도 무서운 데는 술이 깨나 보이? 정신 모르는 체하더니 잘 만 달아난다. 하하하."

몇 사람이 웃는 바람에 모두 한 번씩 웃었다. 이때 순사가 그네 들 앞을 지나갔다. 모두 웃음을 뚝 그쳤다. 엄숙한 침묵이 그 찰 나에 흘렀다.

"김군! 편지하게. 자네는 좋은 데로 가네!"

돌아섰던 청년들은 거반 한마디씩 뇌었다. 이 순간 모두들 눈에 는 딴 세계를 동경하는 빛이 확실히 흘렀다.

"무얼 좋아?"

만수는 이렇게 대답은 하면서도 속으로는 기뻤다. 세상이 다 동 경하면서도 밟지 못한 곳을 자기 먼저 밟는 듯하였다. 저편 부두 머리에 매인 삼빠 위에 고요히 섰던 얼굴이 두렷하고 노숙하게 보이는 황창룡이는 이편을 보면서,

"만수 배가 들오나 보이…… 짐을 단단히 살피게……"

주의시키는 그 얼굴에 애수가 흐르는 것을 만수는 보았다. 황창 룡, 김경석, 만수 세 사람은 피차에 지기지우로 허한다. 경석이는 서울 유학중에 만세를 부르고 감옥에 들어간 것이 지금 소식이 묘연하다.

"위 위."

돌에 치인 고양이 소리 같은 금평환의 입항 소리는 몽롱한 밤안개 속에 잠긴 산천을 처량하게 울렸다.

"응 왔구나!"

"자! 짐들 모다 한곳에 모아놓지!"

여러 사람들은 기적 소리 나는 데를 한 번씩 보았다. 꺼먼 바다 위에 떠들어오는 총총한 불이 보였다. 뱃몸은 잘 보이지 않으나 번쩍거리는 불, 그 속에 어렴풋이 보이는 뭉클뭉클한 연기, 마치 저승과 이승의 길을 이어주는 그 무엇같이 김소사에게 보였다. 고동 소리를 들을 때 만수의 가슴도 두근두근하였다. 어찌하여 두근덕거리는지는 막연하였다.

만수와 창룡이는 뜨거운 청춘의 피가 뛰는 손과 손을 꽉 잡았다. 그 순간 피차의 혈관을 전하여 감각되는 맥박은 피차의 가슴에 말로써 표할 수 없는 암시를 주었다.

"경석형은 언제나 출옥이 될는지?"

만수의 낯에는 새삼스럽게 활기가 스러졌다.

"글쎄…… 아모쪼록 조심해라."

창룡의 소리는 그리 쓸쓸치 않았다.

"내 염려는 말어라! 경석형이 출옥하시거든 그것을 단단히 말해라. 거기 있다고…… 언제나 또 볼는지 기약이 없구나!"

그 소리는 무슨 탄원 같았다.

"금세 언제나 모다 만나겠는지?"

이 두 청춘의 눈앞에는 황연한[27] 미래와 철창에서 신음하는 쪽 빠진 경석의 모양을 그려보았다.

떠나는 이의 잘 있으오! 소리, 보내는 이의 잘 가오! 소리, 부두 머리는 잠깐 침울한 기분에 싸였다.

김소사는 고향을 떠나는 것이 슬픈 중에도 아들을 앞세우고 가는 것이 마음에 얼마나 튼튼하고 기꺼운지 알 수 없었다. 만수도 애오라지[28] 슬픈 가운데도 알지 못할 그 무엇에 대한 만족에 신경이 들먹거렸다.


5


만수의 모자는 일주일이 넘어서 북간도 왕청 '다캉재'라는 곳에 이르렀다.

회령서 두만강을 건너서 '오랑캐령'을 넘어 용정에 다다를 때까지 그네는 다른 나라의 정조를 별로 느끼지 못하였다. 용정 거리에 들어선 때는 조선 어떤 도회에 들어선 듯하였다. 푸른 벽돌로 지은 중국집이며 중국 관리의 너저분한 복색이며 짐마차의 많은 것이 다소간 어둑한 호지[29]의 분위기를 보였다. 그러나 십분의 아홉분이나 조선 사람에게 점령된 용정은 서양 사람이 보더라도 조선의 도회라는 감상을 볼 것이다. 간도라 하면 마적이 휘달리는 쓸쓸한 곳인 줄만 믿던 김소사는 용정의 변화한 물색에 놀랐다. 그러나 용정을 지나서 왕청으로 들어갈 때 황막한 들과 험악한 산골을 보고는 무서운 생각에 신경이 저릿저릿하였다. 만수는 이미 짐작한 바이나 실지 목격할 때 "아아 황막한 벌이로구나!" 하고 무심중 부르짖었다. 으슥한 산속에서 중국 사람을 만날 때마다 무서운 생각에 가슴이 두근거렸다. 군데군데서 조선 사람의 동리를 만나면 공연히 기뻤다. 조선 사람들은 어느 골짜기나 없는 데가 없었다. 십여 호, 삼사 호가 있는 데도 있고, 외따로 있는 집도 흔하다. 거개 쓰러져가는 초가집에서 중국 사람의 소작인으로 일평생을 지낸다. 간혹 전지를 가진 사람이 있으나 그것은 쌀에 뉘만도 못하였다. 그네들 가운데는 자기의 딸과 중국 사람의 전지와를 바꾸는 이가 있다. 그네들은 일본과 중국과의 이중 법률(二重法律)의 지배를 받는다. 아무런 힘없는 그네들은 두 나라 틈에서 참혹한 유린을 받고 있다. 그래도 어디 가서 호소할 곳이 없다.

만수가 이른 왕청 다캉재에는 조선 사람의 집이 일곱 호가 있다. 그리고 고개를 넘어가나 동구를 나서 일리나 이리에 십여 호, 오륙 호의 촌락이 있다. 산과 산이 첩첩하여 콧구멍같이 뚫어진 골마다 몇 집씩 밭을 내고 들어 산다. 해 뜨면 땅과 싸우고 날이 들면 쿨쿨 자는 그네는 그렇게 죽도록 벌건마는 겨우 기한을 면할 뿐이다. 역시 알짜는 중국 사람의 손으로 들어가버린다. 그네에게는 교육 기관도 없었다. 그래도 그네들은 내지〔朝鮮〕 있을 때보다 낫다고 한다. 골과 산에는 수목이 울울하여 몇백 년 간이나 사람의 자취가 그쳤던 곳 같다. 낮에도 산짐승이 밭에 내려와서 곡식을 먹는다.

만수는 이십 원 주고 외통집[30] 한 채를 샀다. 다음 중국 사람의 밭을 도조로 얻었다. 농사를 못 지어본 만수로는 도조 맡은 밭은 다룰 수 없었다. 일 년에 삼십 원씩 주기로 작정하고 머슴을 두었다. 김소사는 비록 늙기는 하였으나 젊은 때 바람이 얼마 남았고 어려서 농삿집에서 자란 까닭에 농사이면은 잘 알았다. 보리가 한창 푸른 여름이었다. 만수는 집을 떠났다.

이때 만주 시베리아 상해 등지에는 ×××이 벌떼같이 일어나서 그 경계선을 앞뒤에 벌렸다.

내지로서 은밀히 강을 건너와서 ×××에 몸을 던지는 청년들이 많았다. 산골짜기에서 나무를 베던 초부며 밭을 갈던 농군도 호미와 낫을 버리고 ×××에 뛰어드는 이가 많았다. 남의 빚에 졸려서 ×××에 뛰어든 이도 있었다. 자식을 ×××에 보내고 밤낮 가슴을 치면서 세상을 원망하는 늙은이들도 있었다.

×××의 세력은 컸다. 이역의 눈비에 신음하고 살아오던 농민들은 한푼 두푼 모은 돈을 ×××에 바치고 곡식과 의복까지, 형과 아우와 아들까지 바쳤다. 백성의 소리는 컸다. 그 무슨 소리였던 것은 여기 쓸 수 없다.

만수가 ×××에 들어서 시베리아와 서간도 골짜기로 돌아다닐 때 김소사의 가슴은 몹시 쓰렸다.

"해삼위에는 신당이 몰리고 구당과 일본병이 소황령까지 세력을 가졌다."

"토벌대가 방금 '얼두구' '배채구'에 들이차서 소란하다."

"벌써 큰 전쟁이 일어났다. 여기도 미구에 토벌대가 오리란다."

이러한 소문에 민심은 나날이 흉흉하였다. 어떤 사람은 집을 버리고 깊은 산골로 피란을 갔다. 이런 소리 저런 꼴을 보고 들으며 만수의 소식을 못 듣는 김소사의 가슴은 항상 두근두근하였다. 그의 눈앞에는 총과 칼에 빡빡 찢겨서 선혈이 임리한[31] 만수의 시체가 어떤 구렁에 가로놓인 듯한 허깨비가 보였다. 김소사는 밤마다 정화수를 떠놓고 북두칠성에 빌었다. 그는 세상을 원망하였다. 공연히 ×××를 욕도 하였다. 세상이 다 망한다 하더라도 만수 하나만 무사히 돌아온다면 춤을 추리라고도 생각하였다. 그렇게 생각하면서도 ○○를 ○하는 것이 ○○일이라 하는 생각도 막연히 가슴에 떠올랐다. 그는 어떤 때에는 만수가 다니는 곳을 따라다니면서 밥이라도 지어주었으면 하였다. 어떠한 고초를 겪든지 만수의 낯만 보았으면 천추의 한이 없을 것 같았다.

살 같은 광음은 만수가 집 떠난 지 벌써 두 해나 되었다. 그는 집 떠나던 해 여름과 초가을은 ××에서 ○○매수에 진력하다가 그해 겨울에는 다시 간도로 나와서 A란 곳에서 △△병과 크게 싸웠다. 총을 끌고 적군을 향하여 기어나갈 때나 쾅 하는 소리를 처음 들을 때 그의 가슴은 두근두근하고 몸은 부들부들 떨렸다. 그는 그때마다,

"응! 내가 웨 이리두 ○○한구…… ○○가라. ○○를 위하여 ○으라!"

이렇게 스스로 ○○하면서 자기의 ○○한 생각을 누가 알지나 않나 해서 곁에 ○○들을 슬그머니 보았다. 긴장한 얼굴에 ○○가 ○○한 다른 사람의 낯을 보면 자기가 ○하여 보이는 것이 부끄럽고 동시에 '나도!' 하는 용기가 났다. ○○과 점점 가까워지고 주위는 긴장한 공기에 조일 때 말없는 군중에 엄숙한 기운이

돌고 눈동자는 지휘하는 ○빛을 따라 예민하고 ○○○○게 움직였다. 이때 만수의 가슴은 천사만념[32]이 폭류[33]같이 얼크러졌다.

'어머니는 나를 얼마나 기다리시나? 자칫하면 어느 때 어디서 이 몸이 죽는 줄도 모르게 죽겠으니…… 내가 죽어라! 어머니는 손을 꼽고 기다리시다가 한 해 두 해…… 세 해…… 이리하여 소식이 없으면 그냥 통곡하시다가 피를 토하고 눈을 못 감으시고 돌아가실 것이다. 아, 어머니! 더구나 타국에서 죽으면 의지 없는 이 고혼이 어데 가서 붙을까? 노심초사하고 집을 뛰어나온 것은 고국에 들어가서 형제를 반갑게 맞으려고 했더니 강도 못 건너고 죽으면 어쩌누? 아, 어찌하여 이 몸이 이때에 났누? 아, 어머니!'

그는 이렇게 번민하였다. 그러나 그는 그 때문에 ○○하거나 뛰려고 하지 않았다.

'모두 공상이다! 그것은 방 안에 가만히 앉아서 생각할 꿈이요 공상이다. 나는 지금 ○○에 나섰다. 천애타국에서 이름 없이 ○는다 하여도 역시 ○○다. 인류와 어머니를 위한 ○○이다. 이름이란 하상 무엇이냐. ○○○○○!'

하고 홀로 ○○을 쥐고 부르짖을 때면 온 ○○의 ○가 ○○올라서 ○○을 지고 ○○○에라도 뛰어들 듯이 ○○이 났다. 이러다가 ○○과 어울려서 양방에서 ○는 ○○소리 ○소리가 산악을 울리고 뿌연 ○○냄새 속에서 빗발같이 내리는 ○○이 눈 속에 마른 나뭇잎을 휘두들겨 떨어뜨릴 때면 모두 정신이 탕양하고 어릿어릿하여 죽는지 사는지 내 몸이 있는지 없는지도 의식치 못하고 오직 ○만 쾅쾅 쏜다. 그러다가도 으아 하는 소리와 같이 뛰게 되면 산인지 물인지 구렁인지 나뭇등걸인지 가리지 못하고 허둥지둥 달린다. 이렇게 몇십 리나 뛰었는지도 모르게 쫓겨 다니다가 조용한 데서 흩어졌던 ○○이 보이게 되면 비로소 서로 살아온 것을 치하하고 보이지 않는 사람은 죽은 줄로만 알았다. 이렇게 ○마저 ○는 사람도 있거니와 뛰다가 길을 잃고 눈구렁에 빠져서 얼어죽고 굶어죽는 사람도 불소하였다.[34] 그네들 시체는 못 찾았다. 누가 애써서 찾으려고도 하지 않았다. A촌 싸움 후로 ×××의 세력은 점점 꺾였다. ×××은 하는 수 없이 뒷기약을 두고 각각 흩어져서 시베리아 등지로도 가고 산골에서 사냥도 하고 어린 애들 천자도 가르쳤다.

만수도 하는 수 없이 '나재거우'서 겨울을 났다. 그 이듬해 봄에 집으로 돌아왔다.

집으로 돌아온 만수는 곧 장가들었다. 처음에는 장가를 들지 않으려고 하였으나 어머니의 애원에 장가를 들었다. 만수는 장가드는 것이 불만이었으나 어머니를 홀로 두고 다니는 것보다는 나으려니 생각하였으며 동지들도 그렇게 권하였다. 그는 은근히 한숨을 쉬면서 사랑 없는 아내를 이번에는 의식적으로 맞았다. 자기의 전 인격을 이미 바칠 곳을 정한 그는 연애를 그리 대단히 보려고 하지 않았다. 그러나 청춘인 그 가슴에 연애의 불꽃이 꺼진 것은 아니었다.

김소사는 만수가 자기의 말에 순종하여 장가드는 것이 기뻤다. 이제는 만수가 낮살도 먹고 고생도 하였으니 장가를 들어서 내외간 정을 알게 되면 어디든지 가지 않으리라는 것이 김소사의 추측이었다.

장가든 후에는 꼭 집에 있으려니 하고 믿었던 만수가 그해 가을
에 또 집을 떠났다. 그때 그의 아내는 배가 점점 불렀다. 김소사
는 절망하였다. 장가들어서 몇 달이 되어도 내외간에 희색이 없
고 쓸쓸히 지내는 것을 보고 걱정하던 차에 또 집을 떠나니 예기
하던 일 같기도 하고 지나간 일이 생각나서 후회도 하였으며 그
러다가 만수가 영영 돌아오지 않으면 어쩌나 하여 가슴이 덜컥
내려앉았다.

만수는 ×××에 가서 있다가 곧 돌아왔다. 때는 만수가 떠난
겨울에 낳은 몽주가 세 살 난 늦은 가을이었다. 만수는 어디든지
갔다가도 어머니를 생각하고 돌아온다.

집에 돌아온 만수는 이웃에 새로 설립한 사립 소학교의 교사로
천거되어서 벌써 교편을 잡은 지 일삭이나 되었다. 그러나 이때
에 만수는 '군삼'이라는 이름으로 변하였다. 이때는 △△가 남북
만주에 세력을 펴서 ×××를 잡는 때문이었다.


6


만수는 오늘 야학교에 가지 않고 이불을 뒤집어쓰고 방에 드러
누웠다. 이삼 일 전부터 코가 찡찡하더니 어젯밤부터는 신열 두
통에 코가 메고 재채기가 뜨끔뜨끔 나서 오늘은 교수를 억지로
하였다.

학교에서 돌아오는데도 등골에 찬물을 끼얹는 듯이 오싹오싹하더니 저녁 후부터는 신열이 더하였다.

아침부터 퍼붓던 눈은 황혼에 개었으나 검은 연기가 엉긴 듯이 무거운 구름은 하늘에 그득 차서 땅에 금방 흐를 것 같다. 산을 덮고 들에 깔린 눈빛에 밤천지는 수묵을 풀어 논 듯이 그윽하다. 앞뒷골에 인적이 고요한데 바람 한 점 없는 푸근한 초저녁 뒷산으로 흩어 내려오는 부엉새 소리는 낮고 느린 가운데 흐르는 가벼운 여운이 솜처럼 부들한 비애를 준다. 이불을 뒤집어쓰고 뜨거운 구들에 등을 붙인 만수는 괴로운 가운데도 알지 못할 회포가 가슴에 치밀고 마음이 뒤숭숭하였다. 그는 이불을 활짝 밀어 놓고 벌떡 일어나 앉았다.

"몹시 아프오?"

곁에서 어린것을 젖먹이던 그 아내는 만수를 쳐다보았다. 빤한[35] 기름불을 멀거니 쳐다보는 만수는 아무 대답도 없었다. 대답을 기다리던 그 아내의 낯빛은 붉었다. 만수의 대답하는 것이 자기를 귀찮게 여기는 듯도 하고 보기 싫으니 가거라 하는 듯이 생각났다. 그렇게 생각나면 만수가 원망스럽고 자기 팔자가 원통스러웠다. 그러나 만수는 그런 것 저런 것 생각지 않았다. 멀거니 앉은 그는 딴 세계를 눈앞에 그렸다. 그 아내는 자곡지심[36]에 몽주를 안고 돌아누우면서 소리 없는 한숨을 쉬었다.

"몹시 아프나? 무얼 좀 먹어야지. 미음을 쑤랴?"

부엌방에서 담배 피우던 김소사는 방 사이 문을 열었다. 정주로 들어오는 사뜻한[37] 찬바람이 만수의 전신에 사르르 와 닿는다.

"아니오, 무얼 먹고프잖아요."

만수는 대답하면서 드러누웠다.

불을 껐다. 다 잠들었다. 밤이 깊었다.

멀리서 우우 하던 천뢰[38] 소리가 차츰 크게 가깝게 들린다. 고요하던 천지에 바람이 건너기 시작한다. 우우 천둥같이 소리치는 바람이 뒷산을 넘어 골을 스쳐갈 때면 집은 떠나갈 듯이 으르릉으르릉 울린다. 어둑한 창문에 쏴 쏴 뿌리는 눈소리는 바닷가의 폭풍우 밤을 연상케 한다. 천지는 정적에 든 듯이 소리와 소리가 끊는 듯하다가는 또 우우 하고 바람이 소리치면 세상은 다시 몇만 년 전 혼돈으로 돌아가는 듯이 지축까지 흔들흔들 움직이는 듯하다. 대지의 눈 속에 게딱지같이 묻힌 오막살이들은 숙연한 풍설 속에 말없는 공포의 침묵을 지키고 있다.

비몽사몽간에 들었던 만수는 귓가에 얼핏 지나는 이상한 소리에 소스라쳐 깼다. 바람은 그저 처량히 소리를 친다. 방 안에 흐르는 검은 공기는 무섭게 침울하다. 눈을 번쩍 뜬 만수는 바람 소리 속에 들리는 괴상한 소리에 가슴이 꿈틀하였다. 그는 머리를 번쩍 들고 창문을 바라보았다. 마루에서 자던 개가 목이 터지도록 짖으며 뛰어나간다. 우 하는 바람 소리 속에 처량히 울리는 개 소리를 듣는 찰나! 전광같이 언뜻 만수의 뇌를 지나가는 힘센 푸른 빛은 만수의 온몸에 피동하는 공포의 전율과 같이 만수의 몸을 광적(狂的)으로 벌떡 끄집어 일으켰다. 일어선 만수는 무의식적으로 문고리에 손을 댔다.

컴컴하던 창문에 불빛이 번쩍하면서 "꽝" 하는 총소리와 같이 몹시 짖던 개는 "으응" 슬픈 소리를 남기고 잠잠하다. 문고리에 손을 댔던 만수는 저편으로 급히 서너 자국 떼어놓더니 다시 돌쳐서서[39] 문고리에 손을 댄다. 창문을 뚫어지게 보는 그의 두 눈에 흐르는 푸른 빛은 어둠 속에 무섭게 빛났다.

"문 벗겨라."

김소사가 자는 정주문을 잡아챈다. 모진 바람 소리 속에 들리는 그 소리는 병인에게 내리는 사자(使者)의 마음(魔音)같이 주위의 공기를 무겁게 눌렀다. 만수는 그네가 누구인 것을 직각적으로 깨달았다. '왔나?' 속으로 뇔 때 긴장하였던 그의 사지는 극도로 뛰는 맥박에 힘이 풀렸다.

'인제는 잡히나! 응, 내가 왜 집으로 왔누?'

그는 다시 이를 악물었다. 그는 부지불각간에 옆구리에 손을 넣으려고 하였다. 옆구리에 닿은 손이 거치는 데 없이 쑥 미끄러져 내려갈 때 그는 절망하였다. 마치 노한 물 위에서 지남침을 잃은 사공이 발하는 그러한 절망이었다.

'아! 할 수 없나?'

이 순간 그의 머리에는 몇 해 전 옆구리에 차고 다니던 ○○과 ○○○을 언뜻 그려보았다. 그는 문을 박차고 뛰리라 하였다. 그는 다리에 힘을 단단히 주었다. 발을 번쩍 들었다.

"못한다."

무엇이 뒤에서 명령하면서 냅다 차려는 다리를 홱 끌어안는 듯하였다. 그는 들었던 다리를 스르르 놓았다. 그가 마주 선 방문 앞에도 사람의 두런거리는 소리가 확실히 들린다. 그는 전신을 부르르 떨었다.

"문을 열어라."

"문이 열리게 해라."

이번에는 일본 사람 조선 사람의 소리가 어울려 들리면서 정주문 방문을 들입다 찬다. 만수는 거의 경련적으로 어두운 구석으로 뛰어들더니 엎드려서 무엇을 찾는다. 어둑한 구석에서 빨랫방망이를 잡고 우뚝 일어서는 그의 두 눈은 번쩍하였다.

'잡혀도 정신을 차리자. 내가 왜 이리 비겁하냐?'

속으로 뇌면서 ○○을 꼭 ○○었다.

'한 놈은 ○는다. 나의 ○○(○○)는 지킨다. 아, 그러나 어머니 처자…… 내가 공손히 잡히면 그네를 살린다. 선불을 잘못 걸면 우리는 모두 이 자리에서 가엾은 혼이 된다…… 만일 내가 잡히면 저 식구들은 누구를 믿고 사누? 나도 철장 고형에 신음하다가 나중에 괴로운 죽음을 지을 터이니…… 에! 이래도 죽고 저래도 죽는 바에야 ○○○○○○○○○○○○○'

그는 전신에 강철같이 힘을 주면서 이를 빡 갈았다. 그는 훨훨 붙는 화염 속에서 헤매는 듯한 자기의 그림자를 눈앞에 보았다. 그는 또 이를 빡 갈았다. 자던 몽주는 소리쳐 운다. 김소사는 방으로 뛰어 들어오면서,

"에구 에구 만수야."

한 마디 지르고는 문턱에 걸쳐서 어둠 속에 쓰러졌다. 목이 꽉 메어서 간신히 소리를 치고 쓰러지는 어머니를 볼 때 만수의 오장은 또 끊어지는 듯하였다.

'아! 공손히 잡히리라. 어머니와 처자를 살리리라. 그렇지 않으련들 이 방망이로 무얼 하랴?'

그는 방망이를 힘없이 떨어뜨리고 문을 덜렁 벗겼다. 흥분의 열정에 거의 광적 상태가 되었던 만수는 찰나찰나 옮기는 새에 차츰 자기라는 것을 의식하게 되었다. 그의 가슴은 좀 고요하였다.

'내가 왜 문을 벗겼을까!'

문을 벗기고 두어 걸음 물러선 그는 후회하였다. 그러나 다시 문 걸 용기는 나지 않았다.

"만수 어서 나서거라. 이제야 독 안에 든 쥐지…… 허허……"

밖에서 지르는 소리는 확실히 낯익은 소리다. 만수는 뜻밖이라는 듯이 눈을 굴렸다. 그 소리에는 조롱의 여운이 너무도 흐른다.

문을 벗긴 후에도 한참이나 주저거리더니 웬 자가 방문을 벗겨 잡아 젖힌다. "꽝" 번뜩하는 불빛과 같이 총소리가 방 안을 터질 듯이 울린다. 구릿한 화약 냄새가 무거운 밤공기에 빛없이 퍼진다.

"꿈적하면 이렇게 쏠 테다."

헛총으로 간담을 놀랜 자는 이렇게 소리치면서 들어선다. 이때에 파란 회중전등불이 도깨비불같이 방 안을 들이쏜다. 한 자가 기름등잔에 불을 켤 때에는 십여 명이나 방에 죽 들어섰다. 권총을 괴어들고 돌라선 모든 자들 눈에는 검붉은 핏줄이 올올이 섰다. 이 속에 고요히 선 만수의 가슴은 생사지역(生死之域)을 초월한 듯이 아주 냉랭하였다. 여태까지 끓던 열정은 어디로 갔는지…… 몽주는 부들부들 떠는 어미 가슴에서 낯빛이 까매 운다.

얼굴이 거무레한 자가 "빠가"[40] 하면서 어린것의 가슴에 권총을 괴어든다. 만수 아내는 몽주를 안은 채 그냥 앞으로 엎드린다. 그것을 보는 만수의 두 눈에서는 불이 번쩍 일어났다.

"이놈아 나를 쏘아라."

만수는 부르르 떨면서 그 앞으로 뛰어가려고 한다. 돌라섰던 자들은 일시에 앞을 막아서면서 만수의 가슴에 권총을 괴어든다.

"흥, 한때 푸르던 세력이 어데를 갔니?"

한 자는 콧등을 쭝긋하면서 만수의 두 팔에 포승을 천천히 지운다. 그 목소리는 아까 밖에서 비웃던 소리다. 만수는 그자를 쳐다보았다.

"악!"

거무레한 그자의 얼굴을 본 만수는 외마디 소리를 질렀다.

"흥."

그자는 모소(侮笑)가 그득한 눈으로 창백한 만수를 본다.

그자는 삼 년 전에 만수와 같이 ×××에 다니던 김필현이다. 욱기[41]가 과인한[42] 필현이는 ×××속에서도 완력편이었다. 그는 ××단 제일중대 제일소대 부교[43]로 다니다가 소대장과 권리다툼 끝에 뛰어나간 후로 이때까지 소식이 없었다. 그는 만수와 한 군중에도 다녔다.

만수는 이를 빡 갈면서 핏발선 눈으로 필현이를 보았다.

이때 정주에서 들어오다가 거꾸러진 김소사는 일어나면서,

"나리님 그저 살려주시오! 어구! 어구!"

하고 끽끽 운다. 애원의 빛이 흐르는 김소사의 낮은 원숭이의 낮

같이 비열하였다. 그것을 본 만수는 쓰라린 중에도 민망하였다.

"어머니, 그놈들에게 무얼 빌어요! 원수에게 무얼 빌어요……"

그 소리는 천근 쇳덩어리를 굴리듯이 무겁고 세찼다.

"이놈아, 어서 걸어. 건방지게."

한 자가 만수의 뺨을 후려붙인다. 차디찬 바람이 스치는 만수의 뺨은 뜨거운 눈물에 젖었다. 이때에 어떤 자가 굴뚝머리에 쌓아 놓은 나뭇가리[44] 뒤로 가더니 성냥을 번듯 긋고 나온다.

뒷산을 넘어 앞산에 부딪히고 골로 내리쏠리는 바람 소리의 우하는 것은 구슬픈 통곡을 치는 듯하다. 산에 쌓였던 눈은 골에 불려 내리고 골의 눈은 '버덕'[45]으로 불려 나가서 뿌연 것이 눈코를 뜰 수 없다.

만수를 잡아가는 여러 사람들의 그림자는 동남 골짜기 어둑한 눈안개 속에 스러졌다. 김소사는,

"만수야! 만수야!"

통곡하면서 허둥지둥 따라가다가 눈 속에 거꾸러졌다. 만수의 아내는 이웃에 달려가서 소리를 질렀다.

전쟁 뒤같이 횡한 만수의 집 굴뚝머리 나뭇가리에서 반짝반짝하던 불은 점점 크게 번졌다. 바람이 우 할 때면 불길이 푹 주저앉았다가 가는 바람이 지난 뒤면 다시 활활 일어선다. 염염한[46] 불길은 집을 이은 처마 끝에 옮았다. 우렛소리 같은 바람 소리! 바다 소리 같은 불소리! 뿌연 눈보라! 뻘건 불빛! 뭉뭉한 연기는 하늘을 덮고 눈에 덮인 골은 벌겋게 탈 듯하다. 바람이 자면 울타리, 뒷줏간, 원채 각각 훨훨 타다가도 광풍이 쐬 내리쏠릴 때면

그 불들은 한곳에 어우러져서 커다란 불똥이 풍세를 따라 우르르
소리친다. 삽시간에 콧구멍만 한 집은 쿵 하고 내려앉았다. 쌀뒤
줏간도 깡그리 탔다. 무서워서 벌벌 떨던 이웃 사람들도 그제야
하나 둘씩 나왔다.

주인을 잃고 집까지 잃은 생령은 어디로 향하랴?


# 7


만수는 조선으로 압송되어 청진 지방법원에서 징역 칠 개년 판
결 언도를 불복하고 복심법원에 공소하였으나 역시 징역 칠 개년
언도를 받고 서대문감옥으로 들어갔다.

엄동설한에 자식을 잃고 집까지 잃은 김소사는 며느리와 손녀
를 데리고 어느 집 사랑방을 얻어 설을 지냈다. 이렇게 된 후로
그립던 고향은 더욱 그리웠다. 고향으로 정 가고 싶은 날은 가슴
이 짤짤하여[47] 미칠 것 같았다. 그러다가도 아들을 수천 리 밖 옥
중에 집어넣고 거지꼴로 고향 밟을 일을 생각하면 불길같이 치밀
던 망향심은 패배(敗北)의 한탄에 눌렸다. 더구나 나날이 '아버
지'를 부르는 몽주 모녀를 볼 때면 가긍스런 감정이 오장을 슬슬
녹였다. 그는 마음을 어디다가 의지할 줄을 몰랐다. 의복도 없거
니와 양식이 떨어져서 며느리와 시어미는 남의 집 방아를 찧어주
며 불도 때어주고 기한을 면하였다. 원래 그리 순순치 않던 며느
리는 공연히 생트집 잡는 것과 종알종알하는 것이 나날이 심하였

다. 김소사에게는 이것이 설상가상이었다. 하루는 만수 아내가 부엌에서 불을 때다가 무엇이 골이 났는지,

"이 망한 갓난 년아! 네 아비 따위가 남의 애를 말리더니 너도 또 못 견디게 구누나."

하는 독살스런 소리와 같이 몽주의 울음소리가 들린다. 어린것은 송곳에 뿍 찔린 듯이 목청이 찢어지게 소리를 지른다. 마당에서 눈 속에 묻힌 짚부스러기를 들추어 모으던 김소사는 넋없이 부엌으로 뛰어갔다. 치마도 못 얻어 입고 아랫도리가 뻘건 몽주는 부엌 앞에 주저앉은 대로 얼굴이 까맣게 질려서 주먹을 부르르 떨면서 입을 딱 벌렸다.

"에구 몽주야, 어쩨 우니?"

김소사는 벌벌 떨면서 몽주를 안았다.

"이 사람아, 어린것에게 무슨 죄 있는가?"

김소사는 며느리의 눈치를 흘끔 보았다.

"애를 말리는 거야 죽어도 좋지…… 무슨……"

하고 며느리는 꽥 소리를 치더니,

"이런 망한 년의 팔자가 어디 있누? 시집을 와서 빌어먹으니 에구 실루 기막혀서……"

하면서 부지깽이가 부러져라 하고 나무를 끌어서 아궁이에 쓸어 넣는다.

"시집을 와서도 빌어먹어."

하는 소리에 가슴이 묵직하고 죄송스런 듯도 하며 부끄러운 듯도 하여 며느리의 낯을 다시 쳐다 못 보았다.

이해 이월 그믐 어느 추운 날 새벽이었다.

"엄마야! 엄마야!"

몽주의 어미 부르는 소리에 눈을 뜬 김소사는 부연 눈을 비비면서 아랫목을 보았다. 먼동이 텄는지 방 안이 훤한데 몽주는 홀로 누워서 엄마를 부르며 운다. 김소사는,

"우지 마라. 엄마가 뒷간에 간 게다."

하면서 몽주를 끌어 잡아당겼다. 몽주는 그저 발버둥을 치면서 운다. 눈을 감았던 김소사는 다시 떴다. 방 안을 다시 돌아본 김소사의 마음은 어수선하였다. 그는 또 눈을 비비면서 방 안을 다시 돌아보았다. 선잠에 흐릿하던 그의 눈에는 의심의 빛이 농후하게 일렁거린다. 그는 벌떡 일어나서 아랫목을 또 보았다. 며느리가 뒷간으로 갔으면 덮고 자던 포대기가 있을 터인데 포대기가 없다. 김소사는 치마도 입지 않고 마당에 나섰다. 쌀쌀한 눈바람은 으스스한 그의 몸에 스며든다. 그는 사면을 두루두루 보면서 뒷간으로 갔다. 며느리는 뒷간에 없다. 여러 집은 아직 고요하다. 추운 줄도 모르고 이 구석 저 구석 돌아다니면서 끼웃끼웃하던 김소사는 몽주의 울음소리에 비로소 정신을 차린 듯이 집 안으로 뛰어 들어갔다.

……만수의 처는 갔다. 만수 처가 어떤 사내를 따라 아령으로 가더란 소문은 한 달 후에 있었다.

김소사는 현실을 저주하는 광인 같았다. 몽주가 "엄마! 젖으!" 할 때마다 그의 머리카락은 더 셌다. 그는 며느리의 소위를 조금도 그르다고 생각지 않았다. 몽주의 정상[48]을 생각하는 순간에 며

느리를 야속히 생각하다가도 자기 곁에서 덜덜 떨고 꼴꼴 주리던 것을 생각하고는 어디를 가든지 뜨뜻이 먹고 지내라고 빌었다. 며느리가 "나는 가오" 외치면서 가는 것을 보더라도 김소사는 억지로 붙잡지는 않았을 것이다.

김소사는 매일 손녀를 업고 이집 저집으로 돌아다니면서 입에 풀칠을 하였다. 하루 이틀 지나서 달이 넘으니 동리에서도 그를 별로 동정치 않았다.

어지러운 물결 위에 선 김소사는 그래도 살려고 하였다. 죽으려고 하지 않았다. 세상을 원망하고 자기의 운명을 저주하면서도 살려고 하였다. 그는 죽음[死]을 생각할 때 이를 갈았고 천지신명에게 십 년만 더 살아지이다[49]고 빌었다. 그는 죽음을 두려워서 그러는 것이 아니라 아들의 출옥을 보려 함이며 어린 손녀를 기르려고 함이다. 아들의 출옥을 못 보거나 어린 손녀를 두고 죽기는 너무도 미련이 많다. 그러나 그는 금년이 환갑인 자기를 생각할 때 발하는 줄 모르게 탄식을 발하였다.

김소사는 이집 저집으로 돌아다니면서 노자를 얻어가지고 고향으로 떠났다. 고향에 있는 딸에게 편지하면 노자는 보냈을 것이나 딸도 넉넉지 못하게 사는 줄을 잘 아는 김소사는 차마 노자를 보내라는 말이 나오지 않았다.

팔월 열이튿날이었다. 김소사는 몽주를 뒤집어 업고 왕청을 떠나서 고향으로 향하였다. 떠난 지 사흘 만에 용정에 이르러서 차를 타고 도문강안(圖們江岸)에 내려서 강을 건넜다. 상삼봉(上三峰)에서 하룻밤을 자고 이튿날 아침차로 어제 석양에 청진 내려서 곧 남향선을 탔다. 배에서 하룻밤을 지내는 새에 그러한 갖은 신고를 하다가 지금 고향 부두에 상륙하였다. 청진서 전보를 하였더니 운경이가 부두까지 나왔다. 출옥되어 고향에 돌아와 있는 김경석이와 생명보험회사에 있는 황창룡이도 부두까지 나왔다.

김소사의 모녀는 붙잡고 울었다. 김소사는 목이 메어서 끽끽하거니와 운경이는 어린애처럼 목을 놓아 운다. 눈물에 앞이 흐린 두 모녀의 머리에는 똑같이 육 년 전 오월 김소사가 고향을 떠나던 날 밤이 떠올랐다. 아, 그때에 그 많던 전송객은 어디로 다 갔는가? 오늘에 김소사를 맞아주는 것은 그딸 운경이와 만수의 친구인 경석이와 창룡이 세 사람뿐이다.

'육 년 전에 그 광경! 육 년 후 오늘에는 그것이 한 꿈이었다. 아, 꿈! 내가 고향에 와 선 것도 꿈이 아닌가?'

김소사는 이렇게 생각하였다.

"만수가 있었다면 자네들을 보고 얼마나 반가워하겠나?"

김소사는 말을 못 마치고 두 청년을 보면서 울었다. 경석이와 창룡이는 고요히 머리를 숙였다. 뜨거운 볕은 그네들 머리 뒤에 빛났다. 바다에서 스쳐오는 바람과 물소리는 서늘하였다.

"몽주야, 내가 업자. 할머니 허리 아파서……"

운경이는 김소사에게 업힌 몽주를 끄집어 내리려고 하였다.

"응, 그러자 몽주야. 저 엄마께 업혀라. 내가 어지러워서."

김소사는 몽주를 싸업고 포대기 끈을 풀려고 하였다. 몽주는 몸을 틀고 할머니의 두 어깨를 꼭 잡으면서 끙끙 운다.

"야, 또 울음을 내면 큰일이다. 어서 보통이나 들어라."

김소사는 운경이를 돌아다보았다. 운경이는 그저,

"몽주가 곱지, 울지 마라. 나가 업지."

하면서 몽주의 머리를 쓰다듬었다.

"야, 울지 마라. 그 엄마 안 업는다."

김소사는 몽주를 얼싸 추켜 업더니 다시,

"어서 걸어라. 낯이 설어서 그런다."

하면서 운경이를 본다.

"에미나(계집애)두 아무 푸접두 없고나!"[50]

운경이는 몽주를 흘끔 가로보면서 보퉁이를 머리에 이었다. 몽주는 운경이가 소리를 빽 지르면서 흘끔 가로보는 것을 보더니 또 비죽비죽 섧게 섧게 운다.

"엑 이년아, 아이를 어째 욕하니? 그 엄마 밉다. 몽주야, 울지 마라."

김소사는 운경이를 치는 척하면서 손을 돌리다가 몽주의 궁둥이를 툭툭 가볍게 쳤다. 몽주는 흑흑 느끼면서 울음을 그쳤다.

"호호호, 고것두 설은 줄을 다 아는가."

운경이는 몽주를 귀여운 듯이 돌아다보고는 앞서서 걸었다. 두 청년도 뒤미처 걸었다.

아침때가 훨씬 겨운 햇볕은 뜨겁게 그네의 등을 지졌다. 물가에 밀려들었다가 물러가는 잔물결 소리는 고요하였다.

걸치기 고개 쪽에서는 우르르 우르르 하는 기차 소리가 연방 들린다.

본정 좌우에 벌여 있는 일본 상점은 난리 뒤와 같이 쓸쓸하였다. 짐을 산같이 실은 우차가 느럭느럭 부두를 향하고 간다. 자전거가 두서너 채나 한가롭게 지나가고 지나온다. 점점 올라오면서 사람의 왕래가 빈번하였다.


# 8

성진굽 아래에는 정거장을 짓느라고 일꾼이 우물우물하여 분주하다.

일행은 본정을 지나서 한천교(漢川橋)에 다다랐다. 예서부터는 조선 사람 사는 곳이다. 일행은 작대기를 끊듯이 꼿꼿한 큰 거리 가운데로 걸었다. 좌우에 벌여 있는 조선 사람의 가겟방들은 고요하다. 점방 주인들은 이마에 땀이 번지르하여 한가롭게 부채질을 하면서 거리에 지나가고 지나오는 사람을 물끄러미 본다. 육년 전에 보던 점방이며 사람들이 그저 많이 있다. 김소사의 눈에는 이 모든 사람이 유복하게 보였다. 크나 작으나 점방이라고 벌여놓고 얼굴에 기름이 번지르하여 앉은 것이 자기에게 비기면 얼마나 행복스러울까? 자기도 고향에서 그네가 부럽잖게 살았다. 그러나 지금은 그네들보다 몇십 층 떨어져 선 것 같다. 만수와 함께 다니던 듯한 젊은 사람들이 늠름하여 가고 오는 것이 역시 심파(心波)를 어지럽게 한다. 자취자취 추억의 슬픔이요 소리소리 모욕 같았다.

"어머니, 성진이 퍽 변하였어요?"

운경이는 김소사를 돌아보면서 멋없이 웃는다.

"모르겠다."

하고 대답하는 김소사는 차마 낯을 들고 걸을 수가 없었다. 낯익은 사람의 낯이 언뜻 보일 때마다 머리를 숙이거나 돌렸다. 의지 없는 거지꼴을 그네들 눈에 보이기는 너무도 무엇하였다. 자기는 이 세상에서 아무 권리도 없는 비열하고 고독한 사람같이 생각된다.

'내가 왜 고향으로 왔누? 죽든지 그렇지 않으면 빌어먹더라도 멀찍이서 지내지! 무얼 하려고 이 꼴로 고향을 왔누!'

그는 이렇게 속으로 여러 번 부르짖었다. 그럴 때마다 얼굴이 후끈후끈하고 전신이 길바닥으로 자지러져 드는 듯하다.

'흥 별소리를 다 한다. 아무개네는 나보다도 더 못 되어서 돌아와서도 또 이전처럼 살더라.'

이렇게 자문자답으로 망하였다가 흥한 사람을 생각할 때면 자기도 그전 세상이 올 듯이도 생각되며 인생이란 그런 것이거니 하는 한 숙명적인 자기심(自棄心) 같기도 하고 자위심(自慰心) 같기도 한 감정에 가슴이 좀 평평하였다.

"이게 누구요?"

"아, 만수 어머니오!"

"참 오래간만이오!"

지나가는 사람이며 점방에 앉았던 사람들이 뛰어나와서는 인사를 한다. 아무리 아니 보려고 외면을 하였으나 김소사의 얼굴은 오래 인상을 준 그네의 눈을 속이지 못하였다.

"네, 그새이 평안하시오?"

만나는 이들은 거의 묻는다. 그네들은 만수의 형편을 몰라서 묻는 것이나 김소사에게는 그것이 알고도 비웃는 소리 같았다. 또 그네에게 만수의 사정을 알리고도 싶지 않았다.

"만수는 왜 안 보임메?"

김소사는 이러한 말을 들을 때마다 어찌 대답하면 좋을지 몰라서 주저주저하다가는,

"네, 뒤에 오음메!"

하고는 빨리빨리 걸었다. 북선사진관 앞에 온 그네들은 왼편 골목으로 기울어져서 십여 보나 가다가 다시 바른편으로 통한 뒷거리로 올라가서 이전 수비대 앞 운경의 집으로 갔다.

"에구, 멀기두 하다."

운경이는 마루에 보퉁이를 놓고 잠갔던 문을 훨훨 열어놓았다.

"월자 아비는 어디로 갔니?"

정주방으로 들어간 김소사는 몽주를 내려놓으면서 운경이더러 물었다. 월자 아비는 운경의 남편이었다.

"애 아비는 밤낮 낚시질이라오. 오늘도 새벽 갔소."

운경이는 대답하면서 국수 사러 밖으로 나갔다. 마루에 앉았던 두 청년도 또 온다 하고 갔다.

"한마니, 이게 뭐야? 응…… 한마니……"

몽주는 어느새 저편에 놓인 재봉침 바퀴를 잡고 서서 벙긋벙긋 웃는다.

"에구 아서라, 바늘을 상할라? 이리 오너라, 에비 있다."

156

김소사는 걱정하면서 몽주를 오라고 손을 내밀었다.

"응, 에비 있니?"

몽주는 집으려는 패물을 빼앗긴 듯이 서먹하여 섰더니 "에비
에비" 하면서 지척지척 걸어온다. 김소사는 보통이 속에 손을 넣
고 한참 움질움질하더니 벌건 사과를 집어내어서 몽주를 주었다.
몽주는 커다란 붉은 사과를 옴팍옴팍한 두 손으로 움킨 채 야들
한 붉은 입술에 꼭 대고 조그만 입을 아기죽하더니 사과를 입술
에서 떼었다. 벌건 사과에는 입술 대었던 데가 네모진 조그마한
입자국이 났다. 몽주는 사과를 아기죽아기죽 먹었다.

"한머니 젖으……"

하면서 목을 갸우듬하고 김소사를 쳐다보면서 어려운 것을 애원
하듯이 해죽해죽 웃는다.

"에구, 나지 않는 젖을 무슨 먹자구 하니?"

김소사는 한숨을 쉬면서 무릎에 오르는 몽주에게 쭈글쭈글한
젖을 물렸다.

이날 밤부터 이전에 친히 지내던 이들을 김소사도 찾아다니면
서 만나보았다. 몇몇 늙은 사람 외에는 그를 그리 반갑게 여기지
않았다. 고향은 그를 조롱으로 접대하였다. 만나서는 거개 허허
하였으나 김소사가 생각하는 바와 같이 그 웃음 속에는 철창에
들어간 만수의 행위와 김소사의 거지꼴을 조소하는 어두운 빛이
흘렀다. 만수의 친구 몇은 그것을 잘 알았다. 그네들은 진정으로
김소사를 접대하였다. 창룡이와 경석이는 만수를 생각할 때마다
김소사가 가긍하고 가긍할수록 더욱 공경하고 싶었다. 운경이는

더 말할 것도 없거니와 사위도 그를 극진히 공경하였다. 그러나 김소사는 항상 사위의 얼굴이 어렵게 쳐다보였다. 더욱 사돈을 대할 때면 조마조마한 마음을 어디다 비할 수 없었다. 철없는 몽주는 매일 "과자를 다구" "외를 다구" 하고 졸랐다. 운경이는 돈 푼이 생기면 월자는 못 사주어도 몽주는 과자를 사다준다. 김소사에게 이것이 또한 걱정이었다.

흐르는 세월은 김소사를 위하여 조금도 쉬지 않았다. 마천령을 넘어 '어산동' 골을 스쳐 내리는 바람에 성진굽의 푸른 잎이 누런 물들고 바다하늘에 찼던 안개가 훤하게 개더니 하룻밤 기러기 소리에 찬서리가 내렸다. 아침저녁 서늘한 바람과 정오에 밝은 빛은 더위에 흐뭇한 신경을 올올이 씻어주는 듯하더니 가을도 어느새 지나갔다. 펄펄 내리는 눈은 산과 들을 허옇게 덮었다. 사철 없이 굼실굼실하는 바다만이 검푸른 그 자태로 백옥천지 속에서 으르대고 있다. 갑자년 십일월 십오일이 되었다. 육십 년 전 이날 새벽에 김소사는 이 세상에 처음 나왔다. 그의 고고성[1]은 의미가 심장하였을 것이다.

운경이는 며칠 전부터 어머니의 '환갑'을 생각하였다. 그날그날을 겨우 살아가는 운경이로는 도리가 없었다. 사위도 말은 없으나 속으로는 애썼다.

김소사는 자기 환갑 걱정을 하지나 않나 하여 딸과 사위의 눈치만 보았다. 그는 환갑 쇠기를 원치 않았다. 구차한 딸에게 입신세지는 것도 조마조마한데 환갑 걱정까지 시키기는 자기가 너무도 미안스러웠다.

이날 아침에 운경이는 흰밥을 짓고 쇠고깃국을 끓였다. 이것도 운경의 집에서는 별식이었다.

상을 받은 김소사는 딸 몰래 한숨을 쉬었다. 참으려야 참을 수 없는 눈물이 눈 속에 솔솔 흐르고 목이 꽉꽉 메어서 밥이 넘어가지 않았다. 가까스로 넘긴 밥도 심사가 울렁울렁하여 목구멍으로 도로 치밀어 올라오는 듯하였다. 김소사는 따듯한 구들에 앉고 맛있는 음식을 입에 넣으면 운경의 내외가 애쓰는 것이 미안하여 억지로 먹는 척하면서 몽주 입에도 떠 넣었다. 김소사의 사색을 살핀 운경이는,

"어머니, 많이 잡수. 몽주야, 너는 나와 먹자."

하면서 몽주를 끌어안았다.

"놓아두어라. 내가 이것을 다 먹겠니?"

그는 말 마치기 전에 눈물이 앞을 핑 가려서 콧물을 쿨쩍 들이마셨다. 운경의 내외는 말없이 서로 얼굴을 쳐다보았다. 운경의 머리에는 자기가 어려서 어머니 생일에 떡치고 돼지 잡던 기억이 어렴풋이 떠올랐다. 김소사는 얼마 먹지 않고 술을 놓았다.

"어머니 웨 잡숫잖습니까? 또 만수를 생각하는 겝니다. 하하."

사위는 억지로 웃었다.

"아니, 많이 먹었네."

김소사는 담뱃대에 담배를 담았다.

이날 낮에 창룡의 내외는 떡국을 쑤어 왔다. 김소사는 슬픈 중에도 기뻤다. 자기 환갑날을 위하여 누가 떡국을 쑤어 오리라고는 생각지 않았다. 김소사는 창룡의 아내가 갖다놓는 떡국상을

일어서서 황송스럽게 두 손으로 받았다. 젊은 사람 앞에서 "네! 네!" 하고 공경을 부리는 김소사의 모양이 창룡이와 경석의 눈에는 비열하고 측은하게 보였다. 아, 만수군이 있어서 저 모양을 보았으면 피를 토하리…… 경석이는 이렇게 생각하면서 한숨을 쉬었다.

"어머니 그냥 앉아 계십시오. 모다 자식의 친구가 아닙니까?" 창룡의 말.

김소사는 창룡의 젊은 내외가 서로 웃고 새새거리면서 정답게 지내는 것을 볼 때마다 가슴속이 답답하였다.

'오오 내가 왜 만수를 장가보냈던구? 저렇게 저희끼리 만나서 정답게 살게 못했던구? 싫어하는 장가를 내가 왜 보냈던구? 이 늙은 것이 왜 아들의 말을 듣지 않았나? 그저 늙으면 죽어야 해! 우리 만수도 어디 재들만 못한가? 일찍 뉘[52]를 본댔더니 뉘커녕 도로 앙화를 받네! 글쎄 이 늙은 것이 어쩌자고 그런 짓을 했누? 밥이 되든지 죽이 되든지 저 하는 대로 내버려두지!'

김소사는 이러한 생각에 한참이나 멀거니 앉았었다. 경석이는 원래 능하고도 존존한[53] 정다운 말로 김소사를 위로하였다.

경석이는 처자도 없고 부모도 없고 집도 없고 직업도 없는 청년이다. 그는 일갓집에서 몸을 그날그날을 지내간다. 그의 학식과 인격은 비범하다. 그가 만세를 부르고 감옥에 들어가고 감옥에서 나온 후로 ××주의자가 되어 여러 방면으로 활동하게 되면서부터 당국의 검은 손이 등 뒤를 떠나지 않고 쫓아다녔다. 그것이 드디어 그로 하여금 직업장에서 구축을 받게 하였다. 그는 굶거나 벗는 것을 염두에 두지 않았다. "감옥에 가면 공부하고 나오면 또 주의 선전한다"는 것이 그의 항다반 하는 소리였다. 그의 기개를 안다는 사람들은 그 말을 믿는다.

김소사의 앞에 앉은 경석의 신경은 또 비애와 의분에 들먹거렸다. 자기의 처지를 생각하든지 김소사와 만수의 처지를 생각하면 슬펐다. 그 슬픔은 그 몇몇 사람의 처지에만 대한 슬픔이 아니었다. 그 몇몇 사람을 표본으로 온 세계를 미루어 생각할 때 그는 주림과 벗음에 헐떡이는 수많은 생령 속에 앉은 듯하였다. 피기름이 엉긴 비린내 속으로 처량히 흘러나오는 굶은 이의 노래가 귓가에 들리는 듯하며 벌거벗고 얼음구멍에 헤매며 짜릿짜릿한 신음 소리를 지르는 생령이 눈앞에 보이는 듯하였다. 눈을 번쩍 떴던 경석이는 입술을 꼭 깨물면서 눈을 감았다.

'아! 뛰어나가자! 저 소리를 어찌 앉아서 들으랴? 이 꼴을 어찌 보랴? 아! 가련한 생령아! 나도 너희와 같은 자리에 섰다. 만수도, 어머니도, 몽주도…… 성진도 아니 전 조선이 그렇구나. 아! 이 역경을 부수지 않으면 우리 목에 ○○○○○○○○○ 않으면 우리는 영영 이 속을 못 벗어나리라. 뛰어 나서자!'

이렇게 경석이는 가슴속으로 부르짖었다. 피는 질서 없이 뛰었다. 그는 눈을 뜨고 벌떡 일어나서 밖으로 나왔다. 쌀쌀한 겨울바람은 붉은 그의 여윈 낯을 스쳤다.

'흥 세상은 만수를 조롱한다. 만수 어머니를 업수이 본다. 만수 어머니시여! 웃는 세상더러 기껏 웃어라 하옵소서. 어머니를 웃는 그네들에게 어머니보다 나은 것이 무엇이 있습니까? 아! 불쌍도 하지. 피 묻은 구렁으로 들어가는 그네들은 나오려는 사람을 웃는구나! 오오 만수야! 내 아우야! 너는 선도자다.'

눈을 밟으면서 내려오는 경석이는 이러한 생각에 골똘하여 몇 해 전 자기가 고생하던 감옥을 눈앞에 그려보았다. 그는 천사만 넘에 발이 어디까지 온 것을 의식치 못하였다. 그는 머리를 번쩍 들었다. 어시장으로 지나온 그는 한천철교(漢川鐵橋) 아래까지 이르렀다. 퍼런 얼음장 아래로 흐르는 물소리는 쿨렁쿨렁하는 것이 몹시 노한 듯하였다. 해는 벌써 시신에 뉘엿뉘엿 넘어간다.

"아아, 조선의 해돋이[日出]여!"

석양빛을 보는 경석의 눈에서 흐르는 눈물은 온 얼음세계를 녹일 듯이 뜨거웠다.


어머니 회갑 갑자년 십일월 십오일

양주(楊州) 봉선사(奉先寺)에서

# 그믐밤

시대: 20여 년 전
장소: 함북 어떤 농촌

1

삼돌의 정신은 점점 현실과 멀어졌다. 흐릿한 기분에 싸여서 한 걸음 한 걸음 으슥하기도 하고 그저 훤한 것 같기도 한 데로 끌려 갔다.

수수깡 울타리가 그의 눈앞을 지나고 꺼뭇한 살창이 꿈속같이 뵈는 것은 자기 집 같기도 하나, 커다란 나무가 군데군데 어른거리고 퍼런 보리밭이 뵈는 것은 이웃 최돌의 집 사랑뜰 같기도 하고, 전번에 갔던 뫼 같기도 하였다. 그러나 그는 그곳이 어딘 것을 알려고도 하지 않았고, 또 그 때문에 기분이 불쾌하지도 않았다. 그는 자기가 앉았는지 섰는지도 의식치 못하였으며 밤인지 낮인지도 몰랐다.

그의 눈은 그저 김 오른 거울같이 모든 것을 멀겋게 비칠 뿐이었다.

이때 그의 정신을 흔드는 것이 있었다. 그것은 조금 전부터 저편에서 슬금슬금 기어오는 커다란 머리[頭]였다. 첨에는 저편에 수수깡 울타리 같기도 하고 짚더미 같기도 한 어둑한 구석에서 뭉긋이[2] 내밀더니 점점 가까워질수록 흰 바탕에 누런 점이 어른거리는 목 배때기며 검푸른 비늘이 번쩍거리는 머리며, 톡 뼈진[3] 똥그란 눈이며, 끝이 두 가닥 된 바늘 같은 혀를 홀닥홀닥[4] 하는 것이 그리 빠르지도 않게 슬근슬근 배밀이해 오는 꼴은 차마 볼 수 없었다.

그의 가슴은 두근거렸다. 등에는 그도 모르게 찬땀이 흘렀다. 그는 뛰려고 하였다. 다리는 누가 꽉 잡는 듯이 펼 수 없고 팔도 움직일 수 없었다. 그 무서운 기다란 짐승은 조금도 거리낌 없이 슬근슬근 기어왔다.

이제 위급이 한 찰나 새이다. 그의 몸과 그의 짐승의 입 사이는 겨우 한 자나 남았다.

그는 소름이 쪽 끼쳤다. 그는 악을 썼다. 사지는 여전히 마비된 듯하여 꼼짝할 수 없었다. 소리를 질렀다. 입만 짝짝 벌어질 뿐이지 목구멍이 칵 막혀서 숨도 크게 쉴 수 없었다.

그의 숨결은 울렁거리는 가슴과 같이 급하고 잦았다.

온몸의 피를 끓여 가면서 쓰던 애도 이제 모두 허사가 되었다. 그의 왼편 발뒤꿈치가 뜨끔하였다.

"으악……"

그는 온몸의 악을 다 내어 소리를 치면서 내뛰었다. 물인지 불인지 모르고 내뛰었다. 징그럽게도 긴 그 짐승은 발뒤꿈치를 꽉 문 채 질질 끌렸다.

"에구…… 이잉…… 아이구."

그는 소리쳐 울었다. 뛰던 그는 귀를 찌르는 벽력같은 소리에 우뚝 섰다. 머리를 돌렸다. 하늘을 쳐다보고 땅을 굽어보고 사면을 돌아보았다.

"저게 미치지 않았는가?"

"히히히."

"야 이놈아! 아프다고 핑계를 대고 자빠졌다가 지랄이 무슨 지랄이냐? 으응! 칵 퉤……"

마루 위에서 벽력같이 지르는 주인 김좌수(座首)의 호령 소리가 두 번 날 때, 삼돌이는 정신이 번쩍 들었다. 그의 눈앞에는 고래 등 같은 기와집이 엄연하게 보이고 마루 위에 거만스럽게 앉은 김좌수의 불그레한 낯이 보였다. 소나기 뒤 쨍쨍한 볕은 추근한[5] 땅에 흘러서 눈이 부시고 서늘히 스쳐가는 바람 곁에 논매는 노래가 들렸다. 그는 별세상에 선 듯하였다.

"야 이 머저리 같은 놈아, 글쎄, 무슨 머저리 행세냐? 무시기 어쩌구 어째? 뱀아페(한테) 물긴 게 아프구 어쩌구? 뛰기만 잘 뛰는구나!"

김좌수는 물었던 장죽을 한 손에 뽑아 들고 노염이 충천해서 호령을 하였다. 뜰에 나다니는 여편네들은 입을 막고 돌아가면서 웃었다. 삼돌이는 죽은 듯이 서 있었다.

"글쎄 이놈아, 입이 붙었니? 어째 대답이 없니? 어째 그랬니?"

김좌수는 또 소리를 질렀다.

"뱀이 와서 발뒤축을 물어서……"

삼돌이는 쥐구멍으로 들어갈 듯이 겨우 대답하였다.

"뱀이? 저놈으 새끼 실루 미쳤구나! 뱀아페 물긴 게 아프다구 허덕깐[6]에 한나절이나 자빠져 잤는데 무슨 뱀이 또 거기 있더란 말이냐? 저눔이 필시 꿈을 꾼 게로구나? 하하."

김좌수는 마지막 말에 자기도 우스운지 웃음을 못 참았다.

'참말 그래서는 내가 꿈을 꾸었나?'

이렇게 속으로 생각한 삼돌이도 픽 웃었다. 삼돌의 웃는 것을 본 김좌수는 다시 노염이 등등해서 호령을 내린다.

"제야 잘한 체 웃음이 무슨 웃음이냐? 어서 또 가 봐라! 비 오구 난 뒤 끝이니 나왔을 거다……"

"이구 실루 머저리네!"

병아리 다리를 노끈으로 붙잡아 매어가지고 마루 아래서 놀던 김좌수 아들 만득이가 삼돌이를 보면서 입을 삐쭉하였다. 삼돌에게는 만득의 소리가 더욱 듣기 괴로웠다. 자기보다도 퍽 지하되는[7] 어린것에게까지 비웃음을 받는 것이 알 수 없이 불쾌하고 낯이 붉어지면서 온몸이 땅속으로 잦아드는 것 같았다. 만득이는 연주창(蓮珠瘡)[8]으로 목을 바로 못 가지고 늘 머리를 왼편으로 깨웃[9]하였다. 삣삣이[10] 말라서 허수아비에 옷을 입힌 듯한 만득의 해쓱한 낯을 볼 때 삼돌의 가슴에는 가긍스런 생각도 치밀고 미운 생각도 치밀었다. 그것 때문에 밤낮 '배암' 잡아들이라는 호령 받는 것을 생각하면 어서 죽여 버리고도 싶었다. 그리고 전번에 왔

166

던 의사(醫師)도 미웠다. 그놈이 아니었다면 배암 잡으러 왜 다 녀? 이렇게도 생각하였다.

"산 배암에게 물리면 연주창에 큰 효과가 있다."

하고 의사가 가르친 뒤로부터 삼돌이는 배암 잡으러 다녔다. 그러다가 이틀 전에 배암에게 다리를 물리고 그것이 너무 아파서 오늘은 드러누웠더니 그런 꿈을 꾸고 또 이 봉변을 당하고 있다.

"낼까지 그러고 있겠니? 빨리 가 잡아라!"

김좌수의 호령에 멍하니 섰던 삼돌이는 왼편 다리를 절룩절룩 절면서 사랑 머슴방으로 나갔다. 쩽쩽한 볕은 그저 땅에 흘렀다.

## 2

삼돌이는 배암 잡는 무기를 들고 집을 나섰다. 그것은 낚싯대 〔釣竿〕 끝에 말총 올가미를 붙잡아 맨 것이다. 배암의 목을 올가미질하려는 것이다. 이것은 삼돌의 지혜로 나온 무기였다. 땀과 먼지가 엉켜서 찌덕찌덕한[11] 적삼 등골로 스며드는 삼복 볕은 유난스럽게 뜨거웠다. 무릎까지 오는 베 고의에 코가 떨어진 짚신을 끌고 절룩절룩 걸을 때마다 몸에서 오르는 땀 냄새는 시큿하고[12] 구렸다.

집 앞 채마밭을 지나서 눈이 모자라게 벌어진[13] 논가 길에 나섰다. 지지는 볕 아래 빛나는 홍건한 논물은 자 남짓이 큰 벼포기 그늘을 잠갔다. 그루를 박아세운 듯이 한결같은 키로 질펀히 이어 선 벼는 윤기 나는 푸른 비단을 살짝 깔아놓은 것 같았다. 이따금 스치는 서늘한 바람에 가는 벼잎이 살금살금 물결치는 것은 빛나는 봄 하늘 아래서 망망한 큰 바다를 보는 것 같았다. 삼돌이는 멍하니 서서 그것을 보았다. 시각이 옮겨갈수록 현실에 괴로운 그의 의식은 점점 신선하고 빛나는 자연과 어우러져서 그는 자기라는 존재까지 잊었다. 그에게는 빛나는 태양과 푸른 벌판과 서늘한 바람이 있을 뿐이었다. 베 고의적삼에 삿갓을 쓰고 논 기음[14]에 등을 지지던 농군들은 저편 방축 버드나무 그늘 아래서 담배도 피우고 장기도 두고 있다. 삼돌이는 그것을 볼 때 잠잠하던 마음이 다시 물결쳤다. 자기도 밭이나 논에서 김 맬 때는 길가는 개까지 부럽더니 오늘은 그것이 도리어 부러웠다. 그는 아픈 다리를 질질 끌면서 방축 아래 좁은 길로 앞산을 향하였다.

"삼돌이, 자네 또 뱀 잡으러 가는가?"

방축 위 서늘한 그늘 속에 누워서 담배 피우는 늙은 농군이 소리를 쳤다. 삼돌이는 아무 대답 없이 그리를[15] 쳐다보며 빙그레 웃었다.

"웃기는, 개꽃 싸라간 놈처럼! 히히."

그 옆에서 고누를 두던 쇠돌이라는 젊은 농군이 웃었다.

"에이구! 끅끅 뱀이를 그렇게두 잡니? 새나 다람쥐를 말총 올개미루 잡지 뱀을 올개미로 잡는 데를 어디서 봤니, 하하하."

"그러문 어떻게 잡니?"

힘없이 말하는 삼돌은 서먹한 웃음을 억지로 웃었다.

"몽치로 때려 붙들어야지 이눔아. 뱀이 죽었다구 올개미에 들겠니?"

"응, 때리문 죽어두…… 산 뱀이라야 쓴단다."

누군지 기다리고 있는 듯이 받아쳤다.

"응, 산 뱀은?"

"김좌수 아들이 엔쥐쳉 있는데 손가락을 물기문 낫는다네."

이런 말을 듣다가 삼돌이는 다시 걸음을 걸었다. 머리 뒤에서 수군거리고 웃는 것은 모두 자기를 비웃고 멸시하는 듯이 불쾌하였다. 걸음까지 터벅거렸다.

모래땅은 물 기운이 벌써 빠져서 삭삭 마르고 굳고 오목한 데는 그저 빗물이 괴어서 반짝거렸다.

구불구불하고 축축한 산길을 휘돌아 오른 삼돌이는 쓰러진 나뭇등걸에 걸터앉았다. 등에는 땀이 흠씬 내배고 전신에서 후끈후끈 오르는 땀 냄새는 김같이 뜨겁고 시틋하였다. 그는 이마의 땀을 씻으면서 가슴을 풀어헤쳤다. 가슴은 꽝꽝 굴렀다.

크고 작은 소나무가 빽빽이 들어서서 그늘한[16] 속에 가지 사이로 흘러드는 쨍쨍한 볕은 우거진 풀잎에 아롱아롱 흘렀다. 이따금 우우 하고 소나무 끝을 스치는 바람 소리는 시원히 들리나 숲속은 고요하였다. 나무와 나무 사이를 스쳐서 어른어른 푸른 벌이 내려다보이고 그 한쪽으로 볕에 눈이 부실 듯한 집마을이 보였다. 이렇게 사면을 돌아보면서 한참 앉았으니 몸이 점점 식고 마음이 가라앉아서 한잠 자고 싶었다. 그러나 주인 영감의 시뻘건 눈깔이 눈앞에 언뜩할 제 그는 정신이 반짝 들고 자기도 모르게 벌떡 일어났다. 그는 다시 터덕터덕 산마루턱 감자밭가에 이르렀다. 우중충한 숲 속을 벗어나오니 환한 것이 졸지에 딴 세상이나 밟는 것 같았다. 그는 감자밭과 숲 사이에 난 좁은 길로 돌아다니면서 끼웃끼웃하였다. 돌을 모아놓은 각담도 뒤져보고 쓰러진 나뭇등걸 위도 보았다. 소나기 지난 뒤요, 따라서 볕이 쩽쩽하니 배암이 나오리라는 자신도 없지 않았다. 그는 어두운 벼랑길을 더듬는 소경처럼 조심조심스럽게 걷다가는 서고 서서는 이리 기웃 저리 기웃하였다. 이름도 모를 풀이 우거진 속을 들여다보고 풀잎이 다리에 스르럭스르럭 스칠 때면 그는 공연히 몸이 오싹오싹하고 옮기던 발이 저절로 멈추어졌다. 어디서 바람 소리 새소리만 들려도 그의 가슴은 두근두근하였다. 이렇게 어청어청[17]하다가 감자밭 맨 끝 커다란 나무가 쓰러진 앞에 이르러서 그는 우뚝 서면서 입을 벌렸다. 그는 금방 뒤로 자빠질 듯이 궁둥이를 뒤로 내밀고 서서 어쩔 줄을 몰랐다. 그의 눈은 유리알을 박은 듯이 꼼짝 않고 쓰러진 나무 위만 쏘고 있다.

크고 작은 풀이 우거진 새에 흉악한 짐승같이 쓰러진 커다란 나무는 언제 쓰러진 것인지 껍질은 썩어 벗겨지고 살빛이 꺼뭇하게 되었다. 군데군데 쪽쪽 트기도 하고 감탕[18]물 속에 거머리 지나간 자취모양 아롱아롱 좀먹은 자리도 있다. 그리고 어떤 데는 뜨거운 볕에 송진이 끓어서 번지르하고 찐득찐득하게 보였다. 그 나무 한복판에 길이가 발이 넘고 굵기가 어린애 팔뚝만 한 것이 고요히 붙어 있다. 퍼런 등골은 햇볕에 윤기가 번득거리고 히슥한[19] 뱃살에 누런 점이 얼룩얼룩하였다. 그리고 둥그스름하고 넓적한 머리에 불끈 뻬진 눈은 때룩때룩[20]하였다. 그 생김생김이 자기를

170

물던 놈 같기도 하였다. 그놈에게 물려서 이틀 밤이나 신고를 하고 아직도 낫지 않은 것을 생각하면 그놈을 꼭 깨물어 질근질근 씹어 삼키고 싶으나 때룩때룩한 눈깔이나 얼룩얼룩 징그럽게 늘어진 꼴은 금방 몸에 와서 서리서리 서리는 듯해서 점점 뒷걸음만 났다. 그러다가도 주인 영감에게 서리 같은 호령 들을 것을 생각하니 그저 물러갈 수도 없었다.

우우 하는 소리와 같이 수수 울리는 소리가 들렸다. 배암만 보고 무시무시하게 서 있던 삼돌이는 깜짝 놀라 뒤를 보고 발을 굽어보았다. 그것은 바람 지나는 소리였다. 그는 긴 한숨을 쉬면서 가만가만 나뭇등걸 곁으로 갔다. 손에 잡은 낚싯대가 자랄 만한 곳에 가서 엉거주춤 섰다.

"획—획."

그는 휘파람을 불었다. 고요한 볕 아래 누웠던 배암은 그 소리를 들었는지 머리를 들어 ㄱ자로 구부리고 눈을 때룩때룩하였다. 그때 그놈을 칵 때렸으면 단박 잡힐 듯하나 그래서 죽으면 힘은 힘대로 들이고 아무 소용없는 짓이다. 그러나 그놈을 설다루어서는 뺑소니를 칠 것이다. 삼돌이는 이렇게 생각은 하면서도 어쩔 줄을 몰랐다. 그는 낚싯대를 뻗쳐서 올가미를 배암 머리 편에 댔다. 배암은 머리를 기웃기웃하더니 늘씬한 몸을 늘였다 졸이면서 그 나뭇등걸 밑으로 머리를 수그렸다. 푸른 바탕에 누런 점 흰 점이 볕에 얼른얼른 빛났다. 그것이 징글징글 기어 풀 속으로 내리는 것은 정신이 아찔하도록 무서웠다. 그것이 풀포기 밑으로 스르르 나와서 바짓가랑이 속으로 금방 들온 듯이 신경이 찌긋찌긋²¹하였다. 그는 등골에 찬땀을 흘리면서 소름을 쳤다. 그러면서도 그것을 놓치는 것이 안 되어서 자기도 모르게 낚싯대로 등걸에 겨우 남은 꼬리를 쳤다. 꼬리는 꾸불하더니 쏜살같이 풀 속에 숨어버렸다. 그때 그는 바른편 넓적다리가 뜨끔하였다. 그것은 배암의 꼬리를 칠 때 낚싯대 그루²²가 잘못 넓적다리에 찔린 것이었다. 신경이 예민해진 그는 그것이 배암의 이빨이 박히는 줄 믿었다.

"으악……"

삼돌이는 낚싯대를 버리고 뜨끔한 넓적다리를 붙잡으면서 뛰었다. 감자 포기, 풀포기, 나뭇등걸, 가시밭—그 모든 것을 헤아릴 수 없이 그는 뛰었다. 발에 걸쳤던 짚세기는 어디로 갔는가? 발끝과 아랫다리는 나무그루와 가시에 찢겨서 새빨간 피가 스치는 풀잎을 물들였다. 그 모든 것을 느끼지 못하고 삼돌은 그저 허둥지둥 뛰었다. 한참 뛰던 삼돌이는 짝근 소리와 같이 두 눈에서 불이 번쩍 일면서 정신이 아찔하여 그 자리에 쓰러졌다. 아무도 없는 고요한 숲 속 바위 앞에 쓰러진 삼돌의 이마에서는 걸디건 피가 느른히²³ 흘렀다.

바람은 때때로 숲 끝을 우수수 지났다. 서천에 좀 기운 볕은 여전히 가지 사이로 흘러들었다. 멀리 앞벌에서 은은히 울려오는 논김 노래가 새소리 벌레 소리와 같이 숲 속에 흘렀다.

# 3

삼돌이는 등골이 선뜩선뜩함을 느끼면서 흐릿한 눈을 비볐다. 우중충한 가지와 가지가 머리를 덮은 사이로 흰 하늘이 엿보였다. 그는 일어앉아서 앞뒤를 보았다. 자기 몸은 뜻하지도 않은 풀속에 있다. 지금이 아침인가? 저녁인가? 또는 꿈인가? 이렇게 생각하다가 그는 피 묻은 자기 손이 언뜻 눈에 띄자 두 눈이 뚱그레졌다.

손을 펴서 들고 뒤쳐 보고 젖혀 보다가 적삼 앞과 고의에 검붉은 피가 발린 것을 보고 그의 눈은 더 뚱그레졌다. 그는 비로소 앵한[24] 이마가 쩌릿쩌릿함을 느꼈다. 그는 이마에 손을 댔다. 손이 닿을 때 이마가 쓰리고 손에 칙은한[25] 것이 발렸다. 그는 손을 떼어 보았다. 언제 흐른 피인가. 엉겨 걸어져서 흐르지는 않고 그 빛은 검붉다. 이마는 점점 쓰리고 아팠다. 그는 쫑그리고[26] 우두커니 앉아서 두 손을 엇결은[27] 채 피 씻을 생각도 하지 않고 무엇을 생각하였다. 그의 눈은 옛 기억을 좇는 듯이 흐릿한 속에 의심이 들어찼다.

피가 웬 필까? 어찌하여 예까지 왔나? 집에서 떠나서 배암 잡다가 뛰던…… 이렇게 아까 일이 오랜 일같이 슬금슬금 떠왔다. 그러나 어찌하여 이마가 터진 기억이 얼른 나지 않았다. 누구에게 맞았나? 아니! 맞았으면 모를 리 없다. 배암에게 물렸나? 하! 배암이 이렇게 물 리는 없고…… 이렇게 생각생각 끝에 허둥허둥

뛰다가 이마가 짝근 부딪치던 일까지 생각났다. 그러나 뒷일은 종시 떠오르지 않았다.

'오오, 그래서는 어디 부딪친 게로구나!'

그는 무슨 수수께끼나 푼 듯이 이렇게 혼자 부르짖었다. 동시에 그는 넓적다리를 급히 만져 보았다. 아까 뜨끔하던 기억이 오른 까닭이었다. 그러나 아무렇지도 않은 것을 볼 때 그는 혼자 픽 웃으면서 한숨을 지었다.

삼돌이는 모든 기억이 또렷이 나설수록 이마가 몹시 저렸다. 그는 풀잎을 따서 피를 씻었다. 풀잎이 상처에 닿을 때면 바늘로 따끔 찌르는 듯도 하고 딱지 뗀 헌 데를 만지는 것 같기도 해서 온몸이 송구러들었다.²⁸ 피를 씻은 뒤 허리끈을 풀어서 이마를 동였다. 그리고 바지춤을 움켜잡고 숲 속을 어슬렁어슬렁 나왔다.

감자밭에 나선 그는 조심스럽게 아까 배암 나왔던 등걸 앞으로 갔다. 풀대가 바람에 얼른하여도 배암 같아서 가슴이 뜨끔하였다. 그는 저편 풀 위에 던져져서 풀이 바람에 움직일 때마다 흔들리는 낚싯대를 집어 들고 마을로 내려갔다.

숲 속에 흐르던 볕은 자취를 감추고 눅눅한 그늘이 숲을 덮었다. 바람이 스치는 때마다 잎들은 우줄우줄 춤을 쳤다. 어디선지 새소리가 울렸다. 나무 사이를 스쳐서 멀리 파란 벌판 끝에 저녁볕이 벌겋게 타들었다. 그는 더듬더듬 내려오다가 길옆에 서리서리 늘어진 칡줄기를 끌러서 허리를 잡아맸다. 우중충한 숲을 벗어나서 산 아래 내려온 그는 벌에 나섰다. 아까 오던 방축 아랫길로 발을 옮겼다. 방축에 모여 앉았던 일꾼들은 깡그리 논으

로 내려가고 머리에 석양을 받은 수양버들만이 실바람에 흐느적
거렸다.

　앞으로 끝없이 끝없이 잇닿은 푸른 논판에 붉은 저녁볕이 비껴
흐르고 실바람이 스치는 것은 더욱 아름다웠다. 온 세상의 모든
행복은 기름이 흐를 듯이 윤기 돌아 먹음직하게 연연히 자란 푸
른 벼바다에 물결쳐 넘는 듯하였다. 온몸을 벼포기 속에 숨기고
오직 삿갓 꼭대기와 땀 밴 등만 드러내고 걸음걸음 기어가면서
김매는 농군들은 신선같이 보였다. 그는 그것을 보고 맞추어 부
르는 격양가 소리에 귀를 기울이고 멍하니 서 있었다. 자기도 배
암잡이만 아니었다면, 아니 그놈의 만득이 연주창병만 아니었다
면 지금 저 속에서 저네와 같이 노래를 부를 것이다. 이슬에 베잠
방이를 적시고 불볕에 등골을 지지면서 김매는 것이 더 말할 수
없는 설움이요 괴로움인 줄 알았더니 이제 와서는 세상에 그처럼
즐거운 일은 없을 것 같다. 지금 신선같이 느껴지는 그네, 푸른
벼바다 속에서 김매고 노래 부르는 그네가 모두 자기와 같은 사
람이요, 또 자기 친구요, 또 같은 일꾼으로 네냐 내냐 지내왔는데
지금은 그네가 별로 높아진 듯이 느껴졌다. 그렇게 느껴질수록
그는 두 어깨가 축 늘어지는 것 같고 온몸이 땅에 자지러지는 듯
하였다. 스쳐가는 바람, 흔들리는 풀조차 자기를 비웃는 듯이 자
취자취 설움이었다.

　어려서 부모를 잃고 남의 집구석으로 다니면서 꼴이나 베고 소
나 먹이며 김매면서 나이 삼십이 되도록 장가도 못 들고, 그것도
부족하여 팔자에 없는 배암잡이로 다리병신 되고 이마까지 터뜨

린 것을 생각하니 새삼스럽게 가슴이 메어지고 눈에 눈물이 핑 돌았다. 그는 그 자리에 주저앉아 울었다. 목이 메어 소리는 나오지 않고 눈물만 쫙쫙 흐르고 가슴이 꽉꽉 막혀서 주먹으로 가슴만 쾅쾅 쳤다.

논판에 흐르는 석양은 점점 자리를 옮겨서 멀리멀리 붉어가고 서늘한 실바람은 끊임없이 수양버들 가지를 흔들었다.

한참 애끊게 울던 삼돌이는 주먹으로 눈물을 씻고 일어섰다. 방축 아래 벼잎에 진주 같은 이슬이 쪼르르 쪼르르 오르는 논가 좁은 길을 지나 집 가까이 왔다. 타박타박한 그의 걸음은 더 느려졌다. 그의 발은 마음과 같이 무거웠다. 만일 그의 손에 꿈틀거리는 산 배암만 잡혔다면 그는 이마가 저리고 다리 아픈 것까지 잊어버리고 집으로 달아 들어갔을 것이다. 주인 영감의 독살 오른 눈과 고무볼같이 불어서 불룩불룩하는 두 뺨이 눈앞을 언뜻 지날 때 그는 어깨를 으쓱하면서 머리를 힘없이 가슴에 떨어뜨렸다. 그는 발을 돌렸다. 그만 어디라 없이 끝없이 끝없이 가버리고 싶었다. 이꼴 저꼴 다 안 봤으면 살이 찔 것 같았다.

'엑 가자! 그만 달아나자!'

이렇게 생각은 하였으나 가면 어디로 가며, 간들 무슨 수가 있으랴 하는 생각이 또 머리를 쳤다. 뒤따라 넌짓넌짓 누더기를 몸에 걸치고 이집 저집 들어가도 밥 한술 주지 않고 일까지 시키지 않아서 주린 배를 움켜쥐고 이슬을 맞으면서 밤을 지내던 옛날의 자기 그림자가 눈앞에 떠오를 때 그는 그것을 보지 않으려는 듯이 머리를 흔들면서 획 돌아서서 집으로 빨리빨리 걸어갔다.

삼돌이는 집에 가까이 왔을 때 집 앞 채마밭에 나선 주인 영감의 그림자를 보고 가슴이 두근두근하며 눈앞이 흐리고 다리가 떨렸다. 마치 침침칠야에 무서운 짐승 있는 굴로 들어가는 듯하였다.

"응, 오늘은 잡았지?"

삼돌이를 본 김좌수는 '네까짓 놈이 그렇지 무얼 잡겠니' 하는 눈초리로 물었다. 삼돌에게는 그 소리가 벽력같았다. 그는 머리를 수그리고 가만히 서 있었다.

"어째서 대답이 없니?"

김좌수의 소리는 점점 커졌다.

"못 잡았소……"

무서운 권력 아래 선 잔약한 생명의 소리같이 삼돌의 가는 소리는 떨렸다.

"응, 무시기 어쩌구 어째? 아까운 쌀을 뱃등이 터지두룩 먹구 그거 하나두 못 잡는단 말이냐? 응, 글쎄!"

주인 영감은 삼돌이를 쥐어나 박을 듯이 벌벌 떨면서 눈이 빨개서 삼돌이를 노려보았다.

"이매[額]는 왜 그 꼴이냐?"

"뱀아페 딸기와서(쫓겨서) 엎어져서(넘어져서) 그랬음메!"

그는 겨우겨우 울듯울듯이 대답하였다.

"엑!"

주인 영감은 주먹을 불끈 쥐고 이를 악물더니 가죽신 신은 발로 삼돌의 가슴을 찼다.

"힝."

삼돌이는 기운 없이 자빠졌다.

"이눔아!"

주인 영감은 또 쥐어박을 듯이 주먹을 부르쥐고 앞으로 몸을 쓸면서,

"이 못생긴 놈아! 응? 뱀 잡기 싫으니 일부로 이마를 터쳐가지구 와서…… 즌 개소리를 친단 말이냐? 그깟 눔의 핑계를 대문 뉘귀 곧이나 듣니? 응 이눔아(거꾸러져 소리 없는 삼돌의 등을 쾅 밟으면서), 가가라, 저런 쌍눔으 새끼를 밥을 멕이다니……"

분이 나서 소리를 고래고래 지르면서 펄펄 뛰었다.

"애고! 이게 영감이사…… 이게 워쩐 일이오. 그만두오!"

곁에 섰던 주인마누라가 주인의 팔을 끌어당겼다.

"노덕(마누라)이는 아무것도 모르구서 가만있소! 저눔아를 죽이든지 내쫓든지 해야지!"

주인은 또 발을 들었다. 주인마누라는 주인의 발을 안으면서,

"영감! 이거 그만두오……"

울듯이 말렸다. 어른 아이 할 것 없이 채마밭 머리에 죽 모였다. 삼돌이는 땅에 거꾸러진 채 아무 소리도 없었다. 무심한 저녁연기는 점점 퍼져서 마을을 싸고 먼 산허리까지 가렸다. 괴괴거리고 밭머리에 헤매던 닭들도 홰에 오르기 시작하였다.

# 4

밤부터 내리는 실비는 아침에도 출출 내렸다. 김좌수는 아침 뒤에 삿갓을 쓰고 비를 맞으면서 배추밭에 오줌똥을 주었다. 거뭇하고 부들부들한 흙에 비가 괴서 디딜 때마다 발이 쑥쑥 들어갔다. 삿갓에 떨어진 비는 삿갓 네 귀로 낙숫물처럼 흘러내렸다. 후줄근한 고의적삼 소매 끝과 가랑이 끝에도 물이 뚝뚝 흘렀다. 그는 팔을 불끈 걷어 치키고 바가지로 똥을 풀어 논 것을 퍼서는 한편 손으로 배추 포기를 비스듬히 밀면서 밑동에 부었다. 큰 항아리 통같이 비대한 몸이 끙끙하면서 등깃등깃 수그렸다 일어났다 하다가는 한숨을 쉬고 턱에 흘러내린 빗물을 씻으면서 뻣뻣이 서서 이리저리 돌아보았다.

바람 없는 가는 빗발이 푸른 잎잎에 소리를 치는 것은 먼 바람 소리 같기도 하고 은은한 물소리 같기도 하였다. 넓은 들과 먼 산은 뿌연 빗속에 고요히 잠자는 것 같다.

어디서 개구리 소리가 들렸다. 병아리 데린²⁹ 암탉은 저편 울타리 밑에서 꼬록꼬록하면서 목을 늘여 끼웃끼웃한다.

"엑 망한 눔으 새끼 자빠져서, 늙은 게 이 고생이로구나."

김좌수는 혼자 분개한 소리로 뇌면서 등깃등깃 오줌을 날랐다. 삼돌이가 이마와 다리가 저려서 며칠 드러누워 있게 된 뒤로 집터 밭은 김좌수가 맡아보게 되었다. 그는 비 오는 때를 타서 거름을 한다고 식전에도 삼돌이를 죽으라고 호령하고 아침 뒤에 배추

밭으로 나왔다.

김좌수는 삼대 좌수이다. 그런 까닭에 여기에는 지금도 읍으로 들어가나 시골집으로 나오나 세력이 등등하였다. 누구나 그 앞에서 기지 않으면 호령이요 볼기였다. 그것은 무조건이다. 그러나 그의 집은 퍽 소조하다.[30] 그의 마누라, 아들, 며느리, 머슴, 그, 그리고 먼 일가 되는 늙은 여편네가 와서 밥 짓고 빨래나 거들어주고 얻어먹는다. 그의 아들 만득은 금년 열여섯이 된다. 열두 살 때에 장가보내서 며느리를 삼았는데 만득이가 어려서부터 목에 돋던 연주창이 장가든 뒤로는 더 심해서 약이란 약과 의원이란 의원은 다 들여 보였으나 조금도 효과가 없었다. 작년에 죽은 큰 마누라에게 자식이 없어서 처녀장가를 들어서 맞은 첩에게서 늦게야 얻은 것이 만득이었다. 그러한 자식의 병이니 간호가 여간 크지 않았다. 일전에는 타도 의원을 모셔다가 보였는데 그 의원은 이러한 말을 하였다.

"배암 산 것을 잡아서 병자의 긴 손가락을 물리시오. 그놈이 연주창 있는 사람은 잘 물지 않으니 그리 알아서 단단히 잡쥐어야 합니다. 그래서 효과가 없거든 사람의 모가지 고기를 병자가 모르게 얻어먹이시오. 그 밖에는 약이 없습니다."

이 뒤부터 김좌수는 여러 군데 산 배암 잡아들이라는 영을 놓고 머슴 삼돌이까지 배암잡이에 내놓았다.

"아 좌수 영감 이 비 오는데 어쩐 일이오니까?"

하고 등 뒤에서 외치는 소리에 김좌수는 머리를 돌렸다.

"응, 자네 왔는가? 이 비 오는데 어디 갔다 오는가?"

김좌수는 일어섰다. 그 사람은 김좌수 동리에서 이십 리나 떠나서 사는 사람인데 최유사(有司)라고 부른다.

　"여꺼지 온 길이외다."

　바지를 무릎 위까지 걷고 부대를 등에 걸친 최유사도 삿갓을 썼다. 가늘고 할끔한¹⁾ 다리에 구실구실한 검은 털이 나고 푸른 힘줄이 아른아른한 것은 농토에 어울리지 않는 살빛이었다.

　"무슨 일로 여꺼지 왔는가?"

　그저 한결같이 내리는 비는 두 사람의 삿갓을 치고 연둣빛 윤기 흐르는 배춧잎을 살랑살랑 건드렸다.

　"좌쉿님 무슨 뱀이를 쓰신다구 해서……"

　최유사는 황송스럽게 말하면서 김좌수를 보고 웃었다. 그 웃음은 무슨 큰 자랑거리나 감춘 듯하였다.

　"응! 그래……"

　뻣뻣이 섰던 김좌수는 무슨 수나 난 듯이 들었던 바가지를 던지고 최유사 곁에 다가섰다.

　"응, 그래 어찌 됐는가? 저번 휘구 편에 자네게두 부탁을 했지? 그래 구했는가?"

　"여기 잡았는데……"

하면서 최유사는 왼손에 들었던 척 늘어진 베주머니를 내들었다.

　"응, 그건가?"

　김좌수는 물에 빠진 사람처럼 덤비면서 손을 내밀어 받으려다가 비에 젖은 주머니가 꿈틀꿈틀 물결치는 것을 보더니 그만 손을 움츠러들였다. 손 움츠러들인 것이 스스로도 안 되었는지,

"하여간 들어가게! 이 비 오는데 큰 고생을 했네!"

하고 앞장을 섰다.

"별말씀을 다 하심메!"

최유사는 희색이 만면해서 뒤따랐다.

"저 덕이집 최유사 뱀이를 잡아왔구마?"

헤벌헤벌[32] 마당에 들어선 김좌수는 소리를 질렀다. 방문이 열리면서 주인마누라가 나왔다. 온 집안은 끓었다. 닭을 잡네, 찰밥을 짓네 하여 최유사 점심 준비에 여편네들은 수수거렸다.[33]

"여보 노댁이! 저 건넷집 선동 아비를 오라구 하오…… 그놈 삼돌인지 셋돌인지 앓아 자빠 누웠으니……"

김좌수는 분주히 들락날락하면서 떠들었다. 김좌수가 부른 선동 아비가 왔다. 그는 김좌수의 아우다. 이웃집 늙은이 두어 분도 왔다. 어수선 들썩하던 집안이 점심상이 방에 들게 된 뒤로 조용하였다. 한참 만에 우루루 흐트러진 머리에 감투를 눌러 쓴 선동 아비가 이웃집으로 가더니 한 자 남짓한 왕대[王竹]를 가져왔다. 방 안에 모여 앉은 여러 사람은 우우 나왔다. 툇마루에 나선 김좌수는,

"삼돌아!"

높이 불렀다.

"삼돌아! 저눔이 죽었니?"

더 높이 불렀다.

"네……"

하고 짧고 쭉쭐리운 듯한 대답이 들리더니 이윽하여 사랑으로 어

182

청어청 들오는 삼돌의 머리는 누구에게 줴뜯긴 것처럼 터부룩하게 되었다. 껌은 낯에 두 뺨은 좀 빠졌고 이마는 꺼먼 수건으로 동였으며 이맛살은 조금 찌푸렸다.

"네 이눔아, 남은 이 비 오는데 뱀이를 잡아가지고 왔는데 너는 꾹 들어백혀서 대가리도 안 내민단 말이냐?"

주인 영감의 소리는 나직하나 위엄이 등등하였다. 삼돌이는 아무 대답 없이 마루 아래 수굿이 서 있었다. 여러 사람들은 다 한 번씩 삼돌을 보았으나 그런 인생이 있는가 없는가 하는 태도였다.

"어서 저거 참대통에 넣라."

김좌수의 소리가 끝나자 선동 아비는 배암 든 베주머니를 집어서 삼돌에게 주었다. 삼돌이는 서먹서먹해서 주저거리다가 겨우 받았다.

"야 이눔아, 얼른 줴내라!"

김좌수는 눈을 부릅뜨고 입을 비죽거렸다.

"줴내다니, 산 뱀을 어떻게 쥐오?"

선동 아비는 왕대를 손 새에 넣고 쓱쓱 훑으면서 혼잣말처럼 뇌었다.

삼돌이는 베주머니 아구리를 열었다. 그는 조심조심스럽게 열고 들여다보더니 어깨를 으쓱하면서 머리를 돌렸다.

"그대루는 안 되리라. 꼬리를 맸으니 그 노끈을 줴내게!"

문턱 앞에 앉았던 최유사가 앉아서 가르치더니 그만 자기가 들어서 그 끈을 집어냈다. 배가 희고 등이 거뭇한 것이 노끈을 좇아

꿈틀하면서 달려 나왔다. 길이가 자가 되나마나 하고 통은 엄지 손가락만 한 독사였다. 노끈에 꼬리가 달려서 데룽데룽 드리운 배암은 꾸핏꾸핏³⁴ 몸을 틀다가도 머리를 빳빳이 하고 허리를 휘어서 사람의 손을 향하고 치올랐다. 겨우겨우 꼬리 끝 가까이 오다가는 그만 힘이 모자라는지 축 늘어져버린다. 그렇게 사오 차나 하더니 그 담에는 죽은 듯이 축 늘어졌다. 마치 짐승의 밸을 늘인 듯하나 이따금 꿈틀꿈틀할 때면 삼돌이는 등골이 근질근질하였다. 선동 아비는 왕대 구멍을 요리조리 뺑소니치는 배암 머리에 대더니 한참 만에 댓속에 배암을 집어넣었다. 댓속에 스르르 든 배암의 머리가 손잡은 쪽 대구멍으로 거진거진 나오게 된 때에 처음 머리 넣은 구멍 밖에 뼘이나 남은 꼬리를 쓱 휘어다가 대에 꼭 잡아맸다.

이때 방으로 들어간 김좌수는 엉엉 우는 만득이를 붙잡고 나왔다.

"홍— 으응! 싫소— 으응."

만득이는 문턱에 발을 버티고 뒤로 몸을 젖히면서 고함을 쳤다. 뚱뚱한 김좌수는 만득의 겨드랑이를 들어 내밀었다.

"이눔으 새끼야, 죽기보담은 안 날나더냐?"

그러나 만득이는 좀처럼 나오지 않았다. 왕대를 쥐고 섰던 선동 아비까지 대는 삼돌에게 주고 만득이를 끄집어내기에 힘썼다.

"만득아, 아프지 않다. 눈을 질끈 깜고 견데라."

선동 아비는 순탄스럽게 말하였다.

"이런 개새끼 같은 눔으 새끼— 야이 쌍눔으 새끼야."

김좌수는 솥뚜껑 같은 손으로 만득의 머리를 쳤다.

"에구 제마(어머니) 이잉 에구 내 죽슴메——"

마루로 끌려나오는 만득이는 집이 떠나가게 통곡한다.

"에구! 그거 무슨 때림매? 철없는 거 얼리지 때릴 게 무에요."

영감 곁에 섰던 주인마누라는 가슴이 아프다는 듯이 영감을 힐
끗 보았다. 마루에 모였던 사람들은 모두 모여들어서 만득이를
붙잡았다. 만득이는 그저 섧게섧게 통곡했다. 삼돌이는 왕대통을
가로들었다. 여러 사람들은 만득의 바른편 장손가락을 배암의 머
리가 있는 대구멍에 넣었다.

"에구—— 제마——"

만득이는 몸을 부르르 떨면서 오장이 뒤집히는 듯이 소리를 질
렀다. 사람들은 만득의 손가락을 뽑아 보았다. 그러나 배암은 물
지 않았다. 이번에는 만득의 손가락을 배암의 입에다 꾹 대고 바
늘로 배암의 꼬리를 쑥쑥 찔렀다. 엉엉 울던 만득이는 갑자기 몸
을 송그리고 울면서 낯이 파래서 큰 소리를 질렀다. 여럿이 뽑는
만득의 손가락에서는 검붉은 피가 뽀지지 돋았다.

"됐다! 우지 마라, 이저는 그만둬라."

김좌수는 큰 성공이나 한 듯이 희색이 만면해서 만득이를 달
랬다.

"옹, 이거 먹어라. 우지 마라."

주인마누라는 꺼먼 엿뭉치를 만득의 가슴에 안겼다.

"으응 흥…… 에구……"

만득이는 모두 귀찮다는 듯이 발버둥을 치면서 그저 울었다.

"어, 이저는 낫겠군. 그러나 그 뱀을 불에 태우오. 그놈이 살아 나문 아무 효험두 없는걸!"

어떤 늙은이가 점잖게 말했다.


5


그럭저럭 하는 새에 중복이 지나고 말복이 지났다. 배암 문 덕이든지 만득의 병은 좀 차도가 있었다. 목으로 돌아가면서 두투름두투름 돋아서는 물이 번지르르하게 터지던 연주창이 더 돋지 않았다. 번지르르하던 물도 차츰 거뒀다. 일심 정력을 다 들여서 구호하던 사람들은 모두 웃음이 흘렀다.

그러던 연주창이 말복이 지나서부터 다시 멍울멍울한 알이 지면서 뿌옇고 찐득한 군물이 돌았다. 그리고 이번은 두 어깨에까지 머틀머틀한[35] 것이 눌러 보면 알렸다.

김좌수 내외는 낯빛이 좋지 못하였다. 금년 스물셋 되는 며느리(만득의 아내)도 말하지는 않으나 매일 상을 찡그리고 지냈다. 만득이는 글방에도 가지 않았다. 낯이 해쓱한 것이 목을 한쪽으로 끼웃하고 늘 늙은 어미 궁둥이에서 떨어지지 않고 엿과 떡으로 날을 보냈다. 밤이면 아버지 곁에서 자고 젊은 아내는 뒷방을 홀로 지켰다. 만득이는 장가가서 삼 년 동안은 아내와 잤으나 병이 심하면서부터는 그 아버지 김좌수가 각 자리를 시켰다. 그러나 만득이는 어떤 때면 남 자는 밤에 슬그머니 아내 방에 갔다가는

186

바지춤을 움켜쥐고 와서 몰래 아버지 곁에 누웠다. 그가 열두 살 나서 장가들 제 지금 스물셋 되는 아내가 열아홉 살이었다. 그러나 김좌수가 권력으로 뺏어오다시피 삼은 며느리였다. 만득이는 장가든 첫날밤에 자리에 오줌을 싸고 울었다.

"과년한 처녀색시가 못 견디게 군 게지?"

만득이가 울었단 말을 듣고 이웃에 말 좋아하는 사람들은 서로 수군거렸다. 그 말이 색시 귀에 들어갔던지 색시는 한참 동안 밖에 못 나왔다. 그러다가 어느 때에는 뒤 우물가 대추나무에 목까지 맨 일이 있었다.

"어린게(만득) 무스거 알겠소! 색시는 이것저것 다 알 텐데 아매 잘 ○○○ 못 하니 죽고자 한 게지?"

색시가 목매었다는 소문이 나자 이웃 사람들은 또 수군거렸다.

그러다가 작년 봄—만득이가 열다섯 나서부터 각 자리를 하게 되었다. 각 자리를 한 뒤 일곱 달 만에 색시는 몸을 풀었는데 딸이었다. 그 딸은 난 지 첫 이레가 겨우 지나서 죽어버렸다. 어떤 때 뒷방에서 소리 없이 우는 만득 아내의 꼴이 시어머니와 주인 영감 눈에 띄었다.

'사내가 그리운가? 사내 병이 걱정되는가?'

시어미 시아비는 며느리의 울음에 이러한 의심을 품었다. 그러나 나날이 심해가는 만득의 병에 모든 정신이 쏠려서 그 밖의 것은 돌아볼 여가가 없었다.

오늘도 아침부터 만득의 병을 생각하고 뜰에서 거닐던 김좌수는 아무 데도 나가지 않고 저녁 뒤에는 방에 드러누웠다. 그는 담배를 피우면서 빤한[36] 기름불을 보았다.

"여보 노댁이 거기 있소?"

드러누웠던 김좌수는 벌떡 일어앉아 재떨이에 대를 엎어 꾹 누르면서 불렀다.

"네에."

방 사잇문이 열리면서 낯이 불그레한, 아직 사십이 될락말락한 주인마누라가 들어왔다.

"만득이는 어디메 있소?"

좌수는 마누라를 힐끗 보았다.

"저 정제(부엌방) 있음메!"

마누라는 입으로 부엌방 쪽을 가리켰다. 머리가 희끗희끗한 영감과 아직 입살[37]이 붉은 마누라가 마주 앉은 사이는 따뜻한 기운이 없이 쓸쓸하였다.

"자아, 병을 어떻게 하문 좋겠소!"

"글쎄 낸들 암메? 쩟(혀를 차면서) 죽어두 어서 죽고 살아두 살구!"

마누라는 너무도 지질하다[38]는 어조였다. 김좌수는 물었던 대를 뽑고 이마를 찡그렸다.

"또 방정 떤다. 죽다니?"

"에구! 해해 낸들 죽기를 소원하겠소? 너무도 시진[39]하니 나온 소리지비!"

마누라 소리는 좀 화순하였다.

"그러지 말고 어떻게든지 곤체야 안 쓰겠소?"

영감의 소리도 의논 좋게 나왔다.

"글쎄, 뱀이게 물게두 그러니! 인저는 사람의 고……"

마누라는 말을 뚝 끊더니 누구를 꺼리는 듯이 좌우를 돌아보았다. 불빛이 흐릿한 방에는 연기가 휘돌아 열어놓은 문으로 흘러나간다.

"쉬, 조심하오! 조심해…… 아이 듣소?"

영감도 주의를 시키더니 마누라 곁에 다가앉으면서,

"사람의 고기나 멕여볼까?"

입속말로 소곤거렸다.

"글쎄 그랬으믄 오즉 좋겠소마는 어디서 얻겠소?"

마누라 역시 나직한 소리였다. 영감은 머리를 숙이고 한참 주저거리더니 마누라 귀에다 입을 대고 수군수군하였다. 눈이 둥그레지던 마누라는 영감의 말이 끝나자,

"그눔이 들을까?"

어색하게 물었다.

"잘 얼리면 안 듣구 말겠소? 제게두 좋지비."

영감은 자신 있게 말했다.

"좋기야 그렇게만 하면…… 만하면이 아니라 꼭 해주지 무슨……"

마누라도 뱃심을 튀겼다.

"암, 해주구 말구!"

영감은 다시 담배를 담았다.

그 이튿날 저녁 편이었다. 김좌수는 텃밭에서 밭을 파고 있는 삼돌이를 불러들였다. 삼돌이는 삽을 땅에 박아놓고 아랫다리를 불신[40] 걷은 채 마루 아래 와 섰다. 어느새 선동 아비도 왔다.

"응, 네 왔늬? 저 뒤 구름물[井]에 가서 손발을 씻구 오나라!"

대를 물고 문턱에 비스듬히 기대앉은 김좌수는 어린 아들이나 대한 듯이 다정스럽게 말하였다. 삼돌이는 무슨 일인지 어리둥절해서 섰다가 시키는 대로 우물에 손발을 씻고 왔다.

"응, 시쳤늬? 들어오나라."

주인 영감의 명대로 방으로 들어갔다. 모든 사람은 부드러운 표정을 지었고 주인 영감은 화순하게 말하는 것을 보니 삼돌이는 기꺼우면서도 공연히 가슴이 두근두근하였다. 그는 한 무릎을 깔고 한 무릎을 세우고 공손히 앉았다.

"얼매나 팠소?"

선동 아비는 빙그레 웃으면서 삼돌이를 보았다.

"얼마 못 팠음메. 낼 아츰꺼지나 파야 다 파겠소."

머리를 감히 못 드는 삼돌이는 조심스럽게 대답하였다.

"낼 아츰꺼지 파구 말구. 그게 그래 뱃두 네 짐(4백 평)이라 그렇게 갈걸."

트릿한 하늘을 쳐다보던 김좌수는 큰 동정을 하였다. 삼돌이는 기꺼웠다. 이 집에 들온 뒤로 일이면 일마다 잘했다 소리를 못 들었더니 오늘은 자기 일을 옳다고 한다. 어째 주인 영감의 태도가 그리 쉽게 변하는가 생각하니 안개 속을 들여다보는 듯이 의심스럽고 어리둥절하였다.

"그런데 삼돌이두 이저는 서방(장가)가야 하지, 흥!"

주인 영감은 삼돌이를 흘끗 보면서 싱긋 웃었다. 삼돌이도 빙긋 웃었다. 언젠가 일만 잘하면 장가도 보낸다던 주인의 말도 희미하게 그의 머릿속에 떠올랐다.

"어떠오? 서방갈 생각이 없소?"

옆에 앉았던 선동 아비도 한몫 끼었다.

"모르겠소, 흥!"

삼돌이는 선동 아비의 시선을 피하여 낯을 돌리면서 또 웃었다. 그의 입은 아까부터 벙긋벙긋 웃음이 흐를 듯 흐를 듯하면서도 차마 내놓고 못 웃는 것이 완연히 보였다. 나이 삼십이 되도록 여편네 곁에도 못 앉아 보았건마는 장가라고 하니 어째 마음이 들먹들먹 움직였다.

"모르기는 어째 몰라? 그 자식이! 너두 장개를 어서 가서 아들 딸 낳고 소나 멕이고 하문 조챙이겠니?"

김좌수는 빙그레 웃었다. 옆에 앉은 주인마누라와 선동 아비는 하하 웃었다. 그 웃음은 놀리는 것처럼 가볍게 흘렀다.

"어째 대답이 없는가? 서방 안 가겠는가?"

주인마누라는 웃음을 그치고 물었다.

"제 팔재 무슨 장가를 다 가겠음메."

삼돌이는 그저 벙긋거리면서도 모든 것은 단념이라는 듯도 하고 또는 한 줄기 희망이나마 붙이는 듯이 말하였다.

"그눔아 별소리를 다 한다. 어디 장개가지 말라는 팔재를 걸머지고 나온 눔이 있다더냐? 내 말만 잘 들으려므나. 그러문야 장개만 가? 쇠[牛]두 있구 밭두 있구 무시긴들 없으리!"

주인 영감은 담배를 피우면서 삼돌이와 마주 앉았다.

"어떠냐, 네 생각에? 너두 생각해봐라. 이저는 그만하면 아들은 둘째로 손자 볼 땐데 하하하. 내 하는 말을 듣겠니? 그러문 장개두 보내구 또 쇠, 밭꺼지 줄께! 흥."

주인 영감은 농 비슷하면서도 정색스럽게 물었다.

"무슨 말씀이오?"

"응, 그래 무슨 말이든지 할께 꼭 듣지?"

주인 영감은 다짐을 두라는 듯이 말했다. 삼돌이는 대답이 없었다.

"응, 너더러 거저 들으라는 말은 아니다. 이봐라, 내 말을 들으문 장개가구 집 한 채, 쇠 한 필이, 밭 닷세 갈이를 당장에 주마! 그만하면 네 한 뉘⁴¹는 염려 없을 게구! 또 너두 늘 이러구 있어서야 쓰겠늬!"

처음은 웃음에 장난으로 믿지 않았으나 점점 무르녹아가는 주인의 타령에 삼돌의 마음은 솔깃하였다. 간간이 그의 머리를 치던 조그마한 집, 세간살이── 그것이 금방 눈앞에서 실현이나 될 것같이 기쁘기도 하였다. 이런 생각과 같이 낯모를 여자의 낯, 당금⁴²하고 깨끗한 작은 집, 듬직한 황소── 이런 그림자가 눈앞에 어른거려서 그는 스스로도 억제치 못할 웃음을 벙긋하였다.

"무스게요?"

"글쎄 꼭 듣지?"

"네!"

"오, 그러믄 내 말하마!"

"그래 이 말은 꼭 들어야 한다. 그리구 아무개 하구두 말을 말아야 한다."

주인 영감은 다지고 다졌다. 삼돌이는 그저 간단하게,

"네!"

하였다. 그의 낯에는 숨기려야 숨길 수 없는 기쁨이 흐르는 속에 두 눈은 의심의 빛이 돌았다.

"삼돌아! 너두 알지만 내가 늦게야 얻은 저것(만득)을 살려야 안 쓰겠니?"

"좌쉬님이야 더하실 말씀입니까."

처음에는 알 수 없는 무거운 기운에 입이 떨어지지 않던 삼돌이는 말문이 순스럽게 터졌다.

"그런데 이거 봐라. 네래야 살리겠으니 네가 이 말은 꼭 들어주어야 하겠다."

어제까지 삼돌의 앞에서 땅땅 으르던 김좌수는 의연히 하대의 말은 하나 그 소리와 태도가 애원스럽게 들렸다. 그 소리와 태도를 보고 들을 때 삼돌이는 무어라 할 수 없는 감격한 감정에, 눈에 눈물이 핑 돌았다. 자기 일생을 통하여 이 찰나와 같은 다정스럽고 사랑스런 기분에 싸여본 적이 없었다. 그는 그로도 무어라 표현할 수는 없으나 그저 온몸이 부드러운 솜에 싸인 것도 같고 마음이 간질간질하여 큰 기쁜 소식을 들을 것 같기도 하면서 두근거리기도 하였다. 그리고 공연히 눈물이 돌았다.

"내게 무슨 심(힘)이 있겠음메마는 거저 제 심만 자란다문사……"

말끝을 맺지 못하는 삼돌의 소리는 떨렸다. 그것이 서두가 없고 조리가 없으나 그 말하는 그의 낯에는 '어떠한 괴롬이든지 만득의 병을 위한다면 받겠습니다' 하는 표정이 불그레 올랐다. 그 태도, 그 소리에 방 안의 공기까지 스르르 알 수 없는 기분에 움직거리는 듯 김좌수 내외, 선동 아비까지 부드럽고 따스한 애수에 잠기는 듯이 한참 말이 없었다.

희미하게 틘 서천 구름 사이로 굵은 햇발이 먼 들에 흘렀다. 훈훈하고 축축한 바람이 풀향을 싣고 방으로 불어 들었다.

"으음! 그런데 이거 봐라, 네가 조금 아픈 대로 견듸면 만득의 병두 낫고 또 너두 장가 보내고 쇠 한 필이와 밭을 줄 테니……"

한참 만에 입을 연 김좌수는 말 뒤를 끌었다.

"무슨 일이오?"

삼돌이는 그저 머리를 숙이고 물었다.

"응! 이거 봐라."

하고 김좌수는 역시 말하기 어려운 듯이 주저주저하다가 다시 에헴 가래를 떼고 삼돌의 앞에 다가앉아 수굿하고[43] 삼돌이를 보면서,

"이거 봐라. 너도 들었는지, 자(만득) 병에 뱀이 약이라구 해서 너두 숱한 고생을 했구나! 한데 그눔으 게 어듸 낫더냐? 그런데 이번에는…… 이거는 꼭 다르(낫는)단다…… 저…… 사…… 사람으 괴기를 먹으면 낫는다니 어디서 얻겠니…… 참 너루 말해두 이저는…… 벌써."

194

하더니 손가락을 폈다 꼽았다 하다가,

"삼 년이나 우리 집에 있으니 그저 참 우리 식구나 다름에 없는 처지요 또 우리도 아들 겸 여기던 판이니 말이지마는…… 야…… 아픈 대로 네 목 괴기를 조금만 떼자…… 응."

김좌수는 말이 끝나자 숨이 찬 듯이 한숨을 휴 쉬었다.

"이 사람, 자네 동생을 살리는 셈 대고 한 번 들어주게 제발…… 응…… 자네게 우리 아이 목숨이 달렸네."

주인마누라가 애원스럽게 뒤를 이었다. 삼돌이는 대답이 없었다. 그는 목 괴기 할 때 가슴이 꿈틀하고 울렁울렁하였다.

"네 어떠오, 뭐 크게 뗄 것도 없고 요만하게(자기 목을 엄지와 검지로 쥐어 잡아당기면서) 거저 골패짝만 하게 떼겠으니……"

선동 아비도 말하였다. 세 사람의 시선은 다 같이 무엇을 바라는 듯이 흐릿하게 삼돌의 수그린 머리에 떨어졌다.

"아파서 어떻게……"

삼돌이는 쥐구멍에나 들어갈 듯이 울듯울듯 한 마디 응했다.

"하하, 야 이 사람아, 그양 선득할 뿐이지 그게 무슨 그리 아프단 말인가? 조곰 도려내고 이내(금방) 약을 척 붙이면 그까짓 거 뭐 담박 낫을걸."

김좌수는 호기롭게 말하였다.

"그래두 아파서."

삼돌이는 금방 잘리는 듯이 상을 찡그리고 목을 어루만졌다.

"이거 봐라, 그러기만 하면 네가 우리 집에 진 돈두 그만 탕감해버리구, 그리구 너를 서방두 보내구 또 밭과 쇠두 준단 말이다.

내 이제 이렇게 늙은 게 네게 거짓말을 하겠늬?"

'우리 집에 진 돈'이라는 것은 전달 장마 때 삼돌이가 소를 갯가에 맸는데 그만 소가 물에 빠져 죽었다. 주인 영감은 삼돌이가 잘못 매서 죽었다 하고 그 소값을 일백오십 냥이라 하여 삼돌이에게서 표를 받았다. 삼돌의 한 해 삯은 오십 냥이었다.

"⋯⋯"

"어째 대답이 없니? 만일 정 슳흐면 그만둘 일이다마는 새값을 내놓고 낼이라도 나가거라."

영감은 배를 튀겼다.

"아따 영감두, 삼돌이가 어련히 들을라구!"

마누라는 고삐를 늦추었다. 삼돌이는 그저 대답이 없었다. 그에게는 장가, 소, 밭, 집, 그것보다도 소값—— 이것을 없애버린다는 것에 마음이 씌었다. 이때까지 자나 깨나 그 돈 일백오십 냥이 가슴에 체증처럼 걸렸더니 깜박 잊은 이 순간에 또 그것이 신경을 흔들었다. 그만 얼른 모가지 고기를 디밀고라도 그것을 벗고 싶었다. 그 돈을 벗어 장가들어 소 한 필이, 밭, 집 한 채⋯⋯ 뒤따라 이러한 생각과 환영이 그의 눈앞에 얼른얼른하였다. 그는 기뻤다. 바로 그런 데나 지금 들앉고 있는 듯하였다.

그러나 다시 모가지 고기를 생각하면 마음이 꺼림하여졌다. 대답이 쉽게 나오지 않았다. 그러나 빚, 장가, 밭, 소, 집이란 이상한 큰 힘에 끌리지 않을 수 없었다.

"그러문 어떻게⋯⋯"

그는 겨우 말 번지는[44] 어린애처럼 머리 숙인 채 말했다.

"흥, 그래…… 그저 삼돌이야!"

주인은 능쳤다.[45]

"그러믄 저 방으로 들어가지?"

선동 아비는 일어서서 윗방 문을 열었다.

"노댁이는 여기서 뉘기 들어 못 오게 하오! 어서 저 방으로 들어가자."

김좌수는 벼룻집 서랍에서 헝겊으로 뚤뚤 감은 것을 집어내들더니 삼돌이를 재촉하였다. 주인 영감의 손에 잡힌 기름한 것(헝겊에 감은 것)을 볼 때 삼돌이는 정신이 아찔하였다. 그것은 상투밑 치는 칼이었다. 삼돌이도 그것으로 머리 밑을 쳤다. 그의 가슴은 울렁울렁 걷잡을 수 없고 몸이 우르르 떨렸다. 이가 덜덜 쫏겼다.[46] 차마 일어서지지 않았다.

"야, 빨리 가자! 맞을 매는 얼른 맞아야 시원하니라!"

주인 영감은 순탄하게 재촉하였다. 삼돌이는 일어섰다. 머리까지 울렁거리고 다리는 마비된 듯이 뻣뻣하였다. 그는 뿌리칠까, 들어갈까 하면서 끌렸다.

세 사람은 앉았다. 삼돌이는 뉘였다. 주인 영감은 선동 아비를 보고 눈짓을 하였다. 선동 아비는 삼돌의 머리를 잡았다. 굵고 억센 주인 영감의 엄지와 검지에 삼돌의 목 고기는 잡혀서 죽 늘어났다. 삼돌이는 온 신경이 송그러들었다. 더구나 주인 영감의 손에 잡힌 서릿발 나는 뼘 남짓한 칼을 볼 때 그는 무의식적으로 소리를 쳤다.

"에구 에구에구!"

그에게는 아무것도 없었다. 빚, 장가, 밭, 집— 다 그의 기억에서 사라졌다. 다만 고기, 피, 칼, 죽음, 이것만이 그의 모든 정신을 지배하였다.

"쉬— 이게 무슨 소리냐? 소리를 내지 말아!"

주인 영감은 목에 댄 칼 잡은 손을 멈추면서 삼돌에게 주의시켰다. 삼돌이는 소리를 그쳤다. 영감의 칼 잡은 손은 목에 가까웠다. 칼이 닿았다. 목이 선뜩하였다.

"에구…… 싫소!"

삼돌이는 장에 갇힌 개처럼 낑낑 울면서 몸을 일으키려고 하였다. 주인 영감은 손을 펴서 삼돌의 목을 누르면서 번쩍 일어나 삼돌의 가슴을 깔았다.

"머리를 꼭 붙들어라!"

주인 영감은 선동 아비에게 주의를 시키면서 또 칼을 목에 댔다.

"에구! 으윽."

목을 눌려서 끽끽하던 삼돌이는 몸을 모로 뒤치면서 머리를 들었다. 주인 영감은 급한 김에 두 손으로 목을 눌렀다. 오르는 힘, 내리는 힘! 두 힘 속에 든 서릿발[47]은 잘못 삼돌의 목에 칵 박혔다. 윽 소리와 같이 삼돌의 목에서 시뻘건 뜨거운 피가 물 뿜는 듯이 솟아올랐다. 주인 영감은 눈이 둥그레서 칼을 뽑아버리고 삼돌의 목을 두 손으로 움켜잡았다. 피는 여전히 흘렀다. 삼돌이가 배를 뿔구고[48] 숨을 들이쉴 때면 흐르던 피가 그르르 끓어들다가도 으응윽 하고 숨을 내쉬게 되면 걸고 뜨거운 선지피가 김좌수의 손가락 사이와 손바닥 밑으로 쭈르르 쏴 솟았다. 세 사람은 다 피투성이 되었다. 누릿한 삿자리에 줄줄이 흐르는 피는 구름 발같이 피기도 하고 샘같이 흐르기도 하였다. 삼돌이는 연해 발 버둥을 쳤다.

"야, 장(醬)⁴⁹— 가제오나라, 장!"

어쩔 줄 모르고 섰던 선동 아비는 아랫방으로 뛰어갔다. 이슥하여 선동 아비와 주인마누라가 들어왔다. 주인마누라는,

"어마!"

하더니 그냥 푹 주저앉아서 부들부들 떨었다. 선동 아비는 장을 삼돌의 목에 철썩 붙였다.

때는 흐른다. 초초분분이 숨〔血〕을 빼앗긴 목숨은 흐르는 때와 같이 시들었다. 장을 붙였을 때는 삼돌의 억센 사지에 기운이 빠지고 두 눈은 무엇을 노리는 듯이 뜨고 못 감을 때였다. 끓어들었다 쏟아 나오던 그 뜨거운 피도 이제는 김없이 힘없이 줄줄 흘러 엉겼다. 피투성이 된 김좌수 형제와 주저앉은 마누라는 그저 멍하니 식어가는 삼돌의 몸에 눈을 던졌다. 방 안은 점점 충충하였다. 우중충한 하늘이 저녁 뒤부터 비를 뿌렸다. 몹시 뿌렸다.

쏴— 우— 바람 소리 빗소리가 어우러져서 먼 바다 소리 같았다. 기왓골로 흘러 주루룩주루룩 내리는 낙숫물 소리는 샘 여울 소리처럼 급하였다. 삼경이 넘어서였다. 김좌수 집 윗방으로 장정 둘이 밖으로 나왔다. 베 고의적삼에 수건으로 머리를 동이고 앞서서 마루에 나서는 것은 뚱뚱한 김좌수. 뒤따라 역시 단출하게 차리고 발 벗고 등에 기름하고 큼직한 것을 검은 보에 싸지고 나서는 것은 선동 아비였다. 두 사람은 방으로 흘러나오는 불빛

까지 거리낀다는 듯이 비쓱[50] 문을 피하여 어둠 속에 섰다.

"에구 어드메루 감메!"

나중에 어청 나온 마누라는 어둠 속을 향하여 수군거렸다.

"쉬, 아무데루 가든지 어서 문을 닫소!"

역시 입속말로 하면서 뚱뚱한 그림자부터 마루 아래 내려섰다.

"아즈마니, 들어가오, 저 앞갠[川]으로 감메!"

큼직한 것을 짊어진 그림자가 뒤따라 내려가면서 수군거렸다.

두 그림자는 마루 아래서 어른거리더니 침침한 어둠 속 시끄러운 빗속에 자취와 몸을 감추었다. 쏴— 내리는 비는 그저 이따금 바람에 우— 불려서 마루에까지 뿌렸다.

두 사람이 빠져나간 뒤 창문만 불빛에 훤한 커다란 검불이 비바람 속에 잠겨서 가만히 놓인 것은 무슨 큰 비밀을 감춘 듯도 하고 무슨 큰 설움을 말하는 듯도 하였다.

6

삼돌의 그림자가 김좌수 집에서 사라지던 날부터 김좌수 집에 드나드는 것이 있었다. 이것을 보는 사람은 김좌수뿐이었다. 그 마누라와 선동 아비도 희미하게 느끼나 김좌수처럼은 느끼고 보지 못하였다. 그것은 어두운 밤, 고요한 밤, 깊은 밤, 비 오는 밤이면 어둑한 구석에서 슬그니 나타났다. 낮에도 언뜩언뜩 김좌수 눈에 띄었다.

조그마한 일에도 호령을 서릿발같이 내리는 김좌수의 위엄으로
도 그것은 쫓아낼 수 없었다. 쫓아내기는 고사하고 그것이 뭉깃
이 보이면 그는 간담이 써늘하여지고 머리끝이 쭈뼛하였다. 날이
점점 지나갈수록 그것의 출입은 더 잦았다. 어떤 때는 밖으로부
터 들오기도 하고 어떤 때는 윗방으로부터 나타났다. 그것이 드
나들게 된 뒤로부터 김좌수는 날만 저물면 뒷간이나 헛간으로 나
가기를 싫어하였다. 윗방으로는 더욱 드나들기를 꺼렸다.

김좌수의 마누라도 말치는[51] 않으나 낮에도 우중충 흐리고 비나
줄줄 내리면 헛간이나 윗방으로 드나들기를 꺼리는 눈치였다. 따
라서 만득이와 그 며느리까지도 공연히 무시무시한 기분에 싸인
듯싶었다. 아직 초가을이건만 김좌수 집에는 늦은 가을처럼 쓸쓸
한 기운이 스스로 돌았다.

그래서 김좌수는 농군을 어서 두려고 구하였으나 아직 얻지 못
하였다. 그리고 사랑방에 바둑 장기를 갖다 놓고 밤이면 이웃집
젊은이 늙은이들을 청하였다.

"어쩐지 그 집으루 가기 싫네!"

"글쎄 무슨 귀신이 있는 것처럼 늘 무시무시해서."

"나는 삼돌이 달아난 뒤에는 못 가 봤소."

이웃에서는 이렇게 수군수군하였다. 그런 소리가 여편네들 입
으로 김좌수에게도 전하였다. 이런 말을 들을 적마다 김좌수는,

"별눔들 별소리를 다 한다. 어느 눔이 그래, 응 어니 눔이? 귀신
무슨 귀신 있단 말인구?"

하고 혼자 푸닥거리를 놓았다. 그러나 그 말대꾸 하는 사람은 없

었다. 김좌수의 마누라가 일전에 몸살로 드러누웠을 때 어떤 무
당이 와서 점을 치고 원귀(寃鬼)가 있다고 한 뒤로는 김좌수의 마
음도 더욱 무거워졌거니와 이웃에서도,

"오오, 그래서 만득이가 앓는 게로군. 그래서야 뱀이 아니라 불
로촌들 소용 있겠소?"

하고 수군거렸다. 그럴수록 사람의 자취는 더욱 끊어질 뿐이었다.

이렇게 될수록 김좌수의 이맛살은 나날이 심하였다. 불그레하
던 낯빛은 한 달이 못 되어 푸르고 희며 축 처지다시피 살쪘던 두
뺨은 빠졌다. 늘 무엇을 멍하니 보고 있는 그의 가느스름한 눈에
는 겁과 두려운 빛이 흘렀다. 그는 매일 술로 벗을 삼았다. 그것
도 처음에는 벗은 되었으나 지금은 소용없었다.

오늘도 술을 그리 기울였건만 점점 정신만 났다. 그 거무스름한
그림자만 눈에 얼른하면 그리 취하였던 술도 번쩍 깼다. 퇴침을
베고 누웠던 그는 슬그머니 일어나 앉아서 담배를 대에 담았다.
그는 벽에 걸어놓은 빤한 등불에 껌벅껌벅 담배를 붙이더니 문을
탁 열고 가래를 칵 뱉었다.

서늘한 바람은 방으로 수우 흘러들었다. 별이 총총한 하늘은 퍼
렇게 높게 갰다. 뜰이며 울타리며 먼 산날[52]이 맑은 밤빛 속에 윤
곽이 보였다.

김좌수의 마음은 점점 무거워졌다. 따라 뒤숭숭한 것이 또 안절
부절못하게 되었다. 어둑한 뜰 저편 헛간 침침한 어둠 속으로 목
을 쭉 늘이고 뭉깃한 것이 어청어청 나왔다. 그는 눈을 돌렸다.
불빛이 그물그물 비춘 윗방 문이 번쩍 열리면서 시뻘건 피뭉치가

나왔다. 그는 애써 모든 것을 보지 않으려고 눈을 감았다 뜨면서
시선을 마루로 옮겼다. 시커먼 그림자가 그의 앞에 섰다. 그는 가
슴에서 연덩어리[53]가 쿡 내렸다. 그것은 퇴기둥 그림자였다. 모두
착각이었다.

그는 이를 악물고 주먹을 부르쥐었다. 용기를 가다듬었다. 담배
를 퍽퍽 빨면서 뜰에 내려서서 어둑한 곳마다 자세자세 들여다보
았다. 아무것도 없었다. 없으리라 믿기도 하였다. 그러면서도 무
에 있는 듯하고 알 수 없는 커다란 손이 뒤로 슬금슬금 와서 모가
지를 잡는 듯이 뒤를 돌아보지 않을 수 없었다. 돌렸던 머리를 다
시 돌이킬 때가 더 괴롭고 무서웠다. 그는 무엇이 쫓는 듯이 얼른
방으로 들어왔다.

"노댁이, 자쟌이캤소?"[54]

그는 부엌방을 향하여 떨리는 소리를 겨우 진정해 소리쳤다.

"네, 자지비."

하는 소리가 나서 한참 만에 사잇문이 열리면서 마누라가 씩씩
자는 만득이를 깰깰 안고 들어왔다.

"영감이 야를 안고 여기서 자오. 나는 며느리 혼자 자기 무섭다
니 같이 자겠소!"

하고 마누라는 부엌방으로 나가버렸다. 마누라가 나간 뒤에 김좌
수는 손수 자리를 펴고 만득이를 뉘었다. 다음 그는 벽에 걸어 놓
은 기다란 환도를 끄집어 내려서 머리맡에 놓았다. 이것은 대대
로 전해오는 환도였다. 몸이 몹시 아프거나 꿈자리가 뒤숭숭한
때면 이것을 머리맡에나 베개 밑에 넣고 잔다. 그러면 잡귀가 들

지 못하여 꿈자리도 뒤숭숭치 않고 몸살 같은 것도 물러간다고 믿는 까닭이었다. 요새 그놈의 이상야릇한 그림자가 꿈에까지 김 좌수를 못 견디게 굴어서 이 환도를 머리맡에 놓게 되었다. 그리 고 그의 눈앞에 그 그림자가 보이면 환도로 그것을 치기도 하였 다. 그러나 늘 그림자는 맞지 않고 방바닥이나 문턱이 맞았다. 모 든 준비가 끝나자 김좌수는 불을 끄고 만득의 곁에 누웠다.

무거운 어둠이 흐르는 방에 창문만이 밝은 밤빛에 희스름하였 다. 사면은 괴괴한데 이따금 바람이 지나는 소린가? 마당에서 부 스럭 소리가 들렸다. 김좌수에게는 그것도 저벅저벅 하는 자취 소리 같았다. 그는 눈을 애써 감으나 자꾸 윗방 문을 향하여 뜨여 졌다. 그는 또 눈을 감았다. 자리라 하였다. 눈살이 꼿꼿하고 번 열이 났다. 그는 두 발을 이불 밖으로 내밀면서 눈을 떴다. 커다 란 흰 그림자가 그의 눈앞에 섰다. 그는 가슴이 뜨끔하였다. 번쩍 일어앉았다. 그림자는 점점 확실히 보였다. 그것은 횃대에 걸친 두루마기였다. 그는 가슴에 손을 대면서 다시 누웠다.

돌아누웠다가는 번듯이 눕고 번듯이 누웠다가는 돌아눕고 눈을 감았다가는 뜨고 떴다는 감고 이불을 차 밀었다가는 도로 덮고 덮었다가는 활짝 차 밀고 하여 신고하던 끝에 김좌수는 느른하여 비몽사몽간에 들었다. 고요히 누웠던 그는 귓가에 들리는 소리에 머리를 번쩍 들었다.

방 안은 훤하였다. 윗방 문고리가 찔렁 빠지면서 문이 쩡 열렸 다. 침침한 윗방으로부터 아랫방으로 넘어서는 그림자가 보였다. 김좌수는 자기도 모르게 번쩍 일어앉았다.

그림자는 꺼먼 베 고의적삼을 입었다. 다리는 불신 걷었다. 푸른 힘줄이 툭툭 뻬진 다리! 솥뚜껑 같은 손! 터부룩한 머리는 산산이 흐트러졌다. 꺼멓고 쪽 빠진 낮은 피칠 되었다. 목으로는 검붉은 선지피가 콸콸 흘러서 꺼먼 고의적삼을 물들였다. 전신이 피였다. 피사람이었다. 두 눈은 독살이 잔뜩 오르고 이는 꼭 악물었다. 그것은 김좌수 앞에 다가섰다. 악문 잇샅[55]과 목으로 푸우 뿜는 피는 김좌수에게로 뛰어왔다. 모든 것은 너무도 선명하게 김좌수에게 보였다.

"악! 삼돌이놈."

김좌수는 한 마디 소리를 쳤다. 그는 알 수 없는 굳센 힘에 지배되어 머리맡의 환도를 집어들었다.

"이놈!"

번쩍하는 빛은 벽력같은 소리와 같이 그 피사람을 향하여 내리쳤다. 일어앉은 채 전신의 힘을 다하여 칼을 내린 김좌수는 그저 그대로 앉았다.

"영감, 영감이 소리를 침메?"

저편 방에서 자던 마누라 소리가 울려왔다. 그러나 김좌수에게는 그것이 들리지 않았다. 사잇문이 열리면서 빤한 기름등이 마누라 손에 들려서 들어왔다.

마누라는 등을 한 손에 들고 선잠 깬 눈을 비비면서 영감을 보았다. 영감은 입술을 깨물고 부릅뜬 눈으로 주먹을 내려다보고 있다. 힘 있게 버틴 팔 아래 억세게 부르쥔 커다란 주먹에는 환도 자루가 꽉 잡혔다. 환도가 내려친 곳에는 그가 사랑하던 아들 '만득'의 몸이 모가지로부터 가슴으로 어슷하게 두 조각이 났다. 흐르는 피는 요바닥을 흠씬 적셨다. 흐릿한 방 안에는 비린내가 흘렀다.

"에엑!"

얼른하자 편한 불빛에 노렸다가 풀리던 영감의 눈은 다시 둥그레지더니 피를 칵 토하면서 앞으로 쓰러졌다. 그것을 이리저리 들여다보던 마누라도,

"으윽!"

하고 쓰러졌다. 그 바람에 기름등은 방바닥에 떨어져서 꺼졌다. 좀 있다가 별이 총총한 푸른 하늘 아래 어둠 속에 고래 등같이 뜬 김좌수의 집으로 여자의 처량한 곡소리가 흘러나왔다. 초가을 깊은 밤, 고요하고 휑한 집으로 울려나오는 곡소리는 어둠 속에 높이 떠서 온 동리에 흘렀다.

병인(丙寅) 4월 26日 야(夜)

# 전아사 餞迓辭

## 1

형님,

일부러 먼먼 길에 찾아오셨던 것도 황송하온데 또 이처럼 정다운 글까지 주시니 어떻게 감격하온지 무어라 여쭐 수 없습니다. 형님은 그저 내가 형님의 말씀을 귀 밖으로 듣는 듯이 섭섭하게 여기시지만 나는 참말이지 귀 밖으로 듣지는 않았습니다. 지금도 내 눈앞에는 초연히 앉으셔서 수연한[1] 빛을 띠었던 형님의 모양이 아른아른 보이고, 순순히 타이르고 민민히[2] 책망하시던 것이 그저 귓속에 쟁쟁거립니다.

"형님, 왜 올라오셨어요?"

지난여름, 형님께서 서울 오셨을 제 나는 형님을 모시고 성균관 앞 잔솔밭에 나가서 이렇게 여쭈었습니다.

"그건 왜 새삼스럽게 묻니? 너 데리러 왔다. 너 데리러……"

형님의 말씀은 떨렸습니다.

"저를 데려다가는 뭘 하셔요?"

나는 이렇게 대답하면서 흐려 가는 형님의 낯을 뵙던 기억은 지금도 새롭습니다.

"뭘 하다니? 얘, 네가 실신을 했나 보다? 그래 내가 온 것이 글렀단 말이냐?"

형님은 너무도 안타까운 듯이 가슴을 치셨습니다.

"형님, 왜 그렇게 상심하셔요? 버려두셔요. 제 하는 일을 버려두셔요."

무어라 여쭈면 좋을는지 서두를 못 차린 나는 이렇게 대답하였습니다.

"글쎄 그게 무슨 일이냐? 응…… 내가 네 하는 일을 간섭할 권리가 무어냐마는 네가 이런 일을 하는데 내가 어떻게 눈을 뜨고 보겠니? 집 떠난 일을 생각해야지? 집 떠난 일을…… 왜 내 말은 안 듣니? 네 친형이 아니라구 그러니?"

"아이구 형님두."

나는 형님의 말씀이 그치기 전에 형님 앞에 쓰러져 울었습니다.

"네 친형이 아니라구……"

이 말을 들을 때에 나는 어떻게 형님이 야속스러운지 알 수 없는 설움을 이기지 못하여 엉엉 울었습니다.

"그러지 말고 가자! 가서 죽식간에³ 먹으면서 좋은 때를 기다려서 다시 올라오려무나!"

"내가 말랐거든 네가 풍성풍성하거나 네가 없거든 내가 있거나…… 나는 무식한 놈이니 아무런들 상관 있니마는."

"나두 그놈의 여편네와 애들만 아니면 너를 쫓아댕기면서 어깨가 부서지더라도[4] 네 학비는 댈 터인데."

형님은 서울에 닷새 동안이나 계시는 때에 이러한 탄식을 하시면서 나를 달래고 꾸짖고 권하시다가 끝내 나를 못 데리고 내려가셨습니다.

"어서 내려가거라, 더 할 말 없구나."

형님은 떠나실 제 차에 올라간 나에게 이렇게 말씀하시고 한숨을 쉬셨습니다. 나도 아무 말 없이 있다가,

"형님, 안녕히……"

하고 눈물이 핑그르르 돌아서 내려왔습니다. 그 뒤로 이날 이때까지 형님을 잊은 때가 없었습니다. 그런데 또 이렇게 글월을 주시고 노비까지 부쳤으니 무어라 여쭐 바를 알 수 없습니다.

'아우야, 날씨가 추워지니 네 생각이 더욱 간절쿠나! 삼각산 찬바람에 네 낯이 얼마나 텄니? 네 형수는 늘 네 이야기요 어린 용손(형님의 아들)이는 아재씨가 언제 오느냐고 매일 묻는다.'

'이 글은 내가 부르고 용손이가 쓴다. 그놈이 금년에 사학년인데 국문은 곧잘 쓴다. 어서 오너라. 노비 이십 원을 부치니 곧 오너라. 밥값 진 것이 있으면 내려와서 부치도록 하여라. 한꺼번에 부쳤으면 얼마나 좋겠니마는 그날그날 빌어먹는 형세라 어디 그렇게 돼야지! 이것도 용손의 저금을 찾았다. 그놈이 저금을 찾는다면 엉엉 울던 것이 네게 보낸다고 하니 제가 달아가서 찾아가

지고 오는구나!'

'용손이 정을 생각하여 너는 오너라. 아재씨, 서울 아재씨를 기다리는 용손이는 잠을 못 잔다. 매일 부두로 마중간다고 야단이다.'

형님, 나는 울었습니다.

"구두 곤칩시오."

"구두 약칠합시오."

하고 이 골목 저 골목으로 온종일 돌아다니다가 들어온 나는 형님의 글월과 우환 이십 원을 받고 울었습니다. 더구나 순진한 가슴으로 우러나오는 용손의 따뜻한 인간성에 어찌 눈물이 없겠습니까?

그러나 고집 불통한 나는 그 따뜻한 정을 못 받습니다.

형님께서 노여워하실 것보다도 아주머님께서 섭섭해 하실 것보다도 용손의 낙망을 생각하면 가슴이 쓰린 것이 아니라 뿍뿍 찢깁니다. 하지만 나는 내 길을 걸어야 할 나는 또 형님의 뜻을 거역합니다.

나는 이때까지 이러한 길을 밟게 된 동기를 형님께 말씀치 않았사오나 이번에는 말씀하겠습니다. 서울 오셨을 때에 여쭈려고 하다가 여쭙는대도 별수가 없겠기에 그만 아무 말도 없이 있었고, 이번에도 여러 번 주저거리다가 드디어 이런 생활을 하게 된 동기를 여쭙기로 작정하였습니다.

# 2

형님,

내가 서울 온 지도 벌써 오 년이나 됩니다. 형님도 늘 말씀하시지만 집 떠나던 때의 기억은 지금도 머릿속에 있습니다. 진절머리가 나던 면소 서기를 집어치우고 나설 때에 내 맘은 여간 괴롭지 않았습니다. 그때에도 형님께서는 지금 모양으로 벌이를 좇아서 일로절로 다니시느라고 직접 보시지 못하였으니 모르시지만 늙은 어머니를 버리고 떠난다는 것이 내게는 여간 고통이 아니었습니다.

어머니께서 나를 어떻게 기르셨습니까? 내 아버지가 돌아가신 뒤에 나 때문에 개가를 못 하시고 젊으나 젊으신 청춘을 속절없이 늙히면서 당신의 모든 정력과 성의를 내 한 몸에 부으셨습니다. 내가 훈채[5]를 못 갚아서 글방에서 쫓겨났을 때 어머니께서는 당신 머리의 다리[6]를 팔아주셨고 명절은 되고 옷감이 없어서 쩔쩔 헤매시다가는 당신 젊어서 지어 두셨던 비단옷을 뜯어서 내 몸을 가려 주던 기억이 지금도 떠오릅니다. 그때에는 형님께서도 고향서 농사를 지으실 때라 그런 것 저런 것 다 보실 뿐만 아니라 겨울이 되면 목도리와 장갑을 사다 주시고 여름이 되면 아주머니 낳으신 베를 갖다가 내 옷을 지어 주던 것까지 생각납니다.

"우리 어머니의 아들이 저것뿐인데."

하고 형님은 어머니를 꼭 어머니라고 부르셨습니다. 우리 어머니는 형님의 아버지의 누이니 형님께는 고모가 되시는데 형님은 '고모'라 하지 않고 꼭 '어머니'라고 부르셨습니다.

"저 인갑(형님 함자)이는 내 오라비의 아들이나 내 아들같이 길렀다. 너는 꼭 친형같이 모셔라. 오라비(형님 아버지)와 올케(형님 어머니)가 죽은 뒤에 우리 오라비의 댓수[7]를 이을 것은 저 인갑이 하나뿐이요, 네 아버지의 향화[8]를 끊지 않을 것은 네 하나뿐이니 너희 둘이 친형제같이 지내서 내가 죽은 뒤라도 의를 상치 말아라."

어머니께서도 늘 형님과 저를 불러 놓으시고 이런 훈계를 하셨습니다. 그렇듯한 어머니의 감화 속에서 자라난 나는 형님을 잊지 못할 뿐만 아니라 친형이니 친형이 아니니 하는 생각도 못 하여 보았습니다. 그리고 형님의 감화도 컸습니다. 아마 우리 어머니 다음으로 나를 사랑하신 이는 형님일 것입니다. 그러다가 내가 열일곱 살에, 즉 면소 서기로 들어가던 해에 형님은 얼마 되지 않는 밭을 수재에 잃어버리고 아주머니와 용손이와 세 식구가 고향을 떠나셨습니다. 한번 생활의 안정을 잃은 형님은 정거장과 항구 바닥과 치도판[9]을 쫓아다니시게 되고 나는 어머니를 모시고 고향에서 십여 원 남짓한 월급과 어머니의 바느질삯으로 근근이 지냈습니다. 이렇게 지내는 사이에 내 고통과 번민은 커졌습니다. 그리고 차츰 셈이 들면서부터[10] 앞길이 자꾸 내다보였습니다.

늙어 가시는 어머니의 흐려 가시는 눈과 떨리는 손은 드디어 바느질 삯전을 못 얻게 하였습니다. 어머니께서 아무 수입도 못 하게 된 뒤로 우리 생활은 십팔 원이 되는 내 월급에 달리게 되었습니다. 이때부터 우리는 배고픈 설움을 받게 되었습니다.

"너를 장가두 못 보내구 내가 죽겠구나!"

이것이 이때 어머니의 큰 걱정이었으나 나는 그와 반대로 늙은 어머니에게 조밥이나마 배불리 대접치 못하는 것과 남들과 같이 서울로 공부 못 가는 것이 큰 고통이었습니다. 나는 그때부터 문예를 즐겨서 그 변에 뜻을 두고 공부하였습니다. 이것은 나에게 옛적 이야기를 많이 들려주신 어머니의 감화라고 믿습니다.

함께 소학교와 글방에 다니던 친구들은 어느새 서울 어느 학교를 졸업하였다는 둥 동경 어느 대학에 입학하였다는 둥 하는 소리를 들을 때마다 내 혈관의 피는 진정되지 않았습니다. 그것보다도 괴로운 것은 한때는 같은 글방에서 네냐 내냐 하던 친구들이 고향의 학교와 군청에 혹은 교사로 혹은 군 주사나리로 부임하여 면소에 출장을 나오면 옛정은 잊어버리고 배 내미는 꼴은 차마 참을 수 없었습니다. 그래도 목구멍이 포도청으로 그놈의 것을 꿀꺽꿀꺽 참고 나면 십 년 감수는 되는 것 같았습니다. 밖으로는 이러한 자극을 받고 안으로는 생활에 쪼들릴 제 어찌 젊으나 젊은 내 가슴에 감정이 없겠습니까? 내게 신경쇠약이라는 소위 문명병이 있다 하면 그 원인은 이때부터 생겼을 것입니다.

내가 기미운동 때에 만세를 부르지 않았다고 지금도 친구들께 미움을 받는 바요, 형님께서도,

"왜 그런 때에 가만히 있었느냐?"

고 어느 때 말씀하셨지마는 나는 그때에도 어머니를 생각하여서 그리 한 것입니다. 그때 어린 내 가슴에는 나라보다도 어머니가

컸습니다. 지금 생각하면 그때에 나도 서울에나 뛰어 올라왔다면 지금보다는 나았을는지? 그저 어머니를 생각하는 애틋한 정과 또 어머니가 말리는 정만 생각하고 그날이 그날로 별수 없는 생활을 한 것이었습니다. 그러나 사람의 맘은 고정적이 아닙니다. 유동적으로 환경을 따라서 늘 변합디다. 어머니의 명령 아래서 어머니만 생각하던 나의 맘은 점점 드티기[1] 시작하였습니다.

그것이 버쩍 드틴 것은 기미운동이 일어난 뒤 삼 년 만이니 내 나이가 스물한 살 되었을 때였습니다. 그해는 육갑으로 신유년인데, 신유년 유월 스무이튿날은 어머니의 환갑이라 이것은 형님께서도 아시는 바입니다. 그 스무이튿날은 지금도 잊히지 않습니다. 아마 그날은 어머니가 돌아가신 날과 내가 집 떠나던 날과 같이 내 눈구석에 흙이 들기 전에는 잊히지 않을 것입니다. 죽어 가서 내 혼령이 있다 하면 그 혼령에까지 그 기억은 따를 것입니다.

환갑날이 가까워올수록 내 맘은 뿌듯하여 어깨에 무거운 짐을 지는 것 같았습니다. 벌써 눈치를 알아차리신 어머니께서는,

"얘, 내 환갑 걱정은 말아라. 금년에 못 쇠면 명년에 지내지…… 그까짓 게 걱정될 것 있니? 앞이 급한데."

나를 타이르시나 내게는 그 말씀이 젊은 옛날의 영화를 돌아보시고 늘그막 신세를 탄식하시는 통곡같이 들렸습니다.

'어머니 회갑이 눈앞에 이르니 네 걱정이 클 것이다. 허나 없으면 없는 대로 지내고 정 못 하게 되더라도 상심치 말아라.'

고량진미를 못 드릴망정 어머니 슬하에 모여 앉아서 따뜻한 진지나 지어드리려고 하였더니 노비도 없거니와 일전에 다리를 상

하여 가지 못한다. 형님께서도 그때에 이러한 편지와 같이 돈 삼 원을 부치셨지만 나도 없으면 좋은 말씀으로 위로를 하리라 하면서도 음식을 많이 장만하고 어머니의 친구를 많이 청하여 어머니와 함께 유쾌하게 하루 동안을 지내시도록 하고 싶은 생각이 불같이 붙었습니다.

"아무개네 늙은이는 회갑도 못 쇠데! 그 아들은 뭘 하는 게야?"

이렇게 남들은 비웃는다는 말까지 들은 뒤로 나의 어깨는 더 처졌습니다. 나는 이 친구 저 친구 찾아가서 다만 얼마라도 취할까 하다가 뜻을 이루지 못하고 다시 내키지 않는 발길을 김초시댁으로 옮겼습니다. 김초시는 혈혈단신으로 의지 없던 것을 우리 아버지가 보아주셔서 부자된, 얼마쯤은 돌려줄 터이지 하는 생각으로 간 것이었습니다.

"허, 그것 안됐네마는 나도 요새 어떻게 군졸한지 한푼 드틸 수 없네! 그것 참 안됐는데! 우리 집에 닭이 있으니 그게나 한 마리 갖다가 고와 대접하게."

이것이 김초시의 대답이었습니다. 큰 모욕을 받은 듯이 흥분되었습니다. 나는 뻣뻣이 앉아서 게트림을 하면서 부른 배를 슬슬 만지는 김초시를 발길로 차놓고 싶었으나 억지로 그 충동을 참고 밖에 나서니 천지가 누런 것이 정신을 차릴 수 없었습니다. 어머니가 아시면 걱정을 하실까 봐서 나는 태연한 빛으로 집에 돌아와서 그 밤을 새우고 이튿날, 즉 스무이튿날 아침에 형님께서 보내신 삼 원으로 고기와 쌀을 사서 밥을 짓고 국을 끓이고 이웃집 늙은 부인 오륙 명을 청하였습니다. 며느리 없는 어머니는 당신

손으로 짓고 끓인 밥과 국을 늙은 친구들과 같이 대하실 때에 눈물을 씻었습니다. 어머니 상머리에 앉은 나는 어머니의 눈물을 볼 때 그만 낮을 가렸습니다. 숙종대왕 시절에 어떤 효자는 아내의 머리를 깎아 팔아서 어머니의 회갑상을 차려놓고 어머니가 슬피 우는 것을 위로하기 위하여 그 아내를 시켜 춤을 추이고 자기는 노래를 부르는데 숙종대왕이 미행을 하시다가 그 연유를 물으시고 인하여, '喪歌僧舞老人哭'(상주는 노래하고 중은 춤추고 늙은 이는 통곡한다는 뜻)이라는 과제를 내서 그 효자를 등용하셨다는 말이 지금도 전하지만 나는 그 효자만 한 정성이 없어서 그런지 나오는 설움을 참을 수 없었습니다. 아무쪼록 어머니의 맘을 편케 하리라, 슬픈 빛을 띠지 말리라 하였으나 쏟아져 나오는 눈물과 우러나오는 울음소리는 참을 수 없었습니다. 어머니께서도 억지로 설움을 참으려고 하시면서,

"우지 마라. 울긴 왜?"

하고는 눈물을 씻었습니다.

이 뒤로부터 나는 나의 존재와 사회적 관계를 더욱 생각하였습니다. 적자생존(適者生存)과 자연도태설(自然淘汰說)을 그제야 절실히 느꼈습니다. 그것을 어떤 잡지에서 읽고 어떤 친구에게서 처음 들을 때는 이론상으로 그렇거니 하였다가, 공부한 친구들은 점점 올라가고 나는 점점 들어가는 그때에 절실히 느꼈습니다. 그리고 또 한 가지 생각이 일어나는 것은 불공평한 사회라는 것이었습니다.

"나도 남과 같이 적자(適者)가 되자. 자연도태를 받지 말자. 시

대적 인물이 되자."

하다가는 그렇게 될 조건이 없는 것—적자가 될 만한 공부할 여유가 없어서 하면 될 만한 소질을 가지고도 할 수 없는 내 처지를 돌아볼 때 나는 이 불공평한 제도를 그저 볼 수 없었습니다.

　형님, 나에게 사회주의적 사상이 만일 있다고 하면 이것은 벌써 그때부터 희미하게 움이 돋혔던 것입니다. 그러나 그때에는 그것이 사회주의 사상인지 무언지 모르고 다만 내 환경이 내게 가르친 생각이었습니다. 이렇게 일어나는 여러 가지 생각은 어떠한 계통을 찾아서 과학적으로 되지는 못하고 다만 이러한 결론을 나에게 주었습니다.

　'소용없다. 이깐놈의 면 서기로는 점점 타락이다. 점점 공부하여 나온 놈들이 생길 터이니 나중은 면 하인 자리도 없을 것이다. 그렇게 되면 내 생활은 지금보다 더할 것이다. 뛰어가? 엑 서울 뛰어가서 고학이라도 하지? 그러나 어머니는 어쩌나? 형님이나 고향에 계셨으면…… 그렇다고 어머니를 붙들고 있으면 더할 일이오…… 엑 떠나지? 삼사 년이면 나도 무슨 수가 있을 것이요, 그새에 어머니가 돌아가시지는 않을 터이니 늘그막에 고이 모시도록 지금 자리를 닦아야 할 것이다. 그새에 굶어 돌아가시면? 그래도 하는 수 없다. 그것은 내 정성이 부족한 것이 아니라 사회가 나에게 그처럼 강박한 것이다.'

　이러한 생각을 하다가는 모순이 되면 풀고 풀었다가는 다시 생각하여서 될 수 있는 대로는 집을 떠나는 데 유리하도록 생각하던 끝에 드디어 떠나기로 결심하였습니다. 그렇게 결심하고도 어머니가 거리껴서 얼른 거사를 못 하였습니다.

'어머니는 나의 큰 은인인 동시에 큰 적이다.'

어떤 때는 이러한 생각까지 하였습니다.

이러다가 신유년 가을 어떤 달밤이었습니다. 나는 집을 떠났습니다. 밤 열두시 연락선으로 떠날 결심을 한 나는 맘이 뒤숭숭해서 저녁도 바로 먹지 못했습니다.

"왜 밥을 그렇게 먹니?"

아무 영문도 모르는 어머니는 내가 밥 적게 먹는 것을 걱정하셨습니다. 나는 밥 먹은 뒤에 황혼빛이 컴컴하게 흐르던 방에 들어가서 쓸 만한 책을 모아 쌌습니다. 이렇게 책을 거둬 싸니 맘은 더욱 뒤숭숭하였습니다. 마치 다시 돌아오지 못할 전쟁길에 오르는 군인의 맘같이 모든 것이 볼수록 아쉽고 그리워졌습니다. 나는 공연히 책상 서랍도 열어 보고 쓸데없는 휴지도 부스럭거려 보고 나중은 뒤 울안까지 가 보았습니다. 이렇게 하는 때에 조금도 쉴 사이 없이 눈앞에 언뜻언뜻 나타나는 것은 어머니였습니다. 평시에도 어머니를 생각하면 어머니의 친안이 보이지 않고 처참한 환상으로 보이던 터인데, 이날에는 더욱 그러해서 차마 무어라 말씀할 수 없이 가련하고도 기구한 환상으로 나타났습니다. 나중은 어느 때 형님과 이야기를 하던 그 거지 노파의 꼴로도 되어 보입디다.

"여보, 밥 한술만 주셔요. 나는 달아난 아들을 찾아가는 길이오."

다 해진 누더기 치마저고리를 걸친 늙으나 늙은 노파가 이집 저

218

집으로 다니면서 걸식하는 것을 볼 때 나는 그 늙은 어머니를 버리고 간 자식을 괘씸히 여겼습니다.

'아아, 나도 그 자식의 본을 따누나?'

그때 나는 나도 모르게 부르짖었습니다. 뒤따라 어머니의 그림자가 그 노파의 그림자와 같이 떠오를 때 나는 그만 눈을 감고 몸을 부르르 떨면서,

'아아, 어머니!'

하면서 어머니 계신 부엌방으로 갔습니다. 나는 인륜의 큰길을 어긴 듯이 두렵고도 가슴이 찌르르하여 심장이 찢기는 것 같았습니다. 그러나 부엌문 밖에 이르렀을 때에 나는 그만 발길을 멈추었습니다. 어쩐지 끓어오르던 정은 식으면서 누가 다시 뒤를 끄는 것 같았습니다. 나는 내 방에 들어가서 책보를 들고 나오면서,

"오늘 밤에는 좀 늦어서 들오겠습니다."

하고 어머니를 보면서 마당에 내려섰습니다. 아까보다도 가슴이 더욱 울렁거리고 앞에는 별별 환상이 다 떠올라서 나는 어둑한 마당을 돌아볼 때 은근히 한숨을 쉬었습니다.

이것이 내가 내 집을 마지막 하직이던 줄이야 언제 꿈인들 꾸었겠니까? 나는 바로 부두로 향하지 않고 공동묘지를 지나서 바닷가 세모래판[12]으로 나갔습니다. 어느새 초열흘 달은 높이 솟았으나 퍼런 안개가 자욱이 하늘을 덮어서 봄의 우수 달밤같이 설움에 겨운 가슴을 더욱 간질였습니다. 나는 세모래판에 앉았다 일어섰다 하면서 우숙그러한[13] 달빛 아래서 고요히 소리치는 물결을 바라보았습니다.

찬바람을 맞고 달빛에 싸여서 그 물결을 볼 때 모든 감각은 스러져 버리고 나의 온몸이 바다 속에 몰려드는 것 같았습니다. 이러구러 밤이 깊어서 그 바닷가로 부두를 향하고 내려갔습니다. 때는 열한시, 나는 십 원짜리를 내어주고 표를 살 때 등 뒤에서,

"이놈."

하는 듯하였습니다. 다시 도적질한 돈을 남몰래 쓰는 것 같았습니다. 그 돈은 그날 면소에서 월급 받은 돈인데 모두 십팔 원이었습니다. 있는 놈의 하룻밤 술값도 못 될 것이지만 그때 우리 집에는 큰돈이라 어머니는 월급날을 손꼽아 기다리셨습니다. 그러는 어머니를 속이고 내가 노자로 쓰는 것을 생각하는 때에 어찌 맘이 편하였겠습니까?

"아이구 얘야! 네가 왜 그러니? 응, 흑…… 나를 버리구 가면 나는 어쩌라니? 차라리 나를 이 바다에 차넣고 가거라!"

나는 배에 오르는 때에 어머니가 이렇게 통곡을 하시면서 쫓아오시는 것 같았습니다. 이렇게 괴로운 중에도 서울을 인제 구경하나 보다 하니 뛸 듯이 기뻤습니다. 이까짓 서울이 왜 그리도 그립던지? 어째서 서울로 오고 싶던지? 오늘날 생각하면 그것도 소위 도회 중심의 문명 사상에 유인된 것이나 아니었던가 싶습니다. 내남 할 것 없이 이리하여 도회에 모여드나 봅니다. 왜 나는 농촌에서 나서 아무것도 배우지 말고 농사만 배우지 못하였던고 하는 생각도 없지 않으나 형님을 생각하면 그것도 얼없는[14] 생각으로 믿어집니다.

형님, 형님은 농사를 질 줄 모르셔서 도회로 돌아다니게 되었습

니까? 또는 도회가 그리워서 도회처를 찾아다니십니까? 형님같이 농촌을 사랑하고 형님같이 농사를 잘하시는 이는 드물 것입니다마는 땅이 없으니 노동을 따르는 것이요 노동은 도회에 있는 것이니 하는 수 없이 도회에 모여들게 되는 것입니다. 그런대로 도회가 잘 받아주었으면 좋으련만 직업난과 생활난은 그네들을 도로 쫓아내게 됩니다.

그러나 더 갈 데 없는 그네들은 어찌하오리까. 여기서 차마 인간성으로는 하지 못할 가지각색의 현상이 폭발되는 것입니다. 그러나 이 폭발은 인간으로 인간의 참다운 생활을 찾으려는 현상인 것은 부인할 수 없는 것입니다.


3


형님,

떠나던 날 밤에 배 속에서 어머니에게 글월을 드리고 그 이튿날 원산 내려서 기차로 서울 왔습니다. 배 속과 기차 속에서 새로운 산천을 볼 때 기쁜 듯도 하고 슬픈 듯도 하여 뒤숭숭한 맘을 금할 수 없었습니다. 더구나 언뜻언뜻 어머니의 울음소리가 귓가에 도는 것 같아서 남모르게 가슴을 쓸었습니다. 그러다가 남대문역에 내려서 전차에 오르니 모든 것이 어리둥절하였습니다. 같이 오는 친구는,

"저것이 남대문, 저것이 남산, 저리로 가면 본정, 진고개, 예가

조선은행."

하고 가르쳐주는 때에 나는 호기심이 나서 슬금슬금 보면서도 곁
의 사람의 눈치를 보지 않을 수 없었습니다.

'아 여보, 여태껏 서울을 못 보았소?'

하고 핀잔을 주는 듯해서 일종의 모욕을 느꼈습니다. 그러나 애
써 가르쳐주는 친구를 나무란다는 것은 천부당만부당한 일이라
그저 꿀꺽 참고 있었습니다.

서울 들어서던 날 나는 하숙을 계동 막바지 어떤 학생 하숙에
정하였습니다. 구린내 나던 그 하숙 장맛은 지금도 혀끝에 남아
있습니다.

하루가 지나고 이틀이 지나서 차츰 서울의 내막을 보는 때에 나
는 비로소 내 상상과는 아주 딴판인 것을 발견하였습니다. 제일
눈에 서투른 것은 할멈과 거지였습니다.

형님,

우리 함경도에야 어디 거지가 있습니까? 또 할멈도 없는 것입
니다. 그런데 서울에는 골목골목이 거지여서 나같이 헐벗은 사람
은 괜찮지만 양복조각이나 입은 신사는 그 거지 성화에 길을 갈
수 없습니다. 그리고 할멈이라는 것은 계집 하인인데 늙은것은
'할멈'이요 젊은것은 '어멈'이라고 하여 꼭 하대를 합니다. 소위
자유와 평등을 주장한다는 이들도 이렇게 하인을 두고 애 재 하
대를 합니다. 나는 그것을 볼 때면 어머니 생각이 불현듯 났습니
다. 우리 어머니도 할수할수 없으면 그 모양이 될 것입니다. 그런
것 저런 것 생각하는 때에 어머니가 어떻게 생각나고, 또 그 할멈

이 어떻게 가긍한지 나는 할멈이 내 방에 불 때러오는 때마다 내가 대신 때주고 또 할멈에게 절대 반말을 쓰지 않았습니다. 이렇게 며칠을 하였더니 하숙 주인이 나를 가리켜서,

"저게 함경도 상놈의 자식이야! 하는 수 없어, 제 버릇 개를 주겠나?"

하고 은근히 욕을 하더라고 같이 있는 학생이 이야기를 하였습니다. 그리고 할멈도,

"서방님, 저 부엌 불도 좀 때주구료."

하고 반말하는 것이 어떻게 골나던지 그날로 주인과 할멈을 불러 놓고 한바탕 굴어 놓았습니다.[15] 나는 지금 와서는 그것을 후회합니다. 그때 진정으로 그네를 불쌍히 여기는 생각이 내 가슴에 있었다면 나는 가만히 그 모든 모욕을 받아야 옳을 것입니다. 이렇게 해놓았더니 주인은 내게 빌려 주었던 담요를 뺏어갈 뿐만 아니라 밥값 독촉이 어떻게 심하여지는지 나중엔 내 편에서 화를 내고 야단을 친 일까지 있었습니다.

그때에 형님께도 편지로 여쭈었지만, 올라오던 해 겨울은 한 절반 죽어서 지냈습니다. 가을에 입고 온 겹옷으로 이불 없이 지내는데 밤이면 자지 못하고 마당에 나가서 뛰어다닌 일까지 있었습니다. 몹시 추워서 몸이 조여들다가도 한바탕 뛰고 나면 후끈후끈하여졌습니다. 그것을 그때 하숙에 같이 있는 속 모르는 친구들은 위생을 한다고 비웃었습니다.

형님,

이렇게 괴로운 가운데서도,

'이미 집을 떠났으니 몸 성히 잘 있거라.'
하는 어머니의 편지와,
'어머니는 내가 모시고 있으니 너는 걱정 말고 맘대로 하여라.'
하는 형님의 글을 받으면 모든 괴로움이 스러지고 용기가 한층
났습니다. 그러나 밥값 얻을 구멍은 없고 배는 고프고 등은 시리
고— 이렇게 되니 어느 겨를에 공부를 하겠습니까? 이때 내 가
슴에는 집에 있을 때보다 더 큰 고민이 일어났습니다. 고민에 고
민을 쌓다가도 밖에 나서면 하늘과 땅은 진흙물을 풀어놓은 듯이
누렇게 보였습니다.

옛적에 어떤 분은 반딧불에 공부를 하고 어떤 분은 공부에 취하
여 배고픈 것을 잊었다 하지만, 나는 춥고 배고픈 때면 책을 들
수 없었습니다. 그런 때마다,
'이것은 내 정성의 부족이다.'
하는 생각으로 다시 책을 들고 붓을 잡았으나 창틈으로 들어오는
바람은 뼛속에 사무치고 오장은 빼인 듯이 가슴과 뱃속이 휑하여
기분이 나지 않았습니다.

이렇게 그해 겨울을 보내고 이듬해 봄에 이르러서 어떤 잡지사
에 들어가서 원고도 모으고 교정도 보게 된 뒤로 생활이 좀 편하
였으나, 그때는 또 일에 몰려서 공부할 여가가 없었습니다. 집에
서 떠날 때에는 아무쪼록 학교에 입학하여 체계 있게 공부를 하
려고 하였으나, 그것은 유한계급에 처한 이로서 할 일이요, 우리
같은 사람으로는 할 일이 아니라는 느낌을 받았습니다. 이렇게
생각한 뒤로부터 나는 여가 있는 대로 책이 손에 닥치는 대로 가

리지 않고 읽었습니다마는 그것조차 자유롭지는 못하였습니다.

이리하는 새에 문인들과 사귀게 되고 소설을 써서 잡지에 실리게 되었습니다. 처음 문인을 사귀게 되고 다음 소설을 쓰게 되고, 다음 그 쓴 것이 잡지에 실리게 된 때는 참으로 기뻤습니다. 지금은 그것이 우습고 그러한 생활에 애착을 잃었지만, 그 당시에는 어떻게 기쁜지 바로 대가나 되는 것 같았습니다. 그뿐만 아니라 차츰 글을 많이 쓰게 되고 문단에 출입이 잦게 되면서 여러 문인들과 같이 어떤 신문사 어떤 잡지사의 초대를 받아서 영도사나 명월관이나 식도원 같은 데 가서 평생 못 먹던 음식상도 대하여 보고 차마 쳐다도 못 보던 기생의 웃음도 받게 되니 그만 어깨가 와짝 올라가는 것 같았습니다. 그러나 좋은 음식을 대하는 때마다 어머니 생각에 목이 메었습니다.

형님,

사람은 이리하여 허영에 뜨는 것이라고 믿습니다.

이렇게 되면서부터 나는 은근히 몸치장을 시작하였습니다. 머리도 자주 깎고 싶고 손길도 주물러 보고 옷도 깨끗하게 입으려고 하였습니다. 그러나 그 모든 요구를 채울 만한 요소인 돈이 어디서 나겠습니까. 이것도 한 번민거리가 되었으나 간간이 눈앞에 떠오르는 어머니의 낯은 그 모든 유혹을 물리치게 하였습니다.

'응, 내가 허영에 빠지나. 나는 안일을 구할 때가 아니다. 오직 목적을 향하고 모든 것을 돌보지 말아야.'

이렇게 생각하면 모든 공상이 스르르 사라지는 것 같으면서도 길에 나서면 먼저 옷에 맘이 가고 누구를 대하면 나는 글 쓰는 사람이다 하는 맘이 일어났습니다. 모든 유혹은 좀처럼 물러가지 않았습니다. 이리하여 유혹을 배척하는 맘과 그 맘을 먹으려는 유혹은 서로 가슴속에서 괴롭게 싸웠습니다. 여쭙기 황송한 말씀 이오나 이때에 나는 비로소 연애의 맛도 보았습니다. 그것은 나와 친한 김군의 고향에서 온 여자인데, 그때 열아홉이었습니다. 그리 미인은 아니나 동그스름한 얼굴 윤곽과 어글어글[16]한 눈길은 맘에 들었습니다.

"이 이는 소설 쓰시는 변기윤씨(내 이름)."

"이 이는 ××유치원에 계신 정인숙씨."

하는 김군의 소개로 인숙이를 본 뒤로 나는 은근히 맘이 끌렸습니다. 그 뒤에 나는 김군을 만나서,

"여보게, 그 인숙씨가 그저 서울 있나?"

하였더니,

"왜 자네 생각 있나? 둘이 단란한 가정을 이루도록 내가 중매함세."

하고 김군은 웃었습니다. 행이든지 불행이든지 이것이 참말이 되어 인숙이와 나 사이에는 소위 연애가 성립되었습니다. 연애란 참말 신비스러운 것이라고 믿습니다. 아무리 생각해 보아야 어떻게 어떻게 해서 만났던지 그 만나던 장면은 아주 꿈같아서 무어라 말할 수 없습니다. 형님께서는 잘 모르시겠지마는 지금 청춘 남녀로서는 아마 거지반 연애의 맛을 보았을 것입니다. 그런데 물어보면 다 신비한 꿈같아서 무어라 말할 수 없다고 합니다. 그리고 지금 생각하면 쓰디쓴 그 연애가 그때에는 어찌도 달던지,

나는 그 단맛에 취하여 어쩔 줄을 몰랐습니다. 연애에 익숙지 못한 나는 그때 거기 빠져서 헤엄칠 줄 모르는 까닭에 욕을 단단히 보았습니다.

'늙은 어머니를 버리고 나선 내게 연애가 무슨 상관이냐? 내게는 할 일이 많은데……'

이렇게 하루도 몇십 번씩 생각하고 끊으려 하면서도 인숙의 웃음에 끌렸습니다. 이렇게 되면서부터 나는 모양을 더 내고 싶었습니다. 땟국이 흐르는 두루마기를 입고 어떤 세비로[17] 신사와 가지런히 섰다가 인숙의 눈에 뜨이게 되면 내 눈은 신사의 세비로와 내 의복에 가서 두 어깨가 축 처지고, 온몸이 땅에 잦아드는 것 같은 동시에,

"아 당신 같은 이쁜 이가 이런 거지와 사랑을……"

하고 신사가 모욕이나 주는 것 같아서 더욱 불쾌하였습니다. 이러한 생각이 드는 때마다 인숙이 보기가 어떻게 열없고 부끄러운지 알 수 없었습니다. 그래서 어떤 때에는 인숙에게 그런 하정[18]을 하였습니다.

"그까짓 돈이 다 뭐요. 정으로 살지."

내가 하정을 아뢰는 때마다 인숙이는 이렇게 말하였습니다. 이러한 대답을 듣는 때마다 나는 행복을 느꼈고 동시에 더욱 죄송하였습니다. 그러나 인숙이가 피아노를 사들이고 비단으로 몸을 휘휘 감아서 극도의 사치를 하는 것이 내 맘에는 들지 않았습니다. 나와는 영영 타협이 될 것 같지 않았습니다. 그때는 잡지사가 쓰러져서 나의 행색은 더욱 초췌한 때이라 그런 생각이 더욱 났

습니다. 참말로 내 상상은 틀리지 않았습니다. 내가 잡지사에서 나와서 두 달 되던 때——즉 계해년 봄이었습니다. 하루는 인숙이를 찾아가니,

"그저께 주인¹⁹을 옮기었는데 알 수 없어요."

하고 주인이 말하기에 의심을 품고 돌아와서 뒤숭숭한 맘을 금치 못하였습니다. 그때는 한창 밥값에 쪼들려서 원고를 팔려고 애쓴 때이라 그 때문에 어물어물 사흘이나 보내고 나흘 되던 날 어떤 친구에게서 들으니 인숙이는 나를 소개하던 김군과 어쩌고저쩌고 해서 벌써 임신한 지 삼사 개월이나 되었다고 하였습니다. 나는 그 자리에서 그 연놈을 찾아 칼로 찔러놓고 싶었으나,

"얼없는 생각이다. 그와 나와 영원히 타협도 되지 않으려니와 버리는 자를 쫓아가면 뭘 하며 죽일 권리가 어디 있나?"

하여 나의 가난한 처지를 나무라고 단념하는 동시에 비로소 여자의 심리도 보았습니다. 그리고 소위 친하던 사람의 뱃속도 알게 되었습니다.

"내게는 큰 목적이 있다. 연애에 상심할 때가 아니다."

그래도 애틋한 생각이 있는 나는 이렇게 스스로 억지의 위로를 하였습니다. 조금도 속임 없이 말씀한다면 그때에 내가 그만하고 만 것은 배가 너무도 고픈 때문이었겠습니다. 밥값 변통에 눈코를 못 뜨게 된 나는 연애 지상주의자에게는 미안한 말씀이오나 거기만 모든 힘을 바치게 못 되었습니다. 그 다음부터는 원고 쓰기에 눈코를 못 떴습니다. 얼마 되지 않는 원고료나마 그때 내 생활에는 없지 못할 것이요 또 잘잘못간에 배운 재주가 그것뿐이니

그것밖에 무엇을 하겠습니까.

　나는 원고를 썼습니다. 써서는 잡지사와 신문사에 보냈습니다. 보낸 뒤에 창피한 꼴이야 어찌 일일이 말씀하오리까? 처음 써 달라는 때에는 별별 아첨을 다하여 가져가고는 배를 툭툭 튀기면서 똥값만도 못한 원고료나마 질질 끌다가 그것도 바로 주지 않습니다. 그것을 가지고 싸울 수도 없어서 혼자 애를 태우고 혼자 분개합니다. 다소간 잘 주는 데가 없지 않았으나 그런 데는 번번이 보내기도 미안한 일이었습니다. 그것도 내 혼자면 모르지만 거개 그 고료를 바라는 친구들이라 잡지사에선들 어찌 일일이 수응하겠습니까? 그때도 이때와 같이 잡지 경영 곤란은 막심한 때였습니다. 이렇게 순전히 어떠한 예술적 충동은 돌볼 사이가 없이 영리 본위로 쓰게 되니 돈을 생각하는 때마다 원고를 생각하였습니다. 그래서 나오지도 않는 정을 억지로 빡빡 긁어서 질질 썼습니다. 이 고통은 여간 크지 않았습니다. 내 눈에는 번연히 못 쓰겠다 보이는 것을 질질 쓰다가도 차마 양심에 그럴 수가 없어서,

　“엑 그만둬라.”

하면서 붓을 던지고 원고를 찢어버린 적도 한두 번이 아닙니다. 그러다가도 내달 밥값을 생각하는 때면 울면서 겨자 먹기로 붓을 잡게 되었습니다. 쓰기는 써야 하겠고 나오지는 않고 화는 나고 하여 어떤 때는 공연히 내 머리를 잡아 뜯은 때도 많았습니다.

　또 그때는 글의 잘되고 못된 것으로 고료를 정치 않고 페이지 수로 따지는 때이라 산만하여 줄이고 싶은 것도 그놈의 고료가 줄까 보아서 그대로 보냈습니다. 이리하여 점점 타락하였고 또 아무

공부도 없이 쓰니 무슨 신통한 소리가 나오겠습니까. 그러나 그렇게 지내니 공부할 맘은 태산 같으면서도 못 하였습니다. 나중은 소위 절개까지 변하게 되었습니다. 나와 주의주장이 다른 어떤 단체나 개인의 기관지에 절대 쓰지 않는다던 맹세도 변하여,

"쓴다. 어디든지 쓴다. 돈만 주면 쓴다."

하게 되었습니다. 이렇게 되니 친구들께서 욕먹게 되는 것도 물론이거니와 그래도 남아 있는 양심의 고통은 나날이 컸습니다. 어떤 잡지나 어떤 신문의 태도가 미워도 원고 팔기 위하여 꿀꺽 참았습니다. 그 참는 고통은 참으로 큰 것이었습니다. 나는 이때에 맘에 없는 글을 쓴 것은 물론이요, 맘에 없는 웃음도 웃어 보았습니다. 나의 작품이 상품으로 변하는 것은 벌써부터 느낀 바이지만, 차츰 나의 태도를 반성할 때 신마찌[20]의 매춘부(賣春婦)를 생각 아니치 못하였습니다. 누가 매춘부 되기를 소원하겠습니까마는 생활의 위협은 그녀로 하여금 그러한 구렁으로 들어가게 만듭니다. 그와 같이 나도—나의 예술도 매춘부가 된다는 생각을 하게 되었습니다. 생각이 이에까지만 이르고 말았으면 문제가 없겠는데, 그렇지 않고 한걸음 더 나아가서,

'그러나 그녀—매춘부들은 이런 것 저런 것 의식치 못하고 그렇게 되니 용서할 점이 있지만 너(나)는 그런 것 저런 것 다 의식하면서 차마 그 일을 하느냐?'

하는 생각이 머리를 쳐서 더욱 괴로웠습니다. 이렇게 곰곰이 생각하던 끝에 나는 ××주의의 행동에 크게 공명이 되었습니다. 내게 ××주의적 사상이 확연히 머리를 든 것은 이때요 내 발길

이 ××주의 단체에 드나들게 된 것도 이때입니다. 나는 처음에 이삼 일 안으로 이상적 사회나 건설할 듯이 만장기염을 토하고 다녔으나, 그것도 하루나 이틀에 될 일이 아니라는 것을 생각하는 때에 내 기염은 차차 머리를 숙였습니다. 머리 숙였다는 것은 절망이라는 것이 아니라 먼저 모든 방법을 세워야 할 것이요, 방법을 세우는 동안의 밥은 먹어야 하리라는 생각이 머리를 친 까닭이었습니다.

형님,

이리하여 나는 다시 그전부터 구하던 직업을 또 구하였습니다. 여기 가 비위를 쓰고 저기 가서 비위를 부리면서 소개도 얻고 직접 말도 하여 어느 신문 기자나 한자리하여 볼까 했습니다. 그러나 어디 졸업이라는 간판과 튼튼한 배경이 없는 나는 실패에 돌아가지 않을 수 없었습니다. 그때에도 지금과 같이 신문 기자 후보자가 여간 많지 않아서 어떤 이는 어떤 신문사와 잡지사 사장과 편집국장에게 뇌물을 산더미같이 들이는 것을 본 일이 있었습니다.

그러한 판인데 뇌물 없는 내가 어떻게 발을 붙이겠습니까? 더구나 그때나이때나 뇌물들일 만한 여력이 있으면 내가 먹고 있겠습니다. 나는 이러한 꼴——소위 민중의 공기요 대변자라는 한 신문사의 내막에 잠긴 추태를 볼 때 이 세상이 싫어지고 미워지고 부숴버리고 싶었습니다. 나중은 혼자 화에 신문사 잡지사의 추태를 욕하다가도,

"모두 내 잘못이다. 내게 과연 뛰어난 학식이 있다 하면 내가

애쓰기 전에 그네가 찾을 것이다. 나부터 닦자."

하고 모든 것을 나의 학식 없는 탓으로 돌렸고, 따라서 학식을 닦으려고 하였습니다. 그러나 또 문제는 학식 닦는 것입니다. 무슨 여유로 학식을 닦습니까? 이렇게 민민히 지내던 끝에 나는 모든 것을 버리고 농촌으로 돌아가려고 하였습니다. 그러나 농촌에 간대야 땅 한 평도 없고 농사질 줄도 모르는 내 힘을 생각하면 그것도 공상이었습니다.

'엑 아무데서나 똥통이라도 메지!'

이렇게까지 생각하면서도 그저 맘 한 귀퉁이에 남은 허영과 체면은 얼른 그것을 허락지 않고 행여나 하는 희망으로 다시 어느 신문사 기자로 운동하리라 하였습니다. 이렇게 어물어물하고 일년이나 지내던 판에 어머니의 흉음을 받았습니다.


4


형님,

지금도 그때가 잊히지 않습니다. 그것이 작년 이월 초사흗날 아침이었습니다. 그때에도 직업 운동을 나가던 판인데,

'모주²¹ 작고.'

라는 형님의 전보를 받았습니다. 날이 가고 가서 이렇게 되면서는 설움이 점점 커지는데, 그때에는 슬픈지 원통한지 그저 어리벙벙해서 어쩔 줄을 몰랐습니다. 멀거니 꿈꾸듯 섰다가 무심한

태도로 하숙을 나섰습니다. 지금 생각하면 그때 너무도 놀라서 온 신경이 마비가 되었던 것이라고 생각합니다. 나는 그렇게 하숙을 나서서 종로로 나가다가 차츰 정신이 들고 설움이 북받쳐 하숙에 돌아가 울었습니다. 전보 받은 이튿날 형님의 친필을 받고서는 어쩔 줄을 몰랐습니다.

'전보를 받고 얼마나 우니?

어머니를 가셨다. 어머니는 영영 가셨다. 어머니는 가시는 때에 너를 수십 번 부르셨다. 어머니는 그렇게 쉽게 가실 줄 몰랐다. 사흘 동안이나 머리가 아프시고 가슴이 울렁거리신다고 하시면서 음식을 잡숫지 않고 누워 계시다가 나흘 되던 날 아침에 갑자기 피를 토하시고 가슴을 치시면서 너를 자꾸 부르시다가 돌아가셨다.

이렇게 급히 가시게 되어서 네게 편지도 못 하였다. 그럴 줄 알았다면 네게 미리 통지나 하여 임종에 뵙게 할 것을 미련한 형은 천고의 스러지지 못할 한을 어머니와 네 가슴에 박았구나.'

나는 이러한 형님의 편지를 읽고 나서 천지가 아찔하였습니다. 온몸의 피가 모두 심장에 엉켜 들어서 심장이 터지고 목구멍이 메는 듯하고 어떻게 죄송한지 어머니의 무덤에라도 달려가서,

"어머니, 어머니, 이 불효자식을 죽여줍시오."

하고 싶었으나 그것도 못 하였습니다.

어머니께서는 나 때문에 돌아가셨습니다. 이 불효자식이 여북 보고 싶으셨으면 임종까지 부르셨겠습니까? 나는 차마 입이 떨어지지 않아서 이런 말씀 저런 설움을 여쭐 수 없습니다. 형님은 깊

이 통촉하실 줄 믿습니다. 그 뒤로부터 세상에 대한 나의 원망은 더 커졌습니다. 내게 어찌 원망이 없겠습니까? 죽고 사는 것은 자연이라 누가 막으리요마는 그래도 이러한 변태적 사회에 나지 않았다면 왜 어머니가 그렇게 돌아가셨으며 내가 이렇게 못 할 짓을 하였겠습니까?

나는 차마 하늘이 보기 무서워서 몇 번이나 죽으려고 한강까지 갔다 오고 칼을 빼들었다가도 이 세상이 어찌되는 것을 보려고 그만 단념했습니다. 내가 죽으면 소용 있습니까? 내가 죽어도 이 세상은 세상대로 있을 것이요 나의 지내온 사실은 사실대로 남아 있을 것입니다. 또 내 한 몸이 없어졌다고 누가 코나 찡그리겠습니까.

"세상에는 나밖에 믿을 놈이 없다."

이때부터 나는 이러한 느낌을 절실히 받았습니다. 모두 그러한 꼴인데 언제 나의 일을 생각하겠습니까. 세상은 비웃을 줄은 알아도 건져주고 도와줄 줄은 모릅니다. 어제는 영화를 누리다가 오늘날 똥통을 멘다고 비웃기는 하지만 도울 줄은 모릅니다. 또 한 똥통을 멘다고 그 인격에 손상이 생길 리도 없는 것입니다.

모두 탈을 못 벗은 까닭에 이리저리 끌리는 것입니다.

나는 이에 비로소 꽉 결심하고 이 구둣짐을 졌습니다. 갖바치 노릇을 하였습니다. 그렇게 결심하였건마는 처음 구둣짐을 지고 거리에 나서니 길가의 흙까지 비웃는 듯하였습니다. 친구들의 낯이 먼 데 보이면 슬그니 피하여졌습니다. 참 습관이란 그처럼 벗기가 어려운 것이었습니다.

"흥, 그네가 나를 비웃으면 나를 먹이어 줄 테냐? 또 내가 이것 (구둣짐)을 졌다고 내 인격에 흠이 생기나?"

이렇게 스스로 가다듬으면서 오늘까지 내려왔습니다. 예전날 생활과 오늘날 생활을 비교하는 때마다 나는 벌써 왜 이런 일을 못 하였던고 하는 후회가 납니다. 참 편합니다.

신사니, 양복이니, 구두니, 안경이니, 명예니 하는 것이 참으로 사람을 죽인다는 것을 절실히 느낍니다.

형님,

그러나 나의 노래를,

"구두 곤칩시오! 구두 약칠합시오."

하는 갖바치의 노래를 참으로 편한 신세를 읊조리는 소리로는 듣지 마시기를 바랍니다. 동시에 내가 이러한 생활을 한다고 타락이라고도 생각지 마소서.

"언제나 너도 남과 같이 군수나 교사나……"

하시던 형님의 맘에는 퍽 못마땅하게 생각되시겠지만, 나는 그런 허위의 생활과 취한 생활은 하고 싶지 않습니다.

세상은 그것을 편하다 하지만 내게는 그것이 편한 것이 아니요, 그네들도 그것을 최대 이상으로 여기지만 그것은 아직도 배고픈 설움을 몰라서 하는 수작이라고 믿습니다.

또 나는 안일을 구할 만한 권리도 없습니다. 어머니는 그렇게 돌아가셨는데 내가 어찌 안일을 구하겠습니까. 하루라도 살아서 하늘 보는 것까지 황송합니다마는 나는 하루라도 살기는 더 살려고 합니다.

내가 갖바치 된 것도 그 때문이니 하루라도 이 목숨을 더 늘리려고 하는 까닭입니다. 이 목숨이 하루라도 더 붙어 있으면 그만큼 이 두 눈은 이 세상이 되어가는 꼴을 똑똑히 볼 것이요, 이 팔과 다리는 하루라도 더 싸워줄 것입니다.

　형님,

　이제 어머니의 원혼을 위로하고 내 원한을 풀 길은 이밖에 없습니다. 이러므로 형님의 따뜻한 맘과 아주머니의 두터운 정과 용손의 순진한 뜻을 못 받는 것입니다. 그것을 못 받는 내 가슴은 더욱 찢깁니다. 형님은 진정으로 나를 위하시는 형님이요, 내게는 오직 형님 한 분이시라 어찌 형님의 말씀을 귀 밖으로 듣겠습니까. 형님께서는, 이제 이 옛날의 생활을 전멸하고 새 생활을 맞는 나의 전아사(餞迓辭)를 보시고 모든 의심을 푸실 줄 믿습니다.

1926年 11月 25日

# 홍염 紅焰

1

   겨울은 이 가난한, 백두산 서북편 서간도 한 귀퉁이에 있는 이 가난한 촌락 빼허(白河)에도 찾아들었다. 겨울이 찾아들면 조그마한 강을 앞에 끼고 큰 산을 등진 '빼허'는 쓸쓸히 눈 속에 묻혀서 차디찬 좁은 하늘을 치어다보게 된다.

   눈보라는 북극의 특색이라. '빼허'의 겨울에도 그러한 특색이 있다. 이것이 빼허의 생령들을 괴롭게 하는 것이다.

   오늘도 눈보라가 친다.

   북극의 얼음 세계나 거쳐오는 듯한 차디찬 바람이 우 하고 몰려오는 때면 산봉우리와 엉성한 가지 끝에 쌓였던 눈들이 한꺼번에 휘날려서 이 좁은 산골은 뿌연 눈안개 속에 들게 된다. 어떤 때는 강골' 바람에 빙판에 덮였던 눈이 산봉우리로 불리게 된다. 이렇게 교대로 산봉우리의 눈이 들로 내리고 빙판의 눈이 산봉우리로 올리달려서 서로 엇바뀌는 때면 그런대로 관계치 않으나, 하늬〔天風〕[2]와 강바람이 한꺼번에 불어서 강으로부터 올리닫는 눈과 봉우리로부터 내리닫는 눈이 서로 부딪치고 어우러지게 되면 눈보라와 바람 소리에 빼허의 좁은 골짜기는 터질 듯한 동요를 받는다.

등진 산과 앞으로 낀 강 사이에 게딱지처럼 끼어 있는 것이 이 빼허의 촌락이다. 통틀어서 다섯 호밖에 되지 않는 집이나마 밭을 따라서 이리저리 흩어져 있다. 모두 커다란 나무를 찍어다가 우물 정(井)자로 틀을 짜 지은 집인데 여기 사람들은 이것을 '귀틀집'이라 한다. 지붕은 대개 조짚이요, 혹은 나무껍질로도 이었다. 그 꼴은 마치 우리 내지(간도서는 조선을 내지라 한다)의 거름집〔堆肥舍〕과 같다. 심하게 말하는 이는 돼지굴과 같다고 한다.

이것이 남부여대로 서간도 산골을 찾아들어서 사는 조선 사람의 집들이다. 빼허의 집들은 그러한 좋은 표본이다.

험악한 강산, 세찬 바람과 뿌연 눈보라 속에 게딱지처럼 붙어서 위태위태하게 침묵을 지키고 있는 그 모든 집에도 언제든지——공도(公道)가 위대한 공도가 어그러지지 않으면, 언제든지 꼭 한때는 따뜻한 봄볕이 지내리라. 그러나 이렇게 눈발이 날리고 바람이 우짖으며 그 어설 궂은 집 속에 의지 없이 들어박힌 넋들은 자기네로도 알 수 없는 공포에 몸을 부르르 떨게 된다.

이렇게 몹시 춥고 두려운 날 아침에 문서방은 집을 나섰다. 산산이 흐트러진 머리카락을 뿌연 상투에 휘휘 거둬감고 수건으로 이마를 질끈 동인 위에 까맣게 그을은 대패밥 모자를 끈 달아 썼다. 포대처럼 툭툭한 토수래³ 바지저고리는 언제 입은 것인지 뚫어지고 흙투성이 되었는데 바람에 무겁게 흩날린다.

"문서뱅이 발써 갔소?"

문서방은 짚신에 들막⁴을 단단히 하고 마당에 내려서려다가 부르는 소리에 머리를 돌렸다. 펄쩍 문을 열면서 때가 찌덕찌덕⁵한 늙은 얼굴을 내미는 것은 한관청(韓官廳, 관청은 직함)이었다.

"왜 그러시우?"

경기 말씨가 그저 남아 있는 문서방은 한 발로 마당을 밟고 한 발로 흙마루를 밟은 채 한관청을 보았다.

"엑, 바름두……저, 엑 흑……"

한관청은 몰아치는 바람이 아츠러운지⁶ 연방 흑흑 느끼면서,

"저, 일절 욕을 마오! 그게…… 엑, 워쩐 바름이 이런구. 그게 되놈〔胡人〕인데, 부모두 모르는 되놈인데……"

하는 양은 경험 있는 늙은 사람의 말을 깊이 들으라는 어조이다.

"나는 또 무슨 말씀이라구! 아 그늠이 이번두 그러면 그저 둔단 말이오?"

문서방의 소리는 좀 분개하였다.

눈을 몰아치는 바람은 또 몹시 마당으로 몰아들었다. 그 판에 문서방은 바람을 등지고 돌아서고 한관청의 머리는 창문 안으로 자라목처럼 움츠러들었다.

"글쎄 이 늙은 거 말을 듣소! 그늠이 제 가새비(장인)를 잘 알겠소? 흥……"

한관청은 함경도 사투리로 뇌면서 다시 머리를 내밀었다.

"염려 마슈! 좋게 하죠."

문서방은 더 들을 말 없다는 듯이 바람을 안고 휙 돌아섰다.

"그새 무슨 일이나 없을까?"

밭 가운데로 눈을 헤갈면서 나가던 문서방은 주춤하고 돌아다 보면서 혼자 뇌었다.

눈보라 때문에 눈도 뜰 수 없거니와 지척을 분간할 수 없이 되어서 집은커녕 산도 보이지 않았다.

"그새 무슨 일이 날라구!"

그는 또 이렇게 혼자 뇌고 저고리 섶을 단단히 여미면서 강가로 내려가다가 발을 돌려서 언덕길로 올라섰다. 강얼음을 타고 가는 것이 빠르지만 바람이 심하면 빙판에서 걷기가 거북하여 언덕길을 취하였다. 하 다니던 길이니 짐작으로 걷지 눈에 묻혀서 길이 보이지 않았다.

언덕길에 올라서니 바람은 더 심하였다. 우와 하고 가슴을 치어서 뒤로 휘뚝 자빠질 것은 고사하고 눈발이 아츠럽게 낯을 쳐서 눈도 뜰 수 없고 숨도 바로 쉴 수 없었다. 뻣뻣하여가는 사지에 억지로 힘을 주어가면서 이를 악물고 두 마루턱이나 넘어서 '달리소' 강가에 이르니 가슴에서는 잔나비가 뛰노는 것 같고 등골에는 땀이 흘렀다. 그는 서리가 뿌연 수염을 씻으면서 빙판을 건너 갔다. 빙판에는 개가죽모자 개가죽바지에 커다란 울레[7]를 신은 중국 파리꾼[8]들이 기다란 채찍을 휘휘 두르면서,

"뚜어, 뚜어, 딱딱."

하고 말을 몰아간다.

"꺼울리 날취(저 조선 거지 어디 가나)?"

중국 파리꾼들은 문서방을 보면서 욕을 하였으나 문서방은 허둥허둥 빙판을 건너서 높다란 바위 모롱이를 지나 언덕에 올라섰다.

여기가 문서방이 목적하고 온 '달리소'라는 땅이다. 이 땅 주인은 인(殷)가라는 중국 사람인데 그 '인'가는 문서방의 사위이다. 저편 밭 가운데 굵은 나무로 울타리를 한 것이 인가의 집이다. 그 밖으로 오륙 호나 되는 게딱지같은 귀틀집은 지팡살이〔小作人〕하는 조선 사람들의 집이다. 문서방은 바위 모롱이를 돌아 언덕에 오르니 산이 서북을 가려서 바람이 좀 잠즉하여 좀 푸근한 느낌을 받았으나, 점점 인가——사위의 집 용마루가 보이고 울타리가 보이고 그 좌우의 같은 조선 사람의 집이 보이니 스스로 다리가 움츠러지면서 걸음이 떠졌다.'

"엑 더러운 놈! 되놈에게 딸 팔아먹는 놈!"

그것은 자기 스스로 한 일은 아니지만 어디선지 이런 소리가 귀청을 징징 치는 것 같은 동시에 개기름이 번지르르하여 핏발이 올올한 눈을 흉악하게 굴리는 인가——사위의 꼴이 언뜻 눈앞에 떠올라서 그는 발끝을 돌릴까말까 하고 주저거렸다. 그러다가도,

"여보 용례(딸의 이름)가 왔소? 용녜 좀 데려다 주구려!"
하고 죽어가는 아내의 애원하던 소리가 귓가에 울려서 다시 앞을 향하였다.

"이게 문서뱅이! 또 딸집을 찾아 가옵느마?"

머리를 수굿하고 걷던 문서방은 불의의 모욕이나 받는 듯이 어깨를 툭 떨어뜨리면서 머리를 들었다. 그것은 길옆에서 돼지 우리를 치던 지팡살이꾼의 한 사람이었다.

"네! 아아니……"

문서방은 대답도 아니요 변명도 아닌 이러한 말을 하고는 얼른얼른 인가의 집으로 향하였다. 온 동리가 모두 나서서 자기의 뒤를 비웃는 듯해서 곁눈질도 못 하였다.

여기는 서북이 가려서 빼허처럼 바람이 심치 않았다. 흐릿하나마 볕도 엷게 흘렀다.


2


"여보! 저 인가가 또 오는구려!"

가을볕이 쨍쨍한 마당에서 '깨'를 떨던 아내는 남편 문서방을 보면서 근심스럽게 말하였다.

"오면 어쩌누? 와도 하는 수 없지!"

뒤줏간 앞에서 옥수수 껍질을 바르던 문서방은 기탄없이 말하였다.

"엑 그 단련을 또 어찌 받겠소?"

아내의 찌푸린 낯은 스스로 흐렸다.

"참 되놈이란 오랑캐……"

"여보 여기 왔소."

문서방의 높은 소리를 주의시키던 아내는 뒤줏간 저편을 보면서,

"아, 오셨소?"

하고 어색한 웃음을 웃었다.

"예 왔소? 장구재(주인) 있소?"

지주 인가는 어설픈 웃음을 지으면서 마당에 들어서다가 뒤줏간 앞에 앉은 문서방을 보더니,

"응 저기 있소!"

하고 손가락질을 하면서 그 앞에 가 수캐처럼 쭈그리고 앉았다.

서천에 기운 태양은 인가의 이마에 번지르르 흘렀다.

"어듸 갔다 오슈?"

문서방은 의연히 옥수수를 바르면서 하기 싫은 말처럼 힘없이 끄집어냈다.

"문서방! 그래 올에두 비들(빚을) 모 가프겠소?"

인가는 문서방 말과는 딴전을 치면서 담뱃대를 쌈지에 넣는다.

"허허 어제두 말했지만 글쎄 곡식이 안 된 거 어떡하오?"

"안 돼! 안 돼! 곡시기 자르되고 모 되구 내가 아르오? 오늘은 받아가지구야 가겠소!"

인가는 담배를 피우면서 버티려는 수작인지 땅에 펑덩 드러앉았다.[10]

"내년에는 꼭 갚아드릴께 올만 참아주오! 장구재도 알지만 흉년이 되어서 되지두 않은 이것(곡식)을 모두 드리면 우리는 어떻게 겨울을 나라우 응?…… 자 내년에는 꼭, 하하……"

인가를 보면서 넋이 없는 웃음을 치는 문서방의 눈에는 애원하는 빛이 흘렀다.

"안 되우! 안 돼! 통퉁디(모두) 주! 모두두 많이 많이 부족이오."

"부족이 돼두 하는 수 없지. 글쎄 뻔히 보시면서 어떡하란 말이오? 휴."

"어째 어부소? 응 니디 어째 어부서 마리해! 울리 쌀리디, 울리 소금이디, 울리 강냉이디…… 니디 입이(그는 입을 가리키면서)디 안 먹어? 어째 어부소, 응?"

인가는 낯빛이 거무락푸르락해서 소리를 고래고래 질렀다. 문서방은 더 말이 나오지 않았다.

언제나 이놈의 소작인 노릇을 면하여 볼까? 경기도서도 소작인 십 년에 겨죽만 먹다가 그것도 자유롭지 못하여 남부여대로 딸 하나 앞세우고 이 서간도로 찾아들었더니 여기서도 그네를 맞아 주는 것은 지팡살이였다. 이름만 달랐지 역시 소작인이다. 들오는 해는 풍년이었으나 늦게 들어와서 얼마 심지 못하였고 그 이듬해에는 흉년으로 말미암아 일 년 내 꾸어먹은 것도 있거니와 소작료도 못 갚아서 인가에게 매까지 맞고 금년으로 미뤘더니 금년에도 흉년이 졌다. 다른 사람들도 빚을 지지 않은 바가 아니로되 유독이 문서방을 조르는 것은 음흉한 인가의 가슴속에 문서방의 딸 용례(금년 열일곱)가 걸린 까닭이었다. 문서방은 벌써 그 눈치를 알아챘으나 차마 양심이 허락지 않았다. 인가의 욕심만 채우면 밭맥(1맥은 10일경[耕]=1일경은 약 천 평[坪])이나 단단히 생겨 한평생 기탄이 없을 것을 모르지는 않지만 무남독녀로 고이 기른 딸을 되놈에게 주기는 머리에 벼락이 내릴 것 같아서 죽으면 그저 굶어죽었지 차마 할 수 없었다. 그는 그런 것 저런 것 생각할 때마다 도리어 내지—쪼들려도 나서 자란 자기 고향에서 쪼들리던 옛날이—삼 년 전의 그 옛날이 그리웠다. 그러나 그것도 한 꿈이었다. 그 꿈이 실현되기에는 그네의 경제적 기초가 너무도 어줄[11]이 없었다. 빈 마음만 흐르는 구름에 부쳐서 내지로 보낼 뿐이었다.

"어째서 대답이 어부소, 응? 그래 울리 비디디 안 가파? 창우니! 빠피야(이놈 껍질 벗긴다)."

인가는 담뱃대를 꽁무니에 찌르면서 일어나 앉더니 팔을 걷는다. 그것을 본 문서방 아내는 낯빛이 파랗게 질려서 부들부들 떨면서 이편만 본다. 문서방도 낯빛이 까맣게 죽었다.

"자, 그러면 금년 농사는 온통 드리지요."

문서방의 목소리는 힘없이 떨렸다. 마치 종아리채를 든 초학 훈장의 앞에 엎드린 어린애의 소리처럼……

"부요우(싫어)…… 퉁퉁디…… 모모 모두 우리 가져가두 보미(옥수수) 쓰단(四石), 쌔엔(소금) 얼씨진(20斤), 쑈미(좁쌀)디 빠단(八石)디 유아(있다)…… 니디 자리 알라 있소! 그거 안 줘?"

검붉은 인가의 뺨은 성난 두꺼비 배처럼 불떡불떡 하였다.

"나머지는 내년에 갚지요."

문서방은 머리를 뚝 떨어뜨렸다.

"슴마(무엇)? 창우니 빠피야!"

인가의 억센 손은 문서방의 멱살을 잡았다. 문서방은 가만히 받왔다. 정신이 아찔하였다.

"에구! 장구재······ 흑웅······ 장구재······ 제발 살려줍쇼! 제발 살려주시면 뼈를 팔아서라두 갚겠습니다. 장구재 제발!"

문서방의 아내는 부들부들 떨면서 인가의 팔에 매달렸다. 그의 애걸하는 소리는 벌써 울음에 떨렸다.

"내 보미 워디 소금이 낼라! 아니 췄소? 아니 췄소? 어 어째니 췄소?"

인가의 주먹은 문서방의 귓벽[12]을 울렸다.

"아이구!"

문서방은 땅에 쓰러졌다.

"엑 에구······ 웅웅웅······ 에구 장구재! 제발 제제······ 흑 제발 사살려줍소······ 웅웅."

쓰러지는 문서방을 붙잡던 아내는 인가를 보면서 땅에 엎드려서 손을 비빈다.

"이 상느므 샛지(상놈의 자식)······ 니디 로포(아내) 워디(내가) 가져가!"

하고 인가는 문서방을 차더니 엎드려서 손이야 발이야 비는 문서방의 아내의 손목을 잡아끌었다.

"니디 울리 집이 가! 오늘리무터 니디 울리 에미네(아내)!"

"장구재······ 제발······ 에이구 웅웅······"

"에구 엄마!"

집 안에서 바느질하던 용례가 내달았다. 인가는 문서방의 아내를 사정없이 끌고 자기 집으로 향한다.

246

"나를 잡아가라! 나를!"

쓰러졌던 문서방은 인가의 팔을 잡았다.

"타마나!"

하는 소리와 같이 인가의 발길은 문서방의 불걸음[13]으로 들어갔다. 문서방은 거꾸러졌다.

"아이구 어머니! 왜 울어머니를 잡아가오? 응응…… 흑."

용례는 어머니의 팔목을 잡은 중국인의 손을 물어뜯었다. 용례를 본 인가는 문서방의 아내는 놓고 문서방의 딸 용례를 잡았다.

"이 개새끼야! 이것 놔라…… 응응 흑…… 아이구 아버지……
엄마!"

억센 장정 인가에게 티끌같이 끌려가는 연연한 처녀는 몸부림을 하면서 발악을 하였다.

"용례야! 아이구 우리 용례야!"

"에이구 웅…… 너를 이 땅에 데리구 와서 개 같은 놈에게……"

문서방의 내외는 허둥지둥 달려갔다.

낯빛이 파랗게 질린 흰옷 입은 사람들은 죽 나와서 섰건마는 모두 시체같이 서 있을 뿐이었다. 여편네 몇몇은 치맛자락으로 눈물을 씻었다.

의연히 제 걸음을 재촉하는 볕은 서산에 뉘엿뉘엿하였다. 앞강으로 올라오는 찬바람은 스르르 스쳐 가는데 석양에 돌아가는 까마귀 울음은 의지 없는 사람의 넋을 호소하는 듯 처량하였다.

"에구 용례야! 부모를 못 만나서 네 몸을 망치는구나! 에구 이놈의 돈이 우리를 죽이는구나!"

문서방의 내외는 그 밤을 인가의 집 울타리 밖에서 샜다. 누구 하나 들여다보지도 않는데 인가의 집에서 내놓은 개들은 두 내외를 잡아먹을 듯이 짖으며 덤벼들었다.

이리하여 용례는 영영 인가의 손에 들어갔다. 며칠 후에 인가는 지금 문서방이 있는 빼허에 땅날갈[4]이나 있는 것을 문서방에게 주어서 그리로 이사시켰다. 문서방은 별별 욕과 애원을 하였으나 나중에 인가는 자기 집 일꾼들을 불러서 억지로 몰아냈다. 이리하여 문서방은 차마 생목숨을 끊기 어려워서 원수가 주는 땅을 파먹게 되었다. 그것이 작년 가을이었다. 그 뒤로 인가는 절대 용례를 밖으로 내보내지 않을 뿐만 아니라 그 어버이 되는 문서방 내외에게도 보이지 않았다.

"용례는 매일 밥도 안 먹고 어머니 아버지만 부르고 운다."
하는 희미한 소식을 인가의 집에 가까이 드나드는 중국인들에게서 들을 때마다 문서방은 가슴을 치고 그 아내는 피를 토하였다.

이리하여 문서방의 아내는 늦은 여름부터 아주 병석에 드러누웠다. 그는 병석에서 매일 용례만 부르고 용례만 보여 달라고 졸랐다. 그래서 문서방은 벌써 세 번이나 인가를 찾아가서 말했으나 효과가 없었다.

이번까지 가면 네번째다. 이번은 어떻게 성사가 될는지?

(간도 있는 중국인들은 조선 여자를 빼앗아가든지 좋게 사가더라도 밖에 내보내지도 않고 그 부모에게까지 흔히 면회를 거절한다. 중국인은 의심이 많아서 그런다고 들었다.)

# 3

문서방은 울긋불긋한 채필로 '관운장'과 '장비'를 무섭게 그려 붙인 인가의 집 대문 앞에 섰다. 문밖에서 뼈다귀를 핥던 얼룩개 한 마리가 웡웡 짖으면서 달려들더니 이 구석 저 구석에서 개무리가 우 하고 덤벼들었다. 어떤 놈은 으르릉 으르고, 어떤 놈은 꼬리를 뒷다리 사이에 바싹 끼면서 금방 물듯이 송곳 같은 이빨을 악물었고, 어떤 놈은 대들었다가는 뒷걸음을 치고 뒷걸음을 쳤다가는 대들면서 산천이 무너지게 짖고, 어떤 놈은 소리도 없이 코만 실룩실룩하면서 달려들었다. 그 여러 놈들이 문서방을 가운데 넣고 죽 돌라서서 각각 제 재주대로 날뛴다. 그렇지 않아도 지금 개 때문에 대문 밖에서 기웃거리던 문서방은 이 사면초가를 어떻게 막으면 좋을지 몰랐다. 이러는 판에 한 마리가 획 들어와서 문서방의 바짓가랑이를 물었다.

"으악…… 꺼우디(개를)!"

문서방은 소리를 치면서 돌멩이를 찾느라고 엎드리는 것을 보더니 개들은 일시에 뒤로 물러났으나 다시 덤벼들었다.

"창우니 타마나가비(상소리다)!"

안에서 개가죽모자를 쓰고 뛰어나오는 일꾼은 기다란 호밋자루를 두루면서[15] 개를 쫓았다. 개들은 몰려가면서도 몹시 짖었다.

문서방은 조짚 수수깡이 지저분히 널려 있는 마당을 지나서 왼편 일꾼들 있는 방문으로 들어갔다. 누릿하고 퀴퀴한 더운 기운이 후끈 낯을 스칠 때 얼었던 두 눈은 뿌연 더운 안개에 스르르 흐려서 어디가 어딘지 잘 분간할 수 없었다.

"윈따야 랠라마(문영감 오셨소)?"

'캉'(구들)에서 지껄이는 중국인 중에서 누군지 첫인사를 붙였다.

"에헤 랠라 장구재 유(있소)?"

문서방은 어색한 웃음을 지었다. 얼었던 몸은 차츰 녹고 흐렸던 눈앞도 점점 밝아졌다.

"쌍캉바(구들로 올라오시오)!"

구들 위에서 나는 틱틱한 소리는 인가였다. 그는 일꾼들과 무슨 의논을 하던 판인가? 지껄이던 일꾼들은 고요히 앉아서 담배를 피우면서 호기심에 번득이는 눈을 인가와 문서방에게 보냈다.

어느 천년에 지은 집인지? 거미줄이 얼키설키 서린 천장과 벽은 아궁이 속같이 꺼먼데 벽에 붙여놓은 삼국풍진도(三國風塵圖)며 춘야도리원도(春夜桃李園圖)는 이리저리 찢기고 그을었다. 그을음과 담배 연기에 싸여서 눈만 반짝반짝하는 무리들은 아귀도(餓鬼道)[16]를 생각게 한다. 문서방은 무시무시한 기분에 몸을 부르르 떨었다.

"추엔바(담배 잡수시오)!"

인가는 웬일인지 서투른 대로 곧잘 하던 조선말은 하지 않고 알아도 못 듣는 중국말을 쓰면서 담뱃대를 문서방 앞에 내밀었다.

"여보 장구재! 우리 로포가 딸(용례)을 못 봐서 죽겠으니 좀 보여주 응?……"

문서방은 담뱃대를 받으면서 또 전처럼 애걸하였다. 인가는 이마를 찡그리면서 볼을 불렸다.

"저게(아내) 마지막 죽어가는데 철천지한이나 풀어야 하잖겠소, 응? 한 번만 보여주! 어서 그리우! 내가 용례를 만나면 꾀일까 봐…… 그럴 리 있소! 이렇게 된 밧자[7]에…… 한 번만…… 낯이나…… 저 죽어가는 제 에미 낯이나 한 번 보게 해주! 네? 제발!……"

"안 되우! 보내지 모하겠소! 우리 지비 문바께 로포(용례를 가리키는 말) 나갔소. 재미어부소."

배짱을 부리는 인가의 모양은 마치 전당포 주인과 같은 점이 있었다. 문서방의 가슴은 죄었다. 아쉽고 안타깝고 슬픔이 어우러지더니 분한 생각이 났다. 부뚜막에 놓은 낫을 들어서 인가의 배를 왁 긁어놓고 싶었으나 아직도 행여나 하는 바람과 삶에 대한 애착심이 그 분을 제어하였다.

"그러지 말고 제발 보여주오! 그러면 내 아내를 데리구 올까? 아니 바람을 쏘여서는…… 엑 죽어두 원이나 끄고 죽게 내가 데리고 올께 낯만 슬쩍 보여주오…… 네? 흑…… 끅…… 제발……"

이십 년 가까이 손끝에서 자기 힘으로 기른 자기 딸을 억지로 빼앗긴 것도 원통하거든 그나마 자유로 볼 수도 없이 되는 것을 생각하니…… 더구나 그 우악한 인가에게 가슴과 배를 사정없이 눌리는 연연한 딸의 버둥거리는 그림자가 눈앞에 언뜻하여 가슴이 꽉 막히고 사지가 부르르 떨리면서 주먹이 쥐어졌다. 그러나 뒤따라 병석의 아내가 떠오를 때 그의 주먹은 풀리고 머리는 숙였다.

"넬리 또 왔소 이얘기하오! 오늘리디 울리디 일이디 푸푸디! 많이 있소!"

인가는 문서방을 어서 가라는 듯이 자기 먼저 캉에서 내려섰다.

"제발 그리지 말구! 으흑 흑…… 제제…… 제발 단 한 번만이라도 낯만…… 으흑흑 응!"

문서방은 인가를 따라 밖으로 나오면서 울었다. 등 뒤에서는 웃음소리가 들렸다. 그러나 그 웃음소리는 이때의 문서방에게는 아무러한 자극도 주지 못하였다.

"자 이게 적지만!"

마당에 한참이나 서서 무엇을 생각하던 인가는 백조(白吊)짜리 관체(官帖)[18] 석 장을 문서방의 손에 쥐였다. 문서방은 받지 않으려고 하였다. 더러운 놈의 더러운 돈을 받지 않으려 하였다. 그러나 지금 붙여먹는 밭도 인가의 밭이다. 잠깐 사이 분과 설움에 어리어서 뛰기던 돈은——돈힘은 굶고 헐벗은 문서방을 누르지 않을 수 없었다. 그는 못 이기는 것처럼 삼백 조를 받아 넣고 힘없이 나오다가,

'저 속에는 용례가 있으려니?'

생각하면서 바른편에 놓인 조그마한 집을 바라볼 때 자기도 모르게 발길이 도로 돌아졌다. 마치 거기서는 용례가 울면서 자기를 부르는 것 같았다. 그러나 인가는 문서방을 문밖에 내보내고 문을 닫아 잠갔다.

문밖에 나서니 천지가 아득하였다. 발길이 돌아가지 않았다. 사생을 다투는 아내를 생각하면 아니 가든 못 할 일이고 이 울타리 속에는 용례가 있거니 생각하면 눈길이 다시금 울타리로 갔다.

그가 바위 모롱이 빙판에 올 때까지 개들은 쫓아 나와 짖었다. 그는 제 분김에 한 마리 때려잡는다고 얼른 돌멩이를 집어 들었다가, 작년 가을에 어떤 조선 사람이 어떤 중국 사람의 개를 때려 죽이고 그 사람이 주인에게 총 맞아 죽은 일이 생각나서 들었던 돌멩이를 헛뿌렸다.

돋아 떨어지는 겨울 해는 어느새 강 건너 봉우리 엉성한 가지 끝에 걸렸다. 바람은 좀 자고 날씨는 맑으나 의연히 추워서 수염에는 우물가처럼 얼음 보쿠지[19]가 졌다.


4


눈옷 입은 산봉우리 나뭇가지 끝에 남았던 붉은 석양볕이 스르르 자취를 감추고 먼 동쪽 하늘가에 차디찬 연자줏빛이 싸르르 돌더니 그마저 스러지고 쌀쌀한 하늘에 찬 별들이 내려다보게 되면서부터 어둑한 황혼빛이 '빼허'의 좁은 골에 흘러들어서 게딱지 같은 집 속까지 흐리기 시작하였다.

꺼먼 서까래가 드러난 수수깡 천장에는 그을은 거미줄이 흐늘흐늘 수없이 드렸고, 빈대 죽인 자리는 수묵으로 댓잎[竹葉]을 그린 듯이 흙벽에 빈틈이 없는데 먼지가 수북한 구들에는 구름깔개

(참나무를 엷게 밀어서 결은[20] 자리)를 깔아놓았다. 가마 저편 바당(부엌)에는 장작개비가 흩어져 있고 아궁이에서는 뻘건 불이 훨훨 붙는다.

뜨끈뜨끈한 부뚜막에는 문서방의 아내가 누덕이불에 싸여 누웠고 문 앞과 윗목에는 이웃집 사람들이 모여 앉았는데 지금 막 '달리소' 인가의 집에서 돌아온 문서방은 신음하는 아내의 가슴에 손을 얹고 앉았다.

등꽂이에 켜놓은 등(삼대에 겨를 올려서 켠 등)불은 환하게 이 실내의 이 모든 사람을 비췄다.

"용녜야! 용녜야! 용녜야!"

고요히 누웠던 문서방의 아내는 마지막 소리를 좀 크게 질렀다. 문서방은 아내의 가슴을 지그시 눌렀다.

"에구? 우리 용녜! 우리 용녜를 데려다주구려!"

그는 눈을 번쩍 뜨면서 몸을 흔들었다.

"여보 왜 이리우. 용녜가 지금 와요. 금방 올걸!"

어린애를 어르듯 하면서 땀때가 꽤저분한[21] 아내의 얼굴을 내려다보는 문서방의 눈은 흐렸다.

"에구, 몹쓸 늠(인가)두! 저런 거 모르는 체하는가? 쩻!"

윗목에 앉은 늙은 부인은 함경도 사투리로 구슬피 뇌었다.

"허 그러게 되놈이라지! 그놈덜깨 인륜(人倫)이 있소?"

문 앞에 앉았던 한관청은 받아쳤다.

"용녜야! 용녜야! 홍 저기 저기 용녜가 오네!"

문서방의 아내는 쑥 꺼진 두 눈을 모들떠서[22] 천장을 뚫어지게 보면서 보기에 아츠러운 웃음을 웃었다.

"어디? 아직은 안 오! 여보, 왜 이리우? 정신을 채리우. 응!"

문서방의 목소리는 떨렸다.

"저기 엑…… 용…… 용녜……"

그는 눈을 더 크게 뜨고 두 뺨의 근육을 경련적으로 움직이면서 번쩍 일어났다. 문서방은 아내의 허리를 안았다. 그는 또 정신에 착각을 일으켰는지? 창문을 바라보고 뛰어나가려고 하면서,

"용녜야! 용녜 용녜…… 저 저기 저기 용녜가 있네! 용녜야 어디 가늬? 용녜야! 네 어듸 가느냐? 으응."

고함을 치고 눈물 없는 울음을 우는 그의 눈에서는 퍼런 불빛이 번쩍하였다. 좌중은 모진 짐승의 앞에나 앉은 듯이 모두 숨을 죽이고 손을 틀었다. 문서방은 전신의 힘을 내서 아내의 허리를 안았다.

"하하하…… (그는 이상한 소리를 내어 웃다가 다시 성을 잔뜩 내면서) 용녜! 용녜가 저리로 가는구나! 으응…… 저놈이 저놈이 웬 놈이냐?"

하면서 한참 이를 악물고 창문을 노려보더니,

"저 저…… 이늠아! 우리 용녜를 놓아라! 저 되놈이, 저 되놈이 용녜를 잡아가네! 이놈 놔라! 이놈 모가지를 빼놓을 이 이……"

그의 눈앞에는 용례를 인가에게 빼앗기던 그때가 떠올랐는지? 이를 뿍 갈면서 몸을 번쩍 일어 창문을 향하고 내달았다.

"여보 정신을 차리오! 여보 왜 이러우? 아이구! 응……"

쫓아나가면서 아내의 허리를 안아서 뒤로 끌어들이는 문서방의

소리는 눈물에 젖었다.

"이늠아! 이게 웬 놈이 남을 붙잡니? 응 으윽."

그는 두 손으로 남편의 가슴을 밀다가도 달려들어서 남편의 어깨를 물어뜯으면서,

"이것 봐라! 에구 용네야, 저게 웬 놈이…… 에구구…… 저놈이 용네를 깔고 앉네!"

하고 몸부림을 탕탕 하는 그의 눈에는 핏발이 서고 낯빛은 파랗게 질렸다.

이때 한관청 곁에 앉았던 젊은 사람은 얼른 일어나서 문서방을 조력하였다. 끌어들이려거니 뛰어나가려거니 하여 밀치고 당기는 판에 등꽂이가 넘어져서 등불이 펄렁 죽어버렸다. 방 안이 갑자기 깜깜하여지자 창문만 히슥하였다.[23]

"조심들 하라니! 엑 불두!"

한관청은 등대를 화로에 대고 푸푸 불면서 툭덕툭덕하는 사람들께 주의를 시켰다. 불은 번쩍하고 켜졌다.

"우우 쏴― 스르륵."

문을 치는 바람 소리가 요란하였다.

"엑 또 바람이 나는 게로군! 날쎄두 폐릅(괴상)다."

한관청은 이렇게 뇌이면서 등꽂이에 등대를 꽂고 몸부림하는 문서방 내외와 젊은 사람을 피하여 앉았다.

"이것 놓아주오! 아이구! 우리 용네가 죽소! 저 흉한 되놈에게 깔려서…… 엑 저저저…… 저것 봐라! 이놈 네 이놈아! 에이구 용네야! 용네야! 사람 살려주오! (소리를 더욱 높여서) 우리 용네

를 살려주! 응으윽 에엑끅……"

그는 마지막으로 오장육부가 쏟아지게 소리를 지르다가 검붉은 핏덩이를 왈칵 토하면서 앞으로 거꾸러졌다.

"으윽!"

"응 끔직두 한 게!"

하면서 여러 사람들은 거꾸러진 문서방의 아내 앞에 모여들었다.

"여보! 여보소! 아이구 정신 좀……"

떨려 나오는 문서방의 소리는 절반이나 울음으로 변하였다.

거불거불하는 등불 속에 검붉은 피를 한 말이나 토하고 쓰러진 그는 낯이 파랗게 되어서 숨결이 없었다.

"허! 잡싱(雜神)이 붙었는가? 으흠 응! 으흠 응! 각황제방 심미기,²⁴ 두우열로 구슬벽²⁵……"

여러 사람들과 같이 문서방의 아내를 부뚜막에 고요히 뉘어놓은 한관청은 귀신을 쫓는 경문이라고 발음도 바로 못 하는 이십팔 수를 줄줄줄 읽었다.

"으응응…… 흑흑…… 여여보!"

문서방의 목멘 울음을 받는 그 아내는 한관청의 서투른 경문 소리를 듣는지 마는지? 손발은 점점 식어가고 낯은 파랗게 질렸는데, 무엇을 보려고 애쓰던 눈만은 멀거니 뜨고 그저 무엇인지 노리고 있다. 경문을 읽던 한관청은,

"엑 인제는 늙어가는 사람이 울기는? 우지 마오! 이내 살아날 꺼!"

하고 문서방을 나무라면서 문서방의 아내 앞에 다가앉더니 주머

니에서 은동침(어느 때에 얻어둔 것인지?)을 내어서 문서방 아내의 인중(人中)을 꾹 찔렀다. 그러나 점점 식어가는 그는 이마도 찡기지 않았다. 다시 콧구멍에 손을 대어보았으나 숨결은 없었다.

바람은 우우 쏴── 하고 문에 눈을 들이쳤다. 여러 사람은 약속이나 한 듯이 두려운 빛을 띤 눈으로 창을 바라보았다.

"으응 에이구! 여보! 끝끝내 용녜를 못 보고 죽었구려…… 잉잉…… 흑."

문서방은 울기 시작하였다. 그 울음소리는 고요한 방 안 불빛 속에 바람 소리와 함께 처량하게 흘렀다.

"에구 못된 놈(인가)도 있는 게!"

"에구 참 불쌍하게두!"

"흥 우리도 다 그 신세지!"

무시무시한 기분에 싸여서 낯빛이 푸르러가는 여러 사람들은 각각 한 마디씩 뇌었다. 그 소리는 모두 갈 데 없는 신세를 호소하는 듯하게 구슬프고 힘없었다.


5


문서방의 아내가 죽던 그 이튿날 밤이었다. 그날 밤에도 바람이 몹시 불었다. 그 바람은 강바람이어서 서북에 둘린 산 때문에 좀한[26] 바람은 움쩍도 못하던 달리소까지 범하였다. 서북으로 산을 등지고 앞으로 강 건너 높은 절벽을 대하여 강골밖에 터진 데 없

는 달리소는 강바람이 들어차면 빠질 데는 없고 바람과 바람이
부딪쳐서 흔히 회오리바람이 일게 된다. 이날 밤에도 그 모양으
로, 달리소에는 회오리바람이 일어서 낟가리가 날리고 지붕이 날
리고 산천이 울려서 혼돈이 배판할[27] 때 빙세계나 트는[28] 듯한 판
이라 사람은커녕 개와 돼지도 굴속에서 꿈쩍 못 하였다.

　밤이 썩 깊어서였다.

　차디찬 별들이 총총한 하늘 아래, 우렁찬 바람에 휘날리는 눈발
을 무릅쓰고 달리소 앞강 빙판을 건너서 달리소 언덕으로 올라가
는 그림자가 있다. 모진 바람이 스치는 때마다 혹은 엎드리고 혹
은 우뚝 서기도 하면서 바삐바삐 가던 그 그림자는 게딱지같은
지팡살이집 근처에서부터 무엇을 꺼리는지 좌우를 슬몃슬몃 보면
서 자취를 숨기고 걸음을 느리게 하여 저편으로 돌아가 인가의
집 높은 울타리 뒤로 돌아간다.

　"으르릉 웡웡."

하자 어느 구석에서인지 개가 한 마리, 두 마리, 세 마리 뒤이어
나와서 짖으면서 그 그림자를 쫓아간다. 그 개소리는 처량한 바
람 소리 속에 싸여 흘러서 건너편 산을 즈르릉 즈르릉 울렸다.

　"꽝! 꽝꽝."

　인가의 집에서는 개짖음에 홍우재[29]나 몰아오는가 믿었던지 헛
총질을 네댓 방이나 하였다. 그 소리도 산천을 울렸다. 그 바람에
슬근슬근 가던 그림자는 획 돌아서서 손에 들었던 보자기를 개
앞에 던졌다. 보자기는 터지면서 둥글둥글한 것이 우르르 쏟아졌
다. 짖으면서 달려오던 개들은 짖음을 그치고 거기 모여들어서

서로 물고 뜯고 빼앗아 먹는다. 그러는 사이에 그림자는 인가의 울타리 뒤에 산같이 쌓아놓은 보릿짚더미에 가서 성냥을 쭉 긋더니 뒷산으로 올리닫는다.

처음에는 바람 속에서 판득판득[30]하던 불이 삽시간에 그 산 같은 보릿짚더미에 붙었다.

"휘쓰(불이야)!"

하는 고함과 같이 사람의 소리는 요란하였다. 모진 바람에 하늘하늘 일어서는 불길은 어느새 보릿짚더미를 살라버리고 울타리를 살라버리고 울타리 안에 있는 집에 옮았다.

"푸우 우루루루루 쏴아……"

동풍이 몹시 이는 때면 불기둥은 서편으로, 서풍이 몹시 부는 때면 불기둥은 동으로 쓸려서 모진 소리를 치고 검은 연기를 뿜다가도 동서풍이 어울 치면[31] 축융〔火神〕의 붉은 혓발은 하늘하늘 염염히 타올라서 차디찬 별──억만 년 변함이 없을 듯하던 별까지 녹아내릴 것같이 검은 연기는 하늘을 덮고 붉은빛은 깜깜하던 골짜기에 차 흘러서 어둠을 기회로 모여들었던 온갖 요귀(妖鬼)를 몰아내는 것 같다. 불을 질러놓고 뒷숲 속에 앉아서 내려다보던 그 그림자──딸과 아내를 잃은 문서방은,

"하하하."

시원스럽게 웃고 가슴을 만지면서 한 손으로 꽁무니에 찼던 도끼를 만져보았다.

일 동리 사람들과 인가의 집 일꾼들은 불붙는 데 모여들었으나 모두 어쩔 줄을 모르고 떠들고 덤비면서 달려가고 달려올 뿐

이었다.

그러는 사이에 울타리는 물론 울타리 속에 엉큼히[32] 서 있던 큰 집 두 채도 반이나 타서 쓰러졌다.

이런 불 속으로부터 여러 사람이 오고 가는 밭 가운데로 튀어나가는 두 그림자가 있었다. 하나는 커다란 장정이요, 하나는 작은 여자이다. 뒷산 숲에서 이것을 보던 문서방은 그 두 그림자를 향하고 내리뛰었다. 그는 천방지방 내리뛰었다. 독살이 잔뜩 올라서 불빛에 번쩍이는 그의 눈에는 이 두 그림자밖에는 아무것도 보이지 않았다.

"으윽 끅."

문서방이 여러 사람을 헤치고 두 그림자 앞에 가 섰을 때, 앞에 섰던 장정의 그림자는 땅에 거꾸러졌다. 그때는 벌써 문서방의 손에 쥐었던 도끼가 장정 인가의 머리에 박혔다. 도끼를 놓은 문서방와 품에는 어린 여자의 그림자가 안겼다. 용례가……

그 바람에 모여 섰던 사람들은 혹은 허둥지둥 뛰어버리고 혹은 뒤로 자빠져서 부르르 떨었다. 용례도 거꾸러지는 것을 안았다.

"용례야! 놀라지 마라! 나다! 아버지다! 용례야!"

문서방은 딸을 품에 안으니 이때까지 악만 찼던 가슴이 스르르 풀리면서 독살이 올랐던 눈에서 뜨거운 눈물이 떨어졌다. 이렇게 슬픈 중에도 그의 마음은 기쁘고 시원하였다. 하늘과 땅을 주어도 그 기쁨을 바꿀 것 같지 않았다.

그 기쁨! 그 기쁨은 딸을 안은 기쁨만이 아니었다. 작다고 믿었던 자기의 힘이 철통같은 성벽을 무너뜨리고 자기의 요구를 채울 때 사람은 무한한 기쁨과 충동을 받는다.

불길은──그 붉은 불길은 의연히 모든 것을 태워버릴 것처럼 하늘하늘 올랐다.

1926年 12月 4日 午前 6時

# 갈등葛藤
## —— 모 지식 계급(某知識階級)의 수기(手記)

　봄날같이 따스하고 털자리같이 푸근한 기분을 주던 이른 겨울 어떤 날 오후였다. 일주일 전에 우리 집에서 떠나간 어멈의 엽서를 받았다.

　이날 오후에 사에서 나오니 문간에 배달부가 금방 뿌리고 간 듯한 편지 석 장이 놓였는데 두 장은 봉서였고 한 장은 엽서였다. 봉서 중 한 장은 동경 있는 어떤 친구의 글씨였고 한 장은 내 손을 거쳐서 어떤 친구에게 전하라는 가서¹였다. 나머지 엽서 한 장은 내 눈에 대단히 서투른 글씨였다. 수신인란에 '경성 화동 백번지 박춘식씨(京城花洞百番地朴春植氏)'라고 내 이름과 주소 쓴 것을 보아서는 내게 온 것이 분명한데 끝이 무딘 모필에 잘 갈지도 않은 수묵을 찍어서 겨우 성자(成字)한 글씨는 보도록새² 서툴렀다. 나는 이 순간 묵은 기억을 밟다가 문득 머리를 지나는 어떤 생각에 나도 알 수 없는 냉소와 같이 엷은 불쾌한 감정을 느끼면서 발신인란을 다시 자세히 보았다. 그것은 벌써 일 년이나 끌어오면서 한 달에 한두 장씩 받는 어떤 빚쟁이의 독촉 엽서 글씨가 지금 이 엽서 글씨와 같이 서투른 솜씨인 까닭이었다.

'함북 ××읍내 김씨 방 홍성녀(咸北 ××邑內 金氏方洪姓女)'

이것이 발신인의 주소와 성명이었다. 이것을 본 나는 즉각적으로 그 누구에게서 온 편지인 것을 느끼는 동시에, 이 편지와는 사촌 격도 안 되는 편지를 생각하고 불쾌를 느끼면서 혼자 말초 신경 쓰던 것을 내 스스로 입술을 살근히³ 물면서 찬 웃음을 치지 않을 수 없었다.

"여보, 시골 간 어멈이 편지했구려!"

나는 좀 반가운 음성으로 곁에 선 아내를 보면서 뇌고 다시 엽서에 눈을 주었다. 내 손에 쥐인 엽서는 어느새 뒤집혔다.

"응, 어멈이 편지했소!"

아내의 목소리는 의외의 사람에게서 의외의 반가운 소식이나 받은 듯이 기쁘게 가늘게 떨렸다. 나는 그 말대답은 하지 않고 편지 사연을 읽었다. 아내도 부드러운 시선을 고요히 편지에 던졌다. 이래서 두 사람의 네 눈은 소리 없이 편지를 읽었다. 사연은 극히 간단하였다.

'서방님, 기체 안녕하십니까. 아씨도 안녕하신지요. 어린 애기는 소녀가 떠날 때에 몹시 앓더니 지금은 다 나았는지 알고자 합니다. 소녀는 서방님이 지도하신 덕택으로 무사히 와서 잘 있습니다. 이곳 댁도 다 안녕하십니다. 소녀의 손으로 쓰지 못하는 글이 되와 이렇게 문안이 늦었사오니 용서하옵시고 내내 서방님 내

외분 기체 안강하옵소서. 끝으로 대단 황송하오나 어린 애기의 병이 어떤지 알게 하여 주옵소서.'

이것이 그 사연의 전부였다. 역시 무딘 붓에 수묵을 찍어 쓴 서투른 글씨였다. 그것도 잘게 쓰느라고 어떤 자는 획과 획이 어우러져서 '사'자인지 '자'자인지 알기 어려운 자도 있었다. 토는 물론 틀린 것이 많았다. 이것을 읽은 내 가슴에는 엷은 애수의 안개 같은 구름이 가볍게 돌았다. 거친 겨울이건만 이날은 아침부터 봄같이 따스해서 설면자⁴ 같은 기분이 사람의 혈관을 찌르는 탓도 없지 않아 있겠지만, 그 엽서 한 장이 내게 던지는 기분은 부드럽고 가볍고 불쾌가 없는 엷은 동정의 애수였다.

그는 나와 무슨 인연이 있었던가? 그는 '어멈,' 나는 '상전'으로 이생에서 다만 며칠이나마 부리고 부리지 않으면 안 될 무슨 업원⁵이 전생에 얽혔던가? 사람들은 모든 것을 자기 손으로 지어놓고 그에 대한 찬사랄까 그에 대한 허물이랄까를 업원이니 인연이니 하여 전생 후생으로 돌리려고 하는 것이다. 나는 그를 보낸 뒤에 나뿐만 아니라 우리 식구들은 전부가 어멈의 이야기를 두어 번 하였으나, 그것은 한 지나치는 심심풀이에 지나지 않았다. 그에게서 편지가 오리라고는 물론 꿈도 꾸지 않았던 바이었다. 그렇던 어멈에게서 편지가 왔다. 그와 나와 아주 관계를 끊어버린 오늘까지도 그는 역시 내게 보내는 글을 상전에게 올리는 글이나 마찬가지로 황송스럽게 공손히 썼다. 더구나 어린것의 병을 끝까지 물은 것을 읽을 때 또 읽고 나서 생각하는 때 내 가슴에 피어오르던 엷은 안개는 맑은 물에 떨어진 살뜨물같이 점점 무게를 더하여 피부에 스며들었다. 나는 새삼스럽게 어멈에게 대해서 일종의 동정적 측은한 정을 느꼈다. 호랑이도 제 새끼를 귀엽다면 물지 않는다는 말과 같이 나도 내 아들을 귀여워하고 내 몸을 상전같이 받들어주는 까닭에 밉던 어멈이 불시로 고와지고 측은히 여겨졌는가? 그런 것은 아니다. 물론 이때의 내 심리를——중산 계급에서 방황하는 내 심리를 예리한 해부도로써 쪼갠다면 그 속에는 자기 찬사에 대한 기쁨 또는 그 기쁨으로 말미암아 나오는 찬사 드린 이에게 보내어지는 동정이 다소 있을 것은 사실일 것이다. 그러나 그것보다도 지금의 내 맘을 지배하는 바 그 동정, 그 측은은 그의 질소한 성격, 순박한 마음에 대한 그것이요 그 마음 그 성격이 그 마음 그 성격과는 아주 반대되는 환경의 거친 물결에 찢기고 찢겨서 아름답고 부드러운 그 성격의 올올은 나날이 거칠어가건만 그것을 의식치 못하고 오히려 모든 것을 믿고 받드는 어린 양 같은 철없는 어멈에 대해서 사람으로서 누구나 가지게 되는 동정이요 측은지심일 것이다. 만일 그와 처지를 같이한 이가 이 모든 것을 보았다면 그에게는 동정과 측은 외에 계급적 의분까지 끓었을 것이다.

"서방님, 안녕히 계십시오!"

그에게 자리를 잡아주고 차에서 뛰어내리는 내 등 뒤에서 마지막 지르는 그의 떨리던 가는 목소리가 다시금 들리는 것 같다. 그 서투른 글씨조차 순박한 그가 조심조심 쓴 것같이 느껴져서 깨끗한 시골 처녀의 글씨에서 받는 듯한 따분하고 부드럽고 경건한 감촉이 내 손가락 끝을 통해서 내 온몸에 미약한 전력같이 퍼졌다.

나는 저녁연기가 마루에 어리는 것도 깨닫지 못하고 황혼빛이 내리덮이는 마루에 걸터앉은 채 머릿속에 떠오르는 지나간 날의 기억을 한 가지 두 가지 고요한 속에서 뒤졌다.

*

　그 어멈이 우리 집에서 떠나간 것은 바로 전주일 금요일이었다.
　우리 집에서 어멈을 부리기 시작한 것은 금년 늦은 가을부터였다. 처음 혼인하고 두 양주만 살 때에는 어멈이라는 것은 꿈에도 생각지 않았다. 생각한대야 그때는 지금보다 수입이 적은 때이라 소용도 없는 일이지만, 예산이 넉넉하다 하더라도 어멈이란 듣도 보도 못하던 곳에서 잔뼈가 굵은 나로서는 어멈부리기가 거북스러웠다. 내게 아무러한 의식이 없더라도 이십여 년이나 무젖은[6] 인습과 관념을 벗으려면 힘이 들 터인데, 나는 행이든지 불행이든지 자연주의의 개인 사상에 감염이 되어서 내 팔과 내 다리의 힘이 미칠 수 있는 것은 남의 힘을 빌지 않으려고 노력한 것도 어느새 나의 한 철학이 되어서 내 생활을 지배하게 되었다. 드러내놓고 말이지 나는 오늘까지도 제가 씻은 세숫물까지 남의 손을 빌려서 하수구 구멍에 버리려는 귀족적 자제들에게 호감을 가지지 못하였다. 그렇다고 내 자신은 절대 그렇지 않으냐 하면 그런 것도 아니다. 나는 하루에도 몇 번씩 내 자신의 행동과 언어에서 그러한 귀족적 냄새를 맡는다. 그것은 내가 맡는다는 것보다도 맡아진다. 이 냄새가 내 코에 맡아지는 그 순간 나는 내 자신까지 얄밉게 생각된다. 이렇게 나는 모든 것을 객관적으로는 여지없이 보면서도 주관적으로는 나도 모르게 삼십 년 가까이 무젖어 오는 내 계급의 인습과 관념에 끌린다. 내가 처음 어멈을 부리지 않은 것은 이러한 내 생활의 모순과 갈등도 그 한 원인이 되었을 것이다. 그것이 철저치는 못하나마……

또 어떤 때에는 어멈을 부려볼까 하는 생각이 나다가도 주인집의 궂은 소리 좋은 소리를 함부로 밖에 내는 그네의 입이 내외 생활의 저해물같이 느껴져서 그만 주춤해 버리고 만 적도 많다. 제 허물을 모르는 세상 사람들은 내외간 살림에 무슨 비밀이 있으랴 생각하겠지만, 밥은 굶어도 양복은 입어야 하고 의복을 전당에 넣어서라도 극장의 위층을 잡고 앉아야 궁둥이가 편한 듯이(실상은 편한 것도 아니지만) 거드름피우는 빤질빤질한 우리네 생활 속에 어찌 추태가 없기를 보증하랴. 이런 일 저런 일에 거리껴서 어멈을 부리지 않고 지내는 동안에 우리 내외는 때로는 어멈 아범이 되어서 아범이 불을 때면 어멈이 밥을 안쳤고 때로는 상전이 되어 유난히 빛나는 전깃불 아래 밥상을 가운데 놓고 마주 앉아 젓가락질을 하였다. 이렇게 일 년 동안이나 끌어오는 때 도리어 그 속에서 일종 쾌락을 느꼈다.

"여보, 인제 겨울도 되고 김장도 해야 할 텐데 우리도 어멈 하나 부려볼까?"

이것은 작년 늦은 가을 어떤 날 내가 아내를 보고 한 말이었다. 그때부터 나는 여름보다 바빠서 조금도 거들어주지 못하고 빨래, 밥, 바느질, 다듬이, 심지어 쌀 팔아 들이는 것까지 아내가 도맡아 하게 되니 약한 몸에 병이나 나지 않을까 하는 걱정으로 아내의 동의만 있으면 어멈 하나 둘 생각도 없지 않아 있었고, 설령 못 두게 된대도 아씨에게 대한 서방님의 위로로 그저 있을 수 없어서 한 말이었다.

"별말씀 다 하시우, 그럭저럭 지내지! 그런 돈 있으면 나 주시오, 따로 쓰게! 지금 바쁘지도 않은데······"

아내의 대답은 아주 그럴 듯하였다. 나는 정색으로 하는 이 대답을 믿었다. 어느 때나 변치 않으리라고······

그러나 모든 결심과 믿음은 머리를 숙이고야 말았다. 믿기도 어렵고 안 믿기도 어려운 것이 사람의 마음이다. 몽글린다[7]면 강철 덩어리보다 더 굳세게 몽글리지만, 한 번 풀리기 시작하면 계집애의 정조와 같은 것이다. 계집애의 정조란 처음 헐리기 어려운 것이지 한 번 헐리면 뒤가 물러지는 것이다. 더구나 모든 생활 조건이 결국은 사람의 마음을 정복하고야 마는 데야 어쩌랴. 처음은 어멈이라면 누대 업원을 등에 짊어진 요마[8]나 같이 싫어하던 우리의 마음은 어떤 아른한, 확실히 무어라고 집어서 말 못 할 기분과 또 바쁜 주위에 정복되고 말았다. 작년 겨울부터 금년 봄까지 우리 집에는 식구가 셋이나 더 불었다. 한 분은 팔을 못 쓰는 늙은이요, 하나는 중학교 다니는 계집애요, 또 하나는 남산같이 불어 올랐던 아내의 배가 김빠진 풋볼같이 스러지는 때에 빽빽 울고 나타난 '발가숭이'였다. 이렇게 되니 식소사번[9]으로 손이 그립게 되었다. 그런대로 찌긋찌긋[10] 참다가 금년 가을부터 어멈을 두자는 어머니의 동의와 아내의 재청에 나도 이의가 없었다.

*

　결의가 끝난 이튿날부터 아내는 그물을 늘이고 어멈을 골랐다.

　"너무 젊으면 까불고 얄밉고 너무 늙으면 몸을 아끼고 부리기가 괴란"하니 젊지도 늙지도 않은 중늙은이가 좋을 것이다."

　이것이 이웃집 여편네들 이야기인 동시에 아내의 어멈 고르는 표준이었다.

　"우리 일갓집에 사람 하나 있는데 음식질도 얌전하고 사람도 무던하죠. 한번 불러다 보시죠."

하는 이웃집 아씨, 혹은 침모, 혹은 어멈의 구두 공천이 있는 때마다 보기를 원하면 그날 저녁때나 그 이튿날 아침때쯤 해서 어멈 당선에 응모자들은 소개인에게 끌려서 그 초췌한 모양을 우리 집 문간에 나타낸다. 모두 뿌연 머리에 땟국이 흐르는 치마저고리였다. 거개 법정에 선 죄수나 시험장에 들온 어린 학생과 같이 장차 내릴 심판을 아심아심[12] 죄여 기다리는 듯이 불안한…… 그리고 죄송스러우면서도 자기를 '써 줍시사' 하는 듯한 으슥한 구름이 그 낯에 흐르는 것을 숨길 수 없었다. 그중에서도 가시 같은 상전의 눈앞에서 닳을 대로 닳은 것은 문간에 발을 들여놓으면서부터 부엌, 안방을 슬금슬금 디밀어보며, 콧잔등에 파리나 기어오르는 듯이 듣기에도 간지러울 만큼 주인아씨 칭찬, 애기 칭찬에다가 자화자찬까지 늘어놓으면서 천덕스러운 웃음을 아첨 비슷이 벙긋벙긋한다. 좀 수줍은 편은 명령 내리기만 기다리고 부끄

러운지 몸을 가누지 못해 애쓰는 것이 역력히 보인다. 또 어떤 이
는 주인아씨나 서방님이 뜰로 내려가면 마루 아래 섰다가도 가장
영리한 체 신발을 돌려놓기도 하고 가까이 끄집어오기도 한다.
나는 이 모든 것을 보는 때마다 이마를 찌푸리지 아니치 못하였
다. 어느 것 하나 내 마음을 흔들지 않는 것이 없었다. 나는 저리
다고 할까 아프다고 할까 무어라 꼭 집어 형용할 수 없는 쓰라림
이 폐부에 스며드는 것을 느끼지 않을 수 없었다. 그 몰인격적이
요, 굴종적이요, 아유[13]적인 그네의 행동·언어·표정·웃음은 그
네 외의 다른 사람으로서는 누가 보든지 상스럽고 얄밉게 보일
것이다. 하나 그네의 자신은 그것을 느끼지 못할 뿐만 아니라 그
것이 도리어 그네의 실낱같은 목숨의 줄을 이어가는 유일한 무기
가 될는지도 모른다. 우리가 그네의 무기를 상스럽게 보는 것은
우리의 윗계급의 사람들이 우리의 무기를 비열히 보는 것이나 마
찬가질 것이다. 나는 때때로 이 구구한 목숨을 보전하려고 돼지
목덜미같이 피둥피둥한 목덜미 앞에 쪼그리고 앉아서 마음에 없
는 웃음을 웃고 마음에 없는 붓을 휘두르는 우리들의 그림자를
늘 본다. 그 속에는 내 자신의 그림자도 보이거니와 나는 그런 것
을 느끼는 때마다 스스로 부끄럼과 분노에 끓어오르는 피를 억제
치 못한다. 그러면서도 그 분노와 치욕을 씻지 못하는 우리들의
'삶'까지 얄밉고 더럽다. 또 그러면서도 찌긋찌긋 의연히 그러한
무기를 부려 마지않듯이 그네들도 그 행동, 언어, 표정이 그네의
'삶'을 옹호하는 무기일 것이다. 그 무기는 그네가 의식적으로 금
시에 배운 것이 아니라 그 계급의 환경이 자연 그네를 그렇게 지

배하였을 것이다. 그밖에 다른 도리는 그네의 환경이 허락지 않았으니까……

우리가 우리의 윗계급의 눈 밖에 나듯이 그네는 우리의 눈 밖에 났다. 그것은 우리나 그네나 다 같이 비열한 놈들이라는 조건하에서……

생각하면 같은 처지건만 어찌하여 그네와 우리 사이에는 금이 그어졌는가. 우리는 어찌하여 그네를 괄시하는가. 오히려 우리네는 지식 계급이라는 간판 아래서 갖은 화장과 장식으로써 세상을 속이지만 그네들은 표리를 꼭같이 가지고 있지 않은가. 그것이 우리보다도 귀할는지 모른다. 나는 이러한 미적지근한 검은 구름에 머리를 쓰고 가슴을 만지면서도 모여들고 나는 그 꼴을 그대로 보았다. 보지 않으면 금시로 어찌 하랴? 이 금시로 어찌 하랴 하는 것도 우리네의 일종 변명이거니 느끼면서도 나는 어쩔 수 없었다. 그렇게 된 지 사흘 뒤였다.

"오늘도 셋이나 왔겠지!"

요 이삼 일간은 저녁상을 받는 때나 잠자리에 든 때에나 으레 어멈 응모의 경과보고가 아내의 입을 거쳐서 내 귀에 들어온다. 이날도 사에서 늦게 나와 저녁상을 받았는데 아내가 입을 열었다.

"여보, 그 어디 귀찮아 견디겠습디까?"

나는 밥을 씹으면서 괴로운 웃음을 지었다.

"그리게 낼부터는 오지 말라구 했어요. 오면 그저나 가오? 밥까지 얻어먹고 가려고 드니……"

아내는 쫑알거렸다.

"그게사 배고프면 체면이 있니! 자식도 팔아먹는데…… 그런데 어멈 노릇을 하자는 게 어쩐 게 그리도 많으냐?"

경험 없는 며느리의 철모르는 말을 나무람 비슷이 사투리 섞인 말로 뇌던 어머니의 말은 끝에 가서 모여드는 사람의 수효가 뜻밖이라는 탄식으로 마쳤다.

'어멈'이란 어떤 것인지 들도 보도 못하고 사람을 부리자면 구하고 구해야 며칠에 겨우 하나 구하나마나 하고 부리면 적어도 한 달에 입 먹이고 옷 입히고 돈 십 원 주어야 하는, 시골서 육십 평생을 보낸 어머니가 입이나 겨우 풀칠을 시키고 한 달에 삼 원이나 사 원 준다는데 하루에도 이삼 명은 들락날락하는 것을 보고 놀라는 것도 실직이란 게을러서 되는 줄로만 아는 그(어머니)에게 있어서는 당연한 일일 것이다.

"어머니는 그런 변을 처음 보시니 그러세요……"

"흥!"

아내의 말에 나도 코웃음을 쳤다.

"야 불쌍하더라. 행여나 해서 왔다가도 이담에 쓰게 되면 알릴 테니 가 있으라구 하면 서글퍼하구 나가는 것이 세연한데[14]……"

어머니는 물었던 장죽을 입술에 대고 낮의 광경이 보인다는 듯이 말하였다. 내 눈앞에는 그 스러지지 않는 그림자들이 또 떠올랐다. 이제나저제나 죄고 죄는 가슴을 남몰래 마음의 손으로 내리쓸면서 아내의 입술을 바라보다가도, "가서 있수! 쓰게 되면 일후에 알릴께" 하는 아내의 소리를 어떻게 들었을까. 물론 아내는 부드럽게 말하였으리라. 그러나 그 말이 떨어지자 흙빛이 되어 머리를 떨어뜨리고 들온 대문을 다시 향하는 그 그림자에게는 떨어지는 그 말의 구구절절이 천근 철퇴같이 들렸을 것이다. 어느 때나 한때는, 꼭 한때는 그 철퇴에 대항할 힘이 그네의 혈관에 흐르련만 지금의 그네들은 어찌 하는 수 없다. 나는 그런 말을 감히 한 아내가 미웠다. 아내의 그 입술을—내가 사랑하여 키스를 주던 그 입술을 이 순간의 나의 감정은 찢고 싶었다. 그 입술은 내 눈앞에 험상한 탄환을 뿜는 총 아구리처럼 떠오른 까닭이었다. 나는 나도 모를 기분에 싸여 급한 호흡에 온몸을 떨면서 그 환상을 노렸다.

"여보 무엇을 그렇게 보우? 응!"

아내의 목소리에 나는 환상의 꿈을 번쩍 깼다.

"응! 아무것도 아니야, 흐흥."

나는 끝을 웃음으로 막으면서 다시 젓가락질을 하였다. 얼없는[15] 내 상상이 나도 우스웠다.

"왜 그러시우 응?"

아내의 목소리는 응석이랄까 원망이랄까 그 비슷하게 떨렸다. 그의 낯에는 무슨 불안을 예감한 사람에게서 볼 수 있는 표정이 흘렀다.

"왜 누가 뭐랬소? 허허."

나는 역시 밥을 먹으면서 웃었다. 어린애같이 철없는 아내의 입술을 그렇게 상상한 것이 아내에게 대해서 미안하였다.

"왜 눈을 크게 뜨고 숨을 그렇게 쉬시우? 오늘은 약주도 안 잡수셨는데 왜 그러시우 응?"

아내는 지난봄 일을 연상하였나 보다. 나는 지난봄 어떤 연회에 갔다가 술을 양에 넘도록 마시고 집에 돌아온 일이 있었다. 그때 머리가 휑하고 가슴이 울렁거려서 인력거꾼에게 부축이 되어 방에 들어와 앉은 채 두 눈을 성난 놈처럼 치떠서 아내를 뚫어지게 보면서 씨근덕씨근덕 숨을 괴롭게 쉬었더니, 어린 아내는 놀라고 겁나서,

"여보, 왜 이러시우 응? 여보! 글쎄 왜 이러시우?"
하고 울듯이 날뛰었다. 지금 아내는 그 생각을 하였는가? 나도 그 일이 생각나서 복받치는 웃음을 금치 못하였다.

"왜 또 봄 모양을 할까 봐 겁나오? 하하하."

나는 밥상을 물리고 나앉아 담배를 붙여 연기를 뿜으면서 커다랗게 웃었다.

"호호호——"

아내도 웃었다.

잠깐 사이 웃음이 지나간 방 안은 고요하였다.

깊어가는 겨울밤 북악산을 스쳐 내리는 찬바람은 북창을 처량히 치고 지나갔다.

*

사흘 뒤였다.

나는 집에서 아침을 먹고 사에 갔다가 돌아오는 길에 어떤 친구

들에게 붙잡혀서 어떤 요릿집으로 갔다. 휘황한 전등불 아래 분내 나는 기생의 웃음 속에서 술이 얼근한 나는 요릿집 문을 나서면서 새벽 세시 치는 소리를 들었다. 쌀쌀한 하늘 서편에 기울어진 그믐달은 차고 푸른 빛을 새벽꿈에 묻힌 쓸쓸한 만호장안에 던졌다. 나는 호화로운 꿈 뒤에 밀려드는 엷은 환멸을 느끼면서 안동 네거리를 향하여 취한 다리를 옮겨 놓았다. 술김에도 으리으리하여 무심히 보이지 않는 식산은행 사택 골목을 헤저어 화동골에 들어섰다. 집에 이른 나는 대문을 두드리면서 아내를 불렀더니 아내의 대답과 같이 미닫이 소리가 들리면서 신소리가 난다. 나는 예와 같이 대답하고 나오는 아내가 대문을 열면 술이 몹시 취한 척할 양으로 나오는 웃음을 참고 대문에 기대어 서 있었다. 나오던 아내는 문간에 와서 걸음을 멈추는 자취가 들리자 어쩐 일인지 오늘은 아무 소리도 없이 빗장을 덜컥 뽑으면서 대문을 삐걱 열었다. 나는 열리는 대문을 따라 어지러운 걸음으로 일부러 쓰러질 듯이 어둑한 문간에 쏠려들면서,

"엑 퉤…… 휴…… 엑치, 취해…… 으우…… 우우리 마누라가 오늘은 얌전한데 잔소리도 없이…… 엑 퉤…… 춰춰……"

나는 이렇게 몸을 가누지 못하고 눈을 거불거리면서 강주정[16]을 펴다가 눈결에 히슥한[17] 그림자가 이상스러워서 다시 힐끗 쳐다보았다. 대문 빗장을 잡고 선 사람은 여자는 여자이나 옷모양이라거나 체격이 아내는 아니었다. 나는 어둠에 흐린 그 낯을 보려다가, 아침에 아내에게서 들은 어멈! 하는 생각에 잠깐 놀라서 주정은 쑥 들어가고 두 발은 어느새 문간을 지나 마당에 나섰다. 나서

자마자,

"지금 오시오?"

하고 앞에 다가서는 것은 아내였다. 이건 확실히 아내였다.

"응."

나는 모르는 사람을 아는 친구로 믿고 쫓아가다가 그의 낯을 보는 때처럼 무안스럽고 어이없어 더 주정부릴 용기조차 없이 내 방으로 뛰어 들어갔다. 뛰어 들어간 나는 어린것의 고요히 든 잠을 깰까 보아 배를 틀어잡고 허리가 끊어지게 들이웃었다. 따라 들어온 아내는 눈이 둥그레서 영문을 물었다.

"저…… 하학…… 흐흐…… 저…… 저게 허허허……"

나는 입만 벌리면 웃음이 홍수처럼 터져 나올 판이라, 입을 벌리다가는 말고 벌리다가는 말고 하다가 겨우 웃음을 진정하고 문간에 선 것이 누구냐고 물어 보았다.

"어멈이야요!"

"어멈! 하하하."

나는 어멈이라는 소리에 눈을 크게 뜨다가 다시 웃었다. 아내는 내가 웃는 것도 불계하고 장사동 어떤 친구가 소개해서 데려왔는데 나이도 알맞고 퍽 지긋해 보인다고 설명을 하고 나서 왜 웃느냐고 또 졸랐다. 나는 자초지종 이야기를 하였다. 이야기가 끝나기 전부터 킥킥 하던 아내와 나는 이야기를 채 마치지 못하고 어린애야 깨거나 울거나 홍수같이 터져 나오는 웃음을 좁은 방 안에 흩어놓았다.

이튿날 아침이었다.

나는 좀 늦게 일어나서 마루로 나갔다.

"할멈, 세수 놓우!"

부엌 앞에 섰던 아내가 부엌으로 머리를 돌리면서 소리를 질렀다. 나는 새벽 일이 생각나서 벙긋했더니 그것을 본 아내는 엊저녁같이 깔깔댔다. 세숫물을 떠들고 나온 '어멈'은 이젠 '할멈' 소리를 들을 나이였다. 말없이 웃는 우리 내외를 어색하고도 아첨하는 듯한 웃음을 벙긋하면서 쳐다보는 낯에 굵게 잡힌 주름이라거나 머리가 희끗희끗한 것은 누구든지 사십 넘게 볼 것이다. 쑥내민 광대뼈, 하늘을 쳐다보게 된 콧구멍, 경련적으로 움직이는 두툼한 입술, 크고 거친 손은 어디로 보든지 호강스럽게 늙은 이는 아니었다. 더구나 몸에 잘 어울리지 않는 의복은 퍽 서툴러 보이는데 배까지 부른 것은 가관이었다. 그 몸집, 그 배, 그 동글동글한 머리가 호강스러운 환경에서 그 항아리를 지고 소타는 것 같은 목소리로 간간이 호령깨나 뽑으면서 늙었다면 거틀[18]이 있고 위엄이 있어 보였을는지도 모르지만, 그것이 '할멈'이 되고 보니 도리어 비둔하고 둔팍해서[19] 상스럽게 보였다. 그러나저러나 사십 넘은 사람이 아들딸 같은 젊은이들에게 갖은 괄시를 받으면서도 그 입을 속일 수 없어서 머리 숙이는 것을 보니 가긍스럽기도 하고 부리기도 미안하였다. 나는 우리 어머니도 의지가지없으면 저모양이 되려니 하는 생각에 잠깐 사이 가슴이 스르르하였다.

"야, 그 어멈이 음식질을 얌전히 하더라. 모양과는 다르던데……, 저 육회두 칼질하는 것부터 제법이더라."

아침밥 먹던 때에 어머니는 어멈 칭찬을 하였다.

"모양과는 딴판으로 퍽 깨끗이 합디다."

아내도 거기 맞장구를 쳤다. 두 고부의 낯에는 만족한 미소가 사르르 스쳤다.

이날부터 아내의 손이 돌게 되어 어린애의 울음소리도 덜 나게 되고 그 덕에 나도 신문장이나 편하게 보았다. 나는 이때 사람을 부림으로 말미암아 얻게 된 편한 쾌락을 다소간 느꼈다. 내가 이럴 제는 아내야 더 일러 무엇 하랴? 어린것 때문에 밤잠을 바로 못 자고 새벽에 일어나서 찬물에 손 넣던 고역이 없어졌으니 그의 편한 쾌감은 나의 갑절이 넘었을 것이다. 그러나 그것이 점점 버릇이 되고 그 버릇이 게으름이 되는 것을 뒤에 느끼지 않은 것도 아니나 그때에는 그런 것을 생각할 여지가 없었다.

할멈이 들온 사흘 뒤였다. 사에서 편집에 분주히 지내는데,

"할멈이 나가니 돈 오십 전만 보내줘요."

하는 아내의 전화가 왔다. 나는 무슨 변이나 났나 해서 그 이유를 물었더니,

"할멈의 고모가 병나서 어떤 온천으로 가는데 집을 보아 달란다나요. 이틀이나 와 있었으니 한 오십 전 줘야지요."

하는 것이 아내의 이유 설명이었다. 나는 사의 급사에게 돈 오십 전을 주어 보냈다.

"참 겨우 하나 얻었더니 그 모양이구려. 돈 오십 전 줬더니 백배사례를 하겠지……"

아내는 많은 돈이나 준 듯이 다소 자랑 비슷이 말하였다. 이 순간 나도 일종의 쾌감을 받았다. 거지에게 한 푼이나 두 푼 주고

느끼는 것 같은 쾌감을…… 하다가 사흘에 오십 전 하고 다시 생각하는 때 내 가슴은 공연히 무거웠다.

*

"사람 없을 때에는 모르겠더니 있다 나가니 못 견디겠는데…… 아앗 추워…… 호호."

추운 날 아침 솥에 불을 지피고 방에 들어온 아내는 내 자리 속에 젖은 손을 넣으면서 말하였다.

"삐종 먹다 마꼬²⁰ 먹기 괴롭다는 셈이로구려! 흥."

나는 일전 사에서 "사람의 입이란 버릇하게 가는 게야!" 하고 어떤 친구가 하던 이야기를 생각하였다. 아내는,

"호호, 어서 하나 또 얻어 와야 할 텐데……"

하고 혼잣말처럼 뇌었다.

그 이튿날 식전이었다. 나는 동창에 비친 아침 햇발을 보면서 그저 자리에 누웠는데,

"날래(어서) 들오!"

사투리 쓰는 어머니의 목소리가 마당에서 들렸다.

"오늘부터 오겠소?"

그것도 어머니의 목소리.

"오죠! 어디 댕겨 와야겠으니 이때 저녁때에 오죠."

서울 여편네의 바라진 목소리.

"칩은데 방으로 들오! 들어와 담배르 자시오."

어머니의 목소리.

"괜찮아요. 이제 갈 걸 여기 앉죠."

하고 그는 마루에 앉는 듯하더니,

"댁에는 식구가 적으니깐두루 오죠. 한 달에 사 원 오 원 준다
는 데도 있긴 있지만요…… 적게 받고 몸 편한 데가 제일이지요."

하는 말에 나는 그것이 어멈 후보자인 줄 알았다. 말소리는 상스
럽지 않으나 사 원 오 원 하고 자기는 이렇게 값있다는 듯이 은연
중 드러내는 자랑이 얄밉게 생각났다. 눈을 감고 듣던 나는 혼자
흥 하고 코웃음을 치면서 햇빛에 붉은 동창을 보았다.

"들오! 들어왔다가 아침을 자시구 가우."

어머니의 말이 끝나자 마루를 밟는 자취 소리와 같이 안방 미닫
이가 열렸다 닫혔다.

그날부터 그는 우리 집 부엌에서 드나들게 되었다. 삼십이 훨씬
넘었으나 아직 삼십 전후로밖에 뵈지 않고 갸름한 몸에 태 있게
입은 옷은 비록 검기는 할망정 서투르지는 않았다. 그 이죽얘죽
하는 말솜씨라든지 빤질빤질한 이마는 어찌 보면 계집 하인이나
부리던 사람 같고 어찌 보면 '밀가룻집'[21]에서 닳은 사람 같기도
한데, 이웃집 어멈이 오면 꼭 하게!를 하면서 자기는 우리 집 주
인 비슷한 태도와 표정을 짓는 것이 처음부터 얄궂었다.

"여보, 어멈인지 무엔지 공연히 빼기만 하고 트집만 써서 큰일
인데……"

그후 일주일이 되나마나 해서 아내는 뇌면서 전등을 쳐다보
았다.

"왜?"

"몰라, 왜 그러는지, 가게에 가서 뭘 가져오라니까 창피스러워서 누가 들고 댕기느냐고 하겠지! 위하니까 제야 제로라고[22]……홍."

아내는 분개했다. 하긴 우리 집에서는 어멈을 어멈같이 취급지 않고 한집 식구같이 음식도 같이 먹고 잠도 어머니와 같이 자고 반말도 하지 않았지만 그렇다고 그렇게야 뺄 수야 있을라구? 하다가, 어멈을 추어주니 도리어 상놈의 자식으로 믿고 반말을 하던 실례가 생각나서 혼자 머리를 끄덕거렸다.

"그런대루 더 두어 봅시다. 그런데 어멈이 양반인가? 홍……"
하고 나는 조롱 비슷한 미소를 띠었다.

"양반이라오! 양반인데 저 꼴이라나? 어젯밤에도 '옛날 잘살때에는 집만 해도 백 평이 넘었죠, 옷도 벌벌이 해 두고 자개장롱, 화류장롱에……, 언제 그런 세상이 또 올는지' 하면서 참 희고 싱거워서……"

아내는 어멈의 말을 옮길 때 어멈 비슷한 표정에 목소리까지 그렇게 지었다. 나는 코웃음을 홍 쳤다. 알 수 없는 증오의 염이 스르르 떠올랐다.

그 뒤로 어멈의 평판은 사방에서 들렸다. 더구나 이웃집 어멈들에게 어떻게 교만을 부렸는지 "누가 아나, 시골 상놈으로 서울 와서 머리 깎고 있으니 서방님이지 그 따위가 무슨 서방님이야? 아씨두 그렇지" 하고 우리를 욕하더라는 말까지 이웃집 어멈의 입을 거쳐서 들어왔다. 그런 말이 들리는 때마다,

"여보, 그걸 내쫓읍시다. 그걸 그저 둬요?"

하고 뛰었다. 옳다, 그를 들이는 것도 우리의 자유인 것만큼 그를 내쫓는 것도 우리의 자유이다. 하나 나는 그를 얼른 쫓고는 싶지 않았다. 물론 나를 욕하는 것이 싫기는 하지만…… 이렇게 내 가슴에는 막연한 생각이 솟았다. 들앉아서 사내의 손만 바라는 행세하는 집 여자들께서 사내라는 생활 보장의 큰 조건을 없애보라! 그가 취할 길은 매음녀? 뚜쟁이? 공장 직공? 어멈?…… 그네들게 어찌 잘살던 때의 회상이 없으랴? 하지만 자기가 되는 꼴은 생각지 않고 같은 처지에 있는 이웃집 어멈을 천대하고 혼자 내로라 하니 그런 심보가 잘산다면 누가 그 앞에서 얼찐이나 하랴? 이렇게 생각하면 가긍하던 어멈이 몰락하는 중산 계급의 최후까지 부리는 얄미운 근성의 표본같이 느껴졌다. 나는 이런 느낌을 받으면 그 계급의 몰락이 그리 불쾌하지 않았다. 체험으로라도 한 번 그렇게 시키고 싶었다.

"그래서 쓰나? 더 두어 보지."

나는 속으로 미우면서도 가장 점잖은 체 아내를 타일렀다. 그러다가 내 눈에도 아니꼬운 어멈의 행동과 말대답이 여러 번 뜨인 뒤로는 내보낸다는 아내의 말에 찬성까지는 하지 않아도 '생각대로 하구려'의 묵인은 하였다. 했더니 한 달이 못 돼서 아내는 시계를 잡혀 월급 삼 원을 주어서 어멈을 내보냈다. 나는 이 말을 듣고 시계를 잡혀서 월급을 주면서도 어멈을 부리려는 내 생활에 코웃음을 던지지 않을 수 없었다.

그가 나간 이튿날 아침 우리 집에서는 아내와 어머니가 실색을 하였다. 그것은 어제까지 있던 어머니의 가락지와 아내의 귀이개가 없어진 까닭이었다.

"어멈이 가져간 게지? 내가 그년을 찾아가 볼 테야!"

아내의 목소리는 분노와 절망에 떨렸다.

"이게 무슨 소리야? 보지도 못하고 남을 의심해서 쓰나?"

나는 아내를 꾸짖었다. 내 마음에도 그 어멈이 의심스럽긴 했지만 나는 애써 그 의심을 풀려고 하였다. 그를 따리갔다가 나오지 않으면 우리만 고얀 놈이 될 것이요, 또 그것이 나온다 하더라도 그때의 그 어멈의 낯빛이 어찌 될까? 또 그것에 우리의 생명이 달린 것도 아닌데 그렇게까지 할 것은 없었다. 그러는 것이 내 마음에도 좀 유쾌하였다.

"여보, 이젠 그놈의 어멈 그만둡시다."

나는 명령이나 하는 듯이 아내에게 말하면서 '그(어멈)도 환경이 만들어 낸 병신이로구나' 하고 생각하다가,

'무릇 사람의 의사는 생활 조건의 지배를 받는다.'

하던 어떤 학자의 말을 나도 모르게 뇌었다.

\*

그 후로는 일주일이 넘도록 어멈을 두지 않았다. 그럭저럭 가을도 지나고 초겨울도 지났다. 아침저녁 쌀쌀한 바람에 창을 치던 이웃집 뜰 포플러 나뭇잎은 다 떨어지고 빈 가지만 하늘을 향하고 있게 되었다.

금년 겨울은 일기가 퍽 더워서 어디서는 배꽃이 피었고 어디서는 개나리가 피었다고 신문의 보도까지 있도록 더우면서도 추운 날은 추웠다. 가을에 밀린 빨래도 이때 해둬야 할 것이요 김장도 흉내는 내야 할 판이다. 어멈 문제는 또 일어났다.

어떤 날 나는 내가 임원으로 있는 '프로레타리아 문화협회'의 월례회에 갔다가 좀 늦어서 돌아오니,

"여보, 어멈 하나 말했는데 낼부텀 오기로 했소!"

하고 아내는 내 눈치만 본다는 듯이 말하였다. 나는 늘 느끼는 바이거니와 밖에 나와서 사회적으로 어떠니 어떠니 하는 때면 바로 이십 세기의 사람이나 집으로 돌아가면 십칠팔 세기 사람의 기분과 감정의 지배를 받는다.

"그것도 또 그 모양이면 어떡하오?"

"아녜요, 이번 것은 삼청동 있는 숙경이 어머니의 주선으로 된 것인데 나이가 좀 젊어서 그렇지 퍽 수줍어 보이던데……"

아내는 아무쪼록 나의 동의를 얻으려는 수작이었다.

"나이 젊으면 왜 안 됐어? 누가 뭘 하나?"

나는 의미 있는 듯이 물으면서 벙긋 웃었다.

"응, 실없는 소리!"

아내는 눈을 흘기고 그러나 웃으면서 나를 보았다. 나는 앞집의 젊은 어멈이 밤중마다 출입이 잦다는 것을 생각하고 웃었더니 아내는 딴 생각을 하였는가?

"실없긴! 여보, 그래 이뿝디까? 당신보담 어때? 허허."

나는 아내를 놀리면서 웃다가 누가 찾는 바람에 문간으로 나가

버렸다.

이튿날부터 그 어멈은 왔다.

그것이 지금 편지 보낸 홍성녀였다. 이름은 무언지 성은 홍가인데 금년에 스물셋이었다. 그는 처음부터 어멈 계급은 아니었다. 구차한 집안에 나서 열넷인가 열셋에 역시 넉넉지 못한 가정으로 시집을 갔다가 열아홉에 과부가 되고 스물한 살에 홀로 계시던 시어머니마저 죽은 뒤로 남의 집 살이를 하게 되었다.

여자 키로는 중키가 되나마나 한 키에 좀 뚱뚱한 몸집은 어울렸다. 살결이 부드럽게 보이고 흰 것이라거나 앉음앉이 걸음걸이의 고요한 것은 간구한 가정에서 길리기는 하였으나 교훈 있게 길린 사람으로 보였다. 어떤 때면 응석 비슷한 목소리하며 아직도 솜털이 남은 이마하며 귀 밑에는 어린애다운 수줍음이 흘렀다. 퍽 숫스럽게²³ 귀여운 맛이 났다. 그리 크지 않은 좀 둥근 눈과 조금 앞이 들려서 웃을 때면 윗잇몸이 보이는 입술 가장자리며 병적으로 흰 콧잔등과 뺨새에 고적한 침묵이 사르르 흐르는 것만은 보는 사람에게 고적한 느낌을 주었다.

"이번 어멈은 어때?"

나는 아내에게 물었다.

"좋아요, 무슨 일이든지 시키지 않아두 저절로 할 줄 알고…… 그리고 사람도 퍽 재밌어요. 말도 잘 듣고."

아내는 입에 침없이 칭찬이다. 사람이란 남보담도 내게 잘하면 좋다고 하니까…… 그 어멈은 아내의 말동무도 되었다. 아내는 저녁이면 그와 같이 다듬이 바느질을 하면서 재미있게 속삭이고는 웃었다. 어머니는 어디 나갔던 딸이나 돌아온 듯이 그것을 기쁘게 보았다.

그 어멈이 들온 지도 보름이 넘어서 어떤 추운 날 밤이었다. 나는 신문을 보는데 곁에서 어린애를 재우던 아내는,

"여보, 어멈이 앨 뱄대! 흐흐."

하고 무슨 허물된 일이나 본 듯이 나직이 웃었다.

"응, 앨 뱄다니?"

나도 미상불 호기심이 났다. 열아홉에 과부가 돼서 홀로 있다는 어멈이 애 뱄다는 말을 듣는 내 머리에는 이상한 그림자가 언뜻 하였다.

"지금 다섯 달 머리를 잡는다나? 그래서 낯빛이 그렇던 거야! 밥도 잘 먹지 않고……"

아내는 모든 의심을 인제야 풀었다는 어조였다. 아내의 말을 들으면 그가 금년 봄 어성정[24] 어떤 여관집 어멈으로 있을 때 그 여관에서 심부름하던 사십 가까운 사내가 있었다. 그(사내)는 어멈이 들어가던 날부터 어멈에게 퍽 고맙게 하였다. 그(어멈)는 옛날에 돌아간 아버지 생각까지 났다. 그러다가 한 달 뒤에 주인마님이 들여다보게도 못 하던 자기 방으로 부르더니, 김서방(사십 가까운 심부름꾼)하고 같이 지내라고 하기에 어멈은 대답도 못 하고 낯이 발개서 군성대는 가슴으로 나와버렸다. 그 뒤부터 김서방은 마나님과 같이 못 견디게 졸랐다.

그것이 처음에는 부끄럽더니 나중은 그리 부끄러운 줄도 모르겠고 또 김서방이 고맙게 구는 것을 생각한다거나 주인마나님이

"네가 그렇게만 되면 너는 편하다. 김서방은 저금한 돈도 몇백 원 있는 사람이니 어서 내 말을 들어라" 하는 바람에 쏠리다가도 옛날 서방님 생각을 하면 그만 슬프기만 해서 주저거렸다. 며칠 뒤 어떤 날 밤 어멈은 바윗돌에나 눌리는 듯한 감각에 곤한 잠을 깨어보니 그것은 김서방이었다. 그 뒤로는 한방에서 잠자게 되었다. 이렇게 된 뒤로는 김서방의 태도는 일변하였다. 이전은 어멈이 부엌에서 무거운 일을 하면 김서방이 쫓아와서 도와주었는데 부부가 된 뒤부터 저(김서방)는 상전이나 된 듯이 제 할 일까지 여편네(어멈)를 시켰다. 여편네가 뭐라고 하면 때리기 일쑤였고, 여편네가 한 달에 삼 원 받는 월급까지 뺏어서 술을 먹고 곤드레 만드레 하더니 늦은 여름 어떤 날 그 여관 손님의 돈 사십 원인가를 훔쳐가지고 도망질했다. 그리하여 애꿎은 여편네까지 주인마나님에게 공모자로 걸려들어 경찰서까지 구경하고 여관에서 쫓겨나서 다른 집에 있다가 우리 집으로 왔는데, 김서방과 같이 있는 동안에 그의 핏덩어리가 뱃속에서 자리를 잡게 되었다. 예까지 설명한 아내는,

"그런 이야기를 하면서 '옛날 서방님이 살아계셨다면' 하면서 울겠지! 참 가엾어서……"

하고 한숨짓는 아내의 낯은 흐렸다. 듣고 보니 어멈의 신상은 내 일같이 가엾었다. 이 순간 나는 여관 마나님과 김서방이 미웠다. 내 가슴에서는 일종의 의분이 끓었다. 노력을 빼앗다가 피까지 빨려는 계급, 정조까지 유린을 하고도 부족이 되어서 매까지 대는 그러한 계급에 대한 반항적 의분에 내 가슴은 찌르르 전기를

받는 듯하였다.

"그래두 김서방을 생각하던데…… 그 못된 놈을……"

아내는 혼잣말처럼 뇌었다.

"뭐라구? 보고 싶다구?"

떨려 나오는 내 말속에는 '그깟 놈이 뭘 보구파!' 하는 뜻이 품어 있었다.

"아니, 보구는 안 싶대! 생각하면 분해 죽겠대요…… 그러면서도 그가 어디 가 붙잡혀서 악형이나 받지 않나 하는 생각이 저두 모르게 가끔 나서 가슴이 뜨끔뜨끔하대요, 인정이란……"

아내의 목소리는 잠겼다.

돈은 그 아름다운 인정까지 빼앗는다. 돈? 돈! 돈! 천하를 움직일 만한 돈으로도 못 살, 사서는 안 될 인정이건만 오늘날은 돈에 빼앗기고야 만다. 이렇게 생각하니 어멈이 더욱 가긍스러웠다. 나는 어멈이라는 경계선을 뛰어서 내 아내나 내 누이처럼 나와 가장 가까운 사람처럼 느껴졌다. 이렇게 되면 남의 일이 아니라 내 일이다. 나는 내 앞에 어멈이 있으면 그를 껴안아 대고 위로해 줄 만큼 흥분이 되었다.

끓어올랐던 흥분이 고요히 갈앉은 뒤 비판에 눈뜨는 내 이성은 지식 계급인 체하고 가만히 앉아서 그 모든 것을 정관하는 내 태도가 얄미운 동시에 그렇게 생각하면서도 그런 사람(어멈)을 부리는 것이 죄송스러웠다. 나는 어찌하여 이런 것 저런 것 다 집어치우고 그런 무리에 뛰어 들어가서 그네들과 함께 울고 웃지 못하는가? 나는 이 갈등에 마음이 괴로웠다.

아내의 말을 들은 뒤로부터 매일 눈앞에 얼찐거리는 어멈이 무심하게 보이지 않았다. 핼쑥한 그 낯에 그윽이 어린 고독한 침묵은 속절없이 보낸 청춘을 물끄러미 돌아다보는 듯도 하고 아직도 먼 앞길을 두려워하는 듯도 하였다.

알고 보니 뚱뚱해서 그런 듯이 느껴지는 그 뱃속에서 나날이 팔딱거리는 생명! 그 새로운 생명은 장차 어떠한 운명을 짊어지고 파란 많은 이 세상으로 뛰어나오려나?

\*

며칠 뒤였다.

도서관으로 돌아 나온 나는 식구들과 함께 저녁상을 대하였다.

"장조림은 고양이[猫]가 먹은 줄 알았더니 어멈이 집어서 먹었어……."

아내는 장조림을 집어 입에 넣으면서 말하였다.

"입버릇은 덜 좋더라."

어머니도 어멈의 무슨 허물을 보았던가?

"왜? 입버릇이 어때?"

나는 아내를 보았다.

"맛있는 것은 제가 먼저 맛을 보니까 말이지요! 허는 수 없어……, 오늘 아침에 조리던 장조림 한 개가 없기에 물어보았더니 머뭇거리겠지…… 그래 '자네 그게 무슨 짓인가? 나으리도 아직 잡숫지 않은 것을' 하고 말했더니 낯이 빨개서……."

아내의 말이 끝나기도 전에 어머니는,

"그뿐 아니라 맛난 것은 그리 먹지두 않으면서 다 맛보더라. 못된 버르장머리지!"

하면서 불쾌한 듯이 낯빛을 흐렸다.

"사람 허물없는 사람이 있나? 다 한 가지 허물은 가지고 있지."

나는 그런 것은 문제도 안 된다는 어조로 말하였다. 어쩐지 그어멈에게 허물 있다는 것이 듣기에 그리 좋지 않았다.

"그야 그렇지만 음식에 그러니까 그러지!"

아내의 어조는 아무리 해도 수긍할 수 없다는 듯이 울렸다.

"먹구프니까 그렇지, 여보! 당신 생각을 해 보구려! 지금 애 배서 다섯 달 머리니까 먹구픈 것이 퍽 많을 거요. 게다가 철까지 없으니 당신 같으면 지금 살구가 먹구 싶네 뭘 귤이 먹구 싶네 하구 야단일 텐데…… 하하하."

"먹구 싶구 말구…… 지금 한창 그런 때다."

어머니도 내 말에 공명이었다.

"누가 그렇잖다나? 도적질해 먹으니 그렇지!"

아내는 그저 흰 깃발을 들 수 없다는 어조였다.

나는 이 순간 이 말 하는 아내가 얄미웠다.

"그래두 저만 옳다지! 흥 사람이란 제 생각을 하고 남의 생각을 해야 하는 거야!"

"그래 그것(도적하는 것)이 옳단 말이오?"

아내의 말은 좀 격하였다.

"물론 몰래 먹은 것은 잘못이지만 그렇다고 그것 하나를 가지고 못된 것이니 고약한 것이니 해서 쓰나?"

내 말은 가장적(家長的)인 훈계같이 나왔다.

"그래 누가 뭘 했소? 내가 어멈을 욕했소? 홍, 욕했드면 큰일 날 뻔했네! 별꼴 다 보겠다."

아내의 말에 나는 아내를 다시 쳐다보았다. 아내의 붉은 뺨은 홍분에 더욱 붉었다.

"뭐 어쩌고 어째? 별꼴? 왜 사람이 점점 버르쟁이가 저 모양이야? 그 꼴 보기 싫으면 갈 일이지……"

"가라면 가지, 홍 시……"

아내의 가는 눈에 스르르 돌던 이슬은 드디어 눈물이 되어 한 방울 두 방울. 그 무릎에서 엄마의 젖을 만지던 어린것도 입을 벌 룩벌룩. 나는 밥 먹던 숟가락을 홱 던지고 마루로 뛰어나왔다. 황혼빛이 흐르는 마루로 뛰어나온 나는 마루 기둥에 기대어서서 별들이 하나 둘 눈뜨는 차디찬 하늘을 쳐다보았다. 일없는 일에 감정을 일으켜서 이러니저러니 한 것을 생각하면 나도 우스웠고, 여자 해방론자(女子解放論者)로는 남에게 빠지지 않을 만큼 떠드는 나로서 때로는 가장적(家長的) 관념에 지배되어 아내에게 몰인격적 언사 쓰는 것을 생각하면 일종 환멸 비슷한 공허와 같이 치미는 부끄러움을 억제치 못하였다. 언제나 이 갈등에서 완전히 풀리나?

이렇게 내외간을 가렸던 검은 구름은 그 밤이 깊기 전에 어린것의 웃음에 밀려버리고 내외는 다시 웃는 낯으로 대하였다.

"여보, 참말 어멈 보고 잘못하는 일이 있더라도 타이르고 몹시 말마우 응."

강화 조약이 체결되자마자 그 자리에서 나는 인정 있이 말했다.

"그럼요! 우리끼리 이야기지 어멈 보고야 뭘 하오!"

아내도 좋게 대답하였다.

"사람의 마음이란 이상해요. 누가 말리면 더 하구 싶은 것인데…… 어멈만 하더라도 그게 배고파서 장조림을 먹었겠소? 그게 우리가 먹으니까 별것같이 보여서 더 먹구 싶었을 거요. 맛없는 것이라도 먹지 마라 먹지 마라 하고 주지 않으면 먹는 사람은 늘 먹으니 평범하지만 못 먹는 사람은 더구나 그것이 신비롭고 맛있게 보이는 걸 어떡하오…… 허허."

나는 설교나 하는 듯이 늘어놓았다.

"그러나저러나 큰일이다. 저울(겨울)은 되고 몸은 점점 무거울 텐데 몹시 부릴 수도 없고……"

어머니는 곁에서 우리의 이야기를 듣다가 혼자 걱정처럼 말하였다.

"글쎄요. 그것도 걱정인데…… 저게 집에서 애까지 낳게 되면 큰일이 아니오?"

아내도 따라 걱정이다.

"내 생각 같애서는 또 내보내는 게 상책이겠다."

어머니의 의견이다. 의견은 옳은 의견이다. 약한 몸에 배만 불러도 걱정이겠는데 게다가 날은 점점 추워오지 일은 심하지, 그러다가 병이나 나면 우리가 부리기는커녕 도리어 우리가 부리이게 될 것이요, 그렇다고 우리가 뜨뜻한 구들에 앉아서 추운 겨울에 그것을 내쫓을 수도 없는 일이라 나는 이 순간 산전 산후의 아내의 그림자가 언뜻 생각났다.

"그렇지만 내보내면 어디로 가나? 이 추운 겨울에 뉘 집에서 그런 몸을 받을 리가 있나?"

이렇게 말한 나는 '내 아내도 내가 없고 보면 저 지경이 되지 않을까?' 하는 생각에 가슴이 뻐근해서 아내를 다시 쳐다보았다.

"글쎄요 딱한데…… 그런 줄(애 밴 줄) 알면서도 나가랄 수도 없고……"

아내도 난처한 모양이었다.

"암, 몸 비지 않은²⁵ 것을 어떻게 쫓나? 어디 그대로 둬 봅시다. 차츰 어떡하든지!"

천연스럽게 하는 내 말은 귀찮게 더 생각지 말자는 말이었다. 아주 두자는 동의는 아니었다. 사실 문제가 안 되는 것은 아니었다.

\*

그 뒤로 내 가슴에는 어멈 처치의 문제가 간간이 떠올랐으나 그 때문에 어멈에게 대한 호감은 스러지지 않았다. 어느 점으로 보아 몸 용납할 곳이 없는 그가 더욱 측은하였다. 제 몸 위에 어떤 구름이 흐르는지도 모르고 의연히 부엌에서 들락날락하는 그의 운명이 때로는 한심하게 느껴졌다.

이러구러 지내는데 십이월 중순이 되었다. 고향 있는 이모(어머

니의 아우)에게서 어머니에게 편지가 왔는데 사연인즉,

'가을부터 여관을 하는데 부릴 만한 사람이 마땅찮아서 걱정이
되는 중 들은즉 서울은 남의 집 사는 사람이 많다 하니 착실한 여
자 하나를 얻어 보내라.'

하는 것이었다.

"낮에 편지 읽는 것을 어멈이 듣더니 제가 가겠다구 하는구나!"

어머니는 내 동의를 얻으려는 듯이 나를 보았다.

"그 몸을 가지고 거기 가서 어떻게 할라구?"

내가 이렇게 말하니까 곁에 있던 아내가,

"응, 제가 벌써 그 말까지 하던데…… 거기(시골)는 물가두 싸
구 집세두 싸다니 애를 낳게 되면 제게 있는 돈으로 집을 얻어가
지고 낳겠노라구…… 여보, 보냅시다."

하고 말하였다.

"어멈이 웬 돈 있나?"

"모아둔 것이 한 십여 원 된다나! 남 꾸어준 것까지 받으면 십
오 원은 넘는대요. 홍…… 그거면 시골서 한 달은 더 살 텐
데……"

나는 푼푼이 얻은 돈을 그렇게 모은 어멈이 착실하게도 생각되
고, 우리네에게는 한때 술값도 못 되는 것을 그렇게 하늘같이 믿는
그네가 불쌍도 하고 방종한 우리네 생활이 죄송스럽기도 하였다.

"여보, 보냅시다. 거기 가면 먹기도 잘하고 다달이 돈 십 원씩
은 받을 텐데……"

"그래 볼까?"

나는 아내의 말에 칠분은 승낙하였다. 이러는 것이 일거양득이다. 어멈으로 보아서도 여기 있는 것보다 나을 것이고 나도 순후한 이모 댁으로 보내는 것이 짐을 벗는 듯도 하였다. 그러나 모두 북관[26]이라면 알지도 못하고 험악한 산골인가 해서 아범들도 질겁을 텅텅하는 곳으로 대담히 가겠다는 어멈의 심경이 가긍하기도 하였다.

"그러나 거기(시골)선들 애 밴 줄 알면 걱정하기 쉽지?"

나는 남에게까지 짐 지우기가 미안하였다.

"글쎄! 그러면 편지나 해볼까?"

일주일이 못 돼서 시골 이모에게서 편지가 왔는데 애를 배도 상관없으니 오겠다고만 하면 곧 노자를 보낸다는 뜻이었다. 이 편지를 본 어머니는,

"그년(시골 이모: 어머니의 아우) 제가 늘그막에 자식이 없어서 하나 얻어 키웠으면 키웠으면 하더니 어멈 애가 욕심나는 게지!"

하고 웃었다. 상반[27]의 관념이 별로 없는 우리 시골서는 그것이 허물될 것은 없었다.

"그래 가실 테요?"

나는 어멈에게 억지로 존경어를 쓰는 것이 아니라 누구를 해라 하고 부려 보지 못하고 자라나서 자연 그렇게 말이 나갔다. 내 아내는 앞〔南道〕사람인 것만큼 때로는 어멈에게 반말을 하는데 그것도 악의가 아니요 머슴 부리던 습관으로서였다.

"보내주시면 가겠어요."

어멈은 어렵게 공손히 대답하면서 고요히 웃었다.

"그러면 가세요. 노자 보내라구 편지할 테니…… 거기 가시면 예보다는 낫죠."

나는 곧 노자 보내라는 편지를 썼다. 웬만하면 내가 노자를 쥐 보내야 이모에게도 대접이요 어멈에게도 생색이겠는데 하는 미안한 걱정을 하면서……

*

어멈 떠날 날은 다다랐다. 그것은 뜨뜻하던 전주일 어떤 날이 었다.

나는 그날 어멈의 짐을 동여주기 위해서 사에서 좀 일찍이 나왔다. 꾸어주었다는 돈 받으러 돌아다니던 어멈은 겨우 이십 전인가를 받아가지고 늦게야 돌아와서,

"사 원 돈이나 못 받게 돼요. 없다고 안 주니 어쩝니까."

하고 울듯이 어머니에게 하소하였다. 그 돈도 떼는 사람이 있나? 모두 그 꼴이다 하면서 나는 혼자 웃었다. 아내는 과자와 과일을 사다가 어멈의 짐에 넣어주었다.

"아이구……"

어멈은 너무도 반갑고 죄송스럽다는 표정으로 한 마디 가늘게 뇌더니 힘없는 두 눈에 눈물이 핑그르르 돌았다. 그 눈물은 무엇을 말하는가?

"자, 인제 갑시다."

밤 아홉시가 지나서 큰 짐은 어멈이 이고 작은 짐은 내가 들고

우리 집을 나섰다.

"마님, 안녕히 계세요!"

어멈의 목소리는 떨렸다.

"응, 잘 가거라. 가서 몸 성히 잘 있거라."

"아씨, 안녕히 계세요. 애기 병 낫거든 곧 편지해주세요."

어두워 보이지는 않으나 어멈의 뺨에 눈물이 스치는가? 그 목소리는 확실히 눈물에 젖었다.

컴컴한 화동 골목을 헤저어 전등이 환한 안동 네거리에 나서자마자 내 두 어깨는 나도 모르게 처지는 것 같았다. 지금 막 와서 추로리²⁸를 돌려논 전차 운전대에 올라서는 때 내 눈은 내가 든 헌 보따리를 꺼렵게²⁹ 보았다. 옥양목 치마저고리의 어멈! 허출한 두루마기에 고무신 신은 나! 겐둥이센둥이³⁰ 껄렁껄렁하게 꾸린 보따리를 이고 끼고 한 이 두 사람은 남의 집 살이를 하다가 쫓겨가는 내외간 같다. 나는 제삼자로서 이런 그림자를 보는 때는 그것이 불쌍하더니 내가 그 모양으로 남의 눈에 띄고 보니 모든 사람의 시선이 아니꼽고 내 자신이 창피나 보는 듯이 불쾌하였다.

'뭐 별소리 다 하지, 그렇게 보이면 어떤가? 내가 못할 일인가?'

나는 혼자 속으로 이렇게 버티면서도 저편에서 나를 흘끔흘끔 쳐다보는 사람들의 시선을 바로 볼 수 없었다.

어멈과 나는 종로 일정목³¹에서 용산행을 갈아타게 되었다. 전등은 한층 더 빛나고, 사람의 눈이 많은 데 나오니 어멈과 나 사이에 가린 장벽은 내 의식 위에 더욱 뚜렷이 나타났다. 나는 애써

298

이 감정을 제어하려 하였으나 뱃속에서부터 쓰고 나온 관념의 힘은 참으로 컸다.

　신용산행 전차는 찬 거리에 처량한 음향을 일으키면서 스윽 와 닿았다. 전등이 휘황한 차 속에는 숄로 트레머리[32]를 가린 여성들이 칠팔 인이나 탔다. 사이사이 낀 깔끔한 신사들도 이 밤 내 눈에는 무심히 보이지 않았다. 나는 전 같으면 의주통행을 탈 것도 용산행의 그 차를 탔을 것이다. 얼음 위에서도 봄날같이 보이는 것은 젊은 계집의 떼다. 전차 속에도 그네가 많으면 전차까지 부들부들이 보여서 폭신한 털자리 위에 봄날이 비치는 듯 무조건하고 좋은 것이다. 내 이성은 이것을 비웃지만 내 감정은 이것을 승인한다. 내 가슴은 군성군성하다가[33] '어멈' 하는 생각이 떠오를 때 내 발은 떨어지지 않았다. 비 오고 난 뒤라 벗어놓았던 검은 두루마기에 고무신을 신고 어멈과 같이 오르면 누구든지 나를 어멈의 서방같이 보지나 않을까? 양복에 구두를 신었다면 하는 후회도 이 순간 없지 않았다.

　전차는 어느새 걸음을 냈다. 달아나는 전차 뒤를 물끄러미 보던 나는 스스로 나오는 찬웃음을 금치 못하였다.

　다음 와 닿은 것은 의주통행이다. 이번은 꼭 탄다던 결심도 또 흔들렸다. 차 속은 또 색시판이다. 이날 밤은 색시가 유난히 눈에 띄었다. 전차까지 빈정거리는 것 같아서 견딜 수 없었다.

　이 바람에 또 전차를 놓쳤다.

　"안타세요?"

　전차가 걸음을 내는 때 어멈은 지루한 듯이 물었다. 모든 환멸

이 지나가는 때 고막을 울리는 어멈의 소리는 무슨 항의같이 들렸다.

"담 차를 탑시다. 누구를 기다리는데……"

이렇게 거짓말을 할 때 나는 콧잔등이 간질거렸다. 종로 경찰서 시계대의 시침은 급하여 오는 찻시간을 가리켰다. 나는 이러다가 기차를 놓치면 어쩌나 하는 걱정까지 않을 수 없었다.

용산행은 와 닿았다. 다행히 여자의 그림자가 보이지 않았다. 사내들만 탔으니 전 같으면 쌀쌀한 수라장같이 보였을 전차건만 이때 내게는 은신처같이 좋았다.

"탑시다."

나는 뛰어올랐다. 옆에 낀 보따리를 운전대에 놓고 다시 어멈의 짐을 받아 놓은 후 어멈 앞서서 차실로 들어갔다.

칠분이나 갰던 내 기분은 다시 흐렸다.

"어 어디 가나?"

하고 내 손을 잡는 것은 어떤 신문사에 있는 김군이었다. 바로 그 옆에는 모던 걸 두 분이 앉았다.

"응, 자네 오래간만일세! 집에 있던 어멈이 떠나는데 전송일세……"

어멈에게 힐끗 준 눈을 다시 모던 걸에게 흘끗 스치면서 나는 끝소리를 여럿이 들으라는 듯이 높였다.

"어멈 배행일세그려!"

김군은 웃었다.

"그렇다네! 홍."

뇌고 보니 내 소리는 처음부터 나도 모르게 일종의 변명이었다. 또 자랑이었다. 빈정대는 듯이 크게 지른 내 소리 속에는 '나는 이렇게 관후하노라,' '나는 상전이요 저는 어멈이니 오해를 말라' 하는 변명의 냄새가 물씬 하는 것을 나는 느꼈다. 나는 어째 그렇게 대답하였을까. 어멈이 어멈이 아니요, 탁 자른 머리에 모자를 눌러쓰고 오뚝한 구두에 양장을 지르르한 미인이었다면 내 태도는 어떠하였을까? 오오, 나는 또 망령을 부렸구나! 어멈과 같이 탄 것이 무슨 치명상이 되는가? 방약무인의 태도로 버티고 앉은 저 양장미인이며 모든 사람의 눈을 어려운 듯이 피하여 한 귀퉁이에 황송스럽게 선 저 어멈과 사람으로서야 다 마찬가지가 아닌가? 그가 교육을 받았다면 그런 교육은 무엇에 쓰는 것인가? 활동사진과 소설에서 배운 가지각색의 웃음과 몸짓으로 정조를 팔아 한세상의 영화를 누리려는 부르주아의 지식 계급의 여성보다 제 힘을 끝까지 쟁기 삼는 어멈이 오히려 사람의 사람이 아닌가? 또 내 자신은 그보다 나은 것이 무엇인가? 뜨뜻한 방에서 배불리 먹으면서 어멈 제도 철폐를 부르면서도 어멈을 부리지 않는가? 허위이다. 가면이다. 내가 그를 동정하고 그를 측은히 보고 그의 짐을 들고 그를 전송한다는 것은 모두 허위요 탈이 아니었던가? 만일 그것이 허위가 아니요 탈이 아니라 하더라도 그 동정 그 측은은 내가 그와 같은 처지에서 제 일같이 받은 것이 아니요 인력거 위에서 요리에 부른 배를 만지면서 전차에 치인 거지를 보는 때 일으키는 것 같은 동정이요 측은이 아니었던가? 꼭 그렇지는 않았다 하더라도 그에게 대한 동정이니 측은이니 한 것은 미적지근하였던 것일시 분명하지 않은가?

'그러면 너는 저런 어멈이라도 아내 삼기를 사양치 않을 테냐?'

나는 다시 속으로 나에게 물었다. 나는 또 대답에 궁하였다. 궁하였다는 것보다 얄밉게도 그 질문을 벗을 만한 변명을 생각하였다.

나는 전차가 정거장 정류장에 닿을 때까지 내 가슴속에 새로 움이 트는 새 사상과 아직도 봉건적 관념의 지배를 받는 감정과의 갈등을 풀려면서도 못 풀었다.

정거장으로 들어갔다.

삼등 대합실 벤치 한 머리에 어멈을 앉혀 놓고 나는 차표도 사고 짐을 부친 후 이리저리 거닐면서 군성대는 군중을 보았다. 온 세계의 축도를 보는 것 같다. 잘 입은 이, 못 입은 이, 우는 이, 웃는 이, 흰 사람, 붉은 사람, 각인각양의 모양은 한입으로 다 말할 수 없으리만큼 복잡하였다.

한 귀퉁이 벤치에 거취 없이 앉은 '어멈'은 어깨를 툭 떨어뜨리고, 힘없는 눈으로 이 모든 인생극을 고요히 보고 있다. 찬란한 전깃불 아래 핼쑥한 그 낮에는 슬픈 빛도 보이지 않고 기쁜 빛도 어리지 않았다. 무어라 형용할 수 없는 빛——마치 자기의 운명을 이미 달관한 후에 공허를 느끼는 사람의 낮에서 볼 수 있는 것 같은 구름이 엷게 건너갔다. 축 처진 어깨, 힘없는 두 눈, 두 무릎에 던진 손, 소곳한 머리는 어디로 보든지 활기가 없었다.

그의 머릿속에는 어떠한 생각의 거미줄이 얽혔는가? 알지도 못

302

하는 사람의 편지 한 장에 몸을 맡기려는 한낱 젊은 여자! 그의 눈앞에는 그가 밟을 산 설고 물 설은 곳이 어떤 그림자로 떠올랐는가? 그가 평생 잊지 못할 남편, 열네 살부터 열아홉까지 하늘인가 땅인가 믿고 그 품에 안겨서 온갖 괴롬을 하소하던 그 남편, 고생이 닥치면 닥칠수록 생각나는 남편의 무덤을 뒤두고[34] 가는 가슴이 어찌 고요한 물결 같으랴? 끓고 끓어서 이제는 모든 감정이 마비되었는가? 남의 눈이 어려워서 몸부림을 못 하는가? 서리 아래 꽃 같은 그의 앞길을 생각하니 컴컴한 청루 홍등의 푸른 입술이 떠오르고 장마 때 본 한강의 시체도 떠오른다. 이 순간 그를 보내는 것이 꺼림하였다. 나는 내 이익만을 위해서 그를 보내는 것이 꺼림하였다. 그렇다고 그를 둘 수도 없는 사정이다. 오오, 세상은 어째 이러한가? 남을 살리려면 내가 희생해야 하고 내가 살려면 남을 희생해야 하는 것이 사람이 밟을 바른 길인가? 시간이 되자 나는 입장권을 사 가지고 개찰구를 벗어나서 어멈을 차에 태웠다.

"서방님, 안녕히 계십시오."

내가 차에서 뛰어내릴 때 어멈은 차창으로 내다보면서 떨리는 소리로 공손히 말하였다.

"네, 원산에 내려서 아침 먹구 배를 타시우."

나는 다시금 당부를 하면서 그를 보다가 그가 치맛자락으로 눈 가리는 것을 보니 가슴이 스르르 풀려서 더 돌아다보지 않고 나와버렸다.

그 뒤로 일주일이 지났다.

며칠 뒤에 또 다른 어멈을 얻어왔다. 다른 어멈을 얻기 전에는 떠나간 어멈의 이야기가 종종 있었다. 아내가 손수 부엌일을 하는 때에는 반드시 떠나간 어멈의 이야기가 나왔다. 그러다가 다른 어멈이 들온 뒤로는 떠나간 그 어멈의 이야기가 없다시피 되었다. 지금 생각하니 그것도 은연중 우리의 이익으로서 생각한 것이었다. 아내가 손수 부엌일 할 때에만 떠나간 어멈을 생각하였으니 말이다.

그런 판에 이 엽서를 받았다.

소리 없이 스며드는 황혼빛은 모든 것을 흐리는데, 나는 전등 스위치 틀 생각도 하지 않고 지나간 모든 생각의 층계를 한 층계 두 층계 밟아 올랐다. 밟으면 밟을수록 그 어멈의 신상이 가긍하였고 내 태도가 너무나 몰인정한 것같이 느껴졌다. 더구나 오늘날까지도 그에게 상전의 대접을 받는다는 것이 퍽 불안하였다. 나로서는 분에 넘치는 일 같았다.

그렇게 모든 기억을 밟아 오르다가 막다른 페이지—그 어멈을 차에 앉히고 내가 뛰어내리던 막다른 기억에 이르러서는 내 감정은 더욱 흔들렸다.

"차가 떠나가는 때 어멈은 울던데……"

나는 혼잣말처럼 뇌었다. 이때 옥양목 치맛자락으로 눈을 가리던 그 그림자—혈혈단신 여자의 몸으로 머나먼 길을 값없이 밟는 어멈의 그림자가 내 눈앞에 떠올랐다.

"예서도 울던데……"

곁에서 내 낯을 보던 아내는 말하였다.

"예서도 울었나?"

"그럼요, '아씨, 안녕히 계세요' 하고 내 손을 꼭 잡는 때 목이 메어서 다시 말을 못 하던데……"

아내도 그때의 기억이 떠오르나 보다. 그의 목소리는 떠오르는 꿈을 꾸면서 뇌는 잠꼬대같이 고요히 가라앉았다.

나는 아내를 다시 쳐다보았다. 아내의 운명! 내 운명! 아니 모든 우리의 운명도 그 어멈의 운명과 같은 길을 밟을 것같이 느껴졌다. 그와 같은 운명의 길을 밟는 때 지금의 나와 같은 중간 계급 이상 계급의 발길에 짓밟히는 나를 그려본다는 것보다는 그려 보여졌다. 나는 은연중 주먹이 쥐어졌다.

'오오, 그네(어멈)의 세상이 되어야 일만 사람의 고통이 한 사람의 영화와 바뀔 것이다.'

하고 나는 혼자 분개했다. 동시에 나는 그런 것을 느끼면서도 그 이상을 실행하도록 힘을 쓰는 척하면서도 머릿속에 주판을 가지고 있는 우리의 계급의 말로가─그 자개장롱, 화류장롱의 살림을 하다가 어멈이 되었다던 그 어멈의 말로같이 느껴져서 얄밉고 또 어서 그렇게 되어서 오늘의 '어멈 계급'으로 바뀌게 되어 갖은 설움을 맛보게 될 것이 유쾌하게도 생각되었다.

"진지 잡수셔요!"

어멈의 소리에 나는 일어서면서,

"진지 잡수셔요."

하는 어멈을 다시 보았다.

'오오, 그대들이여! 그대들은 세상을 낙관하라! 삶을 사랑하

라! 겨울은 지나간다. 봄빛이 이제 찾으리니 한강의 얼음과 북한
산의 눈이 녹는 것을 반드시 볼 것이다.'

어멈을 보는 내 가슴에는 이러한 생각이 돌았다. 동시에 나는
나도 모를 굳센 힘을 느꼈다.

# 먼동이 틀 때

1

　짧으나 짧은 여름밤을 빈대, 모기, 벼룩에게 쪼들려서 받아주는 사람도 없는 화증과 비탄으로 앉아 새다시피 한 허준이는 가까스로 들었던 아침잠조차 앵앵거리고 모여드는 파리떼로 흔들리고 말았다. 그렇지 않아도 남의 집에서 자는 잠이니까 늦잠을 잘 수는 없는 일이지만 화나는 양으로 말하면 그놈의 파리를 모조리 잡아서 모가지를 가위로 싹둑싹둑 잘라버리고 싶었다. 그러나 그것도 생각하면 소용없는 짓이려니와 되지도 않을 일이니까 그는 하는 수 없이 찌긋찌긋한 몸을 뒤틀면서 일어나 앉았다. 벌겋게 충혈된 눈을 비비면서 창문 밖을 내다보니 아침 햇볕은 벌써 마당에 쫙 퍼졌다. 그는 뒤가 다 나간 양말을 집어신고 일어서서 허리끈을 바로 맸다. 고의적삼에서 흐르는 땀 냄새도 양말의 고린

내에 못지않았다.

'이렇게 괴로운 줄 알았으면 회관에서 잘 것을……'

그는 잠 못 잔 것을 은근히 분개하면서 수세미가 다 된 두루마기를 떼어 입고 밖에 나섰다.

"와 세수도 하지 않고 어디 가노?"

저편에서 세수하던 뚱뚱한 사람이 비누를 허옇게 바른 얼굴을 이편으로 돌렸다. 그는 밀양 사람인데 작년 겨울부터 이 집에 주인을 잡고 있다.' 첫 두 달 밥값밖에는 갚지 못해서 주인에게 축출을 당했으면서도 여태 버티고 붙어 있는 사람이다.

"가 봐야지…… 자네 회관에 올 테지?"

허준이는 걸음을 멈추었다.

"와 그렇게 가노? 아침 묵고 가자구…… 들까……"

그 사람은 얼굴의 비누를 씻으면서 말하였다.

"참 뱃속 편한 사람일세!…… 자네나 쫓기지 말고 얻어먹게…… 허허."

"누가 떼먹나…… 돈 생기면 다 갚을걸…… 흐흐."

"허허. "

이렇게 서로 어이없는 웃음을 웃다가 허준이는 대문 밖에 나섰다.

밤비가 지난 뒤의 아침볕은 맑고 서늘하였다. 맞받아 보이는 집 뜰에 하늘을 찌를 듯이 솟아 있는 포플러 잎새는 아침볕에 유들유들 기름기가 흐른다. 어디선지 지절대는 참새의 소리가 상쾌하게 들렸다.

그는 엉터리로 유명한 밀양 친구를 다시 생각하고 혼자 벙긋하면서 밤비에 질척한 계산 학교 뒤 언덕에 올라섰다. 그의 눈 아래에는 서울의 전경이 벌어졌다. 서울에 흐르는 아침빛은 연기에 흐려서 빛을 잃었다.

그는 어린 학생들이 뛰고 지껄이는 계산 학교 마당가로 지나 계동 골목으로 떨어졌다.

재동 네거리를 지나다가 이발소 시계를 들여다보니 벌써 아홉 시 오분 전이다.

"남과 약속해 놓고……"

그는 이렇게 혼자 뇌고 거기 다녀갈까 하고 망설이다가 회관에 가서 세수나 하고 가리라고 걸음을 분주히 걸었다.

안동 네거리를 지나 중동 학교 앞으로 빠져서 청진동에 있는 회관 앞에 이르렀다. 대문 안에 발을 들여놓으려는데 밖으로 나오는 사람이 있다. 그는 발을 멈칫하면서 그 사람을 쳐다보았다. 아사쯔미에리에 캡을 쓰고 윗수염을 싹 자른 그 사람의 빨리 돌아가는 시선이 그의 온몸을 배암처럼 스치자 그의 가슴은 뭉클하였다. 그의 바로 뒤에는 허준이와 같은 회 회원인 최라는 얽은 친구가 따라오고 최의 뒤에는 또 형사가 하나 따라섰다. 그의 가슴은 뭉클한 정도를 지나서 떨렸다. 그런 것은 매일 보다시피 하는 것이지만 어쩐지 볼 때마다 불유쾌하고 기연가미연가' 하는 생각에 가슴이 조였다.

골목으로 나가면서 두어 번이나 흘끗흘끗 돌아다보는 그 날카로운 시선은 무슨 위험하고도 크나큰 수수께끼를 던져주는 것 같왔다.

그는 그래도 태연한 낯빛을 지으면서 천천히 대문 안에 들어섰다.


2


큰 대문 안에 들어선 허준이는 어중이떠중이 삭일세로 들어서 오글오글 끓던 사랑채 앞을 지나 중문 안에 들어섰다. 벌써부터 더위를 몰아치는 볕발은 백여 평이나 되는 넓은 마당을 끼고 네 겹 축대 위에 높이 앉은 회관 지붕 위에 이글이글 흐른다.

이 집은 서울서도 이름이 있는 팔대가(八大家)인가 사대가(四大家)에 끼는 집이다. 지금으로부터 백여 년 전에 어떤 대감댁으로 지은 집인데 흐르는 세월과 같이 이 집의 주인도 여러 번 변하였다. 한때는 서슬이 시퍼런 지벌⁴의 주인이 오락가락하였고 한때는 광채가 찬란한 황금의 주인이 들락날락하였다.

이렇던 이 집에 상부회(相扶會)의 간판이 붙게 되고 십삼 도의 젊은이들이 드나들게 된 것은 사 년 전 가을부터이다. 그 뒤로 이 집은 일반의 공유가 되다시피 일반의 출입이 자유로웠다.

중문 안에 들어선 허준이는 마루로 올라가면서, "최가 어떻게 된 일이어?" 하고 마루 아래서 세수하는 이마 넓적한 사람더러 물어보았다. 그 사람은 코를 킹킹 푸느라고 미처 대답을 못 하는데 대청마루 의자에 앉은 가냘픈 사람이, "몰라 지금 들어오더니 좀 가자고 하는데 별일 없을 거야" 하면서 허준이를 본다.

"별일은 무슨 별일. 나도 일전에 영문도 모르고 이틀이나 눈이 멀게 갇혔다 나왔지……, 하하……"

늦잠으로 유명한 뚱뚱보는, 오늘 아침은 웬일인지 벌써 일어나 와서 떠들고 앉았다. 아직 잠이 부족한지 두 눈은 흐릿하다.

"인제 아침 먹어야지…… 자네 돈 없나?"

세수하던 친구가 수건으로 손을 닦으면서 허준이를 바라본다.

"돈? 가만있게. 벌어옴세……"

허준이는 외면서 호주머니 속에 칠 전 든 것을 생각하였다. 모든 기분은 평상시나 다름없었다. 떨리던 허준의 가슴도 평범한 기분에 싸이지 않을 수 없었다.

"다들 어디 갔나?"

그는 누구에게라고 지목 없이 물으면서 두루마기를 벗고 세수를 하였다.

"가긴 어디를 가? 아직도 오지들 않았어……"

허준이가 낮에 물을 끼얹는데 어떤 친구인지 왼다.

이 집 방에는 어울리지 않을 만큼 너무 작은 팔각종은 열 점을 땅땅 친 지 이슥하였다.

대청마루에 기어든 볕발은 눈이 부실 지경이다. 모두 볕을 피하여 그늘로 들어앉았다. 어떤 이는 벌써부터 땀을 흘리고 있다.

회원들 그림자는 차츰 많아졌다. 회관은 끓기 시작하였다. 한쪽에서는 이론 투쟁이 벌어지고 한쪽에서는 성강연(性講演)이 벌어졌다. 양키라는 별명을 듣는 키 크고 눈알이 노란 사람은 마룻바닥을 텅텅 울리면서 댄스를 하고 있고 배지라고 온 몸뚱이에 배만 보이다시피 된 사람과 늦잠쟁이는 볕발이 쨍쨍한 마당에서 볼을 던지고 있다. 이렇게 각인각양으로 떠들면서도 거개 아침 먹을 걱정을 한마디씩은 하고 있다.

약속한 사람을 찾아가려고 대청마루 한 귀퉁이에서 구겨진 두루마기를 입는 허준이도 아침 걱정을 안 할 수 없었다. 가슴과 배가 수축이 되고 등이 휘는 듯하였다. 호주머니 속에 든 돈(칠 전)이 있으니 호떡 하나는 염려 없지만 호떡도 한 끼나 두 끼지 벌써 사흘이나 쌀구경을 못 하니까 창자가 뽑히고 사지가 제각각 노는 듯이 허천거려서⁵ 견딜 수 없었다. 그는 그 생활을 새삼스럽게 탄식하지 않을 수 없었다. 그는 갑자기 침울하여졌다. 두 어깨가 처지는 것 같으면서 가슴에 검은 연기가 스스로 돌기 시작하였다.


3


사람은 어디서든지 자기를 잊어버리지 않는다. 그것은 자기로서도 똑똑히 의식하지 못하는 의식이다. 자기가 슬프면 모든 것이 슬퍼 보이는 것이요 자기가 기쁘면은 세상이 기쁜 것이다. 허준이도 이러한 감정에서 벗어날 수 없었다.

그의 눈에 비치는 모든 것은 그의 뱃속같이 허전허전하고 그의 가슴속같이 갑갑하였다. 육간대청은 갑갑한 지하실이나 아닌가. 눈부시던 볕발도 흐릿한 석양빛 같다. 거기서 떠들고 뛰는 사람들까지 활기를 잃어 보인다. 모두 삼십 미만의 청춘들이면서 필 대로 못 피고 혈색 없는 낯반대기⁶를 보이고 있다. 허준 자신도 그 무리의 한 사람이다. 그는 거울을 대한 듯이 자기 그림자를 보았다. 두 뺨이 빠지고 광대뼈가 좀 드러나서 우뚝하고 두툼한 입술이 유난스럽게 드러나고 개기름이 번지르르한 이마 아래 쑥 들어간 두 눈의 힘없는 동작이 너무나 똑똑히 떠올랐다. 그는 입술을 깨물고 옆에 놓인 책상에 기댔던 팔에 힘을 주면서 궁상에 싸인 그 그림자를 노렸다. 그의 얼굴의 근육은 긴장된 경련을 일으킨다.

"엑 버러지만 못한 목숨이 흠——"

그는 의자에 다시 주저앉으면서 비탄에 가까운 말로써 뇌었다. 무엇이나 손에 잡히는 대로 잡아서 눈에 보이는 대로 깡그리 부수고 싶었다.

"허 여기서도 비통 철학(悲痛哲學)이 발작하는데, 웬일일까? 이 사람! 갑자기……, 허허허."

옆에서 신문을 보던 친구가 허준이를 보고 커다란 입을 벌렸다.

"자식 또 떠벌린다…… 담배나 있으면 하나 주게."

허준이도 웃으면서 그 사람 앞에 손을 내밀었다.

"담배는 주리마는 너무 그러지 말게……"

하고 그 사람은 호주머니에 손을 넣으면서,

"으흠…… 네가 그렇게 걱정하는 때마다 이 아비의 마음은 봄눈 슬 듯하는구나……, 하하하."

하고 커다란 입이 더욱 크게 벌어졌다.

"이놈 버릇없이…… 흐흥."

허준이도 담배를 받으면서 점잔을 빼다 말고 웃었다. 좀 경쾌한 기분에 뜬 그는 담배를 붙여 물고 마당에 내려서니까 쏜살같이 오는 볼을 받던 늦잠쟁이가, "자네 어디 가나? 밥 먹을 데 있으면 나두 가세" 하고 허준이를 쳐다본다.

"밥?…… 흥…… 참 밥 같은 소리 말게……"

그는 코웃음을 치면서 중문 밖으로 나왔다. 그러나 정색으로 따라 서려는 그 친구의 얼굴이 눈앞에서 얼른 스러지지 않아서 가슴이 스르르 하였다. 정작 대문 밖에 나서니 발끝이 무거워지는 것 같았다. 그는 그 자리에 서서 '호떡집에 다녀서 가?' 하고 망설이다가 그냥 발을 떼 놓으면서 '일요일이니까 늦어도 괜찮겠지만 그래도 약속한 시간이 있으니……' 하고 청진동 큰길로 올라왔다. 등골을 지지는 햇발은 그의 기운을 더욱 흐뭇이 하였다.

왼편 길가에 있는 설렁탕집에서 흘러나오는 누릿한 곰국 냄새가 그의 비위를 몹시 흔들었다. 그는 입 안에 서리는 군침을 다시금 삼키면서 안동 네거리로 나와서 회동 골목으로 접어들었다. 걸음걸음이 그의 기분은 더욱 무거워졌다.

"그만두어……"

그는 입속으로 이렇게 여러 번 외면서도 터벅터벅 걸어 올라갔다. 이런 것 저런 것을 생각하면 그만 뿌리쳐버리는 것이 자기 자존심을 위해서도 유쾌한 편이나 밥이라는 문제를 생각하면 꿀리지 않을 수 없었다. 그리고 그 친구의 호의를 저버린다는 것도 어쩐지 마음에 꺼림칙하였다.

"별걱정을 다 하오! 남의 걱정까지 언제 하고 있을 새가 있소…… 내가 굶고야 남 죽는 것을 생각할 여지가 있어야지……"
하던 어제 저녁 그 친구의 말이 다시 생각났다.

"남은 죽거나 살거나 나만 편할 도리를 차려야 할까?"

그는 가슴속에서 몇천 번이나 되풀이한 의문을 또 번복하여 보았다. 그러나 여전히 그 해답은 나서지 않고 그의 걱정을 비웃는 듯이 건너다보던 그 사람의 좀 경망스럽게 보이는 가느다란 눈이 머릿속에 때룩때룩' 떠올랐다. 그는 몹시 불유쾌하였다.


4


그는 그 사람의 가느다란 눈이며 점잔빼는 태도가 항상 불유쾌하였다. 어떤 때는 자기의 존재가 무시나 되는 듯한 모욕까지 느끼지 않을 수 없었다. 그의 조촐한 꼴이 그 사람의 부인의 눈에 띄는 것은 더욱 불쾌하였다. 그는 그 사람을 찾아보고 나오는 때마다,

'다시는 오지 말아야—그것 아니면 산 입에 거미줄 슬라구.'
하고 몇 번 맹서하면서도 이렇게 찾아가게 된다. 그의 절박한 생활과 그리고 어디라 없이 흐르는 그 사람의 친절한 맛이 그의 발을 무겁게나마 끌고야 말았다.

그 사람이라는 것은 물산 회사의 주임으로 있는 김관호인데 허준이와 같은 고향 사람이다. 그 두 사람은 어려서 소학교에 같이

다녔고 같은 장난 친구로 정답게 지냈다. 김은 고향서 착실하다고 귀염받던 사람이다. 그가 소학교를 마치고 서울 와서 선린(善隣) 상업에 입학하였던 것까지는 허준의 기억에 있으나 그 뒤 팔년간의 소식은 알지 못하였다. 그동안에 허준이는 이리저리 떠돌아다니느라고 그가 몸을 던진 그 일 이외의 친구 소식은 들을 길도 별로 없었거니와 들으려고도 하지 않았고 또 자기 소식을 전하려고도 하지 않았다. 이렇게 지내는 동안에 옛날 친구들의 기억은 점점 스러져서 어떤 이는 이름조차 잊어버렸다. 어쩌다 한번씩 옛날 친구들의 그림자가 눈앞에 언뜻거리지 않는 바는 아니었으나 그것은 순간순간으로 그의 마음을 조이도록까지 계속은 되지 않았다.

그러다가 지난봄에 경성역에서 김을 만났다.

부슬부슬 내리던 비가 겨우 갠 봄바람이었다. 허준이는 동경서 떠나오는 어떤 동무를 맞으려고 여러 동무와 같이 경성역으로 나갔다. 유난히 빛나는 전깃불 아래서 들레는 사람들 틈을 이리저리 저어 나가는데 눈에 힐끗 뜨이는 얼굴이 있었다. 얄팡얄팡한 뺨과 잔털이 나불거리던 이마만은 옛날의 면목이 스러졌으나 우선우선하는[8] 가느다란 눈이며 날씬한 입술이며 가냘픈 몸은 의심없는 김관호였다.

허준이는 입술을 움직이다가 나오는 소리를 침으로 막아 삼키면서 그대로 지나가려고 하였다. 반가운 품으로 말하면 "이게 웬일요?" 하면서 그 사람의 손을 잡고 싶었으나 말쑥한 양복에 중절모자를 신사답게 사뿐히 쓴 그 사람에게 몸에 어울리지도 않는—— 그거나마 어깨가 찢어지고 궁둥이가 드러나게 된 양복에 싸인 자기 그림자를 보인다는 것은 도리어 웃음만 살 것 같았다.

그는 자기의 약점이 폭로나 되는 듯이 은연중 몸을 송그리면서' 돌아서 나가려는데 "이게 누구요!" 하는 익은 목소리가 분명히 고막을 울리자마자 그 신사의 부드러운 손은 허준의 팔에 와 닿았다. 반가움에 흔들리는 소리와 같이 정다운 손이 와 닿을 때 허준의 가슴은 감격에 떨렸다.

"아 관호씨!"

하고 서로 잡은 두 사람의 손은 한참이나 풀리지 않았다. 허준이는 반가우면서도 그 사람의 눈이 조촐한 자기 몸을 슬쩍 훑는 것이 그리 유쾌한 일은 아니었다. 두 사람은 잠깐 이야기를 하다가 오늘은 피차에 볼일이 있으니 일후에 만나자는 약속을 하고 갈라섰다. 그 사람은 돌아서다가 다시 돌아보면서,

"밤에는 언제든지 집에 있으니 꼭 오셔요. 회사에 전화를 걸고 오시는 것도 좋으니 꼭 오시오."

하고 회사의 전화번호가 적힌 명함까지 끄집어내 주면서 신신부탁을 하였다. 허준이는 그 사람의 고정[10]이 반가우면서도 그 사람의 눈에서 벗어나는 것이 어쩐지 자유로운 듯하였다.


5


허준이는 그 뒤에 김관호를 찾지 않았다. 처음 만나던 그때의

생각에는 그 이튿날 전화라도 걸까 하였으나 하룻밤을 자고 나니 그 생각은 엷어져버렸다. 땟국이 꾀죄죄 흐르는 의관에 궁상이 그득한 낯반대기를 빛나는 그 사람의 차림차림과 비기는 것이 어쩐지 재미가 없었다. 더구나 돈냥이나 만지고 밥술이나 편히 먹는 사람들 속의 한 사람일 김이 자기를 마음으로 대하여 줄 리는 없을 것이다. 명함을 주고 두세 번 오라고 하는 것은 사교에 익은 사람들의 행투일 것이다. 만일 자기의 정체를 알고 보면 김은 더욱 싫어할 것이다. 이렇게 생각하니 김과 자기와는 천 길 장벽을 가운데 놓은 듯이 느껴졌다. 그러다가도 간혹 '그럴 리야 있을라구…… 그 사람의 태도와 표정이 진심 같은데……' 하고 한번 찾아볼까 하는 생각도 없지 않았으나 기분은 그렇게 돌아서지 않고 멀어만 지는 것 같았다.

'김을 찾아서 군졸한 것이나 면하도록 해볼까.'

어떤 때에는 이런 생각까지 떠올랐으나 그는 곧 자기의 어이없고 더러운 생각을 혼자 웃으면서 꾸짖어버렸다. 그렇게 그렁저렁 한 달은 지나갔다.

어떤 흐릿한 날이었다. 그날 허준이는 후줄근한 옥양목 두루마기를 입고 종로를 향하고 수표교" 다리를 건너는데 저편으로 오는 가냘픈 신사가 있었다. 그는 그가 김인 것을 알았다. 그의 기분은 빚쟁이와 마주치는 듯이 흔들렸으나 어느새 맞다들게 되어서 피할 수도 없고 외면도 못하게 되었다.

'나도 못생긴 놈이야! 만나면 어때…… 이 꼴이 뭐 어때……'

그는 속으로 혼자 푸닥거리를 놓으면서 용기를 냈으나 역시 기분은 돌아서지 않았다.

"오래간만이올시다. 어디로 가시오."

그는 조금도 어색한 태도를 보이지 않으려고 모자를 먼저 벗으면서 빙긋이 웃었으나 그것이 도리어 어색함을 느끼지 않을 수 없었다.

"참 오래간만인데요. 그런데 왜 한 번도 오시지 않아요? 퍽 기다렸는데…… 주소가 어데지" 하다가 그 사람은 다시 낯빛을 고치면서, "그 뒤 주인은 어디로 정하셨어요? 나는 주인을 알아야 찾아나 가지요."

그 사람은 대단 갑갑했다는 어조였다. 그러나 그 어조는 퍽 다정스러웠다. 허준이는 대답에 궁하였다. 찾아 안 간 핑계는 무어라고 하며 주인은 어디라고 해야 좋을는지 망설이다가,

"그새 시골 갔다가 그저께 왔어요…… 주인은…… 저…… 하숙집은 아니고 어떤 친구 집에 있는데 낮에는 늘 청진동 상조회에 있습니다."


6


하고 어물어물하면서도 확실한 하숙도 없이 다니는 것을 남에게 알리는 것이 퍽 부끄러웠다.

"네…… 오…… 저…… 이윤 변호사 옆집 말이지요."

상조회라는 말에 그 친구는 벌써 모든 것을 알아차리는 듯이 대

답하더니,

"그래 지금 어디 가시우. 별일 없으시우?"

하고 허준이를 들여다본다.

"황금정¹²에 댕겨가는 길입니다. 별일이 무슨 별일이 있겠어요."

허준이는 심기가 좀 펴진 웃음을 지었다.

"바쁘시지 않으시면 우리 한잔 합시다. 오래간만이니 그 어간¹³ 이야기도 듣고 싶고……"

그 사람은 '어서 승낙하고 나를 따라오시오' 하는 눈으로 허준 이를 보면서 도로 돌쳐서려고¹⁴ 한다.

"바쁘기야…… 바쁘진 않습니다마는……"

허준이는 뒤끝을 흐리마리하여버렸다. 그의 발은 무거우면서도 떨어졌다. 자기를 불쌍하게 보는 듯한 것이 고마운 듯하면서도 불유쾌하고 그렇게 따라가 먹는다는 것이 쑥스럽기도 하였다. 그 러나 그처럼 하는데 거절하기도 안 되었고 먹는다는 힘에 끌리지 않을 수도 없었다. 온종일 점심은 둘째로 아침도 변변히 못 먹은 창자에서는 쪼르륵 꼴꼴 소리가 그치지 않았다.

"자 어서 갑시다. 볼일이 별로 없으신 담에야…… 오래간만에 이야기나 좀 합시다."

그 사람은 허준의 주저거리는 뜻을 벌써 알아차린 듯이 더욱 친 절하게 끌었다.

두 사람은 종로로 나왔다. 흐릿한 일기는 석양이 되면서 더욱 흐릿하여서 모든 것은 어둑한 황혼 속에 잠긴 것 같았다.

철수로는 늦은 봄이나 아직도 일기는 산산한데 날이 흐리고 석양 바람이 일어나니 이른 봄처럼 쌀쌀하였다.

두 사람은 불어오는 바람에 몰려오는 먼지를 피하여 머리를 놀리면서 종로 큰길을 건너섰다.

큰길을 건너서서 몇 집 지나다가 어느 조그마한 중국 요리점으로 들어갔다.

검은 문장을 늘인 저편으로 흘러나오는 기름 냄새와 무엇을 지지는지 찌르륵찌르륵 하는 소리는 허준의 비위를 슬근이[15] 건드렸다.

두 사람은 깊숙하고 조용한 온돌방으로 인도되었다.

"우리가 못 만난 지 퍽 오래지요?"

식탁을 가운데 놓고 마주 앉아서 담배를 피우는 두 사람 사이에는 이야기가 벌어졌다.

"퍽 되지요……" 하고 허준이는 손가락을 꼽더니, "팔 년인데…… 관호씨가 선린에 입학하신 뒤부터이니까……"

하고 담배를 빨았다. 그의 어조라거나 태도는 김처럼 마음을 턱놓은 것 같지 못하고 조심조심히 저편의 눈치만 살피는 듯이— 어찌 보면 저편의 기분에 압박을 느끼는 듯이 어색한 것이 많이 보이는 것을 그 스스로도 느끼고야 말았다. 그것을 느끼고 몸가짐을 평범히 하려고 할수록 더욱 부자연하여 가는 것 같았다.

"참 그렇군…… 그때만 해두 지금보다는 철없는 때외다."

하고 빙그레 웃으며 담배 끝에서 솟는 파란 연기를 보는 관호의 가느다란 눈은 옛날의 그림자를 보는 듯하였다.

"그런데 그새 어디 계셨소? 그해 하기 방학에 내려가니까 그때

댁에서들은 어디인지 이사를 하셨더군요!"

그는 다시 허준에게 시선을 주었다.


7


허준의 아버지는 고향에서 객주를 하다가 남의 돈냥이나 지게
되고 견딜 수 없이 되었다. 그때 어떤 항구에서 물상객주[16]를 크게
하는 사람이 있었는데 그는 허준의 아버지와 일찍부터 거래 관계
로 정분이 두터웠다. 허준의 아버지는 그 사람의 도움으로 그해
(김관호가 선린 상업학교에 입학하던 해) 늦은 봄에 그 항구로 식
솔을 데리고 가서 어떤 해산업자(海産業者)의 일을 보아주고 허
준이는 물상객주에서 상심부름을 하였다.

그렇게 이사한 이듬해에 그의 어머니가 세상을 떠나게 되어서
가정을 헤치고 말았다. 그러자 이어 해산업하던 사람이 어찌어찌
파산의 비문에 빠지게 되니까 그의 아버지까지 그 물상객주에 목
을 매게 되었다. 부자가 다 같이 한 사람의 심부름을 하게 되니까
서로 보기가 안 된 일이 한두 가지가 아니었다. 아버지를 생각하
는 자식의 정이나 자식을 생각하는 아버지의 정이나 틀릴 것이
없었다. 서로 쳐다보고 내려다보면서 시선과 시선으로 괴로운 처
지를 위로도 하고 호소도 한 적이 한두 번이 아니었다.

그렇게 지내다가 이사한 지 삼 년 되던 해 허준이는 일본으로
건너갔다.

"네 생각대로 해라마는 부디 몸조심해라."

하고 그 아버지는 목멘 소리로 자식에게 부탁하면서 자식의 뜻을 꺾지 않았다. 그는 일본으로 건너가자마자 마침 어떤 탄광으로 가게 되었다.

"그 뒤로는 이렇게 정처 없이 떠돌아다녔어요…… 그러다가 작년 여름에 서울로 왔어요."

하고 간단히 설명하면서도 사상 단체에 들어서 사상 운동을 하는 이야기는 하지 않았다. 그것은 그 사람과 이야기하는 것은 부질 없는 일같이 생각될뿐더러 무슨 자랑이나 하는 것 같기도 하여서 그 이야기만은 피한 것이었다.

"그러면 춘부 어른께서는 지금도 그 객주에 계시겠지요?"

김은 초장을 접시에 따르면서 말하였다.

"네, 지금도 거기 계셔요."

"인제는 퍽 늙으셨겠네……"

하얀 손에 잡았던 장그릇을 놓고 허준이를 건너다보다가 다시 창문을 내다보는 김의 눈은 백발이 성성한 어떤 늙은이의 그림자를 연상하는 듯하였다.

"늙으시구 말구…… 지금 육십이 가까우신데 고생까지 닥치니……"

하고 담배를 빨아 연기를 내뿜는 허준의 눈앞에는 아버지의 그림자가 스르르 지나갔다.

이때 술과 안주가 들어왔다. 허준의 비위를 흔드는 중국 요리의 걸쭉한 냄새와 억센 술 향내는 방 안에 쓰르르 퍼졌다.

하얀 술이 찰찰 넘는 술잔은 저 손에서 이 손으로 이 손에서 저 손으로 건너게 되고 따라서 안주 접시도 젓가락의 침입을 받게 되었다.

따끈한 술이 두 사람의 창자를 축이면서부터 두 사람 사이에 흐르는 좀 서먹서먹한 기분은 스러지기 시작하였다. 서로 옛날이 그리워지고 옛날의 정분으로 돌아가지는 것 같았다. 서로 지금의 지나가는 형편 이야기도 하고 또 어려서 소학교 다닐 때 서로 싸우고 벌 받고는 그날 오후에 낚시질을 같이 갔던 이야기까지 하였다.

"그러나 생활이 그렇게 곤궁하시구서야……"

하고 좀 머뭇거리던 김은,

"무슨 일이 되시겠소…… 하시는 운동이야 누가 비난을 하겠습니까…… 마땅한 일이지요마는 의식 문제에 쪼들리게 되면 언제 다른 생각을 할 여유가 있어야지요."

하면서 술잔을 들었다. 허준이도 따라서 술잔을 들면서 "참말 그래요…… 하지만 무어 어떡하는 수가 있습니까? 그래도 목숨이 붙어 있는 날까지 애쓰고 애쓰노라면……, 허허허……"

허준이는 자기의 정색한 어조가 흐느러진[1] 주석의 기분에 어울리지 않는 것을 느꼈던지 웃어버렸다.

"어떻게 의식, 넉넉지는 못하더라도 다소 의식 걱정은 없으셔야 하실 텐데……"

하고 김은 매우 걱정되는 듯한 표정을 지었다. 허준에게는 그것이 쓸데없는 걱정 같았다. 이날 이때까지 의식 문제의 해결을 연구하고 연구한 결과 지금의 환경 속에서는 도저히 될 수 없다는 것을 느낀 허준의 생각에는 김의 걱정이 헛된 걱정으로 느껴지지 않을 수 없었다.

"그게 어디 그렇게 쉽게 됩니까."

하고 허준이는 지나가는 말처럼 뇌어버렸다.

"어디나 취직하실…… 물론 허준씨의 운동에 거리낌 없을 만한 직업이 있으면 혹 붙잡을 의향이 없으신지?"

김은 취중에도 저편의 의사를 상치나 않을까 하는 조심스런 어조로 물으면서 술에 흐린 눈으로 허준의 안색을 살폈다.

"글쎄요 어디 그런 자리가 있어야지……"

허준이는 혈관에 흐르는 술기운을 겨우 지탱하면서 흐리마리하게 대답하였다.

"가만 계셔요…… 어디 봅시다."

하면서 김은 뽀이를 불러서 요릿값을 치러주었다. 조그마한 돈지갑에서 십 환짜리가 나오는 것이 허준의 마음을 흔들었다. 그 한 장이면 자기네는 한 달이나 살아갈 것이다. 배곯던 동무들을 뒤두고[18] 혼자 잘 먹은 것이 미안도 하고 술을 주지 말고 돈으로 주었으면 얼마나 좋으랴 하는 생각도 일어났다.


8


이때 반짝하고 전등이 켜졌다.

허준이는 옆에 놓았던 모자를 집어쓰고 일어나려는데, "여보 형! 이렇게 드리는 것은 실례지마는⋯⋯" 하면서 김은 십 환 지폐 한 장을 허준에게 건넨다.

"천만에⋯⋯ 이건 너무나 미안합니다."

허준이는 그것 받기를 주저하였다. 욕심대로 말하면 더도 말할 것도 없지만 그 돈 십 환이 자기를 구속하고 자기를 불쌍히 보는 듯이 불쾌하기도 하였다.

"약소합니다마는 구급이나 하십시오. 차차 피도록 되시겠지요. 조금도 상심치 마세요."

하는 김의 취한 어조는 정답게 떨렸다.

"너무나 미안합니다. 참 잘 쓰겠습니다."

허준이는 여러 번 사양하다가 받았다. 그의 가슴은 김의 우정에 대한 감격과 자기의 처지에 대한 설움에 울렁거렸다. 돈의 구속을 모르는 듯이 느껴지는 김이 어쩐지 자기보다 빛나 보이는 듯하였다. 자기의 존재는 너무도 미천한 것 같았다. 고르지 못한 모든 것이 새삼스럽게 원망스러웠다. 그는 이양의[19] 흥분을 느끼면서 일어났다.

"내일은 내가 인천 다녀와야 하겠습니다. 모레 오후에 만납시다. 이번은 꼭 오셔요. 저녁이나 같이 잡수면서 직업 이야기도 하고⋯⋯"

안동 네거리에서 갈릴 때 김은 말하였다. 허준이는 "네, 가지요⋯⋯ 자 또 뵈옵겠습니다" 하고 청진동 편으로 취한 다리를 옮겨놓았다.

그의 취한 생각은 오락가락하였다. 스스로 우러나오는 계급 감정으로 김의 생활에 일종의 반감도 일어나거니와 부러운 생각도 스르르 머리를 들었다. 소학교 시절의 성적은 김보다 자기가 나았던 것이다. 자기도 파산의 비운에만 빠지지 않고 김처럼 전문학교까지 마쳤다면 지금은 상당한 자리에서 상당한 생활을 하였을 것이다. 이런 생각이 그의 머리를 흔드는 때 그의 눈앞에는 어떤 중류 가정의 생활이 희미하게 떠올랐다.

'허허 미친놈이로군.'

하고 그는 그 얼없는[20] 생각을 웃어버리려고 하였다. 그런 생각이나마 하는 것은 여러 동무를 배반하는 것같이 부끄러웠다. 자기 홀로 편안한 생활을 하려는 것은 무슨 죄악같이 느껴졌다. 친하던 모든 친구들을 차버리고 홀로 배나 부르면 무슨 소용이 있으랴? 자기 손에 돈만 들어온다면 처지를 같이한 천하 사람들과 나누고 싶었다. 여러 가지 생각에 골몰한 그의 발은 기계적으로 회관문 앞까지 이르렀다. 그는 대문 안에 발을 들여놓으려다가 호주머니 속에 있는 십 환짜리를 다시 만져보았다. 그것은 여러 사람에게 들키는 날이면 그 자리에서 없어질 것이다. 그는 아까운 생각이 스르르 들었다.

'어떤 밥집에 맡겨 두고 혼자 다녀……'

하고 다시 돌아서려 하였으나 발이 떨어지지 않았다. 어깨가 축 처지고 낯빛이 해쓱한 동무들이 눈앞에서 알찐거렸다.

'내 손에 돈만 들어와 봐라. 구차한 사람을 다 주지.'

하고 아까까지도 뇌던 자기의 생각이 다시 떠올랐다. 그는 스스로 부끄러움을 금할 수 없었다. 여러 해 쪼들린 생활에 인색하여지는 자기의 마음이 밉고도 슬펐다.

"여러분 우리가 한 끼 굶더라도 이 돈은 박군의 여비로 씁시다. 박군을 어서 돌려보내야 하겠으니 말이에요."

허준이가 집어내놓은 십 환짜리를 여러 동무가 서로 빼앗아가면서 좋아라고 뛰는 때에 간부의 한 사람인 키가 자그마하고 얼굴이 비쩍 마른 사람이 썩 나서면서 말하였다. 그 말 한 마디에 방 안은 물을 끼얹은 듯이 조용하였다. 빛나던 얼굴들은 모두 스르르 흐리는 듯하면서 일종의 긴장한 빛을 띠었다.

"그럽시다."

하는 듯이 아무도 이의가 없었다. 일을 위하여 주림을 참는 그 모양들을 보는 허준이는 자기의 인색한 생각을 다시금 후회하였다.


# 9


이틀 뒤였다.

허준이는 오후 다섯시에 김관호를 찾았다. 김의 집은 허준의 상상에 떠오르던 그러한 기와집은 아니었다. 땅에 꼭 들어붙은 듯한 초가집이었다.

허준이는 친히 나와 맞아주는 주인의 인도로 건넌방으로 들어갔다. 마당 바른편 장독대에서는 무엇을 하고 있는 주인아씨의 눈에 조촐한 꼴을 보이는 것은 기운이 한풀 죽는 것 같았다. 주인

아씨는 신여성인 듯싶었다. 트레머리[21] 한 것이라거나 짧은 치마라거나 섬돌에 놓인 여자 구두를 보면 신여성임이 분명했다. 그가 신여성이거니 생각하매 그의 눈이 더욱 시렸다.

저녁상에는 반주가 있었다. 몇 잔 술에 얼근한 두 사람은 상을 물린 뒤에 밤 열시까지 이야기를 주고받았다. 처음에는 이런 이야기 저런 이야기로 시간을 보내다가 나중에는 허준의 취직할 이야기로 들어갔다.

"만일 의향이 계셔서 우리 회사로 오신다면 한 달에 육십 원—지금 있는 이는 오십 원이지만—은 드리도록 주선하겠습니다."
하고 김은 책상에 비스듬히 기대어서 허준의 의사를 다시 살핀다. 김의 말눈치를 보면 벌써 자기네끼리 이야기가 있은 모양 같다. 허준이는 겉으로는 반승낙이나 하여 놓고도 속으로는 이러기도 어렵고 저러기도 어려웠다. 몸이 어디 가 매이는 날이면 자기는 운동의 소임을 다할 수 없는 날이다. 그러나 굶고 앉아서 무엇을 할 수도 없는 일이다.

"우리는 직업을 붙잡을 수 있거든 붙잡읍시다. 그리고도 힘만 모으면 일을 할 수 있습니다."
하고 서로 말한 바도 없는 것은 아니나 직업을 붙잡는 날이면 어쩐지 그 기반을 벗어날 수 없는 것 같았다. 그러나 월수입 육십 원이면 세 사람은 살 수 있는 것이다. 세 사람의 목숨을 지탱한다는 것은—세 사람의 힘을 우리 운동선에 보탠다는 것은 여간한 도움이 아니다. 그리고 그처럼 친절히 주선해주는 김의 우정을 물리치는 것도 그로서는 괴로운 일이었다.

"그 일은 내 힘으로 할 수 있을까요?"

허준이는 광대뼈가 드러난 얼굴을 들었다. 우뚝한 콧날은 전등불에 빛났다.

"그걸 못 하셔요…… 넉넉하외다. 우리 회사 소유의 집이 많은데 모두 사글세로 주었지요. 그 세전을 받아들이는 것이니까."

김은 그만한 일은 손쉬운 것이라는 듯이 말하였다.

"이때까지 그걸 받는 사람이 없었어요?"

"왜…… 있었지요. 한데 그 사람이 잘 받지 못해요…… 그러구 궐자[22]는 어떤 것은 받고도 못 받았노라고 하고…… 그런 무정한 일이 있으니까 쫓아내야지요."

하고 담배 연기를 내뿜으면서 전등을 쳐다보는 김의 가느다란 눈은 교활하게—허준에게는 그렇게 보였다—빛났다.

"그러면 그 사람 대신 제가 들어가는 셈이외다그려, 허허."

하고 허준이는 어색한 웃음으로 좀 떨리는 목소리를 감추려고 하였다.

"말하자면 그런 셈이지요."

"그러나 내가 살려고 남을 어떻게 쫓습니……"

허준이는 말끝을 흐리마리하였다. 그의 가슴은 묵직하여졌다.


10


"별걱정을 다 하시오…… 남의 걱정을 하시다가는 제가 죽는 것을 어떻게 합니까?"

"그렇지만 그건 좀 문제인데요."

"아무 상관없어요. 그 사람은 아무래도 나갈 사람이고 그 대신 허준씨가 아니면 다른 이라도 쓰게 된 형편인데 무슨 거리낄 것이 있겠어요…… 아무 걱정도 마시오. 언제 남의 걱정을 다 하십니까?"

하고 허준이를 건너다보는 김의 눈은 경망스럽고도 교활하게 돌아갔다.

그 뒤에도 세 번이나 만났으나 문제는 낙착을 짓지 못하고 있다가 오는 일요일에는 가부간 확답을 하기로 하고 갈렸다.

허준이는 지금 그 약속대로 김을 찾아가는 것이다.

*

일은 다 된 일이다. 허준이가 오늘 가서 김에게 명확한 대답 한마디만 하면 일은 다 된 일이다. 그러나 뒤가 몹시 켕긴다. 그도 없는 사람인데 없는 사람에게 가서 집세를 조른다는 것은 그로서 차마 할 수가 있을까. 그의 눈앞에는 그의 동무되는 김이 집세에 쪼들리던 꼴이 떠올랐다.

'못할 일이로군.'

그는 생각하면서 머리를 흔들었다. 그나 그것뿐인가. 아직도 두 눈이 띠룩거리는[23] 사람을 쫓아내고 그 사람의 자리를 차지한다는 것은 더구나 못할 일이었다. 김의 말도 일리가 없는 것은 아니다.

그 사람은 허준이가 들어가려고 아무 허물도 없는 것을 쫓는 것
은 아니다. 허준이가 들어가든 말든 어차피 쫓겨나는 사람이다.
그러나 그 사람이 어떤 사람인지는 모르나 속도 모르고 자기를
원망하기도 쉬운 일이다. 모든 조선의, 운동선상에 나선 사람으
로서는 생각이 못 되는 것이라는 생각이 그의 머리를 무겁게 하
였다.

"그 사람도 곤궁하니까 그랬을 테지……"

그나 그 사람의 처지를 동정은 하여 보았다. 사람들은 도적을
만들어놓고 그 도적을 잡으려고 한다. 그 사람도 형편이 형편인
가 보다. 작년 겨울에 어떤 동무가 감옥에 있는 동무의 밥값을 맡
았다가 그 아내가 냉방에서 해산하게 되는 바람에 그만 집어쓰고
얼른 갚지 못한 까닭에 몇 동무의 비난과 모욕까지 받고 나중에
는 그런 성의 없는 사람은 운동선에서 쫓아내라는 말까지 들은
것이 생각난다. 그때 그 동무의 핏기 없는 얼굴이 보이는 듯하다.
이 사람(물산 회사에서 집세 받는 사람)도 그렇게 절박한 사정이나
있었던 것이 아닌가……

"엑 그만두어라."

그는 결심하였다. 김을 만나는 즉석에서 그만 단념한다고 대답
하려고 하였다. 그러나 김의 친절을 등지는 것은 어쩐지 괴로웠
다. 그리고 육십 원─매삭 육십 원이라는 그 관념도 그의 마음
의 한 귀를 잡고 놓지 않았다. 그는 어쩌면 좋을지 판단이 얼른
나서지 않았다.

어느새 김의 집 대문 밖에 이르렀다. 그의 가슴은 더욱 묵직하

였다. 아까 이발소 유리창에 비치던 자기의 그림자가 땟국이 흐르는 두루마기에 어깨가 축 처져 보이던 그 그림자가 눈앞을 지나갔다. 그런 꼴을 주인 부인에게 뜨이는 것은 이 집을 찾는 때마다 고통이었다. 깔보는 것 같고 뒷공론을 하는 것같이 생각되어서 견딜 수 없었다. 자기의 존재는 큰 모욕을 받는 듯하였다. 그는 스스로 용기를 애써 내면서,

"이리 오너라."

하고 불렀다.

"누구시오? 허준씨요? 들오시지요……"

하는 것은 김의 부드러운 목소리였다. 그는 심기가 좀 펴서 마당에 들어섰다.

허준이가 방으로 들어가는데 그 방에 앉았다가 가는 사람이 있었다. 후줄근한 옥양목 두루마기에 캡 쓴 사람이다. 검데데한 얼굴은 무슨 근심이 씌운 듯이 흐릿한데 정력 없이 보이는 눈은 모든 사람의 시선을 꺼리는 듯 무슨 죄를 짓고 사과온 사람 같았다. 그것이 회사에서 쫓겨나는 그 김이란 사람이나 아닌가 하고 생각하니 허준의 가슴은 그도 알 수 없는 압박을 느꼈다.


11


"손님이 오셨는데 미안합니다."

허준이는 마루에 나갔다 들어오는 김을 보면서 자리를 드티어[24]

앉았다.

"괜찮아요…… 엑 귀찮어서……"

김은 이마를 찡기면서 책상 앞에 앉았다.

"왜요? 누구예요?"

"그게 그 사람인데…… 세상이 그런 게야…… 제 허물은 모르고……"

김은 혼잣말같이 뇌어버린다.

"뭐라고 해요……?"

허준에게는 김의 태도가 어쩐지 불쾌하게 느껴졌다.

"뭐…… 죽을죄를 지었느니 마니하고 그저 두어달라고 벌써 몇 차례나 와서 조르는데 견딜 수가 있어야지……"

하고 김은 귀찮은 듯이 이마를 찡그리다가 다시 웃음을 지으면서,

"그래 결정하셨소? 뭐 결정이고 말고 있소…… 내일부터 출근하시지요."

하고 허준이를 건너다보았다.

"그러지요."

하고 허준이는 대답하였다. 그는 그렇게 대답한 것을 곧 후회하였다. 그는 어째서 그런 대답을 하였는가? 공연히 끌리는 인정에 눌려서 그렇게 대답은 자기도 모르게 하였으나 가슴이 묵직한 것이 유음[25]이 그득 찬 것 같았다. 그렇다고 그 자리에서 그 대답을 취소할 용기도 나지 않았다.

"제일 의복을 바꾸셔야 할 터인데…… 이따…… 지금 내가 어디 다녀와야겠으니…… 이따 저녁때……"

하고 김은 무엇을 생각하다가, "내 의복을 며칠 입으시오…… 그
리고 차차 지어 입도록 하시지요."

하고 김은 그 아내를 불러서 자기의 의복을 내왔다. 그것을 받는
때 허준의 마음은 기쁘면서도 부끄러웠다. 그는 의복을 들고 마
루 아래 내려설 때 뒤에서 누가 손가락질을 하면서 비웃는 것 같
아서 줄달음을 치다시피 뛰어나왔다.

"그러면 내일 아침에 일찍 오시오, 아침은 집에 와서 잡수시
게……"

김은 그에게 부탁하였다. 대문 밖에 나선 허준이는 지옥이나 벗
어난 것 같았다. 그러나 몇 걸음 걸으려니까 창자가 텅 비고 다리
가 허청거리기 시작하였다.

해는 낮이 좀 지났다.

그는 길가 호떡집으로 들어가서 호떡 한 개를 사먹고 나서 회관
으로 가다가 무슨 생각을 하였는지 안국동 어떤 친구의 집으로
가려고 발을 돌리다가 보니까 물산 회사에서 쫓겨난 사람(아침에
김의 집에서 만난 사람)이 저편에 서서 허준이를 보다가 허준이와
시선이 마주치니까 외면을 한다. 허준이는 다시 그 사람을 볼 용
기가 나지 않았다. 무슨 크나큰 죄를 지은 사람이 형사에게나 들
킨 듯싶었다. 그는 그만 재동 넘어가는 골목에 들어서서 소안동[26]
으로 내려왔다.

"여보셔요."

안동 예배당 앞에 왔을 때 누군지 뒤에서 허준이를 불렀다. 그
는 걸음을 멈추고 뒤를 돌아보았다. 허준이는 가슴이 뭉클하면서

두근거리기 시작하였다.

"미안합니다마는 잠깐만 여쭐 말씀이 있어서……"

그 사람은 기운 없는 목소리로 죄송스럽게 뇌면서 허준의 얼굴을 쳐다보다가 머리를 숙인다.

"무슨 말씀?"

허준이는 의아한 눈으로 그 사람을 보았다.

"조용히 좀 여쭐 말씀이 있는데……"

하고 그 사람은 지나가는 사람들의 눈을 퍽 꺼리는 듯이 말하였다.


## 12


그 사람의 태도는 허준에게 풀기 어려운 수수께끼 같은 느낌을 주었다. 그 사람은 가슴에 무슨 생각을 품었는가? 어찌하여 그는 남의 눈을 기어가면서²⁷ 말하려는가? 그의 자리를 빼앗았다고 그 분풀이를 왔는가? 그 힘없는 눈하며 몸을 가누지 못해 애쓰는 듯한 태도는 분풀이는 고사하고 누구에게 큰소리 한마디 할 용기도 못 가진 듯하다. 그러면 그는 무슨 말을 하려는가? 무슨 소원이 있는가? 자기가 그의 대신 들어가지 말아달라는 애원인가? 허준의 마음은 어쩐지 죄송스러웠다. 사람으로서는 차마 못할 일을 한 것 같았다.

'그러나 내가 쫓은 것은 아니다.'

이렇게 한번 속으로 변명도 하여 보았으나 그렇다고 묵직한 가슴은 풀리지 않았다. 한 개의 호떡이 그의 주리고 주린 창자를 충분히 녹이지 못한 탓도 되겠지만 어쩐지 온몸의 기운은 그 자리에서 아주 빠져버리는 듯도 하였다.

"무슨 말씀인지 여기서 하시지요."

그는 떨리는 목소리로 외면서 바른편에 끼었던 옷보퉁이를 왼편에 끼었다.

"어디 조용한 데서 뵈올 수 없을까요……"

그 사람의 목소리는 아까보다 용기를 다소 얻었다.

"글쎄요. 어디 조용한 데가 있어야죠…… 저, 걸어가면서…… 이야기 합시다……"

허준이는 발을 옮겼다. 그 사람도 따라 발을 옮겨놓으면서,

"그러면…… 대단 미안합니다마는 저와 같이……"

하고 같이 어디로 가자는 뜻을 보인다. 허준이는 "어디 조용한 데 있으면 갑시다" 하고 선선히 대답하였다. 대답을 하면서도 아무도 모를 조용한 데서 무슨 변이나 안 생길라나 하는 걱정도 슬며시 치밀었다.

두 사람은 별궁담을 끼고 큰길로 나왔다. 그 사람은 허준의 앞에 서서 재동 쪽으로 몇 걸음 나가다가 왼편 길가에 있는 중국 요릿집으로 들어가려고 하였다. 허준이는 발을 멈추면서 "여보셔요…… 다른 데로 갑시다" 하고 좌우를 돌아보았다. 그 사람을 따라 그리로 들어가는 것은 어쩐지 불유쾌하였다. 모든 눈이 잘 보는 듯싶었다. 그 사람은 저어한[28] 낯빛으로 허준이를 보면서 "하

괜찮습니다…… 들어가시지요…… 잠깐만……" 죄송하다는 어조로 말한다.

"그럴 것 없이 다른 데로 갑시다……"
하고 허준이는 머리를 기웃하다가, "우리 취운정[29]으로 갑시다. 물도 먹고……" 하면서 재동 쪽으로 향하려 하였다.

"어째 그러십니까?…… 이리로 들어가시지요……"
그 사람의 어조는 절망에 가까운 듯이 울렸다.

내리쬐이는 볕발은 온 누리를 녹일 것 같았다. 빗발이 듣지 않아서 자국자국이 일어나는 먼지는 더위에 지친 사람을 더욱 괴롭게 굴었다. 수레를 끄는 말까지 온몸의 털이 땀에 젖어서 머리를 떨어뜨리고 기운을 못 쓰고 지나간다. 집집의 지붕에서는 금방 보이지 않는 불이 날 것만 같다. 허준이는 옷보퉁이를 연해 이 손 저 손에 바꾸어 들면서 그 사람과 같이 취운정으로 들어갔다. 취운정도 역시 시원치 못하였다. 바람 한 점 없는 볕발에 사람들은 기운을 잃어버리고 발밑에 밟히는 푸른 풀은 시들고 눈을 가리도록 무성한 나무는 먼지투성이가 되어서 보기에 갑갑하였다. 비! 여기에 비가 한바탕 지나갔으면 얼마나 시원하랴. 얼마나 맑으랴? 하고 허준이는 생각하면서 아래위를 돌아보았다.

약수터에는 매일과 같이 사람이 끓는다. 저편 나무 그늘에서는 어떤 학생인지 책을 낯에 가리고 잠이 들었다.

## 13

두 사람은 약물터에 가서 오그그 끓던 사람들 사이를 비비고 들어갔다.

날이 더운 관계인지 사람들은 여느 때보다 사오 갑절이나 모여들었다. 어떤 이는 점잔을 부리느라고 자리 나기만 기다리고 어떤 이는 염치를 불구하고 밀고 당기고 하여 싸움까지 일으킨다. 부인들과 어린애들은 남이야 죽거나 살거나 물터를 둘러싸고 앉아서 흘러내리는 샘을 쪽박으로 퍼서는 병과 주전자와 물통에 붓는다.

"남은 먹지도 못하는데 가지고 간담."

이런 불평은 연방 일어난다.

허준이는 겨우 물 한 바가지를 얻어먹고 그 사람과 같이 물터 뒤로 올라갔다.

소나무 잎 사이로 흘러내리는 볕발은 푸른 물 위에 아롱아롱한 무늬를 놓았다. 사람들은 없는 데 없이 흩어져서 담배도 피우고 부채질도 하고 어떤 이들은 장기까지 두고 있다. 저편 사정에서는 오늘도 활을 쏘는 한가한 사람들이 떠들고 있다.

두 사람은 사람의 그림자가 잘 보이지 않는 나무 그늘에 가서 자리를 잡았다. 허준이는 온몸의 기운이 다 빠진 듯하여 아무런 생각도 나지 않았다. 억지로 지탱하여 오던 다리를 잔디 위에 펴고 몸을 소나무에 턱 기대고 앉으니 온몸은 땅속으로 자지러져 들어가는 듯하면서도 그윽한 품에 안긴 듯이 흐뭇한 유쾌를 느꼈다. 그는 힘없는 눈으로 앞을 내다보았다.

쨍쨍한 볕발이 흐르는 서울의 지붕을 스쳐 아른거리는 남산 저편 먼 하늘을 바라보고 앉았으니 뭉치고 쪼들리던 마음은 그도 모르게 풀렸다. 그는 모든 것을 잊었다. 자기가 지금 어디 있는지 자기 앞에 누가 있는지를 그는 깨닫지 못하였다.

"담배나 피시지요."

곁에 앉아서 허준의 동정만 흘금흘금 살피던 그 사람은 허준의 앞에 담배를 디밀었다. 허준이는 그리 반갑지 않다는 어조로,

"네…… 별로 생각 없는데."

하고 받으면서 몸을 앞으로 굽히는 듯하였다. 그 사람은 성냥을 그어댔다. 이리하여 두 사람은 한참 동안이나 침묵 속에서 담배만 피웠다.

"무슨 말씀인지 하시지요."

허준이는 그 사람을 슬쩍 보고 다시 먼 하늘을 바라보았다.

"다른 말씀이 아니라,"

하고 그 사람은 머리를 숙이면서 몸을 좀 움직이더니,

"그런데 참 누구십니까?"

"저는 김순구올시다."

하고 어려운 말을 내는 듯이 말하였다.

이렇게 서로 성명을 통하고 나서 그 사람은,

"김관호씨와 친하시지요."

하면서 허준이의 얼굴을 슬쩍 치어다본다.

"네."

그의 대답은 간단하였다.

"참 이렇게……"

하고 그 사람은 또 몸짓을 하더니,

"미안합니다마는…… 아무쪼록 허물치 마시고 들어주시기를……"

하고 뒷말을 흐리마리하게 끊었다.

"천만의 말씀…… 무슨 말씀이든지 괜찮으니 하시지요."

허준이는 이렇게 말하면서도 그 사람의 뭉싯거리는[30] 태도가 갑갑하고 불쾌하였다.

"다른 말씀이 아니라 형에게 수고를 끼치려고……"

"네…… 어서 하시지요."

"제 고향은 강원도올시다. 서울 온 지가 금년까지 꼭 칠 년이 되지요."

그의 말은 실마리가 풀어졌다. 처음에는 죄송스러운 듯이 기운을 못 펴던 그의 말은 점점 분명하게 기운 있게 울렸다. 따라서 그의 태도도 아까와는 딴판으로 파겁[31]을 하고 침착하여졌다.

허준의 마음은 한걸음 한걸음 그의 이야기에 끌렸다.


14


김순구는 강원도 춘천읍에서 생장한 사람이었다. 그가 다섯 살

때에 그의 아버지가 함경도로 벌이를 가느라고 떠난 뒤로 지금까지 소식이 묘연하였다. 그의 어머니는 술장수와 밥장수로 그를 소학교 졸업까지 시켰으나 그 밖에는 힘이 자라지 못하므로 그를 공부시키지 못하고 말았다.

그 때문에 그 번민도 컸던 것이다. 그가 소학교를 마친 것은 열다섯 때였다. 그는 열다섯 살 때에 어떤 일본 사람의 상점에서 심부름을 하고 한 달에 십삼 원이란 돈을 받게 되었다.

십삼 원은 그네들 생활에 있어 크나큰 재산이 되었다. 그것은 그네들의 한 달 목숨을 보장하는 큰 조건이 되는 까닭이었다.

이렇게 지내는 때에 어려서 소학교를 같이 졸업한 친구들은 서울이니 일본이니 유학을 가서 중학교에 다니게 되었다. 그네들이 하기 방학이나 동기 방학에 돌아와서 동경 이야기와 서울 이야기를 하는 때마다 김순구의 어린 가슴은 찢어지는 것 같았다. 서울이 그립고 동경이 가고 싶었다. 자기도 하면 할 수 있는 사람으로서 돈 때문에 썩는구나 하는 것을 생각하고 분개한 적이 한두 번이 아니었다. 그의 어머니도 그 고통을 알았던 것이다. 그러나 점점 늙어가는 그의 어머니는 어찌하는 도리가 없었다.

이렇게 지내다가 그가 스물셋 되는 해에 그가 있는 상점 주인의 소개로 서울 어떤 미곡상 하는 사람의 집으로 오게 되었다.

그는 한 달에 사십 원 받는 월급에서 어머니에게 이십 원을 부치고 이십 원으로 생활을 하게 되었다. 그러다가 그 미곡상 하던 사람이 일본으로 가게 되니까 지금까지 있던 물산 회사에 있게 된 것이었다……

그는 이렇게 이야기를 하더니,

"그 물산 회사에 가게 된 것은 그때 그 회사의 전무 취체역으로 있던 현이란 사람하고 제가 있던 미곡상 주인하고 퍽 친한 관계로 그리로 소개해주신 것입니다. 그때에도 저 김관호씨가 있었지요. 그리로 가 현전무 취체가 갈리고 지금 있는 바 씨가 대신 들오게 되었습니다. 그때부터 제게 대하는 여러 사람들의 태도는 달라집니다…… 그것은 제가 그렇게 생각하니 그런지는 모르지만 어쩐지 이전 같지는 않아요…… 딴은…… 제가 죽을죄를 지었지만……"

하고 그는 말을 어물어물하여 뒤를 끈다.

"그건 무슨 일인데요?"

허준이는 그 사람을 쳐다보았다. 그는 무슨 깊은 생각에 잠긴 사람처럼 먼 하늘을 바라보더니,

"그것도 너무도 뭣하니까…… 그리자 어머니가 올라오시고 또 제가 여기서 취처했지요…… 거기에 어린것까지 생기게 되고 하니 오십 원이란 돈으로는──여편네가 늘 병으로 드러눕게 되고…… 어떻게 살아갈 수가 없습니다. 너무도 졸리다 못해서 집세 받은 돈을 일 원 이 원 집어쓴 것이 지금은 백여 원이나 됩니다마는……" 하고 한숨을 길게 쉬더니, "그것도 그달 월급이 나면 꼭 갚는다고 혼자 맹서맹서하면서도 그렇게 못 되었다가 일전에 영수증을 검열하는 바람에 그만 탄로가 되었지요…… 그것도 탄로되기 전에 관호씨에게 말하려다가 못하고 주저거리는데 하루는 영수증을 검열하게 되니까 어쩔 수 없이 그리 되었습니다."

하는 그 사람의 나중 어조는 퍽 애처롭게 들렸다.


## 15


"그래서 어찌 되었어요?"

허준이는 먼 하늘에 주었던 눈을 그 사람에게로 돌렸다. 여윈 그 얼굴에는 검은 구름이 스르르 가린 것 같다.

"그것이 쫓겨난 원인이 되었습니다. 백배사죄를 하고 달달이 월급에서 갚기로 하였으나 그 말은 아무 소용도 없이 되었습니다."

하고 그는 힘없는 눈으로 허준이를 슬쩍 쳐다보면서 자리를 고쳐 앉는다.

"그러면 그 돈은 갚으란 말 안 해요."

"법대로 하면 상당한 처치를 하겠지만 전정이 있는 사람이니 용서하는 것이라 하고 전달 월급과 이 달 월급은 주지 않고 나오는 때에 삼십 원만 집어줍디다" 하고 그는 말을 끊었다가, "그러니 그렇다고 저야 무어라고 합니까…… 그래 마땅한 일이지만 이제부터 어떻게 살아갑니까? 혼자 몸과도 달라서……"

하고 한숨을 길게 쉰다.

허준의 가슴은 그도 알 수 없이 묵직하였다. 그의 눈앞에는 보지도 못한 그 사람의 가족들의 그림자가——그가 항상 보는 그의 동무들의 가족들과 같이 영양 부족으로 제 빛을 잃어버리고 밖에 나갔다 들어오는 주인의 손만 쳐다보는 듯한 그러한 그림자가 떠올랐다.

회사의 태도는 심하게 생각났다. 회사로서 본다면 으레 그럴 일이다. 그 사람의 개인으로 본다 하더라도 또한 부득이한 일이다. 그것은 악의에서 나온 행동이 아니요 목전에 닥쳐오는 부득이한 사정 — 월급은 적고 식구는 많고 — 을 누가 알아주랴?

그는 김관호까지 슬그머니 미웠다. 그렇다고 그 사람들이야 저 사람을 좀 보아주지 못할 것이 무엇이랴? 그 돈은 받을 대로 받으면서도 한 개의 생명을 생명같이 보지 않는 것을 생각하면 온몸의 피가 끓어오르지 않을 수 없었다. 허준이는 자기도 모를 흥분에 주먹이 쥐어졌다.

"그러니 참 여쭙기 미안합니다마는 선생께서 김관호씨하고 친하신 듯하시니까 어떻게 말씀을 좀 해주십사고……"
하고 그는 어색한 웃음을 지었다.

"글쎄 말하기야 어려울 것 뭣 있겠습니까마는 그놈들이 들어주겠습니까."

"그래도 좀 말씀해주서요…… 행여나."

"다 같은 놈들인데……"

허준의 눈앞에는 아침에,

"엑 귀찮아서."
하고 이마를 찌푸리던 김관호의 그림자가 떠올랐다. '그 사람이 아침에 김을 찾은 것도 회사에 다시 다니게 하여 달라는 청이었구나? 대문 밖에도 나가기 전에 이마를 찡기고 돌아서도 김에게 청하러 갔던 것이로구나…… 그것도 여의치 못하니까 나에게까지 청하는 것이다……' 생각하는 허준이는 그 사람의 태도가 밉기도 하였다. 끈끈하고 축축스럽게 그놈들에게 미움을 받아가면서 빌붙는 그 태도가 더러웠다. '그까짓 놈들을 주먹으로 해 내고 말 일이지 빌붙어서는 뭣 하나? 사내자식이 무슨 일이 없어서 그래……' 하고 분개하던 허준의 가슴은 다시 스르르 풀리지 않을 수 없었다. 다른 데로 가면 어디로 가나? 골목골목이 직업을 눈이 붓도록 찾아다니는 이 세상에서 누가 그를 위해서 기다려 주랴? 거기에 혼자 몸도 아니다. 그의 손을 바라는 입들이 한둘만이 아니다. 이렇게 생각하니 그 사람에게 친분이 가지는 듯하고 그런 사람의 자리를 자기가 차지하려고 한 것이 죄송스럽고 부끄러웠다. 그 사람은 그런 줄 모르고 자기에게 그 자리 보증을 힘써 달라는 청을 했다. 그것은 허준에게 "이놈" 하는 위협보다도 더 괴로웠다.

허준이는 자기의 모든 사정을 그 사람에게 이야기하려고 하였다. 그러는 것이 무슨 무거운 짐을 벗는 것 같기도 하였다. 그러나 뜻과 같이 입이 떨어지지 않았다. 그의 이야기에 그 사람의 절망도 절망이려니와 허준 자신의 처지도 곤란하였다. 곤란하다기보다 부끄러웠다.

'그만 모든 것을 딱 거절하고 그만두어.'

그는 이렇게도 생각하여 보았다. 그러는 것이 자기로서도 어쩐지 무슨 빚을 갚는 것같이 생각났다. 자기의 처지로서 지금 이 노릇도 가당치 못한 일이거니와 그 사람의 자리에 그 사람의 애원

이 있는 것도 모르는 척하고——실상은 허준의 허물은 아니지만
——들앉는 것도 허준이로서는 할 수 없는 일이다.

그는 그 사람을 위하여 힘써 주기를 속으로 작정하였다. 그는
그길로 김관호를 찾아서 모든 이야기를 하고 그 사람을 도로 써
주도록 힘쓰고 자기는 그만 손을 씻고 나앉으려고 하였다.

그러나 그 즉에서 그 말을 할 용기도 나지 않았고 김에게로 달
려갈 기운도 없었다. 김을 만나서 그런 이야기가 입으로 흘러나
올까. 그 사람의 인정을 배반하기는 괴로운 일이었다. 의복을 받
고 돈을 얻어 쓰고 밥을 얻어먹고 또 승낙까지 한 그 모든 것이
어떻든지 자기 몸을 친친 얽어서 한번 하여 놓은 그 약속을 그만
흐트러버리기가 대단 어렵게 생각되었다.

"그러나 그런 데 거리낄 때가 아니다."

하고 그는 혼자 여러 번 결심하였다. 그는 그 사람을 건너다보면
서 "우리 내일 만납시다. 내가 오늘 밤에 관호씨를 찾아보지요"
하고 일어섰다.

"미안합니다. 아무쪼록 말씀해주셔요."

그 사람도 따라 일어섰다.

해는 낮이 훨씬 기울었다. 볕발은 점점 소나무 사이에 벗겨 흐
르기 시작하였다. 두 사람은 물터를 지나서 말없이 앞서거니 뒤
서거니 내려왔다.

# 16

안동 네거리에서 김씨와 갈린 허준이는 옷보퉁이를 들고 청진동 회관으로 향하였다.

진종일 밖에 나와 돌다가 석양에 회관으로 들어가면 굶으나 먹으나 어쩐지 마음이 든든하고 여러 동지를 대하면 기쁘던 것이 이날은 그렇지 않았다. 솟을대문 앞에 다다르니 그 대문은 그를 비웃는 듯하였다. 그는 아까까지 가졌던 모든 권리와 의무는 다 잃어버린 듯하였다. 그는 옷보퉁이를 물끄러미 보면서 무엇인지 한참 생각하는데,

"애 왜 얼빠진 놈처럼 이렇게 서 있니?"

하면서 어깨를 툭 치는 사람이 있다. 허준이는 깜짝 놀라서 돌아다보니 그는 항상 벙글벙글하는 박이었다.

"아냐! 무엇 좀."

하고 허준이는 말을 내다가 자기도 자기 말의 서두가 싱거운 것을 열적게 여기지 않을 수 없었다.

"아니는 무에 아니야…… 들어가세."

그 친구는 벙글거리면서 대문 안에 들어섰다. 허준이도 기계적으로 문 안에 들어섰다. 그는 무거운 발길을 옮겨놓으면서 흐트러진 생각을 수습하려고 하였으나 뜻대로 되지 않았다.

중문 안에 들어서니 회관은 조용하였다. 그는 조용한 것이 도리어 다행한 듯이 생각되었다. 마루에 올라서서 대청마루 의자에

걸터앉았다. 묵직한 머리는 더욱 묵직하여지고 사지에 기운은 한 껏 빠지는 것 같았다. 창자 속도 허천거리다 못하여 감각을 잃은 듯하였다. 그러나 그는 그런 고통보다도 다른 큰 고통이 있다. 그 것은 아까 김씨에게서 받은 부탁이다. 자기는 그 부탁을 이행해 야만 할 책임이 있는 듯이 느껴졌다. 그러나 그렇게 하려면 김관 호의 비위를 건드려야 될 일이다. 그것도 괴로운 일이다. 괴로운 대로 일이 순조로 진행되어서 그 사람이 다시 그 자리를 차지하 게 된다면 한번 적극적으로 나서 보겠지만 아까까지 이마를 찌푸 리고 김씨를 못마땅히 여기던 김관호가 그 사람을 다시 써 달라 는 부탁을 들어줄 리가 만무하다. 이렇게 생각하니 김관호가 미 웠다. 그놈도 그런 놈들이나 다를 것 없구나. 그놈이 내게 친절부 리는 것도 제 욕심이로구나 하는 생각까지 일어났다. 그는 그 자 리에서 김관호를 찾아보고 한바탕 욕이나 톡톡히 하고 그만 모든 것을 사절해버리고 싶었으나 다시 생각하니 용기가 나지 않았다. 돈푼이나 얻어 썼다는 것보다도 그 사람의 친절이 허준이 스스로 도 알 수 없이 허준의 몸을 얽어서 웬만한 괴롬이 닥치더라도 차 마 관호의 호의를 등질 수는 없는 듯하였다. 자기가 이제 집금원 노릇을 그만두겠소 하는 것은 관호와의 사이에 이때까지 쌓아오 던 친분을 산산이 밟아버린 것이나 다름없는 것같이 느꼈다. 그 것이 괴롬이었다.

그러나 처지를 같이한 아까 그 김씨와의 약속이 있지 않은가? 그 사람에게 자기의 사정을 이야기한 것은 아니지만 그 사람을 위해서 모든 노력을 아끼지 않기로 약속하지 않았는가. 자기 본

의는 아니라 하더라도 힘써준다고 약속한 자기가 그 사람의 자리에 들앉게 되고 그 사람은 여전히 실직대로 있다면 그 사람이 자기를 어떻게 알까? 자기의 신용은 자기 즉 해준 한 사람의 신용 문제가 아니다. 또 그 사람의 부탁이 없더라도 자기는 그런 자리에 발을 넣지 않는 것이 옳은 일이 아닌가. 하루에 한 끼나 두 끼를 더 먹으려고 창해 같은 전정을 막는 동시에 운동선에 좋지 못한 영향을 줄 것이다. 그렇다. 정실에 끌릴 때가 아니다. 공사를 가릴 때이다.


17


허준이는 저녁 뒤에 김관호를 찾았다. 그는 김관호에게서 받은 옷보퉁이를 들고 화동 골목을 헤쳐 올라가면서 별별 생각을 다하였다. 그 김씨를 위하여는 이리이리 말할 것이요 나는 이리이리 사정을 이야기하고 용감하게 끊어버리리라 하고 혼자 결심도 하고 만일 관호가 노엽게 생각한다거나 불쾌한 말을 하면 나는 당당한 톤조로써[32] 면박을 할 것이다. 이렇게 생각하니 그는 유쾌하였다. 모든 문제는 간단히 낙찰될 것 같았다.

그러나 다시 관호의 그림자가 눈앞에 떠오르고 그와 마주 앉을 것을 생각하니 자기의 입에서 과연 생각하는 바와 같은 그런 말이 쉽게 흐르겠느냐 하는 것이 의문이었다.

김관호의 집 대문 밖에 다다른 그는 다시 모든 기분이 밤비같이 흐리고 무거웠다. 차마 대문 안에 들어설 수가 없었다. 자기는 김관호와 이때까지 좋던 정분을 끊으려고 온 못된 사람같이 생각되었다. 실상은 그 일을 하고 안 하는 데 친분이 오고 갈 이유는 조금도 없을 것이다. 자기가 만일 김관호와 처지가 바뀌었으면,

"생각대로 하시지요."

할 것이요 조금도 불쾌할 것이 없을 것이다. 또 그만한 일로 그 김씨를 내쫓지도 않았을 것이다. 그러나 저편이 자기가 생각하듯이 생각해줄 리는 없다. 저편은 자기에게 대해서 악감을 가질 것이다. 사실에 있어서 자기의 태도를 거듭 비판한다면 알랑알랑 알랑거리면서 일은 하기 싫고 돈원이나 의복 벌이나 주는 것을 바라고 찾아다닌 듯하게 되었다. 그것을 생각하니 더욱 불쾌하였다.

지금 자기 수중에 그만한 돈이 있다면 들고 온 의복과 같이 턱 내놓으면서,

"자 그간 돌려주어서 고맙소이다."

하였으면 자기의 면목은 보라는 듯이 설 것 같았다. 그러나 그것은 공상이었다. 이삼십 원 돈에 끌리는 자기 신세도 가엾었다.

"엑 편지로 하리라."

그는 모든 것을 편지로 써 보내리라 결심하고 돌아섰다. 면대해 말하는 것보다 편지로 써 보내는 것이 하고 싶은 말도 더욱 자유로 할 것 같았다.

'그러나 김씨의 부탁은 들어야 할 것이다. 되나 안 되나 내가 맡은 책임상 말이나 해보아야 할 것이다.'

그는 이렇게 생각하고 다시 돌쳐섰다. 그는 몇 번 주춤거리다가 대문 안에 들어서면서,

"이리 오너라."

하고 불렀다.

"누구세요."

안으로 울려나오는 소리는 부드러운 여성이었다.

"김관호씨 계시오?"

허준의 소리와 같이 안방 미닫이 열리는 소리가 나면서,

"허선생님이세요?"

하는 다정한 소리가 수줍게 들린다.

"네."

허준이는 컴컴한 마당에 들어서면서 머리를 숙였다.

"건넌방에 들오셔서 잠깐만 기다리라고 말씀하십니다. 지금 손님이 오셔서 함께 출입하셨는데요, 곧 오실 것입니다."

허준이는 그 부인의 어조가 퍽은 분명하다 생각하면서 건넌방으로 들어갔다.


18


허준이는 열한시가 거의 되어서 그 집 대문 밖에 나섰다. 대문 밖에 나선 그는 무슨 함정이나 벗어난 듯이 시원스럽고도 할 일을 한 듯이 기뻤다. 그의 머릿속에는 조금 전의 그림자가 알찐알

찐 돌고 있었다.

허준이가 건넌방에 들어앉아서 담배 한 대를 겨우 피웠을 때 김관호가 돌아왔다.

"오셨어요! 미안하게 되었습니다."

김관호는 다정한 눈웃음을 치면서 말하였다. 그 모양을 보는 허준의 마음은 더욱 울렁거렸다.

"일은 조금도 바쁠 것이 없습니다. 매일 다니는 것이 아니요 공휴일에는 놀고 그저 정직히만…… 물론 허준씨는 잘 보아주시겠으니 더 말씀할 것도 없습니다마는……"

김관호는 허준이가 바로 그 자리에 입사된 듯이 장래 방침이며 문부 처리는 어떻게 해야 한다는 이야기까지 하였다. 허준이는 괴로웠다. 그는 무어라 대답하면 좋을는지 갈피를 잡을 수 없었다. 그의 결심은 괴롭게 괴롭게 스러져버린다. 그는 그저 어색한 웃음을 지으면서,

"네! 그래요? 글쎄요."

하고 흐리마리 대답하면서 아까 하였던 그 결심을 단단히 몽굴리려고[33] 애썼으나 되지 않았다. 이제나저제나 하고 관호의 말이 끝나기를 기다리다가도 정작 관호의 말이 잠깐 중단이 되면 크나큰 힘이 입을 막는 것 같아서 입이 열리지를 못하였다. 입이 열리지 않을수록 가슴에 유음이 들어차는 것같이 불쾌하였다. 그럭저럭 하는 사이에 아홉시가 넘었다.

'엑 어서 말해버려야.'

허준이는 속으로 이렇게 다시 결심하면서 말을 내려다 말고 기

침을 칵 깃고[34] 말았다. 이러다가 그는,

"그런데 미안하게 된 일이 있습니다."

하고 겨우 말을 끄집어냈다.

"무슨 일?"

관호는 의심스러운 눈으로 허준이를 바라보았다. 허준이는 그의 시선을 피하면서 자기는 그 일을 거절한다는 뜻을 말하였다. 한 번 입이 떨어지니 그 스스로도 놀랄 만치 대담하게 침착하게 이야기가 흘렀다. 그리고 그는,

"참 주제넘은 말씀 같습니다마는 그 김씨를 다시 쓰시는 것이 어떻습니까."

하고 김관호의 안색을 다시 힐끔 살폈다.

김관호는 전등을 한참 쳐다보더니 어색한 어조로,

"그거야 하는 수 없지요, 싫으시면 하는 수 없지만 나는 그렇게 허준씨가 좀 편할까고…… 하고. 김씨는 이제 다시는 쓰지 않을 것입니다."


19


김관호의 태도는 예상 밖으로 침착하였다.

두 사람 사이에는 어색한 침묵이 한동안 흘렀다.

허준이는 여러 번 망설이다가 일어서 나왔다.

"저 의복은 드린 것이니 가지고 가시지요!"

하고 김관호가 여러 번 권하는 것도 듣지 않고 그는 대문 밖으로 뛰어나왔다. 그는 크나큰 짐을 벗은 듯이 시원하였다. 그러면서도 섭섭하였다.

한편으로 생각하면 섭섭하기도 하였다. 눈앞에 닥쳐오려는 복을 밀어버린 듯도 하였다.

'참말 더러운 놈이다.'

그는 자기의 비열한 생각을 다시 뉘우쳤다. 그렇게 한편으로는 섭섭한 듯하면서도 말할 수 없이 상쾌하였다. 그는 컴컴한 골목을 헤저어서 안동 네거리로 나왔다. 아까와는 딴판으로 기운이 나는 듯하였다.

그는 약속한 때에 그 김씨를 만나면 자기의 모든 것을 고백하고 그도 자기의 동무를 삼으려고 하였다. 그는 알 수 없는 기쁨에 떠서 회관으로 달려갔다.

*

그 뒤로부터 상조회에는 회원 하나가 더 늘었다. 그것은 더 말할 것도 없이 허준이의 소개로 들어온 김씨였다.

# 무명초 無名草

　세상에 나왔다가 겨우 세 살을 먹고 쓰러져버린 『반도공론』이
란 잡지 본사가 종로 네거리 종각 옆에 버티고 서서 이천만 민중
의 큰 기대를 받고 있을 때였다.

　『반도공론』의 수명은 길지 못하였으나 창간하여서 일 년 동안
은 전 조선의 인기를 혼자 차지한 듯이 활기를 띠었다. 『반도공
론』이 그렇게 활기를 띠게 된 것은 여러 가지 이유가 있으나 무엇
보다도 가장 큰 이유는 그때 그 잡지의 사장에 주필까지 겸한 이
필현씨가 사상가요 문학자로 당대에 명망이 높았던 것이요 또 하
나는 『반도공론』은 여느 잡지와 색채가 달라서 조선 민중의 기대
에 등지지 않았다는 것이다.

　그러나 돈의 앞에는 아름다운 이상도 물거품이 되고 마는 것이
다. 자본주들의 알력으로 한번 경영 곤란에 빠진 뒤로는 삼기 넘
은 폐병 환자처럼 실낱같은 목숨을 겨우겨우 이어가다가 창간한

지 삼 년 만에 쓰러지고 말았다. 『반도공론』의 운명은 그 잡지사 원 전체의 운명이었다. 그들도 처음에는 어깨가 으쓱하였으나 나중에는 잡지의 비운과 같이 올라갔던 어깨가 한 치 두 치 떨어져서 얼굴에까지 노란꽃이 돋게 되었다.

그러한 사원 중에 박춘수라는 서른한 살 된 사나이가 있었다. 그는 학예부 기자로 상당한 수완을 가진 사람이다. 본래 경상도 김천 사람으로 키는 중키에서 벗어지는 키나 몸집이 뚱뚱해서 그저 중키로 보이는 골격이 건장한 사람이다. 얼굴 윤곽이 왼편으로 좀 삐뚤어진데 뺨이 빠지고 얽어서 얼른 보면 험상궂게 생겼으나 커다란 눈을 오그리고 두툼한 입술을 벙긋하면서 하하 하고 웃으면 보는 사람에게 쾌활하고도 관후한 인상을 주는 사람이다. 그는 부지런한 사람으로 잡지사가 한창 경영 곤란에 빠져서 월급 지불까지 못 하게 된 때에도 불평은 불평대로 쏟아놓으면서 할 일은 꼭꼭 하였다.

이날도 그는 여느 때와 같이 아침 여덟시 반에 집을 나섰다. 콧구멍만 한 방 한 칸에 육칠 식구가 들어박히니 너무도 비좁아서 이웃 친구집 대청마루에서 여러 날 잠잔 탓인지 아침에 일어나면 사지가 찌뿌퉁[1]하고 뱃속이 트릿하였다. 오늘 아침에는 뱃속이 여느 때보다도 더욱 트릿해서 아침밥을 먹는 둥 마는 둥 하고 집을 나섰다. 파리 소리와 어린애 울음에 교향악을 이룬 콧구멍 같은 방에서 뛰어나오니 기분이 좀 가벼워지는 듯하나 대문간에 따라 나와서 남이 들을세라 은근히,

"여보! 저녁거리가 없으니 어떡하오! 오늘은 일찍 나오시오."

하고 쳐다보던 아내의 흐린 낯이 눈앞에 떠올라서 머릿속이 다시 무거워졌다. 게다가 오랜 가뭄 뒤의 불같은 볕발까지 눈이 부시게 내리쪼이니 가슴속에 뜨거운 김이 서리는 것 같다.

"엑 더워…… 소나기 한 번 안 지나가나."

그는 혼자 뇌면서 하늘을 쳐다보았다. 벌겋게 달은 볕발에 물든 하늘은 좀처럼 비를 줄 것 같지 않다. 그는 소나기 지난 뒤의 어린애 눈동자같이 하득하득² 빛나는 나뭇잎을 머릿속에 그리면서 먼지가 풀풀 이는 창신동 좁은 골목을 헤저어 동대문 턱으로 나왔다. 뼛속까지 녹아내리는 듯한 땀에 벌써 의복은 후줄근하였다. 가슴이 구르고 호흡은 불같은데 두 다리의 기운은 풀려서 중병을 앓고 난 사람 같다. 그는 삼복 폭양에 백여 리의 길을 걷고도 땀도 별로 흘리지 않고 기운이 싱싱하던 옛날을 생각하는 때마다 지금의 건강이 너무도 상한 것을 새삼스럽게 느끼게 된다. 중병은 앓은 일도 없이 다른 무슨 이렇다 할 만한 까닭도 없이 나날이 상하여 가는 건강을 생각하면 무어라 꼭 잡아 말할 수 없는 크고 흉악한 그림자가 자기의 몸을 자기도 모르게 한 치 두 치 먹어드는 듯해서 견딜 수가 없었다.

"소리도 못 치고 죽는 죽음이다. 흥."

그는 어이없는 코웃음을 치고 종로를 스쳐오는 바람을 동대문 파출소 그늘에 서서 쏘이면서 동대문 문루를 쳐다보았다.

온몸에 먼지를 뿌옇게 입은 문루는 내리쪼이는 볕에 육중한 몸을 주체치 못해서 소리 없는 한숨을 쉬는 것 같다. 그것을 보고 섰으려니까 춘수 자신까지 그 기분에 눌려서 숨이 막히는 것 같다. 그는 몸을 돌려서 전찻길을 건너섰다. 그의 아내는 아직도 시간의 여유가 있는 저녁거리를 걱정하였으나 그는 눈앞에 닥친 전차비 오 전이 호주머니에 없는 것을 혼자 분개하면서 동편 쪽 집 그늘로 종로 네거리를 향하여 걸었다.

*

사에 찾아드니 아래층 영업부에는 사람의 그림자가 어른거리나 위층 편집실에는 아무도 오지 않았다.

"망했어! 망해. 열시가 다 되도록 아무도 안 왔으니 일 잘 되겠다……"

그는 혼자 분개하면서 저고리를 벗어 걸고 넥타이를 끌렀다. 먼지가 뿌연 책상을 원고지로 슥슥 문대고 의자에 앉으려니까 저편 방으로 급사가 눈을 비비면서 나왔다.

"너 지금 일어났니?"

그는 담배를 피우면서 급사를 보았다. 급사는 아무 말도 없이 머리를 숙였다. 들면서 벙긋 웃고 아래층으로 내려가더니 물과 빗자루를 가지고 와서 그때에야 소제를 시작하였다. 급사가 방바닥에 물을 뿌리고 쓸려는데 김과 최가 들어왔다.

"이게…… 이런……"

말썽 많기로 이름 있는 방 안을 돌아보더니 가느다란 눈을 똑바로 떠서 급사를 보면서,

"이게 뭐냐? 글쎄 해가 낮이 되도록 뭘 했니? 뭐 했어?"

하고 야단을 치기 시작하였다.

"우두머리 놈들이 그 꼴이 되니 무언들 바루 되겠나!"

최가 비꼬아 말하였다.

"엑 속상해서…… 글쎄 어쩌자고 우리가 이 노릇을 한담! 엑."

김은 혼자 골이 나서 한참 푸닥거리를 놓았다.

그들은 일할 생각은 하지 않고 한군데 모여 앉아서 이야기를 주거니 받거니 하였다.

열어놓은 유리창으로 흘러드는 바람은 여러 사람의 상기된 얼굴을 시원스럽게 스쳤다.

"그래 이달에도 월급을 안 주게 작정인가?"

김은 그저 성이 가신 듯이 가느다란 눈을 깜빡하면서 볼멘소리를 쳤다.

"이달도 샜이 글렀나 보이…… 네기³ 월급은 고사하고 단돈 몇 푼이라도 주었으면…… 참말 생각하면 우리가 더러워……"

의자를 가로타고 앉은 최는 창밖을 내다보면서 남의 말처럼 뇌었다.

"이거 사람이 살 수 있나! 그래 그놈들은 어쩌게 작정이야…… 이사(理事)인지 깻묵덩인지 그 자식들은 매일 호기만 빼면서 책을 맨들라고 독촉은 하면서도 돈은 안 주고…… 먹어야 일도 하지! 엑……"

춘수는 얽은 얼굴에 근육을 씰룩거리면서 커다란 목소리로 물 퍼붓듯 주워대다가 벌떡 일어나서 유리창 앞으로 간다. 그저 의자에 앉은 두 사람은 입맛만 쩍쩍 다시고 앉아서 춘수의 뒷그림자를 물끄러미 보고 있다.

실내에는 갑자기 무거운 침묵이 흘렀다.

이때에 따르륵따르륵 하고 탁상 전화종이 요란스럽게 울렸다. 세 사람은 그저 앉았고 선 대로 전화 종소리는 못 들은 것처럼 가만히 있다.

"네, 여보셔요."

소제를 마치고 책상을 닦던 급사가 전화를 받더니,

"저 인쇄소에서 전화가 왔는뎁시오. 교정을 어서 보아줍시사고 합니다."

그는 어느 사람에게란 지목이 없이 수화기를 손에 든 채 이편을 보면서 말하였다. 그러나 아무도 그 말대답을 하려고 하지 않았다.

"어떡하랍시오?"

급사는 열적은 듯이 혼자 머리를 굽실하면서 또다시 물었다.

"간다고 그래라, 이제 곧 간다고."

창 앞에 섰던 춘수는 급사를 돌아보았다.

"가긴 어디루 가…… 그깟 놈의 잡지는 만들어서 뭘 해, 그대로 쓰레기통에 집어넣으라고 해라."

김은 분개한 목소리로 뇌면서 급사를 돌아다보았다. 급사는 전화통에 입을 대다 말고 어쩔 줄을 몰라서 혼자 망설인다.

"엑 실없는 사람! 더운데 누가 거까지 가겠냐? 이리로 좀 보내라고 해라."

옆에 앉았던 최가 웃으면서 김을 건너다보고 다시 급사를 보았다. 급사는 최의 말대로 대답하였다.

"글쎄 이 노릇을 어째야 좋담! 저녁거리가 없지…… 어린애는 월사금을 못 내서 학교에서 쫓겼지…… 이거 사람이 제 명에 못 죽고 이렇게 말라서 죽겠으니……"

김은 호소할 곳 없는 가슴을 혼자 탄식하듯이 거의 절망에 가까운 소리로 뇌었다.

김의 탄식에 춘수의 가슴도 울렸다. 그의 귀에는 아내의 말이 나시금 들리는 것 같다. 이제나저제나 하고 자기가 들어가기만 기다리는 식구들의 모양이 눈앞에 떠올랐다. 오늘 아침에도 네 살 된 딸년은 곁집 아이가 먹는 참외를 보고 사달라고 트집을 쓰다가 제 어미한테 얻어맞고 울던 것이 그저 머릿속에서 때룩거렸다.[4] 그는 연기가 펑펑 서리는 가슴을 드는 칼로 빡 긁고 싶었다. 어른들의 고생은 둘째로 아무 철없는 어린것들까지 나날이 닥쳐오는 생활난에 어깨가 벌어지지 못하고 활기 없이 크는 것을 보면 붉은 피가 머리끝까지 끓어오른다.

"돈! 돈!"

그의 머릿속에는 또 공상의 푸른 구름이 오락가락하였다.

"백 원만 있었으면!"

"에라! 백 원을 가지고 뭘 한담!"

이렇게 차차 불어가는 돈 액수는 천 원 만 원을 지나 엄청난 숫자에까지 이른다. 그렇게 머릿속에 돈 그림자가 어른거리면 그는 그 돈이 바로 눈앞에 있는 듯이 집을 짓고 사업을 하고…… 별별 꿈을 다 꾸게 된다. 지금도 그의 눈은 쨍쨍한 볕발에 삶는

듯한 종로로 주었으나 보는 것은 그의 머릿속에 그리는 딴 세상
이었다.

"이 사람아 무엇을 생각하나? 준⁵이나 보세."
하는 최의 소리에 춘수는 비로소 제정신이 들어서 머리를 돌렸
다. 어느새 준장이 책상 위에 놓였다. 그는 얼없는⁶ 공상을 한 것
이 남에게 들킨 듯이 무슨 죄나 지은 듯한 열적은 생각에 혼자 웃
다가,

"에익."
하고 한 마디 뇌면서 일어서서 그의 책상 앞으로 갔다.

"여보게들 그래 모다 이럴 작정이야?"
담배를 피우던 김은 그저 신기⁷가 펴지지 않았다.

"그럼 어떡하나? 하늘에 올라가 금시 별 따는 수가 나나! 붙어
있는 우리만 곯지."

최는 그저 뱃심 좋게 뇌면서 커다란 봉투에 들어 있는 준장을
끄집어내었다.

"이놈아 이건 걷어치이고……"
김은 최가 잡은 준장을 빼앗아 방바닥에 버리면서,

"어떻게든지 결말을 내세, 오늘은……"
하고 정색으로 말하였다.

"이놈이 미쳤나. 어른을 모르고…… 허허…… 그래 어떻게 할
작정인가?"

최는 다시 준장을 집으려고도 하지 않고 김을 건너다본다.

"오늘 이 편집장인지 주간인지가 들어오면 대진정을 하고 다소

라도 변통하여 달라고 해보세…… 그래 안 되면 그만두지 이리나 저리나 굶기는 마찬가지가 아닌가?"

김은 무슨 결심이나 한 듯이 긴장된 빛으로 말하였다.

"글쎄 말은 해보세마는 돈 안 준다고 우리가 가보세…… 드러 내놓고 말이지 자네나 나나 어디로 갈 데가 있나? 누가 좋아서 이 노릇을 하겠나!"

최는 자탄 비슷이 나중 말을 맺었다.

"그래 딱한 일이야! 주간이나 사장인들 어쩌겠나? 돈 낸다는 작자가 말만 낸다낸다 하고 주지는 않지……, 그런데 조선서 잡지 사업이란 생돈 쓸어 넣는 사업인 것은 뻔한 노릇이지…… 생각하면 우리가 이것을 하고 앉았는 것이 바보야 바보!"

춘수는 몇 마디 뇌고는 준장을 집어 들고 주필질*을 시작하였다.

*

춘수의 기분은 점점 흐렸다. 사지가 몹시 찌뿌둥하고 뱃속이 버글버글 끓이는 것이 선잠을 깬 것 같기도 하고 못 먹을 것을 먹은 듯도 하였다. 그런대로 몸을 비비 틀면서 주필질을 하였다.

오정이 지나고 오후 한시가 되면서부터는 등골에 찬물을 끼얹는 듯이 전신이 오싹오싹 죄어들면서 아슬아슬 추운 것이 앉아서 견딜 수가 없었다. 그런대로 이를 악물고 견디려고 하였으나 나중은 얼음 구멍에서 뽑아놓은 사람처럼 이가 덜덜 쫓기고' 머리끝까지 오싹오싹 죄어들어서 안절부절못하게 되었다. 그는 참다못해 숙직실로 뛰어 들어갔다.

숙직실로 뛰어간 그는 급사의 이불을 뒤집어쓰고 드러누워서 덜덜 떨었다. 온몸의 근육이 냉기에 죄어들고 이가 쫓기는 것을 억지로 참아가면서 한 시간 동안이나 애를 썼더니 그 떨리는 증세가 없어지듯 하며 다시 온몸에 열이 오르기 시작하는데 고기가 익는 것 같았다. 머리가 쩔쩔 끓고 눈이 부연 것이 금방 무슨 변이 생길 것만 같았다.

"웬일이야? 응…… 어디가 아픈가?"

춘수는 최의 목소리에 눈을 겨우 떴다.

"응 저게 웬일인가? 눈에 피가 몹시 졌네!"

최는 방문을 열고 들이밀어 보면서 눈을 크게 떴다.

"몰라, 덜덜 떨리더니 인제는 열이 나네!"

춘수는 한 마디 겨우 뇌고 눈을 다시 감았다.

"학질인가 보이…… 큰일 났네. 나도 일전에 며칠을 죽다 살아났네! 약 먹어야지……"

최는 혼자 중얼거리다가 문을 도로 닫고 나가버렸다.

"학질!"

춘수는 혼자 뇌었다. 학질이 그리 무서울 것은 없으나 몸이 이렇게 괴로워서는 촌보를 옮길 수 없는 일이다. 몸이 돌지[10] 못하면 큰일이다. 사의 일은 둘째로 이제는 해가 벌써 낮이 기울었는데 이때까지 아무런 변통도 못 하였으니 집에서는 그래도 기다릴 터인데…… 이렇게 생각하니 의지가지없는 외로운 자기 신세가 새삼스럽게 슬펐다. 그 자리에서 그대로 쓰러져 죽는대도 누가 들여다도 볼 것 같지 않은 신세가 어쩐지 슬프고 원통하였다.

"그래도 죽는 날까지는……"

그는 몸을 겨우 일어나 앉았다. 뱃속은 그저 버글버글 끓고 머리가 휑한 것이 중병을 앓고 난 사람 같다. 그는 겨우 몸을 일어서 편집실로 나오려니까 다리가 허전허전한 것이 몇 걸음 못 걸어서 쓰러질 것 같다. 그런대로 악을 쓰고 편집실로 나오니 목덜미에 살이 피둥피둥한 편집부장이 의자에 앉아서 남산 같은 배를 내밀고 부채질을 하다가,

"박군은 벌써부터 낮잠이오?"

하고 벙긋하면서 빈정거린다.

'남의 속을 저렇게도 모른담……'

춘수는 가슴에서 복받쳐 오르는 분에 한마디 내쏘려다가 꾹 참고 어색한 웃음을 지으면서,

"낮잠이나 자지 할 일 있어요?"

하고 빈정거리는 음조로 맞장구를 쳤다.

"어때? 좀 괜찮은가?"

편집부장과 무슨 이야기를 하던 최는 춘수를 보면서 말을 건넸다.

"그저 그래……"

춘수는 자기 자리에 힘없이 앉으면서 이마를 찌푸렸다.

"왜 어디가 편찮소?"

편집부장은 그저 부채질을 설레설레하면서 춘수를 건너다보

왔다.

"글쎄 학질 같은데……"

"학질? 요새 낮잠 자면 학질 들리지…… 학질이거든 뛰어다니시오. 내가 연전에 학질이 들려서 고생하다가 한강에 나가서 헤엄질쳤더니 달아나버리더군…… 허허."

하고 싱거운 말에 웃음으로 맛이나 도치려는[11] 듯이 웃었다.

춘수는 아무 말도 없이 흥 하고 웃었다. 그 당장에 뛰어가서 멱살을 틀어잡고,

"이 소도적놈 같은 소리 마라."

하고 훑근대고[12] 싶으나 차마 그럴 수 없는 일이고 하여 꾹 참았다. 참으려니까 가슴에 서리는 분은 목구멍까지 치밀어서 혼자 가슴을 쥐어뜯고 싶었다.

"오늘은 어떻게 다소간 변통이 있어야겠습니다. 글쎄 이 노릇을 어떡합니까. 여편네란 며칠 전부터 드러누워 매일 앓고……"

최는 구걸이나 하는 듯한 울듯울듯한 음성으로 편집부장을 졸랐다.

"모다 어떻게든지 해주셔야지 참말 이제는 못 견디겠습니다."

김도 주필을 꺼적거리다가 말고 편집부장을 바라보고 다시 춘수를 본다.

"오늘도 글렀는걸! 지금 회계에 말해 보았는데 지금 책을 발송할 우표가 없어서 쩔쩔매는 판에……"

편집부장은 남의 사정은 조금도 모른다는 어조로 말하였다.

"그러면 어떡하랍니까?"

최는 발을 동동 구르다시피 말하였다.

"글쎄……"

부장은 그저 글쎄만 부른다.

"저도 좀 주셔야겠습니다. 제일 약값 몇 푼이라도 얻어가지고 나가야지 이렇게 아파서야 견디겠습니까!"

춘수도 안 떨어지는 입을 겨우 뗐다.

"무얼 박군은 한강에 나가서 헤엄을 치시오. 흐흐…… 그러면 그까짓 학질은 단방문이지…… 내가 보증하리다."

편집부장은 악의 없이 웃음의 말로 하는 말이나 춘수에게는 기막힌 말이다.

"흥 죽을 일이로군."

그는 혼자 뇌고 준장을 집어 김을 주면서,

"나는 나가 드러누워야겠네…… 자네 좀 보게……"

하고 모자를 떼어들고 나와버렸다. 분김에 뛰어나오기는 나왔으나 갈 데가 없었다. 빈손으로 집으로 나갈 수도 없는 일이요, 그렇다고 어디 가 드러누울 데도 없었다.

한낮이 기운 뜨거운 볕은 사정없이 내리쪼여서 다니기도 어려운 노릇이다. 그는 한참 서서 망설이다가 기운 없는 다리를 겨우 끌고 ××신문사로 찾아갔다. ××신문사 학예부에 있는 김을 찾아서 원고를 써주기로 하고 돈 교섭을 할 작정이다. 그것도 조르기는 괴로운 일이나 어떻게 하든 도리가 없으니 염치를 등 뒤에 물리치고라도 교섭하는 수밖에 없었다.

"글쎄 미리는 지출치 않아…… 얼마간 써서 실은 뒤가 아니면 어려운데…… 이삼 일 안으로 좀 써보지……"

김도 춘수의 형편이 딱한 듯이 말하였다. 춘수는 하는 수 없이 이삼 일 안으로 무엇이나 쓰기로 하고 거리로 나왔다. 그는 이 생각 저 생각 하면서 거리로 내려오다가 다시 청진동 골목에 들어서서 중학동[13] 어떤 친구를 찾아갔다. 몸에 열은 그저 내리지 않아서 걸을수록 더욱 괴로웠다.

그는 한참 만에 중학동 천변에 있는 어떤 집 앞에 이르렀다. 정작 대문 앞까지 이르니 발이 무거워서 들어갈 수가 없었다. 괴로워하는 남을 조르기도 어려운 일이요, 갖은 궁한 소리를 다 하면서 구걸하기도 자기의 존재가 아주 짓밟히는 것 같았다. 그는 한참 서서 망설였다. 그러나 목전의 현실은 그의 발을 문 안으로 끌어들였다. 그 친구는 있으나 다른 사람이 있어서 그는 할 말을 못 하고 한편에 앉아서 신문을 보면서 그 사람이 가기만 기다렸다. 그러나 그 사람은 얼른 가지 않고 신문도 눈에 들어오지 않았다. 나중에는 그 사람이 미운 생각까지 났다.

\*

춘수는 두 시간 뒤에 그 집을 나섰다.

등 뒤에서 손가락질을 하고 알지 못할 그림자가 두 어깨를 꽉 누르는 것 같아서 발이 땅에 닿지 않다시피 뛰어나왔다.

"또 만납시다."

하는 주인의 소리는,

'다시는 오지 말아주오. 제발.'

하는 소리 같아서 마음이 근질근질하였다.

대문 밖에 뛰어나와서 호주머니에 든 일 원 지폐를 다시 만져보니 큰 성공이나 한 듯이 시원하였으나 몇 걸음 못 나가서 다시 이마를 찌푸리지 않을 수 없었다.

"어린것이 몹시 앓는데 자네 돈 원[14] 변통해주게…… 곧 갚으리."

하고 죄 없는 어린애를 빙자하여 말한 것도 마음에 괴롭거니와 그 사람과 같은 제배[15]건만 죄송스러운 목소리로 종이 상전의 앞에나 선 듯이 구걸하던 자기의 그림자가 눈앞에 떠오를 때 그는 자기의 얼굴에 가래침을 뱉고 싶었다. 이러고 살아서 무얼 하나? 그것도 한두 번이지 누가 항상 줄 리도 없거니와 준다 한들 오죽하고 주랴. 그는 그 자리에서 소리를 지르고 발버둥을 쳤으면 갑갑한 가슴이 풀릴 것도 같았다. 그러나 그것도 결국은 아무 소용도 없는 일이다.

그는 청진동 골목으로 내려오면서 학질약을 사가지고 갈까 말까 하다가 한 푼이 새로운데 약까지 사게 되면 또 몇 식구의 한 끼 값은 없어지는 판이다. 그대로 걸어서 창신동 막바지로 들어갔다.

집이라고 찾아들었으나 편히 앉았을 자리도 없다. 수구문 안에서 쫓겨난 뒤로 이 집으로 온 지 두 달이나 되는데 한 집안에 세 살림이 살고 있다. 행랑에 한 살림, 안방에 한 살림, 건넌방에 한 살림, 이렇게 세 살림인데 춘수는 건넌방을 차지하였다. 일곱 식구가 콧구멍 같은 방 안에서 들꾀게 되니 어떻게 협책한지 그의 어머니는 마루에서 자고 그는 이웃 친구 집 마루에서 자게 되었다. 마침 여름이니 그렇지 겨울이나 된다면 더욱 큰 고난을 받았을 것이다.

집에 들어서니 어린 딸년은,

"아버지 아버지! 나도 빠나나…… 응 빠나나 사줘 응?"

하면서 뛰어나온다.

"저년 또……"

아내는 어린애를 흘겨다보다 말고 사내를 쳐다보면서,

"아까 저 안방집 어린애가 빠나나 먹는 것을 보고 엽때까지 트집이라오."

하고 나직이 말하였다. 그는 이꼴 저꼴 안 보았으면 좋겠다 생각하면서 아내에게 돈 일 원을 내어주었다. 흐렸던 아내의 얼굴은 빛났다. 그의 어머니도 돈을 보더니 무슨 태산 같은 짐을 벗은 듯이 한숨을 은근히 쉬면서도 활기가 띠는 것을 그는 느꼈다. 일 원 돈에 활기가 띠는 가족들을 보니 그의 가슴은 더욱 저렸다. 그는 마루 끝에 앉아서 견디다 못해 파리떼가 끓고 어린것의 기저귀며 의복이 불규칙하게 놓인 방 한구석에 드러누웠다. 걸어 다닐 때에는 그래도 촌보나마 옮길 기운이 나는 듯하더니 정말 몸져 드러누우니 다시 열이 온몸을 엄습하여서 그도 모르게 신음 소리를 쳤다.

"어디가 아프냐?"

마루에 앉아서 담배를 피우던 그의 어머니는 춘수를 들여다보면서 걱정스럽게 물었다.

"아뇨…… 학질인가 봐요!"

그는 겨우 대답을 하고 찌긋찌긋[16] 저린 팔다리를 이리저리 늘였다.

"응 학질이면…… 금게랍[17]이라두 사다 먹어야지……"

하고 방으로 들어와서 머리를 짚어보더니,

"몹시 덥구나!"

하고 수건을 찬물에 축여서 머리 위에 얹어준다. 펄펄 끓던 머리에 찬 수건이 닿으니 좀 정신이 도는 듯하였다.

"애! 그 돈에서 금게랍을 좀 사오렴."

어머니는 쌀 팔러가는 며느리에게 부탁하였다.

"아니 그만두셔요. 그 돈은 모두 쌀과 나무를 사야지요. 약은 달리……"

그가 말을 마치두마두 해서[18] 그 아내가 방을 들여다보면서,

"언제부터 아프시우? 그저 병날 줄 알았지! 이 더위에 그렇게 애를 쓰시구……"

아내는 뒷말을 흐리마리해 버리고 나갔다.

"야, 이년아 어린애들과 장난만 치지 말고 오빠 대리나 주물러주렴!"

그의 어머니는 수건을 머리에 갈아대면서 마당에서 장난하는 그의 누이동생을 꾸짖었다. 육십이 넘은 어머니가 기운 없이 허둥지둥하면서 걱정하시는 것을 생각하니 바늘방석에 누운 듯이 괴로웠다. 온 식구들을 고생시키는 것이 자기의 죄는 아니건만

그들의 고생을 생각하는 때마다 자기의 죄 같아서 견딜 수가 없었다.

밤 여덟시 이후부터 열이 내렸다. 그는 겨우 몸을 수습해가지고 일어나 앉았으려니까 찌는 듯한 더위에 숨이 막혔다. 한 칸 방을 혼자 차지하고 앉아도 더울 터인데, 온 집안 식구가 기름을 짜게 되니 참말로 견디기 괴로웠다. 마당에 거적자리를 깔고 앉아서 땀을 들였다. 버글버글 끓던 배는 그저 몹시 끓면서 설사가 나기 시작하였다. 한 시간도 못 되는 사이에 설사를 세 번이나 하고 나니 더욱 몸을 걷잡을 수 없었다.

"애 무얼 좀 먹어야지…… 무얼 죽을 쑤든지 해야지."

하고 그의 어머니는 어린애들께 지친 피곤한 몸을 뉠 생각도 하지 않고 밤이 들도록 걱정을 하고 그의 아내까지 졸린 눈을 억지로 비비면서 마루에 나앉아 무엇을 꿰매고 있다.

"또 뒷간을 가니? 큰일 났다. 무얼 막을 약을…… 참 답답한 노릇이다. 돈이 어디서 다 썩는지…… 하느님도 무심하지……"

춘수가 뒷간으로 가는 때마다 그의 어머니는 걱정하였다. 그것이 춘수에게는 도리어 괴로웠다.

"괜찮아요! 이제 곧 나을 터이지요."

춘수는 식구들의 걱정이 딱하여서 방 한구석에 도로 들어가 누워서 눈을 감았다.

그의 어머니와 아내는 행랑방 시계가 새로 한시를 쳐서도 이슥한 뒤에 자리에 들었다.

춘수는 방에 들어와서도 두 번이나 뒷간으로 나갔다. 먹은 것

없이 나가만 앉으면 설사가 대야에 담았던 물을 쏟는 듯이 났다. 금방 무슨 변이나 박두할 것 같은 공포까지 일어났다.

그럭저럭 오전 세시가 되도록 잠을 자지 못하였다. 그믐 달빛은 쓰러져가는 이 초막에도 찾아들었다. 모기장을 바른 창으로 흘러드는 푸른 달빛을 가슴에 받고 누웠으니 공연히 처량하고 지나간 그림자가 활동사진처럼 머릿속에 떠올랐다. 나이 삼십이 되는 오늘날까지 그는 볕발을 못 보고 그늘에서 살아왔다. 일찍이 아버지를 여의고 홀어머니 아래서 자라느라고 어머니의 두호[19]를 한껏 받기는 하였으나, 남에 없는 고생을 하면서 자랐다.

그의 어머니는 사십이 가까워서 그를 낳았다. 그는 그의 외아들인 춘수를 위해서 별별 고생을 다 하였다. 머리가 반백이 넘고 눈에 안개가 들게 된 늙은이가 남의 삯바느질과 떡장사와 심지어 삯방아까지 찧어주면서 춘수를 길렀다. 춘수도 가세가 그런 까닭에 온전한 교육은 받지 못하고 소학교에 다니다가 한문 서당에도 다니고 남의 삯김도 맸다. 그러다가 서울에 뛰어와서 어떤 강습소에 다니다가 차츰 잡지사로 발을 들여놓게 된 것이 이제 와서는 상당한 수완 있는 기자라는 평을 받게 되었다. 서울서 그렇게 지내는 동안에 결혼까지 하여서 어린것을 셋이나 낳고 고향 있던 그의 어머니까지 올라오게 되었다. 가정을 이룬 처음에는 그다지 군졸[20]치 않았으나, 그가 다니는 반도공론사가 경영 곤란에 빠져서 일 년 가까이 월급 지불을 못 하게 되면서부터 그의 생활은 조불려석[21]으로 지내게 되었다. 그렇게 한번 궁경에 빠진 생활은 좀처럼 추어서지[22] 못하였다.

튼튼하던 그의 건강도 거기서 상하였다. 매일 애를 쓰고 돌아다니고 그렇게 다니나 일은 되지 않고 생활난은 어깨를 눌러서 그는 피지 못하고 나날이 시들어지게 되었다. 억지로 악을 쓰고 기운을 내나 좀처럼 기운이 나지를 않았다.

그가 이삼 승[23]의 술을 마시게 된 것도 생활난이 만든 것이었다. 한 잔만 먹어도 얼굴이 주홍빛 같아서 헐레벌떡거리는 그가 지금은 밑구멍 빠진 항아리다. 독한 술을 눈에서까지 흐르도록 마시고 뛰고 나든지 잠이 들어버리면 모든 괴로움이 잊어졌다. 그는 어떤 때 술좌석에서 친구들에게,

"우리네 술은 향락으로 먹는 술이 아니야! 꼭 우리 생활의 필요로 못 이겨 먹는 것이지 결코 여유가 있어서 소일로 먹는 것은 아니야! 그렇게 먹는 술이란 몇 친구 앉아서 한담이나 해가면서 얼근하게 마시고 일찍 집에 돌아가서 편안히 자리에 들든지…… 그렇지 않으면 가정의 무슨 취미를 돋을 것을 하든지 해야지…… 우리야 가정에 가면 골치가 아프지 사회에 나온대야 그 모양이지…… 그러니 이렇게 만나고 술이 생기면 술이 망하나 내가 망하나 하는 격으로 해가 지는지 날이 새는지 생각지 않고 즉살[24]하도록 먹을 수밖에……"

하고 취담으로 한 말이 참말인지도 모른다. 그러나 모든 고통을 잊는다는 것도 취하였을 그때뿐이지 깨고 나면 현실은 의연히 그를 못 견디게 굴었다. 그는 그러는 때마다 마음을 도사려 먹고 방종에 흐르는 자기의 생활을 꾸짖고 후회하였다. 무엇보다도 식구들께 미안한 일이었다. 암만 모든 고통을 잊으려고 해도 그것

은 되지 않을 일이다. 현실은 의연히 현실이다. 지금도 가만히 드러누워서 이 생각 저 생각 하다가 결론은 발버둥을 쳐도 이 현실을 당장에 면할 수 없다는 데 돌아갈 수밖에 없었다. 여기서 행복——뜻과 같은 현실을 바라는 것은 공상이다. 어찌했든지 모든 것은 이 현실과 싸울 수밖에…… 그는 이렇게 생각하면서도 기분은 어쩐지 나날이 줄어들어 감을 느꼈다.

*

그는 이튿날 사에 출근을 못 하였다. 점심 저녁을 굶고 밤새도록 설사를 하고 나니 들어간 두 눈이 더욱 꺼지고 두 뺨이 무섭게 빠져서 보기에도 흉하거니와 그 자신도 손가락 하나 까딱하기 어려웠다.

하루 동안을 집에 드러누워 있으려니까 병에 괴로운 것도 괴롭거니와 이것저것 눈에 걸리고 귀에 걸리는 것이 심사를 상하게 하여서 견딜 수 없었다. 아침에 누이동생이 월사금을 못 내서 학교에 가 얼굴을 들 수 없다고 한바탕 비극을 일으키더니 어린것들이 엿을 사달라느니 참외를 먹겠다는 등 조그마한 집안이 수라장을 이루었다. 남의 애들이 먹으니 철없는 어린것이 먹고 싶어 할 것도 정해놓은 일이요 그런 줄 알면서도 사주지 못하니 가슴이 아픈 노릇이다. 그는 누워서 견디다 못해 책권이나 남은 것을 이웃집에 있는 친구에게 보내서 육십 전을 얻어다가 어린것들에게 참외를 사주도록 하고 원고지를 끄집어내어 가지고 방바닥에 엎드려서 무엇을 써 보려고 하였다. 무엇이나 끄적거려 가지고 어제 약속한 김에게 보내서 돈푼이나 만들어볼까고 생각하였으나 머리가 뒤숭숭하고 팔에 기운이 빠져서 붓을 잡기는 고사하고 보기만 하여도 진저리가 날 지경이다.

'이놈의 노릇을 하고……'

그는 여러 번 붓을 던지고 드러누웠다가는 다시 일어나서 붓을 잡았으나 아무것도 생각나지 않았다. 애꿎은 원고지만 없애버릴 뿐이었다. 겨우 열 장을 써놓고 드러누웠는데,

"일오나라!"

하고 호기 있게 찾는 소리가 난다.

"어제도 왔더니 또 왔네……"

하고 아내는 그를 들여다보면서,

"집세 받으러 왔나 봐요!"

하고 나직이 말한다.

춘수는 까닭 없는 짜증이 나는 것을 꿀꺽 참으면서,

"들오라구 하구려!"

하고 말하였다.

"이리로 들오셔요."

그의 아내의 말과 같이 맥고모자에 회색 아루빠 저고리를 입은 사람이 낯에 땀을 씻으면서 문 앞에 와 섰다.

"안녕하시오!"

춘수는 안 나오는 목소리를 겨우 가다듬어서 인사를 하면서 몸을 반쯤 일었다.

"네…… 어디가 편찮으시오……"

그는 순탄한 목소리로 대꾸는 하나 잔뜩 벼르고 온 것처럼 대단
신기 불편하게 춘수의 눈에 보였다.

"글쎄 학질로…… 그런데 집세 때문에 또 미안합니다마는 얼마
만 더 참아주시오."

춘수는 어색한 웃음을 지으면서 그 사람을 쳐다보았다.

"그건 어려운데요…… 벌써 두 달이나 밀렸으니까 이달에는 한
달 치라도 주셔야 하겠습니다."

하면서 좀처럼 해서는 사정을 볼 수 없다는 듯이 거드름을 뺀
는다.

"노형도 자주 다니시기에 괴롭겠지만 우리도 두고야 드리잖을
리가 있어요. 이달 그믐에는 다만 얼마라도 변통해드릴 터이니
한 번 더 참아주시오. 물론 주인에게 가서서 노형도 말씀하시기
어려우시겠지만 어떻게 사정을 보아주셔야겠습니다."

춘수는 곡진하게 말하였다.

"그렇게는 못 하겠습니다. 오늘은 어떻게든지 해주셔야겠습
니다."

그는 마루에 걸터앉으면서 말하였다. 춘수는 더 말치 않았다.
어찌 생각하면 그도 남에게 돈 때문에 부리는 사람으로 같이 어
려운 사람의 사정을 보아주지 않는 것이 야속스럽기도 하나 어찌
생각하면 그럴 수밖에 없는 일이다. 그렇게라도 하여서 성적이
좋아야 집주인의 눈에 들게 되는 것이요, 집주인의 눈에 들어야
밥알이나 입에 들어갈 것이다. 그에게도 자기와 같이 여러 식구

가 달려서 그의 어깨에 매달려 지내게 될 것이다. 그렇게 생각하니 볕에 그을어서 거무접접한 이마에 구슬 같은 땀을 흘리고 앉아 있는 그의 운명과 자기의 운명이 별로 다를 것이 없었다.

"어떡하랍니까?"

하늘을 쳐다보던 그 사람은 이마에 땀을 씻으면서 춘수를 돌아다보고 졸랐다.

"글쎄 어떡해요?"

춘수도 이제는 할 대로 하라는 듯이 배를 내밀었다.

"점잖은 처지에 그렇게 셈이 빠르지 못하여서야 쓰겠습니까!"

그는 점잔을 붙여가면서 틀었다. 춘수는 속으로 흥 코웃음을 치면서,

"여보 돈에도 점잖고 점잖지 않은 법이 있소? 점잖아도 없으면 못 갚는 것이고 못생겨도 돈만 있으면 신용 있는 세상에…… 허허…… 여보 그럴 것 없으니…… 이렇게 조르신대야 피차 눈만 붉히게 되었지 별수가 없으니 그믐에 들러주시오."

하고 한 번 더 인정을 부리면서도 그 비열한 자기의 그림자가 눈앞에 떠올라서 스스로 부끄러움을 느꼈다.

"그렇게는 못 하겠어요……"

"나는 더 도리가 없소."

춘수는 좀 성난 목소리로 말하였다.

"그러면 집주인한테로 갑시다. 가서 당신이 직접으로 말하시오. 집세전을 낼 수 없다고……"

하고 일어서서 춘수를 들여다본다.

"나는 갈 수 없으니 주인보고 볼일 있으면 오라구 하시오."

춘수는 귀찮다는 듯이 언성을 높여서 말하였다.

"어째 못 간단 말이오. 우리는 법적 수속을 할 테오."

"여보 그것 참 좋은 말이오. 가서 고소를 하시오. 당신과 나와는 백날 있어야 이 모양이 되겠으니 가서 고소를 하오. 나도 그랬으면 편하겠소."

하고 춘수는 미닫이를 닫았다.

그 사람은 밖에 서서 별별 소리를 다 하더니,

"댁에서는 집세를 해놨어?"

하고 안방 부인을 보고 말을 건넸다.

"저는 모릅니다. 바깥주인이 아시지……"

"늘 바깥주인, 바깥주인 하지만 바깥주인을 만날 수 있어야지…… 오늘은 해놔야 해……"

하고 또 반말로 으른다.

'저놈이 내게 대한 분풀이를 애꿎은 남의 부인께 하나.'

하고 생각하는 때 이것저것 모르고 빚진 죄인으로 죄 없이 벌벌 떨고 섰을 안방 부인의 그림자가 눈앞에 떠올랐다. 그는 참다못해 미닫이를 열었다.

"여보! 주인 없이 부인들이 어떻게 안단 말이오."

하고 나무라듯이 말하였다. 그자는 춘수를 홱 돌아보면서,

"댁이 무슨 참관이오…… 어서 댁 낼 것이나 내시오……"

한다.

"뭐 어째…… 돈을 받으면 돈을 달라지 남의 집 부인을 보고 반

말은 무슨 반말이야? 응 아니꼽게…… 그 버릇 고칠 수 없어……"

춘수의 기운 없던 얼굴 근육은 흥분에 긴장이 되었다.

"내가 언제 반말 했소…… 그래 댁이 내가 반말하는 것을 보았소?"

그자도 '나도 주먹이 있다'는 듯이 웅얼거리면서 이편으로 돌아섰다.

"그래 아까 한 말은 반말이 아니고 무어야…… 어서 나가! 이 마당에 섰지 말고……"

춘수는 마루로 나와 문턱에 걸터앉았다. 그의 얽은 얼굴에는 홍조가 오르고 두터운 입술이 경련을 일으켜서 험상궂게 보였다.

"얘 몸이 아프다면서 가만 드러누워 있지 왜 이러느냐?"

얼굴에 수심이 그득해서 마루에 앉았던 그의 어머니는 그를 보면서 걱정하였다.

"이게 댁 집이오. 가거라 말아라 하고……"

그자는 또 큰 소리로 말하였다.

"그럼 아직까지는 우리 집이야! 나가라면 어서 나가지 잔소리가 웬 잔소리야."

이렇게 서로 주거니 받거니 하다가 그자는,

"어디 봅시다."

한 마디 뇌고 나가버렸다. 집안은 폭풍우가 지나간 뒤같이 쓸쓸한 침묵에 지배되었다.

춘수는 그저 문턱에 앉아서 먼 하늘을 바라보고 있었다. 생각하면 쓸데없는 일에 흥분된 것이 우습기도 하고 소리를 지르고 나가서 눈에 보이는 대로 부쉈으면 속이 시원할 것 같다.

그는 다시 방으로 들어가서 붓을 잡았으나 귀찮기만 하고 아무것도 생각나지 않았다. 억지를 써 가면서 두어 줄 쓰다 말고 누웠으려니까 또 저녁거리가 걱정이 되었다. 인제는 어떻게 하는 수가 없었다. 이 지경에 나가 돌아다닐 수도 없거니와 나간대도 어디로 갈 데가 없었다.

*

동편 벽을 담뿍 물들였던 볕발은 밑으로부터 점점 걷히기 시작하였다. 볕발이 들에서 걷힌 뒤에도 찌는 듯한 더위는 물러나지 않았다. 낮부터 아프기 시작하는 배를 끌어잡고 등골과 가슴에서 흘러내리는 땀을 씻으면서 누워서 저녁을 생각하니까 시간 가는 것이 원수 같다. 기나긴 해에 점심들도 변변히 먹지 못한 식구들이 배가 고픈 내색은 내지 않으나 입술이 말라서 껄떡거리는 것이 눈에 걸려서 견딜 수가 없다. 모두 자기 손으로 요정[25]을 지어놓고 자기라는 존재까지 쓰러져버렸으면 하는 악까지 올랐다.

하여튼 불쌍한 존재들이다. 자기의 주먹을 바라는 그 여러 식구를 생각하면 그늘에 핀 꽃과 같다. 자기 존재만 쓰러지면 그들은 어디로 가나? 어찌 되나? 그는 일전 광교 다리 아래 뼈만 남은 열서너 살 된 어린애와 아래만 누더기로 겨우 가린 젊은 부인이 갓난아이를 안고 마주 앉아서 참외 껍질을 먹던 기억이 머릿속에 떠올라서 그 그림자를 보지 않으려고 머리를 저었다. 그런 사람에게 비기면 자기의 생활은 호화롭기 짝이 없다. 그러나 그들과 무엇이 다르랴. 차라리 그렇게 지내는 것이 같이 배를 주릴 바에는 더 순스러울는지도[26] 모른다. 누가 좋다는 것도 아니요, 누가 오라는 것도 아닌데 헐레벌떡거리고 쫓아다니면서 갖은 궁상과 마음에 없는 웃음을 쳐가면서 푼푼이 얻어다가 겨우 연명이라고 하니 그것이 무슨 소용이며 거기서 무슨 수가 나랴. 망치는 것은 자기의 존재뿐이다.

그러나 그래서라도——자기의 존재는 망친다 하더라도 그 때문에 식구들의 존재가 튼튼한 자리를 잡게 된다면 조금도 원통할 것이 없겠다. 그러나 그것은 되지도 않을 일이요, 그래서 겨우 목숨이나 이어간다 하더라도 그 존재는 나날이 마르고 비틀어져서 나중에는 보잘것없는 존재로 쓰러져버리고 말 것이다. 또 자기의 존재도 보증할 수 없는 일이다. 이렇게 시시각각으로 부대껴서는 몇 날 못 가고 어디서 어떻게 거꾸러질는지도 모를 일이다. 그렇게 된다면 그의 식구들의 밟을 길은 광교 다리 밑에서 신음하던 그 그림자와 같지 않으리라고 누가 보증을 하랴? 그의 가슴은 또 찢기는 것 같았다.

"죄악이야! 죄악. 없는 놈이 자식 낳는 것은 죄악이야."

그는 혼자 뇌었다. 어린것들을 바로 기르지 못하여서 그들이 길거리에서 뭇사람의 발아래 짓밟힐 것을 생각할 때 어쩐지 마음이 괴로웠다.

무슨 죄가 있든지 그렇지 않으면 병신이 되어서 이 꼴이라면 모르지만 남과 같은 사람으로 남 이상의 힘을 쓰고도 이 고생——고생이야 사람으로서 없으랴마는 배를 곯고 헤매다가 쓰러질 것을 생각하면 적어도 불평이 없을 수 없다. 그는 일전에도 어떤 집을 지나다가 쌀에 좀이 난다고 걱정하는 것을 들었다.

"여보!"

그의 아내가 부르는 소리에 그는 비로소 정신이 들어서 내다보았다. 그의 아내는 문 앞에 서서 어색한 웃음을 벙긋하더니 주저거리다가 어려운 말이나 하는 듯이,

"이 앞집에서 변돈을 놓는다는데 이삼 원 얻어다가 쌀을 팔라오?"

하고 그를 다시 쳐다본다. 그 표정은 무슨 죄지은 사람이 판결이나 바라는 것 같다.

"얻을 수만 있거든 얻구려마는 우리를 줄 것 같지 않구려."

그는 선선히 대답하였다.

"가서 말하면 될 눈치던데…… 그러면 가보지요."

아내는 기쁜 듯이 돌아서 나갔다. 그의 뒷모양을 보는 춘수의 가슴은 또 찢겼다. 혼자 살려고 하는 일도 아니건만 그 돈을 쓰고 갚을 때에 남편의 막막해하는 양이 보기가 딱해서 무슨 죄나 지은 사람처럼 돈 말하기 어려워하는 아내가 다시금 눈에 떠올라서 견딜 수가 없었다.

'언제나 좋은 세상이 오나……'

하고 또 쓸데없는 공상을 머릿속에 그려 보았다. 한참이나 얼없는 공상에서 헤매던 그는 얼없는 자기를 비웃으면서 다시 붓을

끄적거렸다. 억지로 몇 줄 쓰다가는 붓을 멈추었다가는 다시 끄적거렸다. 겨우 몇 장을 써놓고 읽어보니 차마 글이라고 드러내기가 부끄럽게 되었다. 여러 번 찢어버린다고 원고를 집어 들었다가는 그렇게 하여서라도 몇 회 써야 돈이라고 쥐어보겠기에 그대로 썼다. 그러나 먼저 읽어본 서툰 글이 머릿속에서 팽이 굴리듯 팽팽 돌아서 더욱 붓끝이 나가지 않았다.

"이런 글을 써서 뭘 하나! 차라리 지게를 지고 있지 이것을……"

그는 여러 번 분개하면서도 차마 그것을 찢어버릴 만한 용기가 나서지 않았다. 그는 스스로 자기의 무력한 것을 탄식하면서 또 몇 줄 썼으나 기운이 빠지고 머리가 무거워서 참말이지 더 쓸 수 없었다. 모든 것은 될 대로 되어라는 듯이 붓을 집어던지고 마루에 뛰어나와 부채질을 하였다.

설사는 날듯날듯 하면서 뒷간에 나가 앉으면 나오지 않고 배만 몹시 아팠다. 배가 뒤틀리는 때면 자기의 기운이 깡그리 빠지고 온몸에 땀이 부쩍부쩍 솟는다. 그렇지 않아도 더위에 땀이 걷힐 수 없는 몸은 끈끈한 더운 물에서 건져놓은 것 같다. 저녁이라고 두어 술 먹고 나니 뱃속은 더욱 괴로웠다. 후중기[7]가 여러 번 나더니 이질이 되는 것 같기에 마늘을 즙을 내서 먹었더니 가슴이 어찌 아린지 그 고통도 작은 고통은 아니었다. 방에 드러누워서 모기, 빈대, 벼룩, 파리와 싸우면서 신음하다가 겨우 잠이 들었다 깨니 어느 사이에 날이 새기 시작하였다. 눈을 뜨니 잊었던 걱정은 또다시 그의 가슴을 눌렀다. 그중에서도 어서 원고를 끝을 마처야겠다는 걱정이 큰 짐이 되었다. 그는 껐던 램프에 불을 켜놓고 또 붓을 잡았다. 그가 한창 원고를 쓰고 있는데 마루에서 손녀를 데리고 자는 어머니가 일어나서 기침을 깃더니[28] 방 안을 들여다보면서,

"어떠냐? 좀 괜찮으냐?"

하고 아들의 병을 걱정하더니,

"얘는 웬일인지 밤에 여러 번 설사를 하더니 몸이 어찌 뜨거운지 펄펄 끓는다."

하면서 마루에 누웠는 손녀를 돌아다본다. 춘수의 가슴은 더욱 무거웠다. 그는 일어나 마루로 나가니 어린것은 기운 없이 솜을 늘여놓은 듯이 누워서 눈을 감고 있다.

"옥선아! 옥선아! 아파?"

그는 딸년의 머리를 짚었다. 어린애는 눈을 힘없이 떴다 감더니 귀찮다는 듯이 이마를 찡기고 모로 눕는다. 어린애의 머리는 불이 날듯이 뜨거웠다.

'피차 편하게 어서 죽어라.'

그는 너무도 복받치는 악에 속으로 뇌면서도 그런 악독한 소리를 하는 자기 자신이 밉고 어린것의 괴로워하는 것이 가슴에 걸리지 않을 수 없다. 그러나 어떻게 하는 수 없다. 친면 있는 의사라고는 수표정[29]에 있으나 거기에도 벌써 약값이 칠팔십 원이다. 이제 또 가서 보아 달라면 보아주겠지만 차마 낯을 들고 또 빈손으로 가기가 뭣한 일이다.

아침때에도 춘수의 어머니는 숟가락 들 생각은 하지 않고 어린

애 병 걱정만 하였다.

"옥선아 아파? 응…… 맘마 먹어?…… 애는 밥 좀 끓여주렴……"

하면서 어린애를 안았다 뉘었다 하면서 걱정을 하였다. 춘수는 아침밥 뒤에 억지를 쓰고 집을 나섰다. 어제 저녁에 마늘을 먹었던 덕인지 배가 아프던 것은 멎었으나 오장은 뽑힌 것 같고 다리가 허전거려서 동대문 턱까지 나오니 벌써 숨이 찬다. 몇 걸음에 걸음을 멈추고 후후 더위를 내뿜으면서 먼저 ××신문사로 갔다. 되지도 않은 원고를 집어내놓고 돈 말하기는 그 친구에게도 미안한 일이나 어쩌는 수가 없는 일이다. 그는 주춤거리는 발길을 끌고 ××신문사에 들어섰다. 공교롭게 그가 찾아간 김은 그날 들어오지 않았다. 그는 원고를 김에게 맡겨 달라고 급사에게 부탁하고 나와버렸다. 무슨 짐을 벗은 듯하면서도 김을 못 만난 것은 바라던 일이 모조리 틀린 것 같다. 안 되는 놈의 일은 엎드러져도 코가 터진다더니 자기를 두고 한 말이라고 혼자 분개를 하면서 ××신문사를 나선 그는 수표정 ××병원으로 향하였다.

'다시는 죽으면 죽었지.'

빈손으로 가서 진찰을 받고 나오는 때마다 의사의 찌푸퉁한 얼굴이 가슴에 걸려서 다시는 그 꼴을 안 본다고 맹세맹세하다가도 바쁘면 하는 수 없이 발길을 돌리게 된다.

'그도 무리는 아니다. 돈 주고 사오는 약을 그저 줄 리가 있나?'

하고 사리를 캐서 생각하면서도 때로는 의사에게 대해서 악감이 일어났다. 그러면서도 그 앞에만 서면 자기는 기운이 줄어드는 것을 생각하면 무어라 형용할 수 없는 모욕적 감정이 가슴에 끓어올라서 견딜 수 없었다. 이 생각 저 생각 하면서 기계적으로 걷다가 머리를 들어보니 수표정으로 간다는 것이 배오개 네거리까지 내려왔다.

"내가 쉬 죽겠는 게다."

그는 혼자 뇌고 픽 웃으면서 발을 돌려서 올라오면서 지나가던 사람들이 얼빠진 자기의 행동을 비웃는 것 같아서 무류한 생각을 금할 수 없었다.

병원 문 앞에 다다르니 문 위에 달아놓은 빛나는 주석 간판부터 자기를 비웃는 것 같아서 차마 발이 떨어지지 않는다. 그보다도 어색한 웃음을 지으면서 마지못해 응대를 하는 것 같은 의사의 얼굴이 눈앞에 알찐거려서 그는 그도 모르게 엑 하고 모욕의 전율을 금치 못하였다. 그러나 어린것의 괴로워하는 것을 생각하면 모욕을 받고 죽는 한이 있더라도 들어가지 않을 수 없는 일이다.

"오셨어요?"

현관에 들어서니 마주 보이는 약국 안에 서 있던 약제사가 인사를 한다.

"네! 아이 몹시 덥습니다. 이 더위에 어쩌세요?"

그는 벌써부터 근질근질하는 얼굴을 겨우 들고 들어가면서 가장 태연한 듯이 말하였다.

"네 괜찮습니다."

"선생 계셔요?"

그는 진찰실을 바라보고 물었다.

"네 계셔요."

약제사는 약봉에 무엇을 쓰면서 대답하였다.

그는 진찰실로 들어갔다. 문이 열리니 어떤 환자의 가슴을 두드려 보던 의사는 문 앞에 들어서는 춘수를 보고 웃으면서 머리만 끄덕하였다.

"웬일이오? 여름에 댁은 무사하오?"

진찰을 마친 의사는 의자에 앉은 춘수를 보면서 말을 붙였다. 그의 태도는 조금치도 춘수를 귀찮게 생각하는 것 같지 않으나 춘수의 마음에는 모든 것이 외식같이 보였다.

"편하면 또 왔겠소…… 허허."

춘수가 말을 다하기도 전에,

"또 누가 앓소? 누가."

의사는 벌써 알고 있다는 듯이 말하였다.

"어린애가 열이 나고 설사를 어떻게 몹시 하는지…… 또 졸르라 왔소……"

춘수는 기분이 좀 폈다.

"응 그거 안됐는데…… 가만……"

하더니 그는 의자를 돌려 책상에 마주 앉아 처방지를 펴놓더니 다시 춘수를 보면서,

"언제부터?"

하고 묻는다.

"밤부터."

하는 춘수의 말이 떨어지두마두 해서[30] 의사는 처방을 써서 간호부에게 주면서 얼른 지어오라고 부탁하였다.

"저 약을 써 보셔요…… 그런데 박은 왜 그리 빠졌소? 어디 편찮소?"

의사는 다시 의자를 가로타고 앉아서 담배를 피우면서 물었다.

"설사가 나더니 이질이 되는 듯해서 마늘즙을 좀 먹었더니 좀 괜찮은 듯하나 아직도 덜 좋은데……"

춘수는 말하고 나서,

"병이나 없어야 살지! 허허."

하고 웃었다.

"병 없으면 나부터 못 견딜걸…… 하하하."

의사의 말에 춘수는,

"나 같은 병자야 있으나 마나."

하고 마주 웃었다.

그때 간호부가 약을 들고 들어왔다. 의사는 다시 간호부에게 무어라고 하더니 간호부는 약국에 나가서 갑에 넣은 알약을 가지고 왔다.

"이 물약과 가루약은 어린애한테 먹이고 이건 박이 잡수."

의사는 약을 춘수에게 주면서 말하였다.

춘수는 병원을 나섰다. 그날은 의사의 기분이 좋아서 그의 기분도 경쾌하였다.

하여튼 고마운 일이다. 가는 때마다 거절 없이 하여 주는 것은 눈만 감으면 코를 베어 먹을 세상에서 고마운 일이다. 그 까닭이 있는 일이지만 춘수로서는 미상불 감사히 생각할 일이다. 그러나 남의 기분에 오르락내리락 하는 자기의 기분을 생각하니 그늘에 피는 꽃과 같아서 세상에서 비열한 것은 자기 하나뿐만 같다.

"이러구 살아서 뭘 하오."

그는 거리로 걸어가면서 이렇게 뇌면서도 어린것에게 먹일 약이 손에 쥐어진 것을 퍽 기뻐하였다.

고국

*『조선문단』(영인본), 성진문화사, 1971. 4.

**1** 주의 두루마기.

**2** 노수 노자.

**3** 수직 맡아서 지킴.

**4** 휘주근하다 몹시 지쳐서 도무지 힘이 없다.

**5** 현등 등불을 높이 매닮.

**6** 붙이었다 붙이어 있다.

**7** 벽장골 벽장(벽을 뚫어 물건을 넣게 한 곳) 같은 골짜기.

**8** 찌터러기 몹시 찌들어버린 것.

**9** 불한당(不汗黨)질 떼지어 다니는 강도질.

**10** 유위 (일을 할 만한) 능력이 있음.

**11** 양양하다 넘칠 듯한 수면이 끝없이 넓게 펼쳐져 있다.

**12** 유량(嚠喨) (음악의) 음색이 거침없고 똑똑함.

**13** 영별(永別) 영구히 이별함.

**14** 엉벙벙하다 어리둥절하여 갈피를 잡을 수 없다.

**15** 표랑 정처 없이 떠돌아다님.

**16** 천인갱참(千仞坑塹) 천길이나 되게 깊이 파놓은 구덩이.


## 탈출기

*『조선문단』(영인본), 성진문화사, 1971. 4.

**1** 탈가 집을 벗어남.

**2** 노두 길거리.

**3** 동량(棟樑) 마룻대와 들보.

**4** 천부금탕(天賦金湯) 본래부터 금이 많이 나던 곳이란 뜻인 듯.

**5** 헌헌(軒軒) 이목구비가 반듯하고 헌거로운.

**6** 도조(賭租) 남의 논밭을 빌려서 부치고 해마다 벼로 무는 세.

**7** 타조 벼를 타작한 뒤 그 수확량에 따라 지주가 일정한 양을 도조로 거두어 들이던 제도.

**8** 시로도 아마추어. 서툴거나 경험이 없는 사람을 낮추어 부르는 일본어.

**9** 부러먹다 돈이나 재물을 헛되이 다 써서 없애다.

**10** 몸 비잖다 아이를 배다.

**11** 매캐지근하다 연기나 곰팡 냄새와 비슷하다.

**12** 신산 세상살이의 고됨.

**13** 소조(蕭條) 풍경 따위가 호젓하고 쓸쓸함.

**14** 에우다 다른 음식으로 끼니를 때우다.

**15** 퍼러퍼래서 '퍼러퍼렇다'의 뜻인데 여기서는 강조의 뜻.

**16** 애잡짤하다 은근하게 매우 애절한 느낌이 있다.


## 박돌의 죽음

*『조선문단』(영인본), 성진문화사, 1971. 4.

**1** 야광주(夜光珠) 중국 고대에, 어두운 밤에도 빛을 낸다고 전해지는 귀중한 보석.

**2** 추근하다 매우 축축하다.

**3** 히슥하다 색깔이 조금 허옇다(북한어).

**4 맞찍겨서** 서로 맞찔러서.

**5 황겁하다** 두렵고 겁이 나다.

**6 챙챙한** 목소리가 야무지고 맑은 모양.

**7 쫑그리다** 빳빳하게 치켜 세우거나 뾰족이 내밀다.

**8 사들사들** 약간 시드는 모양 또는 시든 모양.

**9 약종** 약재. 약을 짓는 재료.

**10 슬근히** 행동이 은근하고 가벼움.

**11 애참(哀慘)하다** 슬프고 참혹하다.

**12 지덕지덕** 먼지나 때 같은 것이 여기저기 묻어 더러운 모양.

**13 에다** 칼로 도려내다.

**14 아츠럽다** 소리가 신경을 몹시 자극하여 듣기 싫고 날카롭다.

**15 지접** 한때 거접(居接)함.

**16 넌들넌들** 여러 가닥으로 끈기있게 늘어져 있는.

**17 울울하다** 초목 따위가 매우 무성하다.

**18 빤하다** 어두운 가운데 밝은 빛이 비치어 환하다.

**19 꼬드기다** 세우다. 뒤로 잦히다.

**20 건물** 걸쭉한 물.

**21 벗겼다** 벗겨졌다.

**22 주** 귤.

**23 어둑충충한** 맑거나 산뜻하지 아니하고 흐리고 어둑한 모양.

**24 께저분하다** 너절하고 지저분하다.

**25 숫구녕** '숨구멍'의 평안도 방언.

**26 체하자 났소?** 체하였소?

**27 문** 상한.

**28 축축스럽게** 더럽고 게걸스럽게.

**29 판히** 빤히.

**30 초들초들하다** 입술이나 목이 마르면서 타들어가다.

**31 끊쳤다가** 그쳤다가.

**32 꺾기** '딸꾹질'의 평안도 방언.

**33 곤줄을 서다** 거꾸로 서다.

**34 들레다** 들리다.

**35 글다** '걸다'의 방언으로 액체가 묽지 않고 툭툭하다는 뜻.

**36 서물거리다** '눈부시다'의 함경도 방언.

**37 액색(阨塞)** 운수가 막혀 생활이나 행색 따위가 군색함.

**38 엉클엉클한** 실, 새끼 같은 물건이 서로 뒤섞여서 풀어지지 않은.

**39 연덩어리** 납덩어리.

**40 겻불내** 겨를 태우는 불냄새.

**41 겯다** 자빠지지 않게 어긋매끼게 걸어 세우다.

**42 인을 치다** 도장을 찍다.

**43 모듭뜨다** 두 눈의 동자를 한쪽으로 모아서 앞을 바라보다.

**44 임리(淋漓)하다** 흠뻑 젖어 흘러 떨어지거나 흥건하다.

**45 산산하다** 흩어지다.

**46 황겁** 겁이 나고 두려움.

**47 우시시** 물건의 부스러기 따위가 어지럽게 흩어져 있는 모양.

**48 발리다** 액체 같은 것을 바르게 하다.

## 기아와 살육

*『조선문단』(영인본), 성진문화사, 1971. 4.

**1 짐바** 짐을 묶거나 매는 데 쓰는 줄.

**2 흐뭇하다** 엉길 힘이 없어 뭉그러지다.

**3 억색** 원통하여 가슴이 답답함.

**4 풍상고초(風霜苦楚)** 찬바람과 찬 서리를 맞는 괴로움과 아픔이라는 뜻으로, 온갖 모진 시련과 고난을 비유적으로 이르는 말.

**5 북도** (아마도 북간도나 평안·함경북도 모두를 지칭한 듯하며) 부엌과 구들(방) 사이에 벽이 없다는 의미.

**6 드리돋다** 마구 돋아나다.

**7 지덕지덕** 먼지나 때 같은 것이 여기저기 묻어 더러운 모양.

**8 관골** 광대뼈.

**9 억결** 근거 없는 짐작으로 일을 결정함.

**10 천사만념(千思萬念)** 천사만고. 여러 가지로 생각함 또는 그런 생각.

**11 궁항** 궁한 처지를 비유적으로 이르는 말.

**12 집어세이다** 말과 행동으로 매우 닦달하다.

**13 도쳐** 돋우어. 기분·느낌·의욕 등의 감정을 자극하여 일어나게 함.

**14 풍(風)** 풍사로 생긴 풍증. 중풍, 구안괘사, 전신마비, 언어 곤란 따위의 증상을 말함.

**15 시우쇠** 무쇠를 불려서 만든 쇠붙이의 한 가지.

**16 소디손** '솔다'(넓이가 좁다. 목이 좁다)에서 나온 말인 듯.

**17 너분적거리다** 매우 가볍고 큰 동작으로 사이가 조금 뜨게 자꾸 움직이다.

**18 엄연(儼然)한** 겉모양이 씩씩하고 점잖은 모양.

**19 약화제** 약방문. 약을 짓기 위하여 약 이름과 약의 분량을 적은 종이.

**20 화제** '약화제'의 준말.

**21 빤하다** 어두운 가운데 밝은 빛이 비치어 환하다.

**22 흥덩거리다** 넘쳐 흐르다.

**23 모들뜨다** (앞을 볼 때) 두 눈동자를 다 안쪽으로 몰아서 뜨다.

**24 홍소** 입을 크게 벌리고 떠들썩하게 웃음.

**25 수수거리다** 시끄럽고 떠들썩하여 정신이 어지럽다.

**26 히슥** 색깔이 조금 허옇다(북한어).

**27 임리(淋漓)하다** 흠뻑 젖어 흘러 떨어지거나 흥건하다.

**28 낯에 고기도 척척 떨어졌다** 얼굴의 살점이 찢겨 떨어져 나간 것을 말한다.

**29 상년** 지난해.

**30 우시시** 물건의 부스러기 따위가 어지럽게 흩어져 있는 모양.

**31 다리** 여자의 머리숱이 많아 보이도록 덧넣었던 딴머리.

**32 연덩어리** 납덩어리.

**33 복마전(伏魔殿)** 마귀가 숨어 있는 집이나 굴. 비밀리에 나쁜 일을 꾸미는 무리들이 모이는 곳을 비유적으로 이르는 말.

**34 빈지** 널빤지로 만든 빈지문.

**35 짓모으다** 짓이기다시피 잘게 부스러뜨리다.


## 큰물 진 뒤

*『개벽』(영인본), 현대사, 1980. 4.

**1 삿자리** 갈대를 엮어서 만든 자리.

**2 뻐둑뻐둑하다** 자빠지거나 주저앉거나 매달려서 팔다리를 크게 뻗지르며 마구 몸을 움직이다(북한어).

**3 모들뜨다** 두 눈의 동자를 한쪽으로 모아서 앞을 바라보다.

**4 갸우드름하다** 무엇을 보려고 자꾸 고개를 기울이다.

**5 쏟치다** '쏟다'를 강조하여 이르는 말.

**6 수수거리다** 시끄럽고 떠들썩하여 정신이 어지럽다.

**7 섬** 곡식을 담기 위하여 짚으로 엮어 만든 그릇.

**8 히슥한** 색깔이 조금 허연(북한어).

**9 디미는** 들이 미는.

**10 최최해서** 몹시 초라해서.

**11 수라장** 싸움이나 그 밖의 다른 일로 큰 혼란에 빠진 곳 또는 그런 상태.

**12 고고성** 높은 목소리.

**13 뭉킷** '뭉클'의 거센 느낌. 슬픔이나 노여움 따위의 감정이 북받쳐 가슴이 갑자기 꽉 차는 듯한 느낌.

**14 얼없이** 정신없이, 멍하니.

**15 누른** 누런 색깔의.

**16 휘친휘친** 가늘고 긴 나뭇가지 따위가 탄력 있게 크게 휘어지면서 자꾸 흔들리는 모양(북한어).

**17 판득판득** 순간적으로 조금씩 번쩍이는 모양.

**18 승수(勝數)** 이길 운수. 좋은 운수.

**19 도오모 죠센징와 다메다! 쯔루꾸데 다메다!** 아무래도 조선인은 안 돼! 뻔뻔스러워 안 돼!

**20 팔매를 치다** 팔을 흔들어서 멀리 던지다.

**21 꿈만 하였다** 꿈만 같았다.

**22 넌들넌들** 여러 가닥으로 끈기있게 늘어져 있는.

**23 엄연(儼然)** 겉모양이 씩씩하고 점잖은 모양.

**24 산날** '산등성이'의 북한어.

**25 좃대소리** 조대(조의 줄기)가 부딪치는 소리.

**26 현등** 등불을 높이 매닮.

**27 뒤두다** 뒤에 남겨두다.

**28 쫏기다** 아래윗니를 딱딱 마주 찧다.

**29 얼른하다** 물이나 거울 따위에 비친 그림자가 자꾸 흔들리다.

**30 널장** 낱장의 널빤지.

**32 때룩때룩** 작은 눈을 힘있게 잇따라 굴리는 모양.

**31 수굿이** '수긋이'의 방언으로 '좀 숙은 듯'이라는 뜻.


## 백금

* 『신민』 10호, 1926. 2.

**1 오글다** 안쪽으로 휘어지다.

**2 고은아** 잘 가르치는 거! 예쁜아 잘 가리키는 거!

**3 백어** 뱅어.

**4 셈들다** 사물을 잘 분별하는 슬기가 있게 되다.

**5 족돌족돌** '아장아장'을 좀더 귀엽게 표현한 듯함.

**6 나따세** 나쎄. 그만한 나이를 속되게 이르는 말.

**7 영림창** 대한 제국 때에 압록강과 두만강 연안의 삼림에 대한 일을 맡아보던 관청. 융희 4년(1910)에 없어짐.

**8 식은식은** 고르지 않고 거칠고 가쁘게 자꾸 숨을 쉬다.

**9 적수공원** (맨손과 맨주먹이란 뜻으로) 아무것도 가진 것이 없음.

**10 신마찌** 유곽.

**11 구리개** 을지로.

**12 틉틉하다** 맑지 아니하고 농도가 진하다.

**13 천사만념** 여러 가지로 생각함. 또는 그런 생각.

**14 뒤두다** 뒤에 남겨두다.

**15 찌뿌퉁하다** '찌뿌듯하다'의 북한어. 표정이나 기분이 밝지 못하고 조금 언짢다.

**16 야주개** 당주동과 신문로 1가에 걸쳐 있는 마을.

**17 헛갑** 헛일.

**18 준장** 교정지.

**19 준** 교정.

**20 올으는** 오르려는.

**21 얼프름하다** 꽤 어슴푸레하다.

**22 채를 치다** 재촉하다.

**23 다찌노미** 술, 물 등을 서서(일어선 채로) 마심.

**24 해정(解酲)** 술속을 풀기 위해 조반 전에 술을 약간 마심. 해장.

**25 무탈하다** 병이나 변고가 없다.

**26 연덩어리** 납덩어리.

**27 짓모으다** 짓이기다시피 잘게 부스러 뜨리다.

**28 우려** 생각이나 감정을 끄집어내는.


해돋이

* 『신민』11호, 1926. 3.

**1 누런** 누런 색깔의.

**2 양양하다** 넘칠 듯한 수면이 끝없이 넓게 펼쳐져 있다.

**3 수질(水疾)** 뱃멀미.

**4 숙다** 앞으로 굽어 기울어지다.

**5 퀴지근하다** 냄새가 좀 비릿하고 퀴퀴하다.

**6 도르다** 먹은 것을 게우다.

**7 보꾸러미** 보자기로 물건을 싼 주머니.

**8 이윽히** (지난 시간이) 얼마간 오래.

**9 천반** '천장'의 함북 방언.

**10 결다** 풀어지거나 자빠지지 않도록 서로 어긋매끼게 끼거나 걸치다.

11 주글주글하다 쭈그러지거나 구겨져서 고르지 아니하다.

12 령북 고개 북쪽.

13 천애(天涯) 하늘 끝. 아득히 떨어진 타향.

14 비주그레 비죽으레. 비죽이.

15 하오리 일본 옷에 덧입는 짧은 겉옷.

16 승강제(昇降梯) 배에 오르내릴 때 쓰는 사다리.

17 삼빠 거룻배.

18 아, 소오까 아, 그렇습니까.

19 가르보다 '깔보다, 흘겨보다' 의 함경도 사투리.

20 쾌한(快漢) 쾌남아. 시원스럽고 쾌활한 남자.

21 천사만탁(千思萬度) 여러 가지로 생각하여 헤아림.

22 적원 오랫동안 쌓이고 쌓인 원한.

23 돌쳐 되돌려.

24 나만 오나라 나오기만 해라.

25 또땃또땃 나발 분다는 뜻.

26 그적 나만 와 그저 나오기만 해라.

27 황연(晃然)한 환하게 밝은 모양.

28 애오라지 '오로지'를 강조하여 이르는 말.

29 호지(胡地) 오랑캐의 땅.

30 외통집 단 한 채로 된 집.

31 임리하다 흠뻑 젖어 흘러 떨어지거나 흥건하다.

32 천사만념(千思萬念) 천사만고. 여러 가지로 생각함 또는 그런 생각.

33 폭류 거칠게 쏟아져 흐르는 물줄기.

34 불소하다 적지 아니하다.

35 빤하다 어두운 가운데 밝은 빛이 비치어 환하다.

36 자곡지심(自曲之心) 허물이 있는 사람이 스스로 고깝게 여기는 마음.

37 사뜻하다 깨끗하고 말쑥하다.

38 천뢰 하늘의 자연스러운 소리.

**39** 돌쳐서다 돌이켜 서다.

**40** 빠가 바보.

**41** 욱기 참지 못하고 욱하는 성질.

**42** 과인하다 보통 사람보다 훨씬 뛰어나다.

**43** 부교(副校) 갑오경장 뒤에 정한 무관 계급의 하나.

**44** 나뭇가리 땔나무를 쌓은 더미.

**45** 버덕 '들'의 함경도 사투리.

**46** 염염하다 타오르는 불기운이 세차다.

**47** 짤짤하다 열이나 온도가 매우 높아 끓듯이 덥다.

**48** 정상 감정과 생각.

**49** 살아지이다 살아지다(살게 해달라).

**50** 푸접(없다) 남에게 대하여 포용성, 붙임성 또는 엉너리가 없고 쌀쌀하기만
하다.

**51** 고고성 높은 목소리.

**52** 뉘 자손에게서 받는 덕.

**53** 존존하다 피륙의 발이 곱고 고르다.


그믐밤

* 『신민』 13호, 1926. 5.

**1** 살창 좁은 나무나 쇠오리로 살을 대어 만든 창.

**2** 뭉긋이 뭉긋하게. 약간 기울어지거나 굽어서 휘우듬하게.

**3** 뼈지다 속이 옹골차고 단단하다.

**4** 홀넉홀넉 혀나 손 따위를 자꾸 늘름거리는 모양. 홀럭홀럭(북한어).

**5** 추근한 물기가 조금 있어 축축한(북한어).

**6** 허덕깐 헛간.

**7** 지하되는 나이가 아래인.

**8** 연주창 이와 관련된 서해의 「연주창과 독사」(동아일보, 1926. 6. 2)라는 글이
있다.

**9** 깨웃 고개나 몸 따위를 한쪽으로 조금 기울임.

**10** 뺏뺏이 살가죽이 쪼그라져 붙을 만큼 야윈.

**11** 찌덕찌덕하다 '지덕지덕'의 센말로 먼지나 때 같은 것이 여기저기 묻어 더러운 모양.

**12** 시틋하다 사전상으로는 '싫증나다'인데 의미상으로는 '시름하다'는 뜻.

**13** 눈이 모자라게 벌어진 한눈에 다 바라볼 수 없도록 넓게 펼쳐진.

**14** 기음 김(논밭에 난 잡풀).

**15** 그리를 그쪽을.

**16** 그늣하다 깊숙하고 아늑하여 고요하다.

**17** 어청어청 천천히 걷다.

**18** 감탕 아주 곤죽같이 된 진흙.

**19** 히슥한 색깔이 조금 허연(북한어).

**20** 때룩때룩 작은 눈을 힘있게 잇따라 굴리는 모양.

**21** 찌긋찌긋 '지긋지긋'의 센말인 듯. 진저리가 나도록 싫고 괴로운 모양.

**22** 그루 줄기의 밑동.

**23** 느른히 몸이 지쳐서 노곤하고 기운이 없어.

**24** 앵하다 아릿하다.

**25** 칙은하다 빛깔이 곱지 못하고 짙기만 하다.

**26** 쫑그리다 빳빳하게 치켜 세우거나 뾰족이 내밀다.

**27** 엇결다 서로 어긋매끼어 결다.

**28** 송그리다 작게 오그라들다.

**29** 데린 자기 몸 가까이에 있게 한.

**30** 소조하다 풍경 따위가 호젓하고 쓸쓸하다.

**31** 할끔하다 몸이 매우 가빠서 눈이 걸어질리다.

**32** 헤벌헤벌 어울리지 않게 넓게 벌려서 걷는 모양.

**33** 수수거리다 시끄럽고 떠들썩하여 정신이 어지럽다.

**34** 꾸핏꾸핏 여러 곳이 다 꾸붓한 모양. 꾸붓꾸붓.

**35** 머틀머틀하다 우툴두툴하다.

**36** 빤하다 어두운 가운데 밝은 빛이 비치어 환하다.

**37 입살** '입술'의 방언.

**38 지질하다** 싫증이 날 만큼 지루하다.

**39 시진** 기운이 아주 쏙 빠져 없어짐.

**40 불신 불쑥.** 갑자기 쑥 나타나거나 생기거나 한 모양.

**41 뉘** 평생.

**42 당금** 매우 훌륭하고 귀함(중국에서 나는 비단에서 유래한 말).

**43 수긋하다** 좀 숙은 듯이 하다.

**44 번지는** 배우는.

**45 능치다** 능청을 떨다.

**46 쫏기다** 아래윗니를 딱딱 마주 쫓다.

**47 서릿발** 서리가 성에처럼 된 모양.

**48 뿔구다** '불리다'의 북한어.

**49 장** 간장.

**50 비쓱** 쓰러질 듯이 몸을 자꾸 흔들어.

**51 말치는** 말하지는.

**52 산날** '산등성이'의 북한어.

**53 연덩어리** 납덩어리.

**54 자잔이캤소** 잠자자고 했소?

**55 잇샷** 잇몸의 틈.


전아사

*『동광』(영인본), 아세아문화사, 1977. 4.

**1 수연하다** 수심에 잠기다.

**2 민민하다** 몹시 딱하여 안쓰럽다.

**3 죽식간에** 죽이든지 밥이든지 아무것이나.

**4 어깨가 부서지더라도** '목도꾼'이라는 뜻.

**5 훈채(訓債)** 글을 가르쳐준 값으로 내주는 돈.

**6 다리** 여자의 머리숱이 많아 보이도록 덧넣었던 딴머리.

**7 댓수** 대(代). 큰일.

**8 향화**(香火) 향불. 제사에 향을 피운다는 뜻으로 제사의 다른 이름.

**9 치도**(治道)판 길닦이하는 곳.

**10 셈들다** 사물을 잘 분별하는 슬기가 있게 되다.

**11 드티다** 자리가 옮겨져 틈이 생기거나 날짜, 기한 등이 조금씩 연기되다. 또 틈을 내거나 날짜 등을 연기하다.

**12 세**(細)**모래** '모새'(썩 잘고 고운 모래)의 평안도 방언.

**13 우숙그러한** 우중충한.

**14 얼없는** 정신없는, 멍청한.

**15 굴이 놓았습니다** 야단하였습니다.

**16 어글어글** 눈을 크게 뜬 모양.

**17 세비로** 신사복.

**18 하정**(下情) 자기의 심정을 어른에게 대하여 겸사하여 일컫는 말.

**19 주인** 하숙.

**20 신마찌** 유곽.

**21 모주**(母主) 어머님.


## 홍염

*『조선문단』(영인본), 성진문화사, 1971. 4.

**1 강골** 강물이 흘러 지나가는 골.

**2 하늬** 하늘 높이 부는 바람.

**3 토수래** 어저귀·아마·무명실 등의 섬유를 삶아서 만든 굵고 거친 실로 짠 좋지 않은 천.

**4 들막** 들메. 끈으로 신을 발에 동여 매는 일.

**5 찌덕찌덕** '지덕지덕'의 센말로 먼지나 때 같은 것이 여기저기 묻어 더러운 모양.

**6 아츠럽다** '악착스럽다'의 방언.

**7 울레** 신.

**8 파리꾼** 썰매꾼.

**9 떠졌다** 느리고 더디어졌다.

**10** 드러앉다 안쪽으로 다가앉다.

**11** 어줄 형편.

**12** 귓벽 귀의 안쪽 벽.

**13** 불걸음 불두덩.

**14** 땅날갈 하루 낮 동안에 갈 수 있는 밭의 넓이.

**15** 두루다 휘두르다.

**16** 아귀도 삼악도의 하나. 아귀들이 모여 사는 세계로, 음식을 보면 불로 변하여 늘 굶주리고 항상 매를 맞는다고 함.

**17** 밧자 일.

**18** 관체 돈.

**19** 얼음 보쿠지 물이나 눈이 얼어붙은 위에 다시 물이 흘러 덧쌓이면서 여러 겹으로 얼어붙은 얼음.

**20** 겯다 풀어지거나 자빠지지 않도록 서로 어긋매끼게 끼거나 걸다.

**21** 꽤저분하다 너절하고 지저분하다.

**22** 모들뜨다 두 눈의 동자를 한쪽으로 모으다.

**23** 히슥하다 색깔이 조금 허옇다(북한어).

**24** 각황제방 심미기〔角亢氐房心尾箕〕이십팔수 중 동방 칠수(청룡). 이를 외면서 귀신을 쫓는다는 민속이 있음.

**25** 두우열로 구슬벽〔斗牛女虛危室壁〕이십팔수 중 북방 칠수(현무).

**26** 좀한 어지간한.

**27** 배판(排判)하다 벌려서 차리다.

**28** 빙세계나 트는 얼음 세계나 트는.

**29** 홍우재 마적.

**30** 판득판득 순간적으로 조금씩 번쩍이는 모양.

**31** 어울 치다 한데 섞이어 치다.

**32** 엉큼히 우뚝이

갈등

*『홍염』, 삼천리사, 1931. 5.

**1** 가서(家書) 자기 집에서 온 편지. 또는 자기 집에 보내는 편지.

**2** 보도록새 들쑥날쑥하게.

**3** 살근히 행동이 은근하고 가벼운.

**4** 설면자(雪綿子) 풀솜(고치를 늘여 만든 솜. 흔히 허드레 고치로 만들며, 하얗고 광택이 있고 가벼움).

**5** 업원(業寃) 전생에서 지은 죄로 이승에서 받는 괴로움.

**6** 무젖은 물젖은.

**7** 몽글리다 어려운 일에 단련이 되게 하다.

**8** 요마(妖魔) 요망하고 간사스러운 마귀.

**9** 식소사번(食少事煩) 먹을 것은 적고 할 일은 많음.

**10** 찌긋찌긋 '지긋지긋'의 센말인 듯. 진저리가 나도록 싫고 괴로운 모양.

**11** 괴란(愧赧) 부끄러워서 얼굴이 붉어짐.

**12** 아심아심 마음이 놓이지 않아 조마조마하는 모양.

**13** 아유 아첨.

**14** 세연하다 '꼭 그렇다'는 형용사.

**15** 얼없는 정신없는, 멍청한.

**16** 강주정 일부러 취한 체하는 주정.

**17** 희슥한 색깔이 조금 허연(북한어).

**18** 거틀 겉틀. 겉으로 드러난 몸가짐과 태도.

**19** 둔팍하다 굼뜨고 어리석다. 미련하고 투미하다.

**20** 삐종, 마꼬 담배 이름.

**21** 밀가룻집 밀가루를 파는 집.

**22** 제야 제로라고 제가 제일이라고.

**23** 숫스럽다 순진하고 어수룩한 데가 있다.

**24** 어성정(御成町) 지금의 서울 중구 회현동.

**25** 몸 비잖다 아이를 배다.

**26 북관**(北關) 함경남북도 지방의 별칭.

**27 상반**(常班) 상인(常人)과 양반.

**28 추로리** 트롤리(trolley). 전차의 폴(pole) 꼭대기에 있는 작은 쇠바퀴. 가공선(架空線)에 접하여 전기를 통하게 함.

**29 꺼렵게** '껄끄럽게'의 방언.

**30 겐둥이센둥이** '털빛이 검은 동물과 흰 동물'이라는 뜻으로 뒤죽박죽을 뜻함.

**31 종로 일정목**(一町目) 종로 1가동. 1946년 일제 잔재 청산의 일환으로 '町'을 '洞'으로 고침.

**32 트레머리** 가르마를 타지 않고 꼭뒤에다 틀어 붙인 여자의 머리.

**33 군성군성하다** 병정이나 군마 따위가 내는 소란스런 소리.

**34 뒤두다** 뒤에 두다.


## 먼동이 틀 때

* 조선일보, 1929. 1. 1~2. 26.

**1 찌긋찌긋** '지긋지긋'의 센말인 듯. 진저리가 나도록 싫고 괴로운 모양.

**2 주인을 잡고 있다** 하숙을 정하고 있다.

**3 기연가미연가** 그런지 그렇지 않은지 분명하지 않은 모양.

**4 지벌** 지위와 문벌.

**5 허천거리다** 허술하고 천하다.

**6 낯반대기** '낯'을 속되게 이르는 말.

**7 때룩때룩** 작은 눈을 힘있게 잇따라 굴리는 모양.

**8 우선우선하다** 목소리나 표정 따위가 좀스럽지 않고 탁 트여 시원스럽다.

**9 송그리다** 작게 오그라들다.

**10 고정**(故情) 오랜 정분.

**11 수표교** 중구에 있는 다리.

**12 황금정** 현재의 을지로.

**13 어간** 시간이나 공간의 일정한 사이.

**14 돌쳐서다** 돌아서다.

**15 슬근이** 슬근히. 행동이 은근하고 가볍게.

**16 물상객주** 장사치의 숙박을 업으로 하거나, 그들의 물품을 소개하거나 또는 흥정을 붙이는 영업 또는 그 사람.

**17 흐느러지다** '휘늘어지다'의 북한어.

**18 뒤두다** 뒤에 남겨두다.

**19 이양의** 또 다른.

**20 얼없는** 정신없는, 멍청한.

**21 트레머리** 가르마를 타지 않고 꼭뒤에다 틀어 붙인 여자의 머리.

**22 궐자** '그 사람'을 홀하게 이르는 말.

**23 띠룩거리다** '뛰룩거리다'의 잘못. 두리두리한 눈알이 열기 있게 빈쩍이다.

**24 드티다** 자리가 옮겨져 틈이 생기거나 날짜, 기한 등이 조금씩 연기되다. 또 틈을 내거나 날짜 등을 연기하다.

**25 유음(溜飮)** 소화가 되지 않아 음식물이 위 속에 정체하여 신물이 나오는 증상.

**26 소안동** 지금의 서울 종로구 삼청동.

**27 기어가다** 눈치를 보다. 남의 눈을 피해 가다.

**28 저어하다** 두려워하다.

**29 취운정(翠雲亭)** 종로구 가회동 1번지 북쪽 모퉁이에 있는 정자.

**30 뭉싯거리다** '뭉기적거리다'의 북한어. 앉은 자리에서 자꾸 움질움질 비비대며 움직이다.

**31 파겁(破怯)** 익숙하여 두려움이나 부끄러움이 없음.

**32 톤조로써** 톤(전체에서 느끼는 기분이나 격조, 또는 소리)으로써.

**33 몽굴리다** 어떤 일을 하려고 오랫동안 계획하다.

**34 깃다** 목구멍에 걸린 침을 끌어올려 힘있게 내뱉다.


## 무명초

* 『신민』 52호, 1929. 8.

**1 찌뿌퉁하다** '찌뿌듯하다'의 북한어. 표정이나 기분이 밝지 못하고 조금 언짢다.

**2 하득하득** 얇고 가벼워서 연하고 부드럽게.

**3 네기** 마음에 못마땅한 일이 있을 때 허텅지거리로 하는 말.

**4 때룩거리다** 생각이 자꾸 떠오르다.

**5 준**(準) (인쇄물의) 교정(校正).

**6 얼없는** 정신없는, 멍청한.

**7 신기** 몸의 기력.

**8 주필질** 글이나 글씨를 갈기면서 빨리 쓰는 일.

**9 쫏기다** 아래윗니를 딱딱 마주 쩧다.

**10 몸이 돌다** 몸이 움직이다.

**11 도치다** 돋우게 하다.

**12 홀근대다** 눈을 계속 홀근 번쩍하게 뜨다.

**13 중학동** 지금의 서울 종로구 1, 2, 3, 4가동.

**14 돈 원** 돈 몇 원.

**15 제배**(儕輩) 동배(同輩) 나이나 신분이 서로 같거나 비슷한 사이의 사람.

**16 찌긋찌긋** '지긋지긋'의 센말로 먼지나 때 같은 것이 여기저기 묻어 더러운 모양.

**17 금게랍** 금계랍. '염산키니네'를 달리 이르는 말(해열 진통제로 씀).

**18 마치두마두** 해서 마치자마자 해서.

**19 두호**(斗護) 남을 두둔하여 보호함.

**20 군졸** 있어야 할 것이 없거나 넉넉하지 못하여 어렵고 구차함.

**21 조불려석**(朝不慮夕) 형세가 절박하여 아침에 저녁 일을 헤아리지 못함.

**22 추어서다** 회복되다.

**23 이삼 승**(升) 두세 되.

**24 즉살**(卽殺) 즉석에서 죽임.

**25 요정**(了定) 끝을 마침. 결정함.

**26 순**(純)**스럽다** 순수하다.

**27 후중기**(後重氣) 뒤가 무지근한 느낌.

**28 깃다** 목구멍에 걸린 침을 끌어올려 힘있게 내뱉다.

**29 수표정** 수표교. 중구 수표동에 있는 다리. 여기서는 지명.

**30 떨어지두마두** 해서 떨어지자마자.

# 최서해의 작품 세계

곽근

## 1

최서해(1901~32)는 1924년 단편소설 「토혈」 「고국」으로 등단하여 1931년 장편소설 『호외 시대』를 끝으로 작가 생활을 마칠 때까지, 치열한 작가 정신으로 일관하였다. 그는 한국 근대문학 초창기 대부분의 작가들처럼 시 · 소설 · 수필 · 평론 등에 걸쳐 장르의 영역을 개척해 나갔다. 그 결과 소설 60편, 수필 47편, 평론 19편, 그외 몇 편의 시와 잡문을 남겼다.

그에 대한 문단의 반응은 생존시에는 장차 기대해도 좋을 작가로 주목하였고, 작고한 후에는 수년간 인물평이 중심이 되었으나, 그후 점차 본격적인 작품 논의가 이루어졌다. 한국 근대문학사에서 김동인 · 염상섭 · 현진건 · 나도향 등과 함께 그가 동렬에 설 수 있었던 것도 활발하게 논의한 결과일 것이다. 이러한 논의는 지금도 계속되고 있고 앞으로도 지속될 것으로 전망된다. 실상 지금까지의 연구물이 그의 일부 작품만을 텍스트로 하거나, 논자 자신의 선입견을 앞세워 무리한 논리를 전개한 경우가 허다하다. 어떤 계열 혹은 일부의 특징만을 확대·과장하여 해석한 경우도 많다. 논지가 자주 침소봉대되거나 왜곡되고, 진실에서 일탈한 느낌을 주는 것도 있다. 어느 작가든 마찬가지이겠지만 특히 서해의 경우, 그의 문학적 진실은 전 작품을 대상으로 선입견을 버리고 고찰해야만 밝혀낼 수 있다. 다시 말해 작품을 총체적으로 고구(考究)하여 그 본질이나 특질을 파악해야만, 비로소 그의 문학사적 위치는 정당하게 자리매김 될 수 있다는 말이다. 그렇다면 그의 무엇이 그토록 우리의 관심을 끄는 것일까. 그는 과연 끊임없이 연구할 만한 작가인가.

## 2

서해가 작품 활동을 본격적으로 시작한 1920년대 초반은, 현실적으로 일제의 억압과 수탈로 자유가 박탈되고 궁핍이 극심해간 암울한 시기였다. 3·1운동의 실패로 꿈과 희망이 좌절된 채, 사상적으로는 민족주의·사회주의·무정부주의·공산주의 등의 유입으로 상당히 혼란스러운 상태였다. 당시 대부분의 작가들은 불안과 절망 속에 감상적이고 퇴폐적인 분위기에 젖어 사소한 개인의 문제에 집착해 있었다. 그들은 일본 유학생으로 선진 문화를 접하였고, 어느 정도 여유로운 가정 환경으로 식민지적 현실을 절실하게 체득하지 못하였다.

이들에 비해 서해는 특이한 존재였다. 유학은커녕 국내의 중학교 교육도 받지 못하였다. 일찍이 간도를 5, 6년 동안 유랑하며 처절한 빈궁 속에서 온갖 고통을 겪었다. 귀국 후에는 문인으로서 잡지사나 신문사 등에 취직은 했다지만 여전히 궁핍을 벗어나지 못하였다. 이러한 체험이 그로 하여금 당시의 일반적인 경향과는 색다른 작품을 창작하게 하였다.

사실 빈곤은 어느 사회 어느 시대에나 인간 삶의 한 조건이겠지만, 서해는 빈곤의 근본적 원인을 가중되는 일제의 약탈에서 찾았다. 물론 당대의 작가들 예컨대 나도향 · 현진건 · 염상섭 등도 빈궁의 현실을 괴로워하고 가슴 아파한 것은 틀림없고, 박영희 · 김기진 등도 빈궁을 도외시하지 않은 것은 사실이었다. 그러나 전자는 관찰자나 관조자의 관점에서 인식하였고, 후자는 지나치게 관념적이고 도식적으로 파악하였다. 이들에 비해 빈궁을 몸소 절실하게 체험한 서해는 누구보다도 사실적이고 객관적으로 이를 형상화할 수 있었다. 때문에 당시 현실의 실체를 드러내는 서해 소설은 단연 이채로울 수밖에 없었고, 문단 안팎에서 공감과 호응을 얻을 수 있었다.

당시의 작가들이 개인의 문제에 안주할 때, 서해가 개인과 사회를 함께 파악한 것은 매우 중요한 의미를 갖는다. 여기에 비로소 서해의 빈궁 문학이 의의를 지닌다. 서해 문학이 가치가 있는 것은 빈궁을 작품화해서가 아니라, 빈궁을 통해서 일제하의 참담한 사회적 현실을 사실적으로 전해주었기 때문이다. 이를 간과한 채 단지 빈곤 체험의 작품화만을 문제 삼는다면, 서해의 문학적 진실은 상당히 훼손되고 마는 것이다. 간도를 배경으로 한 작품들과 「백금」 「이역원혼」 「큰물 진 뒤」 「폭군」 「설날밤」 「전아사」 「무서운 인상」 「담요」 등이 여기에 해당한다.

체험 소설이라 하여 보고 형식으로 그의 경험을 그대로 보여준 것만은 아니다. 그 경험은 상상력으로 굴절 및 변형되어 작품화된 것이지만, 그런 사실이 간과된 채 오해된 경우가 많다. 가령 「홍염」이 서해가 간도에서 중국인에게 억압당한 경험의 소산처럼 전해지고 있지만, 실은 서해의 장모가 멀리 떠나보낸 딸을 만나보지도 못한 채 임종한 사실을 근거로 창작한 것이다. 「그믐밤」 역시 체험과는 관련 없이 어머니의 고담 비슷한 이야기를 바탕으로 순전히 창작한 것임을 서해는 강조한다. 이와 관련하여 서해는 "사실을 근거로 하면 그 사실이 주는 압력 때문에 더 노력이 들고, 그렇기에 공상을 위주로 하며 사실 3 공상 7분 주의"로 소설을 쓴다(「홍염」과 「탈출기」)고 고백한 적이 있다.

빈궁 외에 특기할 만한 체험으로 간도 유랑이 있다. 간도는 우리에게 오래전부터 낯설지 않은 곳이었다. 1920년대는 이미 수십만의 조선인이 이주해 있었다. 고국에서의 처참한 생활에 하는 수 없이 내몰려 이주한 노동자 · 농민 들이 주를 이루었다. 이들은 일제에 의해 농지가 약탈되어 소작마저도 힘들어지자 살길을 찾아 떠난 것이다.

그러나 간도 역시 고국과 차이가 없었다. 중국인 · 일제 관헌 ·

마적 등에게 당하는 고통은 말할 것도 없고, 비참한 생활을 해결할 수 있는 어떠한 방법도 발견할 수 없는 곳이었다. 이들의 고통의 근원은 그러므로 일제 침략에 있음이 증명된다. 서해는 이점을 간과하지 않았다. 그사이 작가들에게 별다른 관심의 대상이 되지 못하였던 간도를 자신의 소설의 배경으로 삼았다. 자신의 체험을 살려 방황하고 유랑하는 인물들의 모습을 통하여, 조국을 상실한 민족의 비참함과 암울함을 작품에서 보여준다. 그 참담함을 극대화하기 위해 겨울이나 밤·홍수·피폐한 농촌·험악한 골짜기 등을 배치한다.

간도를 배경으로 한 작품들은 한국 소설의 무대를 확장하고, 이민 문학을 개척했다는 의미를 지닌다. 아울러 간도 문학의 한 전형을 보여준 것으로 한국 근대소설사에서 매우 의의 있게 자리매김 되고 있다. 「토혈」「고국」「탈출기」「십삼 원」「박돌의 죽음」「기아와 살육」「홍염」「만두」「향수」「돌아가는 날」「해돋이」「폭풍우 시대」 등 주로 전기(前期)작이 여기에 해당한다.

빈궁 소설이나 간도 배경 소설 등 체험이 바탕된 작품에는 횡포와 억압의 주체에 강력히 저항하는 인물들이 등장한다. 이들은 이미 지적한 것처럼 대개가 노동자·농민 등 하층민이다. 그들은 극한적인 궁핍 상태에 처해 있고, 그 궁핍의 원인을 사회의 구조적 모순에 기인한다고 생각한다.

이런 인물을 통해 서해는 현실을 고발하거나 폭로하는 차원에만 머물지 않고, 압박받는 민족의 설움과 함께 그들의 저항을 보여주려 하였다. 이러한 경향을 카프(KAPF)에서는 대환영하면서

서해를 자기들 진영으로 끌어들이려 하였다. 서해가 무산 계급의 고통을 대변하고 그들의 해방을 위해 유산 계급에 적극적으로 반항하는 주인공을 설정한 것으로 간주하였다. 이론만 난무하고 작품이 뒷받침해주지 못하는 처지에서, 서해가 그 임무를 감당할 수 있는 적격자라고 판단했다. 그러나 서해의 작중인물들의 저항은 계급 타파를 위한 것이 아니라, 일제의 압박과 착취에 대해 살아남기 위한 몸부림이었다.

지금까지 서해 문학의 특질을 체험 · 빈궁 · 간도 유랑(이민) · 저항의 측면에서 개략적으로 살펴보았다. 이들은 서로 연계되어 있어 개별적으로 논할 성질이 아니다. 즉 서해는 자신의 빈곤한 생활과 간도 유랑 체험을 근간으로, 우리 민족의 궁핍한 현실과 유리 표박할 수밖에 없는 처지를 형상화했으며, 작중인물들을 통해 그러한 상황에 타협하거나 굴복하지 않고 적극적으로 저항하려는 민족 감정을 보여주었다.

서해 문학을 항일 문학으로 해석하려는 이유가 여기에 있다. 일제의 탄압으로 야기된 참상을 고발하는가 하면, 그로 인해 고향을 떠나 유랑길에 오를 수밖에 없는 처지를 폭로하기도 한다. 일제의 주구가 된 배신자를 저주하는가 하면, 당시 독립 운동의 지난함을 소개하기도 한다.

이러한 작품들이 논픽션이나 사(私)소설적 범주를 넘어설 수 있었던 것은, 자신이 경험한 고통이나 아픔이 자신만의 것이 아닌 전 민족적인 문제이고, 그 원인이 자신에게서 연유한 것이 아니고 당시의 현실에서 야기되었음을 보여주었기 때문이다.

# 3

이상에서 살펴본 것이 서해 소설의 전부는 아니다. 궁핍을 직접적으로 다루지 않은 작품(「쥐 죽인 뒤」「부부」「그믐밤」「금붕어」「갈등」「누이동생을 따라」「물벼락」「폭풍우 시대」)도 있고, 인물의 저항이 보이지 않는 작품(「십삼 원」「오원 칠십오 전」「팔개월」「낙백불우」「같은 길을 밟는 사람들」「인정」「먼동이 틀 때」「미치광이」『호외 시대』)도 있다. 체험의 소산이라고 볼 수 없는 것도 있고, 간도가 아닌 국내를 배경으로 한 것도 있다. 국내를 배경으로 한 작품 중에는 설화를 변용한 작품(「매월」「저류」)이 있는가 하면, 애정 소설의 범주에 드는 것(「보석반지」「동대문」「차중에 나타난 마지막 그림자」)도 있다.

이 소설들은, 가령 『호외 시대』가 '당시의 민족자본의 몰락'을 보여주는 등 각각의 특색이 있겠지만, 주인공이 대부분 잡지사 기자나 문인 등 직업을 가진 소시민이라는 특징이 있다. 이들은 현실의 부조리와 모순을 인식하고 있지만, 이를 변혁시킬 수 없음을 알고 소극적 태도로 일관한다. 인물들은 그러한 자신을 되돌아보고 고민하고 갈등한다.

이런 특징을 이유로 이 작품들이 가치가 없다거나 무의미하다고 할 수는 없다. 인물들의 진지한 자아 반성은 현실에 응전할 예비적 단계이거나 새로운 방법론의 모색일 수도 있기 때문이다. 이처럼 해석에 따라서는 가치 있고 유익한데도 이 계열의 작품들은 아쉽게도 아직까지 제대로 조명받지 못하고 있다.

한편, 서해의 소설을 역사적·사회적 측면에서 높이 평가하면서도 미학적 측면에서는 아쉬움을 나타내는 논자들이 의외로 많다. 서술만 있고 묘사가 없다느니, 자신의 체험을 생경하게 노출했을 뿐이지 그 체험의 재구성에 실패했다느니 하는 논조들이 곧 그것이다.

안함광은 『최서해론』(1956)에서 서해 소설의 언어적 특징으로 ① 모든 언어를 시각적 형상으로 통일시킴, ② 기성적인 판박이 언어들을 극력 배격함, ③ 언어와 개념은 운동·몸짓·형상의 감촉을 주고 있으며 육체적인 움직임에 신호를 주는 심리적 운동을 내포함, ④ 자연 묘사와 세태 묘사에 개성화된 언어 사용, ⑤ 문장에는 사람의 호흡과 시대의 맥박이 있음, ⑥ 독자적인 문체 사용, ⑦ 고대 소설을 통해 언어의 인민성(人民性)과 미학적 기능을 체득함 등을 든다. 찬사로 일관한 과장된 논리임에는 틀림없지만, 서해의 소설적 언어가 훌륭히 기능하고 있음을 전해준다.

이 정도의 과장된 찬사는 없었지만 서해의 문체는 박진감과 약동성으로 당시 문단에서도 주목거리였다. '글자가 펄떡펄떡 뛰는 듯한 묘사' '꼼꼼하게 다듬지 않고 거친 자연 묘사나 다이내믹한 서술' '영감이 나는 생동하는 문맥' '강냉이 조밥을 강다짐하는 맛' '고추송이를 날대로 들입다 문 듯한 감' '독자들의 눈을 호동글아케 떼우지 안코는 말지 않는 문장'(곽근, 「서해 최학송 연구」, 건국대 석사논문, 1976. 2, p. 40 참조)이라는 증언들이 이것을 확인시켜준다. 백철도 "그(서해—편자주)의 문장은 실지 체험을 바탕으로 한 때문인지 영감이 나는 생동하는 문맥이 큰 특색으로 되어 있고 일상적인 말을 문학적인 용어로 바꿔 쓰는 데도 대담한 시도를 보였다"(『문학사상』 26호, p. 240)고 긍정적으로 평가한다. 서해가 비록 주제 표출이나 구성에는 다소 소홀했다고 하더라도, 문체나 기법에 대해서만은 유달리 집착했음을 말해준다.

그의 작품에 구사된 다채로운 문체나 기법에서 그 예를 얼마든지 발견할 수 있다. 먼저 불〔火〕과 피〔血〕라는 자극적이고 원색적인 이미지를 조성하는 단어의 활용을 들 수 있다. 이들은 생생한 현장감과 현실감을 느끼게 해준다. 거의 모든 작품에서 보여지는 울음과 눈물의 문체로는 인간의 따뜻한 정을 유감없이 묘사한다. 불과 피, 울음과 눈물은 지배적인 톤(tone)으로써 서해 소설의 특질을 이룬다. 의성어 · 의태어를 자주 그리고 적절히 사용하여 문장에 생동감도 부여한다. 인물들에게 신분과 지역에 맞게 표준어와 사투리를 적절히 구사하도록 하여 작품의 효과를 더하기도 한다.

인물들의 의식 몽롱한 혼수 상태나 비몽사몽한 정황을 환상 장면으로 처리하기도 한다. 인물들이 처한 상황이 절박함을 부각시키기 위한 기법으로 의도적으로 자주 이용했던 것 같다. 이것은 체험 소설의 한계성을 뛰어넘고 작품의 평면성에 입체감을 더한다. 아마도 문학 수업 시기에 감명 깊게 읽은 신소설이나 이광수 · 김동인의 작품에서 영향을 받은 듯하다. 이러한 문체와 기법들은 예술적 장치로 기능하여 작품의 극적 효과를 높이는 데 크게 기여한다.

# 4

남북 통일이 가까워졌다는 기대감과 함께 쏟아져 들어온 북한의 문학사류나 근대문학 자료에서도 서해는 예외 없이 거론된다. 8·15 광복 후 북한에서는 서해를 사회 제도와 일제 및 자본주의에 적극적으로 부정하고 반항한 작가라는 데 대체로 견해를 같이한다. 혁명 문학이나 투쟁 문학을 산출한 작가로 추켜세워지거나, 전문적 예술가로서 훌륭한 자질과 기량이 갖추어졌다고 높이 평가되기도 한다. 동시에 사회주의적 이상을 쟁취할 방법론이 부재하다고 비판되기도 한다. 비판적 사실주의의 작품이 대부분이지만 「탈출기」를 비롯한 몇몇 작품은 사회주의적 사실주의의 맹아를 보이거나, 그 초기 작품에 해당한다고 평가되기도 한다. 이러한 논지는 이데올로기를 중시한 편향성이 엿보이나, 엄정한 통일 문학사를 위해서는 외면할 수만도 없을 것이다.

서해 소설을 옥석(玉石)으로 분류할 때 석(돌)이 더 많을는지 모른다. 완결 짓지 않은 작품들, 수필과 유사하거나 별 내용 없는 짤막한 소품들, 이따금 생경하게 주제가 노출되는 작품들, 짜임새가 엉성한 작품들이 없지 않기 때문이다.

그러나 이러한 작품들을 제외한 문제작만으로도 서해는 한국 소설사에 뚜렷이 존재할 작가임에 틀림없다. 그는 소위 유탕(遊蕩) 문학이 성행할 때 개인과 사회의 관계를 인식하고 소설 속에서 이를 형상화하였으며, 식민지하의 민족적 참상을 그의 독특한 체험을 바탕으로 진솔하게 그려내어 민족의식을 일깨워주었고, 우리 국어와 문학에서 습득한 문체와 기법을 적절히 활용하여 작품의 미학적 측면에도 결코 소홀하지 않았기 때문이다.

서해 이후 비로소 우리 소설은 개인과 사회의 관계를 주목하고, 이 문제의 천착을 진지한 덕목으로 삼았다. 1970년대와 1980년대를 거치면서 민족 문학이나 민중 문학의 연원을 서해에게서 찾으려는 이유도 여기에 있다. 서해의 이러한 작가적 면모가 꾸준히 우리의 시선을 끌고, 그의 작품을 재독·삼독하게 하는지 모른다. 이 때문에 한때의 유행 작가였다는 일부 논자들을 비웃기라도 하듯, 탄생 백 주년이 지나가는 지금까지도 그에 대한 글들은 계속 씌어지고 있는 것이다. 그는 비록 혜성처럼 나타났다 사라졌지만, 그에 대한 열기는 이처럼 여전히 식지 않고 지속되는 것이다.

그에 대한 관심은 남·북한만의 것이 아니다. 일본과 러시아에까지 뻗쳐 있다. 이에 걸맞게 제대로 된 연구가 절실히 요구된다. 우선은 작가 및 작품 연보를 바르게 정리하는 것부터 시작하여, 기존의 연구 성과를 진지하게 검토하고, 그의 전 작품을 대상으로 단편적이고 부분적이 아닌 총체적인 고찰이 이루어져야 할 것이다.

# 작가 연보

**1901년(1세)** 1월 21일 함북(咸北) 성진군(城津郡) 임명면(臨溟面)에서 빈농의 외아들로 출생. 부친의 이름은 알려져 있지 않고, 한말 지방 소관리를 지냄. 모친은 김소사(金小史) 혹은 김능생으로 알려져 있음. 아명은 저곡(苧谷). 본명은 학송(鶴松). 설봉(雪峰)·설봉산인(雪峰山人)·풍년년(豊年年)이란 호도 쓴 적이 있음. 학벌은 확실히 알 수 없으나 소학교는 졸업한 듯. 어려서 한문 공부를 부친 혹은 서당을 통해서 많이 했음.

**1905년(5세)** 함북 성진시 한천리(寒泉里) 254번지에 사는 외숙부 김순기(金舜基) 집에서 한동안 기거함.

**1913년(13세)** 나무 베러 갔다가 남의 산을 태워 놓고 죽게 언어맞는 등 힘에 부친 일을 함.

**1915년(15세)** 시장 거리에 나가 『청춘(靑春)』 『학지광(學之光)』 등의 잡지를 사다가 읽고, 구소설·신소설 등을 닥치는 대로 읽음

(이런 일이 당분간 계속됨). 춘원의 글을 읽고 그를 존경한 때문에, 동경에 있는 춘원과 여러 차례 편지를 주고받음. 춘원은 서해의 글을 읽고 평문도 써주고 간간이 격려와 조언의 글을 보내주기도 함.

**1917년(17세)** 춘원의 『무정(無情)』을 읽고 크게 감명 받음.

**1918년(18세)** 간도로 들어가 유랑 생활 시작. 여기서 한때 아이들을 모아 글을 가르치기도 함. 간도로 가기 전 이혼(결혼한 나이는 알려져 있지 않음). 이혼한 이유는 애정이 없었기 때문. 간도에서 재혼했으나 두번째 처는 곧 사망. 부두 노동자 · 음식점 심부름꾼 등 최말단 생활로 전전함.

**1921년(21세)** 7월 22일 세번째 처(결혼 연월일은 불명)와의 사이에서 첫딸 백금(白琴)을 서간도에서 낳음.

**1922년(22세)** 가을에 부친이 집을 떠남. 간도 생활에서 위병이 생긴 듯함. 이후 죽을 때까지 위병에 시달리고, 그로 인해 죽음.

**1923년(23세)** 봄에 간도로부터 귀국. 회령역(會寧驛)에서 노동일 함. 서해(曙海)라는 필명을 쓰기 시작함. 파인(巴人)과 서신 연락을 시작함. 생활이 일정치 못하여 회령을 떠나 나남 · 경성 · 성진을 떠돌고, 웅기에 있는 여동생의 집에 잠시 머물기도 함.

**1924년(24세)** 여름에 고향에서 일주일 정도 친구들과 지내면서 쌍포 바다 등에서 소일함. 8월 말 상경, 얼마간 파인 집에서 머묾. 10월 춘원의 소개로 경기도 양주군 봉선사에 들어가 약 3개월간 기거함. 여기서 「탈출기」도 고치고 일문(日文)으로 된 서구 문학을 공부함. 11월 15일 어머니의 환갑날 「살려는 사람들」

을 탈고했으나, 발표하지 못하고 후에 「해돋이」로 개제하여 발표함. 주지 이학수(李學洙)와 다투고 다시 춘원 집으로 옴. 상경한 후 고향의 아내는 시어머니와 딸(白琴)을 버리고 출분(出奔).

**1925년(25세)** 2월 조선문단사 입사. 방인근(方仁根) 집에서 기거함. 『조선문단』을 통해 작품 발표가 많아지자 일약 중견 작가로 발돋움하여 각종 잡지의 문사 프로필에 소개되기 시작함. 4월 14일 백금이 병사함. 김기진의 권유로 카프(KAPF)에 가입. 8월 1일부터 9월 10일까지 남쪽 지방 여행. 연말에 다시 남쪽 지방 여행.

**1926년(26세)** 1월 초에 전남 영광 도착. 2월 창작집 『혈흔(血痕)』을 글벗집에서 발간. 4월 8일 문우 조운(曹雲)의 누이 분려(芬麗)와 조선문단사에서 결혼, 명륜동 2가에서 살림 시작. 6월 『조선문단』이 통권 17호를 내고 휴간되자 『현대평론(現代評論)』 문예란 담당 기자로 당분간 종사.

**1927년(27세)** 1월 1일 장남 백(白) 출생. 1월 범문단(汎文壇) 조직으로 발족한 조선문예가협회에서 이익상(李益相)·김광배(金光培) 등과 함께 간사직을 맡음. 1월 방인근에게서 남진우(南進祐, 又黨)가 인수한 조선문단사에 다시 입사. 『조선문단』이 복간됨과 동시에 그 편집 책임을 맡고 추천 위원이 됨. 『조선문단』 3월호에 계용묵의 「최서방」을 추천함. 4월부터 다시 실직 상태. 5월 5일 문예시대사 주최 문예 강연회에서 '소설 작법론(小說作法論)' 강연. 서울 기생들의 잡지 『장한(長恨)』의 편집을 맡기도 함.

**1928년(28세)** 8월 26일 개최 예정인 조선프로예술동맹 전국대회에서
조중곤(趙重滾)·이기영(李箕永)과 함께 재무에 피촉됨. 중외
일보 기자.

**1929년(29세)** 2월 둘째딸 출생. 5월 성해(星海)·회월(懷月)·일엽
(一葉)·팔봉(八峰)·독견(獨鵑)·승일(承一)·은상(殷相)·
적구(赤駒)·석영(夕影) 등과 함께 조선일보사 주최 문인 좌
담회에 참석. 『신생(新生)』의 문예 추천 작가로 위촉됨. 카프
탈퇴. 한문 공부를 위해 개인교수를 받음. 가을에 매일신보 기
자가 됨.

**1930년(30세)** 이른봄 최독견의 갑작스런 사임으로 매일신보 학예부
장이 됨. 두 살 된 둘째딸 사망. 차남 택(澤) 출생. 국악계의
명창 이동백(李東伯)·김소희(金素嬉), 가야금 병창에 유명한
송만갑 등을 초청하는 등 국악에 관심을 보임. 틈만 나면 장안
의 관상가는 물론 심지어 무꾸리에도 남다른 신명과 열을 올
리며 찾아다님. 고영환·이승만과 함께 체부동의 노국공사가
살던 집을 공동으로 세내어 삶.

**1931년(31세)** 5월 창작집 『홍염(紅焰)』을 삼천리사에서 간행. 8월 제
주도 여행. 10년 만에 부친이 찾아와 몇 달간 머무르다 다시
간도로 떠남.

**1932년(32세)** 5월 4일 삼천리사가 주최한 문인 좌담회에 김동인(金東
仁)·김원주(金元周)·방인근·이광수(李光洙)·현진건(玄鎭
健)·최상덕(崔象德)·김억(金億)·이익상(李益相)·김원주

(金源珠)와 함께 초대됨. 위병이 부쩍 심해져 6월 초순 자리에 눕게 됨. 병명은 위문협착증. 6월 말 관훈동 삼호병원에 입원. 7월 6일 수술을 받기 위해 의전병원으로 옮김. 7일 대수술 뒤 과다한 출혈. 수술 중 이익상·죽마고우 최문국·동료 박상엽 등 3인이 1200그램의 피를 수혈했지만 효과를 보지 못함. 7월 9일 오전 4시 20분 처남 조운·의사 정민택·누이동생·이승만·그 외 간호원 2, 3인이 지켜보는 가운데 숨을 거둠. 당시 가족은 어머니·부인·아들 백(白)과 택(澤)이 있었음. 주소는 종로구 체부동 118번지. 7월 11일의 장례식은 한국 최초의 문인장으로 장지는 미아리 공동묘지. 이광수·김동인·염상섭·김팔봉·김억·방인근·심훈·박종화 등과 그 외 많은 문인이 운집했고, 이처럼 많은 문인이 한곳에 모이기는 근래에 없었던 일이라고 전해짐. 자동차도 4, 50대나 몰려 장관을 이룸. 관을 운구차에 옮기는 데 이익상·김동환 등 6인이 참여하고, 관 위에 덮는 영정에는 이병기가 글을 씀. 관을 묻고 그 위 콘크리트 처리를 한 곳에는 김운정이 『서해 최학송지구(曙海 崔鶴松之柩)』라고 씀. 7월 23일 오후 4시 서울 백합원에서 이광수·김동환·박종화·주요한·양건식·이병기·방인근 등이 발기하여 '최서해유족구제발기회' 결성. 9월 28일 모친이 며느리·두 손자와 함께 회령으로 떠남(1935년 6월 9일 아침 아내 조분려도 세상을 떠남).

**1933년** 7월 8일 오후 8시부터 생전의 동지들이 주축이 되어 견지동 (堅志洞) 시천교당(侍天敎堂)에서 소기(小朞) 추도식을 거행.

**1934년** 6월 12일 문인들이 중심이 되어 미아리의 묘소에 기념비가 세워지고 추도회 개최. 묘는 1958년 9월 25일 망우리 공동묘지로 이장됨.

**1966년** 1월 21일 북한 조선작가동맹 중앙위원회 서해 탄생 65주년 기념회 개최. 박웅걸 문화상, 조영출 문예총 중앙위원회 부위원장이 참석. 공훈 배우 유경애가 「박돌의 죽음」, 배우 김기욱이 「혈흔」 낭독. 작가동맹 중앙위원회 부위원장 최영화가 서해의 생애와 문학에 대해 보고.

**1974년** 박태순이 「작가지망」(『문학사상』, 1974. 10)에서 서해를 주인공으로 작품화.

**2003년** 12월 4일 필자는 서울 중랑구 망우동 산 57-1번지 망우리 공원묘지에서, 이 공원묘지 관리사무소 직원의 협조를 얻어 묘소(묘지번호, 205288)를 확인. 묘비가 세워져 있고 그 묘비의 전면에는 세로로 曙海 崔鶴松之墓, 왼쪽 측면에는 역시 세로로 檀紀 四二九一年 九月 二十五日 建立 故曙海崔鶴松移葬委員會라고 씌어 있음. 뒷면에도 세로로 "「그믐밤」 「탈출기」 등 명작을 남기고 간 서해는 유족의 행방도 모르고 미아리 공동묘지에 누웠다가 여기 이장되다. 위원일동"으로 되어 있음. 승용차가 다닐 수 있는 일방통행로에서 10여 미터 떨어진 곳이며, 27번과 28번 전신주 사이에 있음.

**2004년** 7월 31일(토요일) 오후 4시 '우리문학 기림회'의 이명재(중앙대학교 명예교수)회장의 주선으로 묘지 입구의 도로변에 문학비를 세움. 문학비 앞면에는 다음과 같은 글이 가로로 새겨져 있음.

**작가 崔鶴松(1901. 1. 21~1932. 7. 9) 문학비**

여기에 최학송(호: 曙海) 선생이 잠들어 있다. 함북 성진 태생인 서해는 일제하 만주와 한반도를 전전하며 곤궁하게 살다 서울서 숨을 거두었다. 그는 하층민의 현실적 삶을 반영한 소설「고국」「탈출기」「해돋이」「홍염」등의 문제작을 남겼다.

# ▌작품 목록

## 1. 단편소설

| 작품명 | 발표지 | 발표 연월일 | 참고 사항 |
|---|---|---|---|
| 「토혈(吐血)」 | 동아일보 | 1924. 1. 23~ 2. 4 | 처녀작 |
| 「고국(故國)」 | 『조선문단』1호 | 10 | 추천소설(推薦小說), 1924. 2월작, 데뷔작 |
| 「매월(梅月)」 | | 11 | 창작집『혈흔(血痕)』에 수록 |
| 「십삼 원(拾參圓)」 | 『조선문단』5호 | 1925. 2 | |
| 「탈출기(脫出記)」 | 『조선문단』6호 | 3 | 1924. 10월호에 선외가작으로 제목만 실림. 『사상계』30호(1956. 1)에 재수록 |
| 「살려는 사람들」 | 『조선문단』7호 | 4 | 게재 금지. 서문만 실림 |
| 「향수(鄕愁)」 | 동아일보 | 4. 6~13 | |
| 「박돌의 죽음」 | 『조선문단』8호 | 5 | 1925. 3월 하순작 |
| 「기아와 살육 (飢餓와 殺戮)」 | 『조선문단』9호 | 6 | 1925. 5. 17작 |
| 「방황(彷徨)」 | 시대일보 | 6. 29 | 소품 |
| 「보석반지 (寶石半指)」 | 시대일보 | 6. 30~7. 1 | 창작집『혈흔』에 수록 |

| 작품명 | 발표지 | 발표 연월일 | 참고 사항 |
|---|---|---|---|
| 「기아(棄兒)」 | 『여명(黎明)』 | 9 | 1925. 7월작 |
| 「큰물 진 뒤」 | 『개벽(開闢)』 64호 | 12 | |
| 「폭군(暴君)」 | 『개벽』 65호 | 1926. 1 | |
| 「그 찰나(刹那)」 | 시대일보 | 1 | 미완 |
| 「오원 칠십오 전<br>(五圓七十五錢)」 | 동아일보 | 1. 1~5 | 1925. 12. 24작 |
| 「설날밤」 | 『신민』 9호 | 1 | 1925. 11작 |
| 「백금(白琴)」 | 『신민』 10호 | 2 | 1925. 12. 2 자시작(子時作) |
| 「의사」 | 『문예운동』 1호 | 2 | 925. 11. 24 조(朝)작 |
| 「소살(笑殺)」 | 『가면(假面)』 | 3 | |
| 「해돋이」 | 『신민』 11호 | 3 | 1924. 11. 15작 |
| 「그믐밤」 | 『신민』 13호 | 5 | 『자유문학』 19호(1958. 10)에 재수록 |
| 「금붕어」 | 『조선문단』 17호 | 6 | |
| 「누가 망하나」 | 『신민』 15호 | 7 | 6. 29작 |
| 「만두」 | 시대일보 | 7. 12 | 『실생활』(1931. 9. 10)에 재발표 |
| 「농촌야화<br>(農村夜話)」 | 『동광(東光)』 4호 | 8 | 게재 금지 |
| 「팔개월」 | 『동광』 5호 | 9 | 7. 20 오전 4시작 |
| 「저류(底流)」 | 『신민』 18호 | 10 | 6. 23작 |
| 「이역원혼<br>(異域冤魂)」 | 『동광』 7호 | 11 | 10. 3 오전 2시작 |
| 「동대문」 | 『문예시대』 1호 | 11 | 10. 8 정오작 |
| 「홍한녹수<br>(紅恨綠愁)」 | 매일신보 | 11. 14 | 연작소설, 소제목 "남은 꿈" |
| 「무서운 인상」 | 『동광』 8호 | 12 | 11. 3 오(午)작 |
| 「미치광이」 | | 12 | 창작집 『혈흔』에 수록 |
| 「돌아가는 날」 | 『신사회』 | 12 | 『신사회』(1926. 2)는 1호만 발간되었으므로<br>재확인해야 할 사항임 |
| 「아내의 자는 얼굴」 | 『조선지광』 | 9 | |
| 「쥐 죽인 뒤」 | 매일신보 | 1927. 1. 1 | |

| 작품명 | 발표지 | 발표 연월일 | 참고 사항 |
|---|---|---|---|
| 「홍염(紅焰)」 | 『조선문단』18호 | 1 | 1926. 12. 4 오전 6시작 |
| 「전아사(錢迓辭)」 | 『동광』9호 | 1 | |
| 「서막(序幕)」 | 동아일보 | 1. 11~15 | |
| 「낙백불우 (落魄不遇)」 | 『문예시대』2호 | 1 | |
| 「가난한 아내」 | 『조선지광』64호 | | 미완 |
| 「이중(二重)」 | 『현대평론』4호 | 5 | 게재 금지 |
| 「갈등(葛藤)」 | 『신민』33호 | 1928. 1 | |
| 「폭풍우 시대 (暴風雨時代)」 | 동아일보 | 4. 4~12 | 미완 |
| 「용신난(容身難)」1 | 『신민』40호 | 8 | 미완 |
| 「부부(夫婦)」 | 매일신보 | 10. 6~21 | 8월작 |
| 「전기(轉機)」 | 『신생(新生)』4호 | 1929. 1 | 1928. 12. 14작 |
| 「먼동이 틀 때」 | 조선일보 | 1. 1~2. 26 | |
| 「인정(人情)」 | 『신생』5호 | 2 | 1월작 |
| 「물벼락」 | 조선일보 | 3 | 콩트 |
| 「경계선(境界線)」 | 『중성(衆聲)』 | 3 | |
| 「주인아씨」 | 『신생』7호 | 4 | |
| 「수난(受難)」 | 『학생(學生)』2호 | 4 | 미완: 문단 3최씨(文壇 三崔氏) 연작소설(대제목, 무제) |
| 「차중에 나타난 마지막 그림자」 | 조선일보 | 4. 15 ~22 | |
| 「여류음악가 (女流音樂家)」 | 동아일보 | 5. 24 | 연작소설 |
| 「무명초(無名草)」 | 『신민』52호 | 8 | |
| 「같은 길을 밟는 사람들」 | 『신소설 (新小說)』1호 | 9 | |
| 「누이동생을 따라」 | 『신민』56호 | 1930. 2 | |

## 2. 장편소설

| 작품명 | 발표지 | 발표 연월일 | 참고 사항 |
|---|---|---|---|
| 『호외 시대<br>(號外時代)』 | 매일신보 | 1930. 9. 20~<br>1931. 8. 1 | 310회 연재 |

## 3. 수필

| 작품명 | 발표지 | 발표 연월일 | 참고 사항 |
|---|---|---|---|
| 「우후정원의 월광<br>(雨後庭園의 月光)」 | 『학지광(學之光)』<br>15호 | 1918. 3 | 발표 당시는 산문시로 함 |
| 「추교의 모색<br>(秋郊의 暮色)」 | 〃 | 3 | 〃 |
| 「반도 청년에게」 | 〃 | 3 | 〃 |
| 「고적(孤寂)」 | 동아일보 | 1923. 7. 29 | |
| 「여정(旅程)에서」 | 『조선문단』 1호 | 1924. 10 | 선외 가작(選外佳作),<br>제목만 나옴 |
| 「그리운 어린 때」 | 『조선문단』 6호 | 1925. 3 | 처녀작 발표 당시의 감상 |
| 「여름과 물」 | 『조선문단』 12호 | 8 | |
| 「해운대(海雲臺)」 | 『신민(新民)』 6호 | 10 | |
| 「병우조운(病友曹雲)」 | 『조선문단』 13호 | 11 | |
| 「혈흔」 | 〃 | 11 | 창작집 『혈흔』의 서문 |
| 「전 생명(全生命)의<br>요구는 아니다」 | 『조선문단』 10호 | 7 | 제가(諸家)의 연애관 |
| 「흐르는 이의 군소리」 | 『조선문단』 15호 | 1926. 4 | |
| 「담요」 | 『조선문단』 16호 | 5 | 『사해공론(四海公論)』(1935. 5)에<br>소설로 재발표 |
| 「연주창과 독사<br>(連珠瘡과 毒蛇)」 | 동아일보 | 6. 2 | |
| 「신음성(呻吟聲)」 | 〃 | 7. 10~13 | |
| 「운(雲)과 인생」 | 『가면(假面)』 | 7 | |
| 「쌍포유기(雙浦遊記)」 | 『신민』 16호 | 8 | |

| 작품명 | 발표지 | 발표 연월일 | 참고 사항 |
|---|---|---|---|
| 「천재(天才)와 범재(凡才)」 | 『문예시대』 1호 | 11 | |
| 「미덥지 못한 마음」 | 『조선문단』 18호 | 1927. 1 | |
| 「잡담(雜談)」 | 『문예시대』 2호 | 1 | |
| 「여름과 나」 | 『동광』 16호 | 8 | |
| 「성동도(城東途)」 | 조선일보 | 1928. 4. 22 | |
| 「근감(近感)」 | 동아일보 | 7. 10 | |
| 「값없는 생명」 | 조선일보 | 9. 23 | 혜음(蟪晉) 1 |
| 「면회사절 (面會謝絶)」 | 〃 | 9. 25~26 | 혜음 2, 3 |
| 「수박」 | 〃 | 9. 27 | 혜음 4 |
| 「파약(破約)의 비애(悲哀)」 | 〃 | 9. 28 | 혜음 5, 6, 7 |
| 「육가락 방판관」 | 『학생』 1호 | 1929. 3 | |
| 「매화 옛등걸」 | 중외일보 | 3 | |
| 「봄!봄!봄!」 | 『신생』 6호 | 3 | |
| 「병신의 넉두리」 | 『조선농민 (朝鮮農民)』 32호 | 3 | |
| 「봄을 맞는다」 | 『학생』 2호 | 4 | |
| 「달리소」 | 『신생』 9호 | 6 | |
| 「어느 곳 풍경」 | 『학생』 5호 | 8 | |
| 「가을을 맞으며」 | 동아일보 | 8. 21~24 | |
| 「숙연한 우성(雨聲)」 | 〃 | 8. 25~26 | |
| 「가을의 마음」 | 〃 | 8. 29~9. 1 | |
| 「이충명추 (以蟲鳴秋)」 | 『학생』 6호 | 9 | |
| 「아내의 불행과 이혼 문제」 | 『삼천리』 3호 | 11 | |
| 「입춘을 맞으며」 | 『별건곤』 27호 | 1930. 3 | |
| 「신부(新婦)와 나」 | 『별건곤』 29호 | 6 | |

| 작품명 | 발표지 | 발표 연월일 | 참고 사항 |
|---|---|---|---|
| 「의문의 그 여자」 | 『신소설』 5호 | 9 | |
| 「탈」 | 『신생』 24호 | 10 | |
| 「깊어가는 가을」 | 『신생』 36호 | 1931. 11 | |
| 「K화상(和尚)의 눈」 | 『동방(東方)평론』 1호 | 1932. 4 | |
| 「반역의 여성」 | 『삼천리』 33호 | 12 | |
| 「그늘에 핀 꽃을」 | 『삼천리』 26호 | 5 | |

## 4. 평론

| 작품명 | 발표지 | 발표 연월일 | 참고 사항 |
|---|---|---|---|
| 「근대 노서아 문학 개관<br>(近代露西亞文學槪觀)」 | 『조선문단』 3호 | 1924. 12 | 생전장강(生田長江) 외<br>『근대문예 12강』 축역 |
| 「근대영미문학 개관」 | 『조선문단』 4호 | 1925. 1 | 〃 |
| 「근대독일문학 개관」 | 『조선문단』 5호 | 2 | 〃 |
| 「감과 배」 | 『가면』 | 1926. 1 | |
| 「7, 8월의 소설」 | 동아일보 | 8. 7~17 | 4회 연재 |
| 「문단시감」 | 『현대평론』 6호 | 1927. 7 | 1933. 7. 6 매일신보에 재게재 |
| 「문예시감」 | 『현대평론』 | 9 | |
| 「조선문학 개척자<br>(朝鮮文學 開拓者)」 | 중외일보<br>(中外日報) | 11 | 부제 "국초(菊初)<br>이인직씨(李人稙氏)와 그 작품" |
| 「데카단의 상징(象徵)」 | 『별건곤』 10호 | 12 | |
| 「문예시감」 | 조선일보 | 1928. 1. 8~11 | |
| 「소년소녀와<br>영화극문제」 | 『신민』 36호 | 4 | |
| 「제재(題材)<br>선택의 필요」 | 중외일보 | 8. 2 | |
| 「신소설 초기와<br>이인직」 | 『한빛』 7호 | 9 | 일제 검열로 잡지 미발간 |
| 「문예(文藝)와<br>시대」 | 동아일보 | 1929. 7. 2~3 | 열일고어(熱日苦語) 1, 2 |

| 작품명 | 발표지 | 발표 연월일 | 참고 사항 |
|---|---|---|---|
| 「내용과 기교(技巧)」 | 동아일보 | 7. 4 | 열일고어 3 |
| 「노농대중(勞農大衆)과 문예운동(文藝運動)」 | 〃 | 7. 5~10 | 열일고어 4, 5, 6, 7, 8 |
| 「조선의 특수성」 | 〃 | 7. 12~14 | 열일고어 9, 10 |
| 「작가가 본 평론가」 | 『삼천리』 7호 | 1930. 7 | 작가와 평론가와의 관계 |

## 5. 잡문(雜文)

| 작품명 | 발표지 | 발표 연월일 |
|---|---|---|
| 「도향에게」 | 『현대평론』 7호 | 1927. 8 |
| 「굶어본 이야기」 | 『별건곤』 26호 | 1930. 2 |
| 「홍염」「탈출기」 | 『삼천리』 6호 | 5 |
| 「아호의 유래」 | 〃 | 5 |
| 「호외 시대 예고」 | 매일신보 | 9. 14 |
| 「고시조 한 장을」 | 『삼천리』 9호 | 10 |
| 「산사람의 마음 위로」 | 『별건곤』 34호 | 11 |
| 「내가 감격한 외국 작품 골키의 3인」 | 『삼천리』 11호 | 1931. 1 |
| 「내가 본 내 얼굴」 | 『별건곤』 37호 | 2 |

## 6. 산문

| 작품명 | 발표지 | 발표 연월일 | 참고 사항 |
|---|---|---|---|
| 「춘효설경(春曉雪景)」 | 『청춘(靑春)』 14호 | 1918. 6 | 독자문예 가작(讀者文藝 佳作) 제목만 나옴 |
| 「해평의 일야(海坪의 一夜)」 | 『청춘』 15호 | 6 | 독자문예 당선 제목만 나옴 |

## 7. 시조

| 작품명 | 발표지 | 발표 연월일 | 참고 사항 |
|---|---|---|---|
| 「춘교(春郊)에서」 | 동아일보 | 1923. 6. 10 | "춘교(春郊)"라고도 함 |
| 「우음(偶吟)」 | 〃 | 1925. 7. 8 | 1925. 5. 25 탈고 |

## 8. 시

| 작품명 | 발표지 | 발표 연월일 | 참고 사항 |
|---|---|---|---|
| 「자신(自信)」 | 『북선일일신문(北鮮日日新聞)』 | 1923. ? | 내용 미상 |
| 「시골 소년의 부른 노래」 | 동아일보 | 1925. 3. 25 | |
| 「세 처녀」 | 『문명(文明)』1호 | 12 | 산문시 |
| 「님 찾아서」 | 『월간매신』 | 1934. 9 | 유고 |

## 9. 동화

| 작품명 | 발표지 | 발표 연월일 | 참고 사항 |
|---|---|---|---|
| 「누구의 편지」 | 『신생명(新生命)』3호 | 1923. 9 | |
| 「평화와 임금」 | 『신생명』6호 | 12 | |

## 10. 일기

| 작품명 | 발표지 | 발표 연월일 | 참고 사항 |
|---|---|---|---|
| 「?!?!?!」 | 『조선문단』7호 | 1925. 4 | 일기와 수감 |

## 11. 독후감

| 작품명 | 발표지 | 발표 연월일 |
|---|---|---|
| 「『개척자』를 독(讀)하고 소감(所感)대로」 | 매일신보 | 1918. 3. 3 |

## 12. 앙케트

| 작품명 | 발표지 | 발표 연월일 | 참고 사항 |
|---|---|---|---|
| 「우리의 감정에서 울어나는 글을」 | ? | 1927. 1 | |
| 「문단 침체(文壇沈滯)의 원인과 그 대책」 | 『조선문단』 18호 | 1 | |
| 「조선을 안 뒤라야」 | 『조선지광』 75호 | 1928. 1 | |
| 「지금(只今)까지 잊혀지지 않는 여자」 | 『별건곤』 11호 | 2 | 특집 '옛날의 그이' |
| 「하루 시간을 어떻게 쓰나」 | 『별건곤』 17호 | 12 | 각 방면 명사의 일일 생활 |
| 「결국은 빵문제」 | 『별건곤』 18호 | 1929. 1 | |
| 「나의 소설은 보기 어렵다고」 | 〃 | 1 | |
| 「내가 다시 태어난다면」 | 『삼천리』 1호 | 6 | |
| 「내가 본 나 (명사의 자아관)」 | 『별건곤』 28호 | 1930. 5 | |

## 13. 대담

| 작품명 | 발표지 | 발표 연월일 |
|---|---|---|
| 「문사방문기(文士訪問記)」 | 『조선문단』 19호 | 1927. 2 |

## 14. 번안(飜案)

| 작품명 | 발표지 | 발표 연월일 | 참고 사항 |
|---|---|---|---|
| 「사랑의 원수」 | 중외일보 | 1928. 5. 16 ~8. 30 | 연재 80회 탐정소설 |

## 15. 번역

| 작품명 | 발표지 | 발표 연월일 | 참고 사항 |
|---|---|---|---|
| 「행복(幸福)」 | 『신민』 45호 | 1929. 1 | 알츄이바세프 원작. 中島淸氏, 日譯 |
| 「토끼와 포도」 | 『신생』 13호 | 10 | 동화, 마태로 원작, 서해, 重譯 |

## 16. 탐방기사

| 작품명 | 발표지 | 발표 연월일 |
|---|---|---|
| 「모범 농촌 순례(模範農村 巡禮)」 | 매일신보 | 1930. 8. 19 ~22 |

## 17. 단행본

| 작품명 | 발표지 | 발표 연월일 | 참고 사항 |
|---|---|---|---|
| 「혈흔(血痕)」 | 『글벗집』 | 1926. 12. 28 | 수록 작품: 혈흔(서문), 보석반지, 박돌의 죽음, 기아, 매월, 탈출기, 향수, 기아와 살육, 미치광이, 고국, 십삼 원 등 11편 |
| 「홍염」 | 『삼천리』 | 1931. 5. 15 | 수록 작품: 갈등, 저류, 홍염 등 3편 |

# ▌참고 문헌

## 1. 작가론

박상엽의 「감상의 칠월 서해 영전에」(『매일신보』, 1933. 7. 14~29)
는 많은 부분에 오류가 있지만 서해와 생전에 가까이 지냈던 사람의
글이므로 서해의 면모를 파악하는 데 도움을 준다.

『삼천리』(1932. 8) 특집호의 「오호 서해의 사(死)」는 여덟 명의 문
단 저명인사가 서해의 인간적 · 작가적 면모에 대해 증언하고 있어 서
해를 이해하는 데 일조한다.

이해성의 「새 자료를 통해 본 최서해의 생애」(『문학사상』, 1974. 11)
는 지금까지 잘 알려지지 않은 서해의 전기에 대해 알려준다.

김기현의 「최서해의 전기적 고찰: 그의 청소년 시절」(『고대 어문론
집』 16집, 1975. 1)은 서해의 전기에 대하여 전해준다. 김기현은 이 논
문 외에도 10여 편에 이르는 서해에 대한 논문에서 작가 및 작품 연보
의 작성에 노력하였다.

김기현의 「최서해 연구사 개관」(『우리문학연구』 5집, 1984)은 생존 시부터 1970년대까지의 서해에 대한 연구사를 개략적으로 보여준다. 서해 연구사에 대한 중간 결산의 의미를 지닌다.

곽근 편, 『최서해 전집』 상하(문학과지성사, 1987)는 서해의 작품과 작가 및 작품 연보, 참고 논저를 총망라하였다.

곽근 편, 『최서해 작품, 자료집』(국학자료원, 1997)은 『최서해 전집』에 누락된 자료를 보완하고 전집 이후 이루어진 참고 논저를 첨가하였다.

## 2. 작품론

안함광의 『최서해론』(조선작가동맹출판사, 1956)은 서해 연구에 대한 남북 최초의 단행본이며 본격적인 평론서로 북한에서 출판되었다.

김우종의 「최서해 연구」(『이숭녕 박사 송수기념논총』, 1968. 6)는 서해의 소설적 기교는 미숙하지만, 기성 문학의 약점을 찌르고 나온 작품이라 소중하다고 주장한다. 서해 작품의 한계를 논리적으로 지적하여 주목을 요한다.

홍이섭의 「1920년대 식민지적 현실: 민족적 궁핍 속의 최서해」(『문학과지성』, 1972. 봄호)는 역사학자의 문학 작품에 대한 역사적 접근으로 의미가 있다. 1920년대의 식민지 현실이 서해의 문학적 발상의 일단이었고, 동시에 역사적 배경으로 나타나 있다고 본다.

김주연의 「울음의 문체와 직접화법」(『문학사상』, 1974. 11)은 문체면에서 본격적으로 서해 소설을 분석한 경우이므로 괄목할 만하다.

채훈의 「빈궁 문학에서의 탈출기」(『문학사상』, 1974. 11)는 서해 소설을 간도 등지의 체험임이 분명한 극한적인 빈궁을 제재로 한 작품군과, 그렇지 않은 작품군으로 분류한 것이 특이하다.

김영화의 「최서해 소설의 구조」(『월간문학』, 1975. 6)는 비교적 많은 작품을 대상으로 빈궁의 양상과 작중인물을 분석하여 의미가 있다.

조남현의 「관점으로 본 서해와 현민(玄民)」(『월간문학』, 1976. 2)은 실증주의에서 벗어난 작품 해석으로 현민과 서해를 비교하여, 서해 작품의 특징을 선명히 밝혀내어 주목된다.

손영옥의 「최서해 연구」(서울대 석사논문, 1977. 7)는 서해 소설의 특질을 ① 빈궁문학 ② 프로 문학적 제스처 ③ 인도주의문학 ④ 항일 문학 ⑤ 그밖의 경향 등으로 분류하고 문체와 기법까지 살핀다. 서해 연구의 초석이 되었다고 볼 수 있다.

윤홍로의 「최서해 연구」(『단대 동양학』 9집, 1979)는 서해 소설의 경향을 비판적 리얼리즘으로 판단하고, 민족주의적 현상을 구현하였으며 그 연장으로 계층 의식을 포함시켰다고 보아 새로운 관점을 보인다.

김용희의 「최서해에 끼친 고리키와 알치 바세푸의 영향」(『국어국문학』, 1982. 12)은 여러 가지 고증을 거쳐 서해가 고리키와 알치 바세푸의 영향을 받았을 것이라는 견해를 밝힌다. 서해에게 미친 영향을 본격적·체계적으로 정리했다는 데 의의가 있다.

장성수의 「최서해 문학의 재검토」(『전북대 국어국문학』 23집, 1983)는 서해 문학은 단순한 체험이 아니고 상상력과 통합을 이루었으며, 기법의 특성으로는 인물의 강렬한 행위, 일인칭 주인공 화자, 직절(直

截)하고 간명한 골격 문장 등을 든다. 기존 연구를 재검토한 의미가
있다.

김창식의 「최서해 소설의 언어와 그 상징 구조 연구」(『부산대 국어
국문학』 22집, 1984. 12)는 서해 소설에 두드러지게 나타나는 불과 피
가 연상 작용에 의한 조응 관계에 놓인다고 파악하여 새로운 견해를
보인다.

김주남의 「최서해 작품논고」(『서강어문』 4집, 1985. 4)는 서술자를
중심으로 서해 작품을 세 가지 유형으로 분류해 고찰하여 주목을 요
한다.

조남현의 「최서해의 『호외 시대』, 그 갈등 구조」(『한국문학』 163,
1987. 5)는 서해의 유일한 장편소설 『호외 시대』를 맨 처음 본격적으
로 분석하여 이 작품 연구의 토대를 마련하였다.

허판호의 「최학송(崔鶴松) 소설 연구: 그 인물과 지향성을 중심
으로」(성균관대 박사논문, 1991. 5)는 최서해에 대한 박사학위 논문
이다.

류만 편, 『최서해단편소설집』(문예출판사, 1991)에는 27편의 단편소
설이 실려 있다. 북한에서 『현대조선문학선집』 제10권으로 발간된 이
작품집 서두에 류만의 「최서해의 작품 세계」가 게재되어 있다. 27편
중 「오원 칠십오전」 「폭군」 「수난」 등 세 편을 제외한 24편을 대상으
로 작품평을 하고 있는데, 제목만을 열거하거나 간단히 언급한 경우
가 많고, 정작 자세히 고찰한 것은 「탈출기」 「그믐밤」 등 극히 제한되
어 있다. 서해가 우리나라 '초기 프로레타리아문학'의 대표적인 작가
이며, 「탈출기」는 서해 작품 중에서는 물론 '신경향파문학'에서도 가

장 대표적인 작품 중 하나라고 주장한다.

김성수 편, 『우리 문학과 사회주의 리얼리즘 논쟁』(사계절, 1992)은 북한에서 논의된 최서해 관련 자료(주로 「탈출기」에 관련된 내용)를 많이 수록하고 있어 북한에서의 서해 연구 현황을 알려준다.

박신헌의 「최서해 소설에 나타난 Tremendismo」는 서해 소설에 나타난 Tremendismo(끔찍주의 혹은 잔인주의)의 양상과 그 의미를 밝혀내어 특이한 면을 보인다.

신춘호의 『궁핍과의 문학적 싸움: 최시해』(건국대출판부, 1994)는 서해의 전기와 작품의 특질을 조명한 단행본이다.

임규찬의 「최서해의 「해돋이」론」(『기곡(基谷) 강신항(姜信沆) 교수 정년기념 논문집』, 1995)은 「해돋이」를 「기아와 살육」「홍염」「박돌의 죽음」 등보다 진일보한 본격 소설의 면모를 보여주었다고 주장하여, 별로 주목하지 않았던 작품을 발굴한 의미를 지닌다.

한점돌의 「최서해 소설과 그 내적 논리」(『한국 현대소설의 형이상학』, 새미, 1997)는 서해의 작품 성과를 총체적으로 살펴보면서 그 변모 양상에 주목한다. 그 결과 서해 소설이 민족 운동의 가능성을 모색하면서 지속적으로 발전했다는 매우 타당한 논리를 전개해 주목을 요한다.

정영길의 「서해 최학송 소설 연구」(『현대소설연구』 6호, 1997)는 서해 소설에서 자주 발견되는 개(악의 상징)와 어머니(선의 상징)를 대립 구조로 파악하여 이색적이다.

문학사와 비평학회 편, 『최서해 문학의 재조명』(국학자료원, 2002)은 서해와 직접 관련된 것과 신경향파와 관련된 것 등 5~6편의 논문을 실었다.

# 한국문학전집을 펴내며

오늘의 한국 문학은 다양한 경험과 자산에서 비롯된 것이지만, 그중에서도 우리 앞선 세대의 문학 작품에서 가장 큰 유산을 물려받고 있다. 그럼에도 우리는 가끔 우리의 문학 유산을 잊거나 도외시한다. 마치 그것 없이는 살아갈 수 없는 소중한 물을 쉽게 잊고 사는 것처럼 그동안 우리는 우리가 이루어놓은 자산들을 너무 쉽게 잊어버리고 있었는지도 모르겠다. 인기 있는 외국 작품들이 거의 동시에 번역 출판되고, 새로운 기획과 번역으로 전 세계의 문학 작품들이 짜임새 있게 출판되고 있는 요즈음, 정작 한국 문학 작품들을 체계적으로 정리하지 못하고 있었다는 점을 최근에 우리는 깊이 반성하게 되었다. 그리고 이러한 때늦은 반성을 곧바로 '한국문학전집'을 기획하는 힘으로 전환하였다.

오늘의 시점에서 '한국문학전집'을 기획한다는 것은, 우선 그동안 양적으로나 질적으로 괄목할 만한 수준에 이른 한국 문학 연구 수준을 반영하는 새로운 시각이 전제되어야 할 것이다. 그리고 '우리 것을 지키자'는 순진한 의도에서가 아니라, 한국 문학이 바로 세계 문학이 되는 질적 확장을 위해, 세계 문학 속에서의 한국 문학의 정체성을 찾는 일을 간과해서는 안 될 것이다.

이번 기획에서 우리가 가장 크게 신경 썼던 점은 크게 두 가지이다. 하나는, 그동안 거의 관습적으로 굳어져왔던 작품에 대한 천편일률적인 평가를 피하고 그동안의 평가에 대한 비판적 평가와 더불어 새로운 평가로 인한 숨은 작품의 빌굴이었다. 그리하여 한국 문학사를 시기별로 구분하여 축적된 연구 성과들 위에서 나름대로 중요한 작품들을 선별하는 목록 작업에 가장 큰 공을 들였다. 나머지 하나는, 그동안 여러 상이한 판본의 난립으로 인해 원전 텍스트가 침해되고 있는 심각한 상황을 고려하여 각각의 작가에게 가장 뛰어난 연구자들을 초빙하여 혼신을 다해 원전 텍스트를 확정하였다는 점이다.

장구한 우리 문학사의 주옥같은 작품들을 한자리에 모아, 세대를 넘고 시대를 넘어 그 이름과 위상에 값할 수 있는 대표적인 한국문학전집을 내놓는다. 이번에 출간되는 한국문학전집은 변화된 상황과 가치를 반영하는 내실 있고 권위를 갖춘 내용으로 꾸며질 것이며, 우리 문학의 정본 전집으로서 자리매김해 한국 문학의 전통을 계승하고 발전시키는 데 기여하고자 한다. 이 기획이 한국 문학의 자산들을 온전하게 되살려, 끊임없이 현재성을 가지는 살아 있는 작품들로, 항상 독자들의 옆에 있게 되기를 기대한다.

(주)문학과지성사

### 01 감자 김동인 단편선

최시한(숙명여대) 책임 편집

**수록 작품** 약한 자의 슬픔 / 배따라기 / 태형 / 눈을 겨우 뜰 때 / 감자 / 광염 소나타 / 배회 / 발가락이 닮았다 / 붉은 산 / 광화사 / 김연실전 / 곰네

극단적인 상황과 비극적 운명에 빠진 인물 군상들을 냉정하게 서술해낸 한국 근대 단편 문학의 선구자 김동인의 대표 단편 12편 수록. 인간과 환경에 대한 근대적 인식을 빼어난 문체와 서술로 형상화한 김동인의 주옥같은 작품들을 만날 수 있다.

### 02 탈출기 최서해 단편선

곽근(동국대) 책임 편집

**수록 작품** 고국 / 탈출기 / 박돌의 죽음 / 기아와 살육 / 큰물 진 뒤 / 백금 / 해돋이 / 그믐밤 / 전아사 / 홍염 / 갈등 / 먼동이 틀 때 / 무명초

식민 치하 빈궁 문학을 대표하는 최서해의 단편 13편 수록. 식민 치하의 참담한 사회적 현실을 사실적으로 전해주는 작품들. 우리 민족의 궁핍한 현실에 맞선 인물들의 저항 정신과 민족 감정의 감동과 울림을 전한다.

### 03 삼대 염상섭 장편소설

정호웅(홍익대) 책임 편집

우리 소설 가운데 서울말을 가장 풍부하게 살려 쓴 작품이자, 복합성·중층성의 세계를 구축하여 한국 근대 장편소설의 대표작으로 꼽히는 염상섭의 『삼대』. 1930년대 서울의 중산층 가족사를 통해 들여다본 우리 근대의 자화상이다.

### 04 레디메이드 인생 채만식 단편선

한형구(서울시립대) 책임 편집

**수록 작품** 논 이야기 / 레디메이드 인생 / 미스터 방 / 민족의 죄인 / 치숙 / 낙조 / 쑥국새 / 당랑의 전설

역설과 반어의 작가 채만식의 대표 단편 8편 수록. 1920~30년대의 자본주의적 현실 원리와 민중의 삶을 풍자적으로 포착하는 데 탁월했던 채만식. 사실주의와 풍자의 절묘한 조합으로 완성한 단편 문학의 묘미를 즐길 수 있다.

### 05 비 오는 길 최명익 단편선

신형기(연세대) 책임 편집

**수록 작품** 폐어인 / 비 오는 길 / 무성격자 / 역설 / 봄과 신작로 / 심문 / 장삼이사 / 맥령

시대를 앞섰던 모더니스트 최명익의 대표 단편 8편 수록. 병과 죽음으로 고통받는 인물 군상들을 통해 자신이 예감한 황폐한 현대의 징후를 소설화한 작가 최명익. 너무나 현대적이어서, 당시에는 제대로 평가받을 수 없었던 탁월한 단편소설들을 만난다.

## 06 사하촌 김정한 단편선

강진호(성신여대) 책임 편집

**수록 작품** 그물 / 사하촌 / 항진기 / 추산당과 곁사람들 / 모래톱 이야기 / 제3병동 / 수라도 / 인간단지 / 위치 / 오끼나와에서 온 편지 / 슬픈 해후

리얼리즘 문학과 민족 문학을 대표하는 김정한의 대표 단편 11편 수록. 민중들의 삶을 통해 누구보다 먼저 '근대화의 문제'를 문학적으로 제기하고 예리하게 포착한 작가 김정한의 진면목을 본다.

## 07 무녀도 김동리 단편선

이동하(서울시립대) 책임 편집

**수록 작품** 화랑의 후예 / 산화 / 바위 / 무녀도 / 황토기 / 찔레꽃 / 동구 앞길 / 혼구 / 혈거부족 / 달 / 역마 / 광풍 속에서

한국적이고 토착적인 전통 세계의 소설화에 앞장선 김동리의 초기 대표작 12편 수록. 민중의 삶 속에 뿌리 내린 토착적 전통의 세계를 정확한 묘사와 풍부한 서정으로 형상화했던 김동리 문학 세계를 엿본다.

## 08 독 짓는 늙은이 황순원 단편선

박혜경(인하대) 책임 편집

**수록 작품** 소나기 / 별 / 겨울 개나리 / 산골 아이 / 목넘이마을의 개 / 황소들 / 집 / 사마귀 / 소리 / 닭제 / 학 / 필묵장수 / 뿌리 / 내 고향 사람들 / 원색오뚝이 / 곡예사 / 독 짓는 늙은이 / 황노인 / 늪 / 허수아비

한국 산문 문체의 모범으로 평가되는 황순원의 대표 단편 20편 수록. 엄격한 지적 절제와 미학적 균형으로 함축적인 소설 미학을 완성시킨 작가 황순원. 극적인 사건 전개 대신 정적이고 서정적인 울림의 미학으로 깊은 감동을 전한다.

## 09 만세전 염상섭 중편선

김경수(서강대) 책임 편집

**수록 작품** 만세전 / 해바라기 / 미해결 / 두 출발

한국 근대 소설의 기념비적 작품인 「만세전」, 조선 최초의 여류화가인 나혜석의 삶을 소설화한 「해바라기」, 그리고 식민지 조선의 현실을 담아내고 나름의 저항의식을 형상화하기 위한 소설적 수련의 과정을 단적으로 보여주는 「미해결」과 「두 출발」 수록. 장편소설의 작가로만 알려진 염상섭의 독특한 소설 미학의 세계를 감상한다.

## 10 천변풍경 박태원 장편소설

장수익(한남대) 책임 편집

모더니스트 박태원이 펼쳐 보이는 1930년대 서울의 파노라마식 풍경화. 근대 자본주의 사회의 이데올로기와 일상성에 대한 비판에 몰두하던 박태원 초기 작품의 모더니즘 경향과 리얼리즘 미학의 경계를 넘나드는 역작. 식민지라는 파행적 상황에서 기형적으로 실현되던 근대화의 양상을 기층 민중의 생활에 초점을 맞춰 본격화한 작품이다.

## 11 태평천하 채만식 장편소설

이주형(경북대) 책임 편집

부정적인 상황들이 난무하는 시대 현실을 독자적인 문학적 기법과 비판의식으로 그려냄으로써 '문학적 미'를 추구했던 채만식의 대표작. 판소리 사설의 반어, 자기 폭로, 비유, 과장, 희화화 등의 표현법에 사투리까지 섞은 요설로, 창을 듣는 듯한 느낌과 재미를 선사하는 작품. 세태풍자소설의 장을 열었던 채만식이 쓴 가족사소설의 전형에 해당한다.

## 12 비 오는 날 손창섭 단편선

조현일(홍익대) 책임 편집

**수록 작품** 공휴일 / 사연기 / 비 오는 날 / 생활적 / 혈서 / 피해자 / 미해결의 장 / 인간동물원초 / 유실몽 / 설중행 / 광야 / 희생 / 잉여인간 / 신의 희작

가장 문제적인 전후 소설가 손창섭의 대표 단편 14작품 수록. 병적이고 불구적인 인간 군상들을 통해 전후 사회 현실에서의 '절망'의 표현에 주력했던 손창섭. 전쟁 그리고 전쟁 이후의 비일상적 사태를 가장 근원적인 차원에서 표현한 빼어난 작품들을 선별했다.

## 13 등신불 김동리 단편선

이동하(서울시립대) 책임 편집

**수록 작품** 인간동의 / 흥남철수 / 밀다원시대 / 용 / 목공 요셉 / 등신불 / 송추에서 / 까치 소리 / 저승새

「무녀도」의 작가 김동리가 1950년대 이후에 내놓은 단편 9편 수록. 전기 작품에 이어서 탁월한 문체의 매력, 빈틈없는 구성의 묘미, 인상적인 인물상의 창조, 인간에 대한 깊이 있는 통찰이라는 김동리 단편의 미학을 다시 한 번 경험할 수 있는 기회이다.

## 14 동백꽃 김유정 단편선

유인순(강원대) 책임 편집

**수록 작품** 심청 / 산골 나그네 / 총각과 맹꽁이 / 소낙비 / 솥 / 만무방 / 노다지 / 금 / 금 따는 콩밭 / 떡 / 산골 / 봄·봄 / 안해 / 봄과 따라지 / 따라지 / 가을 / 두꺼비 / 동백꽃 / 야앵 / 옥토끼 / 정조 / 땡볕 / 형

고단한 삶을 살아가는 순박한 촌부에서 사기꾼에 이르기까지 다양한 삶의 모습을 문학 속에 그대로 재현한 김유정의 주옥같은 단편 23편 수록. 인물의 토속성과 해학성, 생생한 삶의 언어와 우리 소리, 그 속에 충만한 생명감을 불어넣은 김유정 문학의 정수를 맛본다.

## 15 소설가 구보씨의 일일 박태원 단편선

천정환(성균관대) 책임 편집

**수록 작품** 수염 / 낙조 / 소설가 구보씨의 일일 / 애욕 / 길은 어둡고 / 거리 / 방란장 주인 / 비량 / 진통 / 성탄제 / 골목 안 / 음우 / 재운

한국 소설사상 가장 두드러진 모더니즘 작품으로 인정받는 「소설가 구보씨의 일일」을 비롯한 박태원의 대표 단편 13편 수록. 한글로 씌어진 가장 파격적이고 실험적인 작품으로 주목 받은 박태원. 서울 주변부 중산층의 삶이라는 자기만의 튼실한 현실 공간을 구축하여 새로운 소설 기법과 예술가소설로서의 보편성을 획득한 작품들이다.

## <sup>16</sup> 날개 이상 단편선

김주현(경북대) 책임 편집

**수록 작품**  12월 12일 / 지도의 암실 / 지팡이 역사 / 황소와 도깨비 / 공포의 기록 / 지주회시 / 동해 / 날개 / 봉별기 / 실화 / 종생기

근대와 맞닥뜨린 당대 식민지 조선의 기념비요 자화상 역할을 하는 이상의 대표 단편 11편 수록. '천재'와 '광인'이라는 꼬리표와 함께 전위적이고 해체적인 글쓰기로 한국의 모더니즘 문학사를 개척한 작가 이상. 자유연상, 내적 독백 등의 실험적 구성과 문체로 식민지 근대와 그것에 촉발된 당대인의 내면을 예리하게 포착해낸 이상의 문제작들을 한데 모았다.

## <sup>17</sup> 흙 이광수 장편소설

이경훈(연세대) 책임 편집

한국 최초의 근대 장편소설 『무정』을 발표하면서 한국 소설 문학의 역사를 새롭게 쓴 이광수. 『흙』은 이광수의 계몽 사상이 가장 짙게 깔린 작품으로 심훈의 『상록수』와 함께 한국 농촌계몽소설의 전위에 속한다. 한국 근대 문학사상 가장 많이 연구되고 있는 작가의 대표작답게 『흙』은 민족주의, 계몽주의, 농민문학, 친일문학, 등장인물론, 작가론, 문학사 등의 학문적·비평적 논의의 중심에 있는 작품이다.

## <sup>18</sup> 상록수 심훈 장편소설

박헌호(성균관대) 책임 편집

이광수의 장편 『흙』과 더불어 한국 농촌계몽소설의 쌍벽을 이루는 『상록수』. 심훈의 문명(文名)을 크게 떨치게 한 대표작이다. 1930년대 당시 지식인의 관념적 농촌 운동과 일제의 경제 침탈사를 고발·비판함으로써, 문학이 취할 수 있는 현실 정세에 대한 직접적인 대응 그리고 극복의 상상력이란 두 가지 요소를 나름의 한계 속에서 실천해냈고, 대중적으로도 큰 호응을 불러일으킨 작품이다.

## <sup>19</sup> 무정 이광수 장편소설

김철(연세대) 책임 편집

20세기 이래 한국인이 가장 많이 읽고 가장 자주 출간돼온 작품, 그리고 근현대 문학 가운데 가장 많이 연구의 대상이 된 작가 이광수의 대표작 『무정』. 씌어진 지 한 세기가 가까워오도록 여전히 읽히고 있고 또 학문적 논쟁의 중심에 서 있는 『무정』을 책임 편집자의 교정을 충실하게 반영한 최고의 선본(善本)으로 만난다.

## <sup>20</sup> 고향 이기영 장편소설

이상경(KAIST) 책임 편집

'프로문학의 정점'이자 우리 근대 문학사의 리얼리즘의 확립을 결정적으로 보여주는 이기영의 『고향』. 이기영은 1920년대 중반 원터라는 충청도의 한 농촌 마을을 배경으로 봉건 사회의 잔재를 지닌 채 식민지 자본주의화가 진행되어가는 우리 근대 초기를 뛰어난 관찰로 묘사한다. 일제 식민 치하 근대화에 대한 문학적·비판적 성찰과 지식인의 고뇌를 반영한 수작이다.

### 21 까마귀 이태준 단편선

김윤식(명지대) 책임 편집

**수록 작품** 불우 선생 / 달밤 / 까마귀 / 장마 / 복덕방 / 패강랭 / 농군 / 밤길 / 토끼 이야기 / 해방 전후

'한국 근대소설의 완성자' '단편문학'의 명수. 이태준은 우리 근대 문학의 전개 과정에서 결코 간과할 수 없는 역할을 담당했던 작가 가운데 한 사람이다. 문학의 자율성과 예술성을 상실하지 않으면서도 현실 문제에 각별한 관심을 보여주었던 그의 단편은 한국소설사에서 1930년대를 대표하는 것으로 인정받고 있다.

### 22 두 파산 염상섭 단편선

김경수(서강대) 책임 편집

**수록 작품** 표본실의 청개구리 / 암야 / 제야 / E선생 / 윤전기 / 숙박기 / 해방의 아들 / 양과자갑 / 두 파산 / 절곡 / 얼룩진 시대 풍경

한국 근대사를 증언하고 있는 횡보 염상섭의 단편소설 11편 수록. 지식인 망국민으로서의 허무적인 자기 진단, 구체적인 사회 인식, 해방 후와 전후 시기에 대한 사실적 증언과 문제 제기를 포함한 대표작들을 통해 횡보의 단편 미학을 감상한다.

### 23 카인의 후예 황순원 소설선

김종회(경희대) 책임 편집

**수록 작품** 카인의 후예 / 너와 나만의 시간 / 나무들 비탈에 서다

인간의 정신적 순수성과 고귀한 존엄성을 문학의 제일 원칙으로 삼았던 작가 황순원. 그의 대표작 가운데 독자들의 가장 많은 사랑을 받은 장편소설들을 모았다. 한국전쟁을 온몸으로 체득하면서 특유의 절제되고 간결한 문장으로 예술적 서사성을 완성한 황순원은 단편에서와 마찬가지로 변함없는 감동의 세계를 열어놓는다.

### 24 소년의 비애 이광수 단편선

김영민(연세대) 책임 편집

**수록 작품** 무정 / 소년의 비애 / 어린 벗에게 / 방황 / 가실 / 거룩한 죽음 / 무명 / 꿈

한국 근대소설사와 이광수 개인의 문학 세계에서 중요한 의미를 갖는 단편 8편 수록. 이광수가 우리말로 쓴 최초의 창작 단편 「무정」, 당시 사회의 인습과 제도를 비판한 「소년의 비애」, 우리나라 최초의 서간체 소설인 「어린 벗에게」, 지식인의 내면적 갈등과 자아 탐구의 과정을 담은 「방황」, 춘원의 옥중 체험을 바탕으로 씌어진 「무명」 등 한국 근대문학의 장르와 소재, 주제 탐구 면에서 꼼꼼히 고찰해야 할 작품들이다.

### 25 불꽃 선우휘 단편선

이익성(충북대) 책임 편집

**수록 작품** 테러리스트 / 불꽃 / 거울 / 오리와 계급장 / 단독강화 / 깃발 없는 기수 / 망향

8·15 해방과 분단, 6·25전쟁으로 이어지는 한국 근현대사의 열병을 깊이 있게 고찰한 선우휘의 대표작 7편 수록. 평판작 「불꽃」과 「깃발 없는 기수」를 비롯해 한국 근현대사의 역동성과 이를 바라보는 냉철한 작가의식이 빚어낸 수작들을 한데 모았다.

### 26 맥 김남천 단편선

**채호석(한국외대) 책임 편집**

**수록 작품** 공장 신문 / 공우회 / 남편 그의 동지 / 물 / 남매 / 소년행 / 처를 때리고 / 무자리 / 녹성당 / 길 위에서 / 경영 / 맥 / 등불 / 꿀

카프와 명맥을 같이하며 창작과 비평에서 두드러진 족적을 남긴 작가 김남천. 1930년대 초, 예술운동의 볼세비키화론 주장과 궤를 같이하는 「공장 신문」 「공우회」, 카프 해산 직후 그의 고발문학론을 담은 「처를 때리고」 「소년행」 「남매」, 전향문학의 백미로 꼽히는 「경영」 「맥」 등 그의 치열했던 문학 세계의 변화를 일별할 수 있는 대표작 14편 수록.

### 27 인간 문제 강경애 장편소설

**최원식(인하대) 책임 편집**

한국 근대 여성문학의 제일선에 위치하는 강경애의 대표작. 일제 치하의 1930년대 조선, 자본가와 농민·노동자의 대립 구조 속에서 농민과 도시노동자가 현실의 문제를 해결하고자 하는 주체로 성장하는 과정과 그들의 조직적 투쟁을 현실성 있게 그려낸 작품. 이기영의 「고향」과 더불어 우리 근대 소설사에서 리얼리즘 소설의 수작으로 꼽힌다.

### 28 민촌 이기영 단편선

**조남현(서울대) 책임 편집**

**수록 작품** 농부 정도룡 / 민촌 / 아사 / 호외 / 해후 / 종이 뜨는 사람들 / 부역 / 김군과 나와 그의 아내 / 변절자의 아내 / 서화 / 맥추 / 수석 / 봉황산

카프와 프로문학의 대표 작가 이기영. 그가 발표한 수십 편의 단편소설들 가운데 사회사나 사상운동사로서의 자료적 가치가 높으면서 또 소설 양식으로서의 구조미를 제대로 보여주는 14편을 선별했다.

### 29 혈의 누 이인직 소설선

**권영민(서울대) 책임 편집**

**수록 작품** 혈의 누 / 귀의 성 / 은세계

급진적이고 충동적인 한국 근대의 풍경 속에 신소설이라는 새로운 서사 양식을 창조해낸 이인직. 책임 편집자의 꼼꼼한 텍스트 확정과 자세한 비평적 해설을 통해, 신소설의 서사 구조와 그 담론적 특성을 밝히고 당시 개화·계몽 시대를 대표하는 서사 양식에 내재화된 일본적 식민주의 담론을 꼬집는다.

### 30 추월색 이해조 안국선 최찬식 소설선

**권영민(서울대) 책임 편집**

**수록 작품** 금수회의록 / 자유종 / 구마검 / 추월색

개화·계몽시대의 대표적인 신소설 작가 3인의 대표작. 여성과 신교육으로 집약되는 토론의 모습을 서사 방식으로 활용한 「자유종」, 구시대적 인습을 신랄하게 비판한 「구마검」, 가장 대중적인 신소설 가운데 하나로 꼽히는 「추월색」, 그리고 '꿈'이라는 우화적 공간을 설정하여 현실 비판의 풍자적 색채가 강한 「금수회의록」까지 당대의 사회적 풍속과 세태의 변화를 민감하게 반영한 작품들을 수록했다.

### 31 젊은 느티나무 강신재 소설선

김미현(이화여대) 책임 편집

**수록 작품** 안개 / 해방촌 가는 길 / 절벽 / 젊은 느티나무 / 양관 / 황량한 날의 동화 / 파도 / 이브 변신 / 강물이 있는 풍경 / 점액질

1950, 60년대를 대표하는 여성 작가 강신재의 중단편 10편을 엄선했다. 특유의 서정적인 문체와 관조적 시선, 지적인 분석력으로 '비누 냄새' 나는 풋풋한 사랑 이야기에서 끈끈한 '점액질'의 어두운 욕망에 이르기까지, 운명의 폭력성과 존재론적 한계를 줄기차게 탐문한 강신재 소설의 여정을 한눈에 볼 수 있는 기회다.

### 32 오발탄 이범선 단편선

김외곤(서원대) 책임 편집

**수록 작품** 일요일 / 학마을 사람들 / 사망 보류 / 몸 전체로 / 갈매기 / 오발탄 / 자살당한 개 / 살모사 / 천당 간 사나이 / 청대문집 개 / 표구된 휴지 / 고장난 문 / 두메의 어벙이 / 미친 녀석

손창섭·장용학 등과 함께 대표적인 전후 작가로 꼽히는 이범선의 대표작 14편 수록. 한국 현대사의 비극에 대한 묘사를 바탕으로 하면서도 잃어버린 고향, 동양적 이상향에 대한 동경을 담았던 초기작들과 전후의 물질적 궁핍상을 전통적 사실주의에 기초해 그리면서 현실 비판적 성격을 강하게 드러낸 문제작들을 고루 수록했다.

### 33 메밀꽃 필 무렵 이효석 단편선

서준섭(강원대) 책임 편집

**수록 작품** 도시와 유령 / 깨뜨려지는 홍등 / 마작철학 / 프레류드 / 돈 / 계절 / 산 / 들 / 석류 / 메밀꽃 필 무렵 / 삽화 / 개살구 / 장미 병들다 / 공상구락부 / 해바라기 / 여수 / 하얼빈산협 / 풀잎 / 낙엽을 태우면서

근대 작가의 문화적 정체성이 끊임없이 흔들렸던 식민지 시대, 경성제대 출신의 지식인 작가로서 그 문화적 혼란기를 소설 언어를 통해 구성하고 지속적으로 모색했던 이효석의 대표작 20편 수록.

### 34 운수 좋은 날 현진건 중단편선

김동식(인하대) 책임 편집

**수록 작품** 희생화 / 빈처 / 술 권하는 사회 / 유린 / 피아노 / 할머니의 죽음 / 우편국에서 / 까막잡기 / 그리운 흘긴 눈 / 운수 좋은 날 / 발 / 불 / B사감과 러브 레터 / 사립정신병원장 / 고향 / 동성 / 정조와 약가 / 신문지와 철창 / 서투른 도적 / 연애의 청산 / 타락자

한국 근대 단편소설의 형식적 미학을 구축하고 근대적 사실주의 문학의 머릿돌을 놓은 작가 현진건의 대표작 21편 수록. 서구 중심의 근대성과 조선 사회의 식민성 사이에서 방황하는 지식인의 내면 풍경뿐만 아니라, 식민지 조선의 일상을 예리하게 관찰함으로써 '조선의 얼굴'을 담아낸 작가 현진건의 면모를 두루 살폈다.

### 35 사랑 이광수 장편소설

한승옥(숭실대) 책임 편집

춘원의 첫 전작 장편소설. 신문 연재물의 제약에서 벗어나 좀더 자유롭고 솔직한 그의 인생관이 담겨 있다. 이른바 그의 어떤 장편소설보다도 나아간 자유 연애, 사랑에 관한 작가의 생각을 엿볼 수 있는 작품. 작가의 나이 지천명에 이르러 불교와 『주역』등 동양고전에 심취하여 우주의 철리와 종교적 깨달음에 가닿은 시점에서 집필된, 춘원의 모든 것.

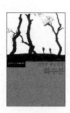

### 36 화수분 전영택 중단편선

김만수(인하대) 책임 편집

**수록 작품** 천치? 천재? / 운명 / 생명의 봄 / 독약을 마시는 여인 / 화수분 / 후회 / 여자도 사람인가 / 하늘을 바라보는 여인 / 소 / 김탄실과 그 아들 / 금붕어 / 차돌멩이 / 크리스마스 전야의 풍경 / 말 없는 사람

1920년대 초반 자연주의, 사실주의적 색채가 강한 작품 세계로 주목받았던 작가 전영택의 대표작선. 이들 작품에서 작가는, 일제 초기의 만세운동, 일제 강점기하의 극심한 궁핍, 해방 직후의 사회적 혼돈, 산업화 초창기의 사회적 퇴폐상에 대한 자신의 경험을 소박한 형식 속에 담고 있다.

### 37 유예 오상원 중단편선

한수영(동아대) 책임 편집

**수록 작품** 황선지대 / 유예 / 균열 / 죽어살이 / 모반 / 부동기 / 보수 / 현실 / 훈장 / 실기

한국 전후 세대 문학의 대표 작가 오상원의 주요작 10편을 묶었다. '실존'과 '행동'에 초점을 맞춘 그의 작품은, 한결같이 극한 상황에 처한 인간 존재의 의미를 묻는 데 천착하면서 효과적인 주제 전달을 위해 낯설고 다양한 소설적 실험을 보여준다.

### 38 제1과 제1장 이무영 단편선

전영태(중앙대) 책임 편집

**수록 작품** 제1과 제1장 / 흙의 노예 / 문 서방 / 농부전 초 / 청개구리 / 모우지도 / 유모 / 용자소전 / 이단자 / B녀의 소묘 / O형의 인간 / 들메 / 며느리

한국 농민문학의 선구자로 평가받는 이무영의 주요 단편 13편 수록. 이들 작품에서 작가는, 농민을 계몽의 대상이 아닌, 흙을 일구는 그들의 삶을 통해서 진실한 깨달음을 얻는 자족적 대상으로 바라본다. 이무영의 농민소설은 인간을 향한 긍정적 시선과 삶의 부조리한 면을 파헤치는 지식인의 냉엄한 비판 의식이 공존하고 있다.

### 39 꺼삐딴 리 전광용 단편선

김종욱(세종대) 책임 편집

**수록 작품** 흑산도 / 진개권 / 지층 / 해도초 / GMC / 사수 / 크라운장 / 충매화 / 초혼곡 / 면허장 / 꺼삐딴 리 / 곽 서방 / 남궁 박사 / 죽음의 자세 / 세끼미

1950년대 전후 사회와 60년대의 척박한 삶의 리얼리티를 '구도의 치밀성'과 '묘사의 정확성'을 통해 형상화한 작가 전광용의 대표 단편 15편 모음집. 휴머니즘적 주제 의식, 전통적인 서사 형식, 객관적이고 냉철한 묘사 태도, 짧고 건조한 문체 등으로 집약되는 전광용의 작품 세계를 한눈에 살필 수 있는 계기.

### 40 과도기 한설야 단편선

서경석(한양대) 책임 편집

**수록 작품** 동경 / 그릇된 동경 / 합숙소의 밤 / 과도기 / 씨름 / 사방공사 / 교차선 / 추수 후 / 태양 / 임금 / 딸 / 철로 교차점 / 부역 / 산촌 / 이녕 / 모자 / 혈로

식민지 시대 신경향파·카프 계열 작가로서 사회주의 리얼리즘 문학을 추구한 작가 한설야의 문학적 특징을 잘 드러내는 단편 17편을 수록했다. 시대적 대세에 편승하며 작품의 경향을 바꾸었던 다른 카프 작가들과는 달리 한설야는, 주체적인 노동자로서의 삶을 택한 「과도기」의 '창선'이 그러하듯, 이 주제를 자신의 평생 과제로 삼아 창작에 몰두했다.

## 41 사랑손님과 어머니 주요섭 중단편선

장영우(동국대) 책임 편집

**수록 작품** 추운 밤/인력거꾼/살인/첫사랑 값/개밥/사랑손님과 어머니/아네모네의 마담/북소리 두둥둥/봉천역 식당/낙랑고분의 비밀

주요섭이 남녀 간의 애정 문제를 주로 다룬 통속 작가로 인식되어온 것은 교정되어야 마땅하다. 그는 빈민 계층의 고단하고 무망(無望)한 삶을 사실적으로 재현하는 데 탁월한 기량을 보였으며, 날카로운 현실인식과 객관적 묘사의 한 전범을 보여주었고 환상성을 수용함으로써 보다 탄력적인 소설미학을 실험하기도 하였다.

## 42 탁류 채만식 장편소설

우찬제(서강대) 책임 편집

채만식은 시대의 어둠을 문학의 빛으로 밝히며 일제 강점기와 해방기의 우리 소설 사를 빛낸 작가다. 그는 작품활동 전반에 걸쳐 열정적인 창작열과 리얼리즘 정신으로 당대의 현실상을 매우 예리하게 형상화했다. 특히 『탁류』는 여주인공 봉의 기구한 운명의 족적을 금강 물이 점점 탁해지는 현상에 비유하면서 타락한 당대의 세계상을 여실하게 드러내주고 있다.

## 43 벙어리 삼룡이 나도향 중단편선

우찬제(서강대) 책임 편집

**수록 작품** 젊은이의 시절/별을 안거든 우지나 말걸/옛날 꿈은 창백하더이다/여이발사/행랑 자식/벙어리 삼룡이/물레방아/꿈/뽕/지형근/청춘

위험한 시대에 매우 불안하게 살았던 작가. 그러나 나도향은 불안에 강박되기보다 불안한 자유의 상태를 즐기는 방식으로 소설을 택한 작가였다. 낭만적 환멸의 풍경이나 낭만적 동경의 형식 등은 불안에 대한 나도향 식 문학적 향유의 풍경으로 다가온다.

## 44 잔등 허준 중단편선

권성우(숙명여대) 책임 편집

**수록 작품** 탁류/습작실에서/잔등/속습작실에서/평대저울

한국 근대소설사에서 허준만큼 진보적 지식인의 진지한 자기 성찰을 깊이 형상화한 작가는 없었다. 혁명의 연성을 기꺼이 인정하면서도 혁명과 해방으로 인해 궁지와 비참에 몰린 사람들에 대해 깊은 연민과 따뜻한 공감의 눈길을 던진 그의 대표작 다섯 편을 한데 모았다.

## 45 한국 현대희곡선

김우진 김명순 유치진 함세덕 오영진 차범석 최인훈 이현화 이강백

이상우(고려대) 책임 편집

**수록 작품** 산돼지/두 애인/토막/산허구리/살아 있는 이중생 각하/불모지/옛날 옛적에 훠어이 훠이/카덴자/봄날

한국 현대희곡 100년사를 대표하는 작품 아홉 편. 1920년대부터 1980년대까지 각 시기의 시대 정신과 연극 경향을 대표할 만한 희곡들을 골고루 선별하였고, 사실주의 희곡과 비사실주의희곡의 균형을 맞추어 안배하였다.

### ⁴⁶ 혼명에서 백신애 중단편선

서영인 책임 편집

**수록 작품** 나의 어머니/꺼래이/복선이/채색교/적빈/낙오/악부자/정현수/학사/호도/어느 전원의 풍경―일명·법률/광인수기/소독부/일여인/혼명에서/아름다운 노을

일제강점기 한국문학을 대표하는 여성 작가이자 사회운동가인 백신애의 주요 작품 16편을 묶었다. 극심한 가난과 봉건적 인습의 굴레에 갇힌 여성들의 비극, 또는 그로부터 벗어나고자 하는 의지를 섬세한 필치와 치열한 문제의식으로 그려냈다. 그의 소설을 통해 '봉건적 가족제도와 여성의 욕망'이라는 해묵은 주제가 오늘날에도 여전히 풀리지 않는 과제로 존재하고 있음을 알게 된다.

### ⁴⁷ 근대여성작가선

김명순 나혜석 김일엽 이선희 임순득

이상경(KAIST) 책임 편집

**수록 작품** 의심의 소녀/선례/돌아다볼 때/탄실이와 주영이/경희/현숙/어머니와 딸/청상의 생활―희생된 일생/자각/계산서/매소부/탕자/일요일/이름 짓기/딸과 어머니와

일제강점기 한국문학을 대표하는 여성 작가들의 주요 작품 15편을 한 권에 묶었다. 근대 여성의 목소리로서 여성문학은 봉건적 가부장제에서 벗어나고자 개인으로서 여성의 자유로운 선택을 가로막는 온갖 질곡에 저항해왔다. 여성이 봉건적 공동체를 벗어나 개성을 찾아 나서는 길은 많은 경우 가출, 자살, 일탈 등으로 귀결되었지만, 그럼에도 여성 자신의 힘을 믿으면서 공동체의 인습에 저항하고 새로운 공동체를 지향하는 노력이 있었다. 여기에 식민지라는 조건 속에서 민족의 해방은 더 큰 과제이기도 했다. 이 책에 실린 여성 작가의 작품들은 신여성의 이러한 꿈과 현실, 한계를 여실히 드러내 보여준다.

### ⁴⁸ 불신시대 박경리 중단편선

강지희(한신대) 책임 편집

**수록 작품** 계산/흑흑백백/암흑시대/불신시대/벽지/환상의 시기/약으로도 못 고치는 병

여성의 전쟁 수난사를 가장 탁월하게 그려낸 작가 박경리의 대표 중단편 7편 수록. 고독과 절망의 시대를 살아내면서도 현실과 타협하지 못하는 결벽성으로 인간의 존엄을 고민했던 작가의 흔적이 역력한 수작들이 담겼다.